KB155094

고전문학,
세상과 만나다

고전문학,
세상과 만나다

초판 1쇄 펴낸날 | 2022년 8월 31일

지은이 | 이강엽
펴낸이 | 고성환
펴낸곳 | (사)한국방송통신대학교출판문화원
03088 서울특별시 종로구 이화장길 54
전화 1644-1232
팩스 02-741-4570
홈페이지 press.knou.ac.kr
출판등록 1982년 6월 7일 제1-491호

출판위원장 | 박지호
책임편집 | 이두희
본문 디자인 | (주)동국문화
표지 디자인 | 김민정

ISBN 978-89-20-04448-9 03810

값 22,000원

이 저서는 2017년 정부(교육부)의 재원으로 한국연구재단의 지원을 받아 수행된 연구임(NRF-2017S1A6A4A01020221)

고전문학, 세상과 만나다

이강엽 지음

지식의날개

일러두기

이 책에서는 공공누리 공공저작물 자유이용허락에 따라 국가문화유산포털, 한국학중앙연구원 등에서 공공누리 유형으로 개방한 저작물을 이용하였으며, 해당 저작물은 상기한 기관과 그 홈페이지에서 무료로 다운받으실 수 있습니다. 이미지의 저작권자는 각 사진에 별도로 표기하였으며, 저작권자가 표기되지 않은 사진은 공공 소유로 별도의 저작권자가 없거나 이 책의 저자가 직접 촬영한 것입니다.

책머리에

"10년 공부에 쫄쫄이 문자가 처음"이라는 옛말이 있다. 10년을 열심히 공부하여 막상 무언가를 말하려 하는데 정작 터져 나온 소리는 뱃속에서 만들어진 쪼르륵 쫄쫄 소리라는 말이다. 배를 곯아가며 공부한 효용을 희화화한 말로 웃고 넘어가면 그만이겠으나, 고전을 공부하는 사람으로서 뜨끔한 말이기도 하다. 눈을 돌려보면 활자를 읽는 것 말고 할 수 있는 일도 많고 즐길 것이 넘쳐나는 세상이다. 텍스트를 읽어내는 번거로움을 피하면서 즐거움을 느낄 게 있다는데 굳이 문학을 들이대면서 고유의 효용을 강조하기 쉽지 않게 되어버렸다. 베스트셀러라고 하면 으레 소설이 꼽히던 시절이 기억마저 가물거리게 되고 보면, 현대문학도 아닌 고전문학에서 독자들을 끌어모으는 게 만만치 않다.

돌아보면, 저자가 대학에 다니던 80년대만 해도 문학의 힘이 퍽 컸다. 지식인을 자처하지 않더라도 평범한 교양인으로 지내기 위해서는 소설책이나 시집을 사서 읽어야 했고, 소설가나 시인이라면 사회지도층이나 지사쯤으로 인식되곤 했다. 그러나 경제개발이 가속화되고 세계화의 압력이 높아지면서 도리어 문학의 위상은 낮아지고 입지는 좁아졌다. 그래서 박사과정을 마칠 무렵부터는 교양도서를 쓰는 데도 적지 않은 공력을 들여왔다. 《강의실 밖 고전여행》 시리즈 같은 것은 그런 노력의 소산이었다.

그러나 고전문학을 교양독서물로 만들어내는 데는 특별한 어려움이 있었다. 텍스트 자체의 해독부터 문제가 되는 까닭이겠으나, 전공자들이 일찍부터 주전공을 세분하여 자리 잡은 터라 고전문학의 영역에 드는 작품이라 하더라도 산문과 시가, 국문문학과 한문문학, 구비문학과 기록문학을 아우르는 일이 드물어졌다. 이 때문에 주전공으로 하는 인접 분야의 비교작업이라거나, 특정 시기에 한정해 문학을 연구하는 입장에서의 조망은 간혹 있었지만 전체를 그물코 얽히듯 엮어내는 작업을 기대하기란 쉽지 않았다.

고전문학 작품을 개별 텍스트로 삼아 쉽게 풀어내어 가독성 높은 텍스트로 만들어내는 것도 중요하지만, 흩어져 있는 많은 작품들이 어떻게 연결되어 있는지 아는 것도 소홀히 할 수 없는 과제이다. 일반 독자의 입장에서라면 전자보다 후자의 작업이 더욱 귀하게 여겨질 법한 일인데, 들인 품에 비해 산출되는 성과가 적은 까닭에 쉽사리 도전하기 어렵다. 더 솔직하게 말하자면 역량이 받쳐주지 않아 언감생심 세월만 보내는 형편이었는데, 다행스럽게 한국연구재단의 지원을 받아 그 작업에 착수할 수 있었다. 여러 문학작품들을 한데 꿰는 방법 또한 여럿 있겠으나, 이 책은 주제론이라는 측면에서 엮고 풀어보았다. 때로는 제재론과도 겹치는 일이지만, 인간이라면 피할 수 없는 주제들이 여러 고전문학에서 어떻게 펼쳐지는지를 조감해본 것이다.

지금까지 공부하면서 고전문학에서 중요하게 풀어봄직한 키워드로 찾아낸 것은 대략 60여 가지로, 편의상 가나다 순으로 배열해보면 다음과 같다: 가난, 가문, 권세, 금기, 선악, 귀신, 깨달음, 꽃, 꿈, 나라, 달, 도道, 도깨비, 돈, 돌, 땅, 물, 미인, 바보, 변신, 병, 복福, 복수復讐, 부처, 사랑, 서울, 성性, 선비, 선악, 성숙, 성장, 수수께끼, 술, 스승, 시간, 신선, 아버지, 어머니, 여성, 여행, 영웅, 우애, 우정, 운명, 유배, 이상향, 임금, 자연, 저승, 전란, 정절烈, 죽음, 중국(기타 외국 포함), 지감知鑑, 집, 출세, 충忠, 칼, 탄생, 편지, 하늘, 학鶴, 한恨, 호랑이, 혼인, 환생, 효孝.

이런 키워드를 중심으로 주제론적 서술이 가능한 교양서를 만드는 것이 이 책의 골자이며, 그 가운데 특히 중요하게 여겨 필자가 관심을 많이 기울였던 10개를 골라 써보았다. 꽃, 가난, 선악, 변신, 사랑, 자연, 죽음, 하늘, 복, 호랑이가 바로 그것이다. 그런데 이렇게 하나의 주제를 작품, 갈래, 작가, 시대별로 다양하게 그려내는 상황을 살피다 보면, 뜻밖에도 현재 우리가 갖고 있는 문제가 선명하게 드러나기도 한다. '가난'이나 '선악'은 예나 지금이나 세상의 본바탕을 이루는 경제와 윤리의 문제이며, '사랑'이나 '죽음'은 현대 유행가에든 철학서에서든 쉬지 않고 되풀이되는 주제이다. 그런가 하면 '변신' 같은 경우는 현대에 이르러서는 고전문학을 향유하던 시기처럼 중요시되지는 않지만, 기계인간 같은 다른 의미에서의 변신이 문제가 되기도 하며, '자연'은 도시화된 세계를 살아가는 대부분의 현대인에게는 더욱더 갈망하는 무언가가 될 수도 있다.

물론 개중에는 고전문학과 현대문학에 전혀 다른 의미를 지니게 된 것들도 있다. '복'의 경우, 예나 지금이나 중시되는 것임이 분명하지만 고전문학에서 되풀이되던 복은 현대의 행복 개념 등과는 상당히 벌어져 있다. 또한 자연의 절대적 위력 앞에 순종하던 시대에서의 '하늘'과 과학이 발달하여 외부환경을 통제하는 데 자신감을 갖는 현대인이 바라보는 그것은 매우 다르다. 서울의 인왕산에도 호랑이가 있었고, 웬만한 지역에 가면 호랑이를 뜻하는 '호虎-'를 접두사처럼 쓰는 지명이 한둘쯤 있던 시대가 아닌, 동물원에나 겨우 볼 수 있는 요즈음은 호랑이가 지닌 신령스러움 등은 거의 미미하게 남아있다.

주제넘게 기대하자면 현대문학과 현대사회, 좀 더 크게 한국문화로 들어서려 할 때 이 책이 그 문을 열 수 있는 열쇠가 되고, 고전문학과 현대문학이 자유롭게 소통하려 할 때 가교가 되는 것이다. 부족한 역량을 헤아리면 거기에 닿기에 턱없이 모자라겠지만, 이만한 내용이 담겨진 것은 이 부분에 대해 미리 연구해온 많은 분들이 계셨기 때문이다. 지금은 너무도 자명한 이치여서 이 책에 상식처럼 써놓은 내용들을 처음으로 밝혀준 선학들의 공을 잊을 수 없다. 아울러 이 책의 서툰 원고를 토대로 재직하고 있는 대학에서 두 해 동안 수업을 진행했는데, 이 지루한 이야기를 재미있고 의미 있게 받아들여준 학생들에게 감사의 인사를 전한다.

모름지기 잘 들어주는 사람이 있어야 잘 말하는 사람이 있는 법이다. 좋은 책이 좋은 독자를 불러내듯이, 좋은 독자 또한 좋은 작가를 만들어낸다고 여긴다. 원고가 완성되어 함께 읽어준 대학원생이 남긴 말이 인상적이다. “선생님, 이 책의 배열이 영웅의 여정인 것 맞지요? 그런 것 같더라고요.” 실제 배열은 크게 고민하지 않았으나, ‘꽃’으로 가볍게 열어나간 후 ‘가난’한 현실을 넘어 ‘선악’이나 ‘변신’ 같은 무거운 주제를 지나면서 사람과의 ‘사랑’, ‘자연’과의 교감을 거쳐 원숙한 ‘죽음’의 의미까지 깨쳐 ‘하늘’이 주는 ‘복’에 이르러 다양성을 한 몸에 담은 ‘호랑이’ 원형으로까지 나아간다고 보면 그럴법한 일이다. 이런 의미에서 본다면, ‘가난’한 가운데 ‘복’ 받은 이야기가 바로 이 책이다.

2022년 검은호랑이해 여름

‘작은 세상’에서

이강엽

차례

여는 글

고전을 읽는 키워드

"문학은 변하는가?" 누군가 그렇게 묻는다면, 백이면 백 모두 "그렇다."라고 할 것이다. 어제의 문학이 오늘의 문학과 다르고, 오늘의 문학은 내일의 문학과 다르다. 말이 다르고 생각이 다르며, 그걸 쓴 사람이 다르니 당연할 수밖에 없다. 그러나 "문학은 발전하는가?"라고 묻는다면 대답은 달라진다. 어제의 문학보다 오늘의 문학이 더 나을 수도 있지만 꼭 그럴 수는 없으며, 내가 보기에 나은 것도 다른 사람이 보기에는 영 다를 수 있기 때문이다.

문학의 발전 여부를 두고 숱한 논쟁이 있었지만 이렇다 할 결론이 날 것 같지 않다. 문학에는 과학이 발전해왔다는 말처럼 쉽게 진단하기 어려운 면이 있다. 그럼에도 불구하고 문학을 마치 유기체가 나고 자라서 성장과 성숙을 거치고 쇠락하여 죽어가는 것처럼 볼 여지도 적지 않다. '소설의 시작'이니 '중세문학의 쇠퇴'니 '근대문학의 맹아'니 하는 말들은 그런 시각에서 쓰이는 서술이다. 짧은 시간 동안만 뽑아내 보아도 특정 갈래의 문학이 생성되었다가 사라지는 예는 아주 흔하며, 문학 또한 그럴 것이라고 상정해보는 것도 당연하다.

그러나 인류가 보편적으로 경험하는 무언가를 지속적으로 탐구해왔다는 견지에서 본다면, 천년 전의 문학이라고 지금의 문학보다 뒤떨어졌다고 볼 이유가 전혀 없다. 어떤 경우는 도리어 '고전古典, classic'으로 공인된 작품이 현대 작품보다 더 월등할 수도 있고, 문학사에 빠지지 않고 등장하는 문학적 주제나 모티프들은 동서고금 크게 다르지 않은 것 또한 사실이다. 마치 오래된 신화에서 천지창조를 설명하는 방식은 전 세계가 유사하지만, 천지창조의 재료로 내세우는 것은 각 지역마다 흔한 것들로 채워두는 것처럼 약간의 변이를 보일 뿐이라고 볼 여지가 적지 않다. 가령 동서고금의 어떤 문학에서도 사랑이 도외시된 예는 없다. 아무리 잘난 인간도 사랑 없이는 온전히 살아낼 수 없기 때문이다.

고전문학에서 사랑을 다룬 작품들 가운데, 복잡한 심리적인 설명을 요하는 작품은 일일이 예거하기 어려울 만큼 많다. 우선 김시습의 〈이생규장전李生窺墻傳〉은 사람과 귀신의 관계라는 점에서 비상한 관심을 모으는 판타지 성향이 강하지만, 실제 남녀의 사랑으로만 본다 해도 '만남-이별, 만남-이별, 만남-이별'의 서사 진행으로, 만남과 이별이 세 차례나 반복된다. 사랑에 대한 느낌과 태도, 방식은 달라도 사랑 그 자체는 여전하며 사랑을 기준으로 하여 문학을 살펴볼 여지가 있는 것이다. 또한, 똑같은 사랑이라 하더라도 치정癡情으로밖에 설명할 수 없는 미숙한 사랑도 있고 개인적 사랑의 좌절을 딛고 인류애로 승화하는 성숙한 사랑도 있는데, 천년이 넘는 고전문학의 편폭은 이런 사실을 잘 설명해

줄 수 있다.

그러나 그렇게 간단하게 설명하고 보아도 여전히 어려운 점이 있다. '사랑'이나 '가난', '선악' 같은 주제로 문학을 살필 때, 주제를 사전적 정의대로 "작품 내용상의 핵심을 가리키는 말로, 작품 속에 드러난 작가의 중심사상"[1]으로 간단히 정리하기 어렵기 때문이다. TV 시사토론처럼 미리 명백한 주제를 설정하는 것이 아닌 바에야 문학작품에서는 대체 어떤 것이 주제인지 불명료할 때가 많다. 더욱이 시를 공부해보면 금세 느끼듯이 명료하기는커녕 애매모호한 표현이 도리어 고급으로 취급받기도 하는 상황에서 주제를 간단히 정의하기란 더욱 어렵다. 그래서 그보다 쉬운 제재를 가지고 문학작품을 살펴볼 수 있는데, 이 경우 다루기는 쉽지만 그것만으로는 의미가 제대로 드러나지 않는 문제가 있다. '꽃'을 제재로 한 문학을 고르기는 쉬워도 그것을 통해 드러내고자 하는 주제는 제각각이다. 마찬가지로 어떤 주제에 이르기 위한 최소의 이야기 단위인 '모티프motif', 주제를 드러내기 위해 사용되는 특정한 매개를 일컫는 '상징symbol' 등도 주제 논의와 긴밀하게 연결되어 있다.

그런데 개별 키워드를 전면에 내세우면, 주제사 중에서 가장 낮은 단계의 제재사題材史로 떨어져서 문학사의 변하지 않는 제재를 확인하는 데 그칠 우려가 크다. 참고삼아 크레인R. S. Crane이 제시한 문학사에 포함할 항목을 열거해보면 그 맹점이 분명하다. 그는 대략 여섯 가지를 꼽았다. ① 작가들이 끊임없이 개발하고 있는 주제, 신화, 교리(예: 자연현상의 세계, 아서왕 전설, 낭만적 사랑의 개념), ② 작가들이 계승하여 몰두하고 있는 특별한 기교나 매개체의 형태(예: 서간체로 소설 쓰기, 상징적 표현 기교), ③ 위력적인 전통으로 존재하는 기존 모델(예: 밀턴의 초기

시, 세르반테스적 방법), ④ 창작할 때 계속 일정한 규범으로 사용되는 특별한 장르나 인습(예: 탐정소설, 서부소설), ⑤ 계속해서 문학적 실천으로 이어지는 특별한 목표나 예술적 문제(예: 종교에 봉사하기 위해 시를 쓰는 것, 소설에서 살아 있는 대화체를 쓰는 것), ⑥ 일반적 욕구.[2]

결국, 제재에서 출발하더라도 표현 양식, 주제, 나아가 사상으로까지 이어질 만한 기술법을 찾아내야만 하는데, 고전문학 제재 가운데 가난을 예로 들어 그 방안을 찾아보자. 가난은 우리나라의 시작 지점부터 근대 산업화가 일어나기 전까지 우리의 삶과 반만년을 함께한 문학에서 거듭 사용되는 제재이기도 하다. 가난 중에 제일 서러운 가난이 못 먹는 가난이라고 할 때, 굶주림의 모면이라는 점에서 그 말이 결코 과장이 아닐 것이다. 이런 맥락에서 고전문학에서 가난이 자주 등장하는 것은 당연한 일이나 그렇다고 처절함이나 비참함이 그리 크게 강조되지 않는다는 데 그 특징이 있다. 경험해본 사람은 모두가 쉽게 알듯이, 가난이 보편경험일 때 생각만큼 심각한 문제를 야기하지 않았던 것이다. 물론, 몹시 가난하다는 뜻의 '적빈赤貧'이 자주 드러나기는 하나, '청빈淸貧'으로 그려질 때는 명예로 여겨지기까지 했고, '안빈安貧'으로 그려질 때는 깨달음으로 치부되기도 했다.

더욱 큰 문제는 조선후기로 들어서면서 특권을 구가하던 양반 계층이 확대되면서 일어난다. 명색은 양반이지만 토지도 노비도 갖지 못한, 그러면서도 기술을 익히거나 장사를 할 생각을 못하는 계층이 생겨났기 때문이다. 그러나 이 와중에 부상하는 화폐경제를 발판으로 부를 축적하는 계층 또한 생겨나면서 가난은 단순히 견뎌내기만 하면 되는 문제에서 벗어났다. 고전 전통에서는 돈을 흔히 샘에 비유하곤 했는데,

이는 샘처럼 솟아서 자유롭게 흘러가야 한다는 뜻을 내포했다. 당연히 어느 한곳에 묶어서 퇴장退藏하는 순간, 샘의 생명력이 그렇듯이 돈의 생명력 또한 끝나게 마련이다.

이런 상황에서 취할 수 있는 온전한 길은 별로 보이지 않았다. 그래서 어떤 문학작품에서는 구차하게 사느니 굶어 죽는 쪽을 택하는가 하면, 다른 작품에서는 돈을 모으기 위해 자식도 낳지 않고 일만 하며 살다가 나중에는 후회하기도 한다. 박지원의 〈허생〉에서는 매점매석을 통해 한 나라의 경제를 뒤흔들어보기도 하고, 〈양반전〉에서는 공부만 하느라 나랏돈을 갚지 못해 곤경에 처하기도 한다. 또한 가난을 마냥 처참하게만 그려내는 것이 아니라 〈각설이타령〉처럼 자조적으로 희화화하거나, 〈가난타령〉처럼 신세한탄을 늘어놓는 등 변화를 주기도 한다. 즉, 문학사에서 다루는 세 층위 ① 사실 전달, ② 감정 및 이념 제시, ③ 미적 감정 표현의 층위[3] 가운데 첫째 층위에서는 별반 다르지 않지만 셋째 층위에서는 크게 달라지는 것이다.

이런 방식의 주제론을 통해 작품을 조망하면 “직선형이 아닌 나선형 위에 재구성”[4]하는 효과를 빚게 되며, 직선형 서술이 갖는 문제를 어느 정도 보완할 수 있다. 이러한 구도에서, **가난** 이외에 **선악**, **꽃**, **변신**, **사랑**, **자연**, **죽음**, **하늘**, **복**, **호랑이** 등의 열 가지 키워드를 선별하여 주제론적 접근의 대략을 펼쳐 보이면 다음과 같다.

선악善惡은 선과 악의 대립으로 설명되는 게 상례여서 흔히 권선징악 논의와 연계되어 설명된다. 이 때문에 “악이란 무엇인가?”라는 근본적인 물음에서 시작하여 악을 응징하는 징악의 문제, 악을 풍자하는 방법, 악인을 선인이 되게 하는 화합의 과정 등까지를 스펙트럼화할 수 있다. 상식적으로는 선한 사람이 잘되고 악한 사람이 못되는 것이 고전 문학의 보편적인 전개로 보이겠지만 실상을 파고들면 상당히 복잡한 양상을 띤다. 대개의 전설에서 보듯이 착한 사람이 잘되기는커녕 도리어 감당할 수 없는 화禍를 입는 경우도 많은 데다, 악의 정체가 불분명한 경우가 적지 않아서 응징의 폭도 매우 넓다. 〈처용가〉에 등장하는 역신疫神은 처용의 아내를 범하는 악惡이 분명하지만, 그 실체는 역병疫病, 곧 전염병이다. 인간의 힘으로 어찌할 수 없는 크기를 지녔기에 체념하며 물러서는 길을 택하게 된다.

그럼에도 불구하고 많은 작품들이 권선징악을 드러내기에 악의 참패로 몰아가는 경향이 짙다. 악인과 선인이 주동인물과 반동인물로 등장하는 군담소설이 그 대표적 사례인데, 이 경우 선악의 생성은 사실상 주인공이 태어나기 이전의 일이다. 〈유충렬전〉에서 보듯이 지상으로 귀양살이를 오기 전에 이미 천상에서부터 맺어진 악연은, '본래부터' 선과 악은 대립할 수밖에 없다는 논지를 확실히 해준다. 이 경우 선인은 계속 선을 악인은 계속 악을 행하고, 끝내 힘이 센 선인이 악인을 물리침으로써 서사가 완결된다. 그러나 주동인물과 반동인물이 혈연이거나 심성에 따른 대립이 아니라 사회적 요인이 부각될 때 선악의 대립은 아주 다른 양상을 띤다. 〈흥부전〉의 흥부와 놀부는 선인과 악인의 대립이 분명하지만 그 이전에 형제관계이다. 그렇기 때문에 흥부가 놀부를 응징하는 것이 과연 선일까 하는 의문이 고개를 들게 되면, 개과천선으로 방향을 틀게 되기도 한다.

이런 선과 악의 대립은 특이하게도 시조 같은 시가 작품에서 도드라진 경향이 있다. 이미 왕조교체나 반정反正, 당쟁 등으로 인해 심각한 대립을 겪은 유자儒者들로서는 피아의 구분이 중요한 만큼, 끝없는 대립에서 오는 피로감을 느꼈음직하다. 시조에서는 흔히 흑과 백, 혹은 까마귀와 백로로 대표되는 선악의 논의가 심각하게 타진된다. 검은 것이 악, 흰 것이 선이라는 상식적인 기술은 물론, 표면적으로 흰 것이 도리어 악일 수도 있다는 경고, 선악 시비를 가리는 곳을 떠나 있는 게 낫다는 처세술까지 촘촘하게 들어선다.

꽃은 동서고금을 가리지 않고 늘 문학의 중심 소재로 쓰여왔다. 고전문학도 예외가 아닌데 꽃에 의미를 부여함에 몇 가지 특별함이 있다. 상식적인 선에서 꽃은 일단 아름답기에 찬미의 대상이 되어왔고, 그래서 여성의 아름다움을 표현할 때 꽃에 빗대는 일이 흔했다. 그러나 꽃은 또 금세 시드는 까닭에 인간의 절정기인 청춘을 빗댈 때도 사용되었고, 절정이 쉬 사그라지는 아쉬움을 나타날 때도 등장했다. 민요에서의 꽃타령은 대체로 이러한 상식선을 크게 벗어나지 않는다. 사랑하는 님이 꽃처럼 예쁘다거나, 그래서 더욱 사랑스럽다고 노래한 것이다. 거꾸로 "화무花無는 십일홍十日紅이요, 달도 차면 기우나니~"와 같은 구절을 통해 조금이라도 젊었을 때 유락遊樂의 기쁨을 누려야한다는 식의 다소 유탕한 내용으로 채워지기 일쑤였다.

그러나 꽃 가운데 특별한 것들만 가려내어 거기에 '군자'의 기풍을 덧입히면 꽃은 그대로 이념화되기 쉬웠다. 대표적인 예로 매화를 들 수 있으며, 선비라면 언제나 매화를 찾아나서는 고고한 자세를 견지해야 한다고 믿었다. 특히 눈 가운데 피는 설중매는 고절高節의 상징이었다. 온 세상이 한설寒雪에 싸여 갈피를 잡을 수 없는 듯하지만, 희망을 주는 매화 한 송이가 어딘가에 피어 있으며, 거기에 자신의 의지를 기탁하곤 했다. 그러나 꽃이 가진 근원적인 아름다움 탓에 거기에 현혹되는 일도 왕왕 있어서 〈화왕계花王戒〉 같은 작품은 장미 같은 화려한 꽃에 빠지는 위험에 대해 경고하기도 한다.

이뿐만이 아니다. 늘 해를 향하는 특성을 지니는 규화葵花: 접시꽃를 통해, 한 임금에게 충성을 다하는 모습을 담아내는 일은 흔했다. 촉규蜀葵는 지智와 충忠을 겸비한 꽃으로 인식되면서 고려후기 이후 우리나라에서도 곧잘 애용되는 소재원이었다. 이는 이 꽃이 지닌 향일성向日性에 더해 공자가 "규는 자신의 발을 보호할 줄 안다."고 한 고사가 덧붙어 보신保身의 상징이 된 까닭이다. 해를 향해 잎을 기울이면서 자신의 발을 보호하는 두 가지 내용이 결합된 꼴인데, 고려말의 이색李穡을 위시하여 권근權近, 변계량卞季良, 성삼문成三問, 서거정徐居正, 김일손金馹孫 등등 조선조의 걸출한 문인들이 규화를 노래했다.[5]

꽃 자체에 대한 관심은 그보다 늦게 본격화되었다. 강희안姜希顔이 《양화소록養花小錄》을 쓴 것은 꽃을 이념이나 정서의 대상으로 삼자는 게 아니라, 가까이에서 꽃을 기르면서 완상하자는 뜻이다. 일을 하느라 속세에 매여 살지만 작은 화단이라도 정성스레 가꾸다 보면 마음이 안돈되고 평온해진다는 것이다. 그래서 꽃을 어떻게 심고 가꾸며 접붙일 것인지를 상세하게 기록하기에 이르는데, 조선후기로 들어서면 꽃의 마니아라고 할 만한 사람들이 등장한다. 이덕무李德懋, 김려金鑢, 이옥李鈺 등등의 숱한 문인들이 꽃을 가까이 두고 보면서 가히 세밀화라고 할만한 문학작품을 남겼으니, 그야말로 꽃에 미친 '화벽花癖'의 진수였다.[6] 한편 식자층이 못 되는 일반인들은 할미꽃의 유래담 등을 만들어내면서 자신들만의 세계관을 형상화하였다.

변신은 동일한 존재가 육신의 질적인 변화, 그것도 극적인 변화를 겪는 것이다. 당연히 사람에서 사람으로 변하는 정도가 아니라, 신과 인간, 인간과 동물 사이의 변신이 일어날 때 그 느낌이 훨씬 더 강하다. 〈단군신화〉에서 곰이 웅녀로, 환웅이 사람으로 변한 것이 단적인 예이며 〈김현감호〉의 주인공 처녀가 호랑이와 사람 사이를 자유자재로 오가는 게 그런 예이다. 민담의 〈황호랑이〉 역시 주인공이 밤에는 호랑이로 변해서 사냥을 하고 새벽에는 다시 인간으로 돌아오는 이야기이다. 어느 경우든 이 몸에만 국한되지 않고 저 몸으로 다르게 살아가는 꿈을 표현하고 있다. 단순한 흥미로서의 변신은 흔히 도술로 치부되는 둔갑술일 것이다. 〈홍길동전〉의 홍길동은 숱한 가짜 홍길동을 만들어서 팔도에 출몰시키며, 〈전우치전〉의 전우치는 도술을 통해 변신술을 보이면서 온 나라를 농락한다. 이런 방식의 변신은 민담에 훨씬 더 많다.

그러나 개중에는 변신하기 싫은데 강제로 변신하여 곤경에 처하는 이야기도 있다. 〈옹고집전〉이 대표적으로, 주인공 옹고집은 시주받으러 온 도승을 박대했다가 그 징벌로 가짜 옹고집이 만들어진다. 물론 진짜 옹고집은 그냥 그대로 있는 셈이지만, 가짜 옹고집이 나타나서 진짜 옹고집 행세를 함으로써 진짜인 자신이 졸지에 가짜가 되고 만다. 자신의 위치는 전혀 변화하지 않아도 바깥 환경이 바뀜으로써 변신이 일어나는 셈인데, 나중에 가짜를 물리치고 나서 자신이 다시 진짜 위치를 차지함으로써 또 한 차례의 변신이 일어난다. 이 경우, 변신은 그냥 몸을 바꾸는 일에 그치지 않고 질적인 비약을 보이는 증표이다. 〈구운몽〉은 그보다 훨씬 더 심각한 사례이다. 실제의 성진이 꿈속에서 양소유로 변화하면서 두 개의 삶이 연속적으로 펼쳐지고, 끝내 다시 성진으로 되돌아오지만 이 성진은 이미 맨 처음의 성진과는 아주 다른 고차원적 인물로의 변신을 보인다.

이런 방식으로 자연, 죽음, 하늘, 복, 호랑이 등등도 살펴볼 수 있다. 자연은 옛사람들이 삶의 일부로 생각했을 뿐만 아니라 사람 자체가 자연의 일부로 여겨져 특히 중요하다. 우선 모든 삶의 근원이 되는 전원田園에서부터, 잠깐 세속을 떠나 쉬는 휴식처, 또 끝내 몸을 의탁하여 영원한 평온을 갈구하는 이상향으로서의 자연까지 그 진폭이 넓다. 일직선적인 시간관에 의하면 한 번 가면 돌아오는 것이 없으며 죽음 역시 그렇게 인식될 여지가 크다. 그러나 원환적圓環的 사고를 중심으로 하는 시간관에서는 죽음이 다시 새로운 삶으로 들어가는 관문으로 인식되곤 한다. 멀리는 신화에서의 재생에서부터 가까이는 저승에 갔다 돌아오는 이야기, 새로운 존재로의 환생까지 문학에 투영된 죽음의식의 일단을 엿볼 수 있다. 하늘은 어떤 문화에서나 숭앙되기 마련이지만 유교문화의 전래와 함께 하늘이 만물을 주관하는 천도天道를 표상하기도 하고, 천天/지地의 짝으로 우주 전체질서의 한 축을 이루기도 하는 바, 이들 사이의 다양한 변이에 대해 살피게 된다. 자연의 일부라는 데서부터, 자연적 발로에서의 경천敬天 대상, 나아가 인격신에 육박하는 조물주로까지 변전하는 과정 등이 다루어질 것이다.

복福은 우리 문화에서 매우 중요한 요소이지만 현대의 행복幸福과 크게 구별되기도 해서 좀 더 세심히 살필 여지가 있는데, 막연하게 많이 받을수록 좋다는 의식의 이면에는 분복分福대로 살아야 복이 유지된다는 관념도 있으며, 이왕이면 깨끗하고 고상한 복, 곧 청복淸福을 희구하는 성향도 발견된다. 또, 호랑이는 한국문학에서 가장 빈번하게 등장하는 제재로 설화에서 숱한 사례를 찾아볼 수 있을 뿐만 아니라, 박지원의 〈호질虎叱〉 같은 한문산문에서도 애용되는 제재이기도 하다. 호랑이의 용맹함이 불러일으키는 두려움과 그로 인해 신성시되는 신비로움이 양면성을 띠면서, 인간에게 위협적인 맹수猛獸이지만 한편으로는 효도하는 인간을 돕기도 하고 한없이 어리석게 등장하여 번번이 속아 넘어가기도 한다.

열 가지 주제를 놓고 보면, 어떤 주제든 다양함과 이질성이 공통요소이다. 가난처럼 적빈, 청빈, 안빈으로 크게 구분되거나, 호랑이처럼 용맹함/인자함, 혹은 지혜로움/어리석음으로 대립적인 성향을 보이기도 하고, 선악처럼 단순히 악에 대한 승리를 향해 치닫는 문학에서부터 악을 교화하는 문학으로까지의 스펙트럼이 드러나기도 할 것이다. 그리고 각 주제들은 각 장에서 끝나는 게 아니라 서로 연관되기도 하는데, 자연을 이상적인 안식처로 표현하는 문학과 죽음이 또 다른 시작임을 인지하는 문학과는 긴밀하게 연관되며, 그러한 문학작품에서 추구하는 복은 청복이기 쉽다. 또 사랑을 이루지 못해 변신하는 문학이 있는가 하면, 변신을 통해 온전한 사랑으로 나아가기도 한다. 악에 대한 관념 역시 다른 주제와 연관하여 다양한 논의 소지가 있는데, 꽃에서 가장 아름답다고 꼽히는 모란, 장미 등을 도리어 바람직하지 않은 것으로 표현하기도 하며, 호랑이에서 가장 무서운 동물인 호랑이를 인간을 돕는 자애로운 선한 동물로 받아들이는 사례 등을 통해 볼 때 상호 연관되게 풀어내는 작업이 필요하다. 이 책은 이런 작업을 통해 고전문학을 통합적으로 이해함은 물론 고전문학에서 현대 우리의 삶을 돌아볼 수 있는 길을 찾고자 한다.

제 1 장

꽃

빛깔과 향기,
그리고 그 너머

*기이하고 고아한 것을 취하여 스승으로 삼고,
맑고 깨끗한 것은 벗을 삼고,
번화한 것은 손님을 삼았다.
_ 강희안

꽃, 풍경, 사람

꽃은 흔히 절정의 한순간으로 이해된다. "꽃다운 청춘"이라고 할 때, 꽃은 곧 최고의 호시절을 의미한다. 그러나 꽃은 쉽게 지는 까닭에 "화무십일홍花無十日紅"의 안타까움을 절감하게도 한다. 꽃의 의미는 그렇게 양면적이다. 이 점은 동서고금이 다르지 않고, 문학에서의 주제 역시 그렇다. 꽃마다 부여한 꽃말은 그런 상징값의 총화이다. 가령, 붉은 장미가 '열렬한 사랑'을 나타내는 데 비해, 수국은 '변덕'을 뜻한다. 이는 붉은 장미가 여름철 제법 오래도록 활짝 피어있고, 수국은 아름답지만 금세 말라 시드는 속성에서 기인한 것이다.

여기에서 한 발 나아가면 꽃과 사람을 대비하면서 또 다른 정감을 불러일으킨다. 봄꽃은 매년 다시 피는데 사람은 그렇지 못하다는 점이 탄식을 불러온다. 그래서 꽃타령을 늘어놓다가 이내 "노세노세 젊어서

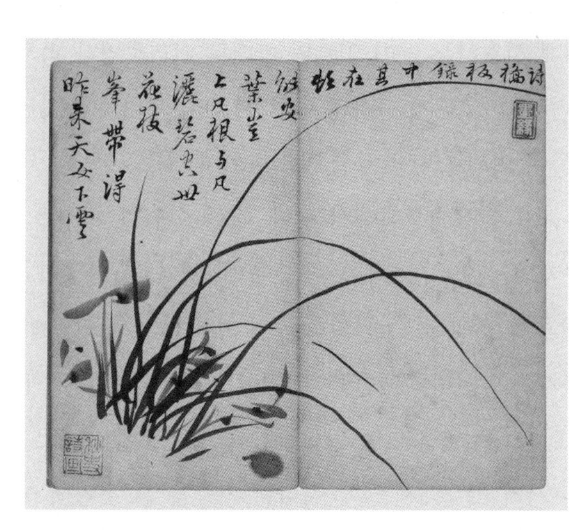

김정희가 그린 난초(《난맹첩(蘭盟帖)》) ⓒ 간송미술문화재단

노세, 늙어지면 못 노나니" 같은 노랫가락이 나오기도 한다. 꽃이 반복적으로 보여주는 아름다움에 비해 우리네 삶이 하찮다고 여겨지기 때문일 것이다. 아이러니하게도 민요 〈꽃노래〉가 수연壽宴 같은 데서 즐겨 불렸다는 것은 그런 정황을 짐작하게 한다. 꽃이 피고지고 다시 지고피는 기적을 선보일 때, 사람은 늘 폈다가는 이내 지기만 할 뿐이라는 상념이 그런 노래를 만들었겠다.

우리 고전문학에서는 이와는 결이 다른 꽃이 등장한다. 사람들 주위에 있는 사물이 대체로 그런 법이지만, 꽃에 사람의 품격을 대입하면서 꽃에도 등급이 생기게 되었다. 사람들이 군자의 기품을 지향한다면, 꽃에도 그와 유사한 기품을 지닌 것으로 여겨짐직한 꽃을 선호하는 식이다. 매화, 난초, 국화, 대나무의 사군자四君子 가운데서 매화와 난초가 그런 예이다. 마찬가지로 불교에서라면 진흙 속에 핀 연꽃을 귀하게 여긴다. 이렇게 선호하는 꽃이 있으면 반대로 기피하거나 폄하하는 꽃도 생기게 마련이다. 그래서 군자의 속성과는 먼, 지나치게 화려하게만 여겨지는 꽃들이 의외로 낮은 등급으로 도외시되기도 했다.

특히 사군자는 유교문화에서 꽃에 대한 이념화 과정을 잘 드러내준다. 사군자의 출발은 본래 송松-죽竹-매梅였다. 소나무와 대나무, 매화는 설 전후의 추위에도 잘 견디는 세 벗이라는 뜻의 "세한삼우歲寒三友"이다. 공자가 말한바, "세한歲寒 뒤에야 소나무와 잣나무가 나중에 시드는 것을 안다."는 말을 떠올리게 한다. 혹독한 추위가 와도 변하지 않고 제 몸을 지켜내는 데서 그 군자다운 기풍을 본 것인데 여기에서 소나무를 빼고 난초와 국화를 집어넣은 것이다. 난초는 숨어서 은은한 향을 자아내며, 국화는 가을의 쌀쌀함을 견디며 기상을 뽐내는 꽃이어서 군자의 덕성에 비견될 만하다고 여긴 까닭이다.

그러나 꽃의 이념화가 고전문학 전반에 걸쳐 나타난 것은 아니다. 유교 이념의 세례를 덜 받은 계층에서는 꽃을 있는 그대로의 꽃으로만 보려는 시각이 팽배했다. 우리나라의 경우, 봄, 여름, 가을 어렵지 않게 꽃을 볼 수 있지만, 꽃이 극적인 느낌을 주는 때는 아무래도 봄이다. 화신花信이 곧 춘신春信이고 춘신이 곧 화신이며, 봄꽃은 삶의 활력을 드러내는 징표로 여겨졌다. 그래서 봄꽃이 피면 으레 상춘객賞春客이 몰렸고, 상춘객이 가장 크게 즐기는 것이 바로 꽃이었다. 꽃을 보고, 꽃을 따서 장식을 하고, 심지어는 꽃으로 전을 붙여 먹으며 온갖 작품들이 생산되었다. 특히 부녀자들이 즐겨 불렀던 〈화전가花煎歌〉류에는 그런 정황이 잘 드러난다. 이는 겨우내 움츠렸던 삶에 생기를 북돋는 것이면서, 동시에 가사에 얽매이느라 펼쳐보지 못한 흥興의 분출이기도 했다.

그런가 하면 자연 속에 넘쳐나는 꽃이 아니라, 인위적인 공간에서 가꾼 꽃에 대한 작품 역시 적지 않았다. 적어도 고려시대 문인층에서부터 볼 수 있는 화훼花卉에 대한 관심은 일반인의 꽃 감상과는 차원을 달리했다. 기르기 어려운 종자를 구해다가 정원에서 가꾸며 즐기고, 그것이 곧 시와 그림으로 표출되었다. 그러나 이는 꽃의 화려함을 좇는 일반인의 감상과는 달리, 소박한 문인화文人畵 전통과 이어지면서 독특한 문예미를 구현하였다. 문인화에서 화사한 채색화보다는 담담한 수묵화를 택했듯이 문학 역시 그런 경향이 짙었다. 꽃이 피었다고 해도 "낙이불음樂而不淫(즐거워하되 지나치게 하지 않는다)"하고 꽃이 졌다고 해도 "애이불상哀而不傷(슬퍼하되 마음을 상하게 하지 않는다)"하는 격조를 잃지 않았다.

물론 그런 취미를 갖기 위해서는 일정한 경제적 뒷받침이 있어야 했기에 어느 정도 귀족적인 취향을 띨 수밖에 없었다. 전원에서 농사를 짓는 게 아니라, 정원에서 꽃을 가꾸어도 괜찮을 만한 여유가 필요했던 것인데, 이런 일이 심화되면 화훼 전문가 수준의 경지에서 꽃을 대하는 기풍이 생겨나기도 한다. 조선초기 강희안姜希顔의 《양화소록養花小錄》은 그 대표적인 사례로, 여기에서는 꽃을 종류별로 제시하여 그 꽃을 어떻게 기르며 각각의 특성이 어떠한지 잘 기술할 뿐만 아니라 꽃들의 품격까지 소상히 그려냈다. 꽃의 외형만을 탐닉하거나, 그 외형에 인간의 심성을 피상적으로 대입하는 수준을 넘어 꽃을 꽃으로 자세히 보면서 인간적인 면모까지 심도 있게 연결하는 인문학적 접근에 이른 것이다. 특히 조선후기로 가면 사물에 대한 객관적 인식이 높은 가치를 지니면서 문인들이 꽃을 객관적인 탐구대상으로 삼기도 했다.

여기에 더해 꽃과 나비를 한 쌍으로 여기는 관례에서는 꽃은 흔히 여성에 비유되었으며, 말을 알아듣는 꽃이라는 뜻의 '해어화解語花'로 여성, 특히 기생을 빗댄 일이 많았다. 해어화가 본래 양귀비를 가리키는 말이었고 보면 거기에는 자연히 미인이라는 뜻까지 포함되면서, 미인과 주고받는 말들이 문학작품을 만들어내곤 했다. 여성 스스로 자신을 꽃에 견주어 남성에 대한 그리움을 드러내기도 하고, 남성 입장에서 꽃을 그리워하는 작품이 양산되기에 이른다. 특히 민요나 가사와 같은 구비문학과는 달리 여류문학에서 시조나 한시漢詩 작품이 매우 적은 가운데 남성들과 주고받은 기생들의 시가 작품은 진귀한 사례이다. 그렇게 꽃이 노래한 꽃노래가, 여성이 노래한 여성노래로 문학사의 한 귀퉁이를 차지하기도 했다. 또한, 꽃이 이야기와 얽히면서 꽃의 유래담을 담아낸 민담도 있고, 이야기 가운데 꽃이 등장하여 중요한 기능을 하는 서사문학이 산출되기도 했다.

꽃 피니 즐겁고 — 꽃놀이와 꽃노래

꽃이 피면 마음이 밝아지기 마련이다. 대체로 꽃은 식물의 맨 위나 바깥 부분을 장식하기 마련이어서 초록색 일색인 풀숲이거나 나뭇잎뿐인 가지 위에 꽃이 피면 그 자체로 희열을 느낀다. 꽃이 피었고, 아름답다는 찬탄이 일어나는 것인데, 이 찬탄의 가장 간단한 방식은 나열이다. 설명이나 느낌을 가능한 한 자제하고 한바탕 열거하면 그뿐이다.

紅牧丹 白牧丹 丁紅牧丹 (홍목단 백목단 정홍목단)

紅芍藥 白芍藥 丁紅芍藥 (홍작약 백작약 정홍작약)

御柳玉梅 黃紫薔薇 芷芝冬栢 (어류옥매 황자장미 지지동백)

위 間發(간발)ㅅ 景(경) 긔 어떠하니잇고

(葉) 合竹桃花(합죽도화) 고운 두 분 合竹桃花(합죽도화) 고 두 분

위 上暎(상영)ㅅ 景(경) 긔 어떠하니잇고[1]

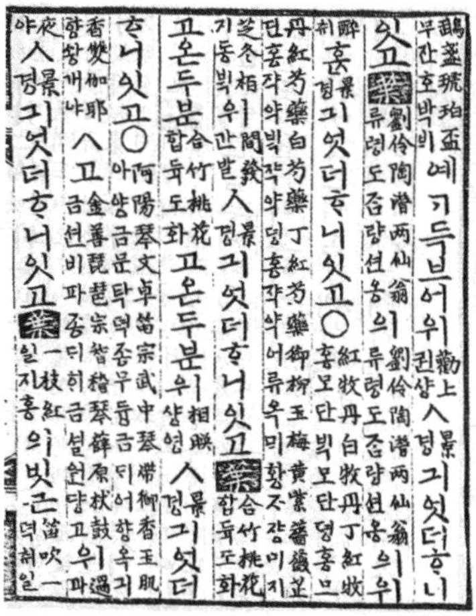

〈한림별곡翰林別曲〉 5장인데, 이를 제대로 이해하기 위해서는 그 앞에 서술된 내용을 확인해볼 필요가 있다. 1장에는 유원순柳元淳, 이인로李仁老, 이규보李奎報 등등의 당대를 대표하는 문인의 글솜씨를, 2장에서는 여러 훌륭한 서적書籍들을, 3장에서는 서예를, 4장에서는 명주名酒를 쭉 읊어가다가 여기에서 꽃들을 노래한 것으로, 좋다는 꽃의 이름을 그냥 열거하는 수준이다. 분홍 모란, 흰 모란, 진홍 모란, 분홍 작약, 흰 작약, 진홍 작약, 궁궐 버드나무와 옥매玉梅, 노랑 장미와 자주 장미, 영지와 동백 등을 열거한 후, 거기에 대나무와 복사꽃이 서로 마주하는 모습이 어떻겠느냐고 묻는다. 아름다운 꽃들을 다 모아놓았으니 대단히 화려한 광경일 것은 두말할 나위가 없다.

〈한림별곡〉의 5장 부분

그런데 〈한림별곡〉에서 장별로 펼쳐진 순서는 묘한 데가 있다. 이

작품은 어느 한 개인의 창작이 아니라 여러 한림학사들의 공동작으로 알려져 있다. 모르긴 해도 여러 선비들이 돌아가면서 한 장씩을 지었을 것이며, 그 자리는 글공부 자리가 아니라 연회였을 것이다. 그렇다면 대개의 술자리가 그렇듯이 처음에는 고상한 말들이 오가다가 취흥이 오르면서 점점 흥겨운 내용을 지나 향락적인 데까지 나아가는 법이다. 글솜씨에서 책 자랑, 글씨 자랑까지 가다가 술 이야기로 빠져드는 것은 바로 그런 사정이다. 그리고 술 이야기 바로 다음으로 꽃 이야기가 나왔다는 것은 꽃의 자리를 분명히 해준다. 여기에서의 꽃은 그런 향락의 대상이다. 꽃을 인생에 견줄 필요도, 꽃이 지면 어쩔까 걱정하는 애상哀傷도 없다. 이 뒤로 펼쳐지는 내용이 기생들의 음악 연주(6장), 신선 세계(7장), 그네뛰기의 즐거움(8장)이고 보면 향락적 분위기에 놓인 꽃의 위치가 충분히 가늠된다.

다른 경기체가에서도 꽃이 등장할 때면 향락적인 정취가 물씬하다. 〈죽계별곡竹溪別曲〉 맨 마지막 장인 5장에서는 "紅杏紛紛 芳草萋萋 樽前永日홍행분분 방초처처 준전영일 / 綠樹陰陰 畵閣沉沉 琴上薰風녹수음음 화각침침 금상훈풍 / 黃國丹楓 錦繡春山 鴻飛後良황국단풍 금수춘산 홍비후량 / 爲 雪月交光景 幾何如위 설월교광경 기하여 / 中興聖代 長樂太平중흥성대 장락태평 / 爲 四節 遊是沙伊多위 사절 유시사이다"[2]이라 읊고 있다. 첫 구는 "붉은 살구꽃 흩날리고 방초 무성한데 술동이 앞의 긴 하루"이다. 술판을 벌이며 노는 데 눈에 들어오는 꽃이다. 셋째 구는 "노란 국화 붉은 단풍 비단 수놓은 가을 산(원문은 '춘산春山'으로 봄 산이지만 문맥상 가을 산이 맞음) 기러기 날아간 후"이다. 봄가을 좋을 때의 꽃놀이를 그렇게 야단스럽게 그려놓았다.

이런 양상은 민요로 가면 더욱 또렷해진다.

삼천리에 봄이 드니 먼저 피인 진달래꽃
연년삼월 다시 피는 명사십리 해당화
청실이냐 홍실이냐 희고휠사 배꽃이요
오월 단오 청명한데 향기로운 창포꽃
탐스럽고 고울세라 화중지왕 모란꽃
이른 봄에 먼저 피는 보라색의 난초꽃
봉래산 제일봉에 독야청청 성(송)화꽃
구월 단풍 부러워할까 홀로 피인 국화꽃
봄소식을 뉘 전할고 눈 속에 피인 한매화[3]

평안북도에 전해지는 〈꽃타령〉이다. 이 작품은 처음부터 끝까지 꽃에 대해서만 늘어놓아서 꽃타령이다. 봄에서 겨울까지 사계절 피는 꽃들을 쭉 늘어놓기만 했다. 그러나 〈한림별곡〉과 다른 점은 단순히 늘어놓는 데 그치지 않고 각 꽃의 특별한 점을 부각시켰다는 데 있다. 예를 들어 진달래꽃이 붉다거나 피었다는 객관적인 사실을 기술하는 데 그치지 않고 "삼천리" 곳곳에 "봄이 드니 먼저 피인" 점을 강조했다. 배꽃은 희디흰 빛깔이 대단하다 했고, 모란꽃은 탐스럽고 고와서 꽃 중의 왕이라고 했다. 그러나 위의 두 작품은 실제 꽃이 핀 현장에서 꽃과 함께 즐기는 것이 아니라, 꽃에 대해 생각하고 적어나가면서 흥을 북돋는 것이다. 계절별로 각기 다른 꽃들이 한 작품에 열거되는 정황이 그렇다.

그러나 실제로는 꽃이 피면 그것을 구경한다는 핑계 삼아 잔치를 벌이는 일은 아주 흔했다. 봄꽃이 피었을 때는 꽃을 감상한다는 의미에서

'상화회賞花會', 여름에는 연꽃을 감상하며 연잎을 술잔 삼아 주연을 벌이는 '벽통음碧筩飮', 가을에는 국화꽃을 띄워 마시는 '황국음黃菊飮', 겨울철에는 방안에서 매화를 보며 마시는 '매화음梅花飮'을 즐겼다. 계절마다 대표되는 꽃을 핑계 삼아 모여서 술을 마시며, 돌려가며 시를 짓고 놀았던 것이고,[4] 당연히 꽃을 읊는 시가 쏟아져 나왔다.

저 유명한 정약용의 〈죽란시사첩竹欄詩社帖 서序〉에서는 시를 짓는 친구들이 모이는 때를 다음과 같이 기록해두었다.

> 모임이 이루어지자 서로 약속했다. "살구꽃 처음 피면 한 번 모이고, 복사꽃 처음 피면 한 번 모이고, 한여름 참외가 익으면 한 번 모이고, 서늘한 초가을 서지(西池)에 연꽃 구경할 만하면 한 번 모이고, 국화꽃 피면 한 번 모이고, 겨울에 큰 눈 내리는 날 한 번 모이고, 세밑 화분에 매화꽃 피면 한 번 모이기로 한다. 모일 때마다 술과 안주, 붓과 벼루를 준비해서 술을 마셔가며 시와 노래를 읊조릴 수 있도록 해야 한다. 나이 어린 사람부터 먼저 모임을 주선토록 하여 차례차례 나이 많은 사람까지 한 바퀴 돌고 나면, 되풀이하게 한다. …[5]

여기에 등장하는 꽃들은 살구꽃, 복사꽃, 연꽃, 국화꽃, 매화 순인데, 모두 계절을 따라 피는 꽃이다. 계절별로 거르지 말고 모이자는 말을 그렇게 꽃 필 때 모이자는 말로 둘러서 하는 셈인데, 가히 시를 짓는 모임답다. 요즘 말로 하면 계절별 혹은 분기별로 한 번씩 모이자고 할 것을, 봄꽃, 여름꽃, 가을꽃, 겨울꽃이 피면 한 번씩 보자고 한 셈이다. 여기에서 겨울꽃이 의외라고 할 수 있는데, 흔히 설중매라고 하는 눈 속에 피는 매화를 상정할 수 있지만, 기실은 이 작품에 나온 것처럼 집

안 화분에 심어놓고 방안에서 즐기던 것이다. 이 시사詩社 모임의 광경은 안 보아도 눈에 훤하다. 꽃이 필 무렵 모임을 공지하는 연통이 갈 것이고 때맞춰 술도 익겠고 사람들이 모이면 꽃을 감상하며 그와 관련된 시를 주고받았을 것이다.

정약용은 〈다산화사茶山花史〉라는 제목의 연작시 스무 수를 남기기도 했다. 그중 석류를 그려낸 작품을 들어보면 다음과 같다.

해류 꽃잎은 술잔만큼 큰데	海榴花瓣大如杯
종자는 애초에 일본서 왔다네.	種子初從日本來
춘삼월에 말랐다 비웃지 마시려니	莫笑枯寒到三月
꽃들이 진 뒤 피기 시작할 거라오.	群芳衰歇始應開[6]

본래 석류의 원산이 중국이 아닌 까닭에 바다 건너 왔다는 뜻에서 '해류' 혹은 왜倭의 석류라는 뜻의 '왜류倭榴'로 불렸던 모양이다. 정약용은 앞의 두 구에서 석류의 꽃잎이 특별히 크다는 점과 본래 일본산이라는 객관적인 사실을 건조하게 드러낸다. 그리고 다른 봄꽃들이 다 피는 동안 말라비틀어져 있는 듯이 보이다가 그 꽃들 지고나면 그때서 피는 미덕에 대해 슬쩍 읊고 있다. 이는 석류꽃이 본디 다른 꽃들이 전혀 없는 가운데서 홍일점紅一點의 자태를 자랑하는 특성을 드러내는 것이면서, 비록 지금은 남들이 알아주지 않는 초라한 행색이어도 곧 남들보다 우뚝 설 숨은 자부심의 표현일 수도 있겠다.

이와는 달리, 민요 〈꽃노래〉는 꽃이 피었을 때 그 꽃을 보는 즐거움을 그대로 그려내는 데 주력한다.

전후좌우 앉은 동녘(동무) 꽃노래나 지어보세.
성안에 성루꽃(석류꽃)은 성 밖으로 상해(향해) 피고
쟁반 같은 해바래기 해를 상해 절을 하고
보기 좋은 함박꽃은 실산치로(보기 좋게) 피어나고
주묵(주먹) 같은 목당화(목단화)는 어사용에 피어나고
도리지화 매화꽃은 기화일치 피어나고
도리납작 파리꽃은 청파용에 피어나고
봉실봉실 봉숭아꽃은 사람하고 희롱하고
칠팔월 다래꽃은 수용새용 피어나고
구시월 국화꽃은 충효열녀 절(節)을 지키고
광무하상 찬바람에 저마 홀로 곱기 핏네.[7]

여기에서 읊는 꽃들은 위의 양반네들이 그랬듯이 특별히 정원을 만들어서 따로 가꾸어놓고 보던 관상용이 아니다. 별 생각 없이 문밖에만 나가면 볼 수 있는 흔한 꽃들이다. 작품 전체가 "**꽃은 ~~에서 피고"가 중첩된 꼴이다. 그러다가 맨 마지막 국화에 이르러서 정절貞節을 드러내며 달라진다. 앞에 열거한 꽃들은 그저 아름답게 피어났다고만 하다가, 국화꽃에 이르러 절조節操와 기개氣槪를 뽐내는 것이다. 즉, 꽃놀이와 꽃노래에 그치지 않고 삶의 방식을 꽃에 투영하여 말하고 있다. 이런 양상이 본격화하면 꽃은 꽃대로 사람은 사람대로 그려내면서 그 둘이 얽히기도 한다.

허리질숨 담배꽃은 창수띠기 꽃일런가
장두깐에 봉순아는 북동띠기 꽃일런가

희다 희다 배꽃으는 조동띠기 꽃일런가
오리도리 접시꽃은 화산띠기 꽃일런가
빠꼼빠꼼 깨양꽃(개암꽃)은 샘촌띠기 꽃일런가
쌀랑쌀랑 싸리꽃은 신촌띠기 꽃일런가
만첩 산중 더덕꽃은 호동띠기 꽃일런가
오리도리 강꽃(감꽃)으는 인동띠기 꽃일런가[8]

경상북도 민요 〈꽃노래〉이다. "**한 ~~꽃은 ○○댁의 꽃일런가" 같은 식의 연속이다. 창수, 북동, 조동, 화산, 샘촌, 신촌, 호동, 인동 등은 모두 친정집 지명으로, 여성들은 시집을 가면 으레 그렇게 친정집 지명에 '-댁'을 붙여 택호宅號로 삼곤했다. 그러니까 첫 행에서는 허리가 길쑥한 담배꽃을 보면서 그런 몸매를 지닌 이웃인 창수댁을 떠올린다는 말이다. 이 짧은 한 줄에 꽃과 사람, 지역이 하나로 엮인다. 꽃이 필 때마다 이웃의 누군가를 떠올리고, 어쩌면 그 사람이 살았던 곳에도 피었을 그 꽃이 연상됨직하다. 민요를 부르던 계층을 떠올려보면 대개 어려운 형편이기 쉽고, 어려운 가운데 더욱 어려웠을 부녀자들의 삶에서 이런 노래는 큰 위로가 되었겠다.

남성 우위의 문화에서 억눌려 지내던 여성으로서는 어떻게든 숨통을 트이는 일이 필요하다. 삼짇날 어름의 화전花煎놀이가 그러한 숨통이다. 이는 봄꽃이 만발하는 계절에 여성들이 모여 집밖으로 나가 꽃지짐을 해먹는 놀이다. 눈으로 진달래꽃을 즐기면서 입으로는 진달래꽃이 들어간 지짐을 먹는데, 이때 짓는 노래가 바로 〈화전가花煎歌〉이다. 이런 제목으로 붙여진 작품이 하도 많아서 일률적으로 말하기는 어렵

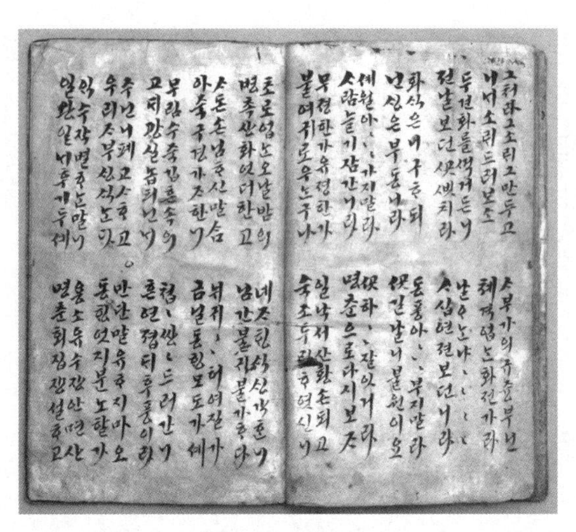

〈화전가〉 본문 ⓒ 한국학중앙연구원·유남해

겠지만, 노래의 주된 내용은 봄꽃 속의 풍광 묘사와 놀이가 있기까지의 과정 그리고 자신이 살아온 이력 등등이 길게 이어진다. 서두를 보면 이런 식으로 전개된다.

> 어화세상 동무들아 구십춘광 봄이로다.
> 뒷동산에 두견새는 봄소식을 전하온데
> 무심한 우리들은 봄 온 줄을 몰랐구나.
> 규중에 깊이 싸여 여중지사 하노라고
> 시절을 몰랐더니
> 만화방초 볼작시면 춘삼월이 분명하다.
> 상촌 하촌 동무들아 화전놀이 가자시라.
> 일년 삼백 육십일에 규중에 있던 몸이
> 하로 소풍 못할손가 소풍 삼아 화전 가자.[9]

경상북도 울진군에 전해지는 가사 〈화전가〉이다. 일 년 내내 집에 묶여있던 처지이지만 날 좋은 한때를 맞아 하루 소풍을 못하겠느냐며 들뜬 분위기를 흥겹게 전하고 있다. 이 경우, 꽃놀이는 단순한 유희가 아니라 갑갑한 일상으로부터의 탈출이다. 여느 부녀자들로서는 이때가 아니고서는 공공연히 놀이를 할 수 없는 처지를 엿볼 수 있다. 이 뒤에 실제로 바깥출입을 하여서는 곱게 꾸민 자신들의 자태와, 산수의 풍광 그리고 온갖 꽃들을 읊어대는 '꽃노래'가 본격적으로 기술된다. 봄·여름·가을 계절을 가리지 않고 온갖 꽃이 나열되는 것으로 보아서 화전花煎을 부쳐 먹던 실제 봄 풍경이 아니라 마음속에 있는 모든 꽃들을 하나씩 불러대며 흥겨움을 북돋는다.

문제는 그다음이다. 그렇게 한껏 흥이 고조된 후 이어지는 가사는 뜻밖에도 여성들의 내밀한 고충에 관한 것이다. 작품별로 넘나듦이 있겠으나 대체로 신세한탄 같은 내용이 주종을 이룬다. 열여섯에 결혼하여 백년해로하려 했으나 3, 4년 만에 과부가 되어 고통을 겪는다든지 하는 사연이 여러 입을 통해 줄줄이 나온다. 그러다가 맨 마지막에는 이제 놀이를 그만하고 집에 돌아가서 잘 살아보자는 식으로 마감한다. 이는 일상을 벗어나 노는 데에서 다시 일상을 견뎌낼 힘을 얻는 것으로, 꽃노래는 단순한 놀이가 아니라 다시 기운을 얻어 재창조할 힘을 주는 '리크리에이션recreation'이다.

한편, 우리가 자연에서 받는 위로를 아름다움이나 흥겨움에서만 찾으란 법은 없다. 놀이와 노래 역시 그렇다. 한없이 슬픈 순간 흥겨운 놀이와 노래를 통하여 기분을 전환할 수도 있지만 대개의 경우 그 반대이다. 슬플 때는 도리어 슬픈 노래를 통해 비애의 감정을 담아 아픈 마음을 다독이는데, 동해안 굿에서 불리는 꽃노래의 한 대목을 보자.

> 연꽃이 좋다 하여도 연못 안에 늘어지고요
> 버들꽃이가 좋다 해도 시내강변에 잦아지고
> 설중매화가 좋다 해도 눈비 맞아서 부러지고
> 해바라기가 좋다 해도 해를 안고야 놀아나고[10]
> (이하 생략)

연꽃이든 버들꽃이든 꽃노래에서의 기본은 꽃이 피었으니 즐겁다는 것이다. 그러나 이 노랫말은 아주 다르다. 연꽃이 아무리 좋아도 연못 밖을 못 나가는 제약이 있으며, 버들꽃도 좋아봤자 시냇가에 늘어질 뿐이고, 설중매가 눈 속의 아름다움을 뽐내도 그 눈 때문에 가지가 부러진다는 비감함을 토로한다. 대개 굿에서 마지막으로 신을 보내면서 부르는 노래인데, 우리네 굿의 소용이 대체로 산 자와 죽은 자의 소통에 있었다고 본다면 이 노래는 영원히 이승에 살 수 없는 인간을 위무慰撫하는 가사로 이해됨직하다.

세상 이별 가운데 죽음보다 더한 것이 없고 보면 망자亡者를 곱게 보내고, 망자와의 이별을 견뎌야 하는 살아남은 자를 위로하는 일은 더없이 중요하다. "개똥밭에 굴러도 이승이 좋다."는 속언이 증명하듯 죽는 것은 서러운 일이나 그 서러움이 도리어 지는 꽃 앞에서 더 절절해짐은 아이러니다. 지는 꽃 앞에서 부르는 다음 노래가 그렇다.

> 명사십리 해당화야 꽃진다고 설워마라
> 명년 이월 춘삼월되면은 다시나 피는 꽃이련마는

우리 인생 한 번 가면 돌아올 줄을 모르는구나

불교가요 〈회심곡回心曲〉의 중간에 끼어있고 독립된 민요로도 널리 불려 귀에 익은 노래이다. 사람의 인생은 한 번 죽으면 끝난다는 덧없음을 강하게 드러낸다. 그 때문에 불교에 귀의하여 해탈을 통한 영생을 도모하려는 것이겠으나, 꽃이 떨어지는 앞에서 삶의 유한성을 깨달아 간다는 데 이 작품의 묘미가 있다.

이처럼 꽃이 필 때 즐거움을 환기시키는 만큼, 질 때 또한 그에 못지 않은 숙연함을 선사하는데, 백광훈白光勳의 한시 〈지는 매화꽃을 읊노라詠落梅〉가 아주 좋은 예이다. "동산 정원 눈처럼 만발한 꽃 홀로 못 봤더니孤負東園滿樹雪"로 시작하여, "한 가지를 남겨두어 달 밝을 때 보려했네.一枝留賞月明時"[11]라고 하여 고향 동산 어디쯤 있는 한 송이 남은 꽃을 느지감치 혼자 보려는 소회를 펼쳐냈다. 그러나 그 한 가지 남은 게 곧 떨어질지 모르겠다는 안타까움을 이어간다. 늦게 찾은 고향, 그나마 남아있는 매화, 그 매화가 다하는 서운함을 표현한 것이다.

빛깔과 향기 너머—꽃의 정신과 이념

예쁜 것은 굳이 설명하지 않아도 된다. 보는 즉각 아름답다는 생각이 들고 그 자체로 기쁨이 가득하여, 아름다운 꽃이 왜 좋으냐고 물을 필요가 없는 법이다. 그러나 꽃에 사람의 잣대가 투영될 때 꽃을 바라보는 시선은 180도 돌변할 수도 있다.

백설이 잦아진 골에 구름이 머흐레라
반가운 매화는 어느 곳에 피었는고
석양에 홀로 서서 갈 곳 몰라 하노라[12]

고려말 이색의 시조이다. 표면상으로 본다면 있는 그대로의 경치에 약간의 심사를 덧보탠 정도이다. 그러나 맨 앞줄의 '백설'과 '구름'의 등장부터 예사롭지 않다. '흰 눈'도 아름답게 보자면 황홀한 설경雪景을 선사할 뿐이지만, 한편으로는 엄동설한嚴冬雪寒의 상징이어서 인간이 견뎌내기 어려운 역경이기도 하다. 그런데 그 흰 눈 퍼붓기가 조금 수그러드는가 싶더니 이내 구름이 험하다고 했다. 어려움 하나를 겨우 견뎌냈더니 또 다른 어려움이 왔다는 뜻이다. 이렇게 풀 때 중장의 매화는 특별한 의미를 갖는다. 매화가 반가운 이유는 어려운 가운데 작은 희망으로 비쳐지기 때문이다.

이러한 풀이가 가능할 때, 종장의 의미 또한 색다르게 다가온다. 매화는 눈 속에서도 희망을 주고, 구름 아래서도 빛을 발하는데, 시적 화자는 통 갈피를 못 잡고 있다. 그것도 석양 무렵이어서 이제 시간도 별로 없으며, 그렇다고 어디 한 군데 틀어박혀 쉬거나 포기한 것도 아닌 채 길 찾기에 골몰하고 있다. 초장과 중장, 종장은 그렇게 서로 엇갈린다. 초장에서는 전체가 암담한 상황을, 중장에서는 그 가운데 매화 한 송이가 희망을 드러내는데, 종장에서는 그 두 방향 사이에서 어찌할 바를 모른다. 시적 화자가 서있는 길은 초장과 중장의 두 길 사이 어딘가이다.

전통사회의 문인들 사이에서 매화 사랑은 유별나다. 사군자四君子로 자리 잡기 이전에 이미 소나무·잣나무와 어깨를 나란히 한 꽃이니 그럴만하다. 그러나 중국의 문인들이 매화 이외에도 연꽃이나 국화, 난초를 사랑하던 데 견주어보자면, 우리나라에서의 매화 사랑은 특별하다. 혹심한 추위를 견디는 강인함이 촉발한 것인데, 기실은 복잡한 사회상과 관련이 깊다. 중국 등 다른 나라와는 달리 왕조의 교체는 많지 않았지만 불안한 정쟁政爭이 잦았던 탓에 현실을 암울하게 보던 일이 많았다.

그래서 도리어 암울한 현실이지만 희망의 끈을 놓을 수 없었고 그럴 때마다 매화가 호출되곤 했다. 가령 정도전鄭道傳이 지은 〈매화를 읊노라詠梅〉를 보면 고목나무에 던지는 희망가라 할 만하다.[13]

오랜만에 겨우 한 번 만나서 보니,	久別一相見
볼품없이 검은 옷만 입고 있구려!	楚楚着緇衣
풍미만은 남은 것을 알면 됐으니,	但知風味在
옛날 얼굴 아닌 것은 묻지를 말게.	莫問容顏非[14]

지금 시인의 눈앞에는 아주 오래된 고목 한 그루가 있다. 그것도 시커먼 등걸만 남은 그런 험한 모양새로 서있다. 그런데 굳이 오랫동안 보지 못하다가 겨우 한 번 만났다는 사실을 강조하는 것을 보면 작가에게는 꽤나 친숙한 나무인 걸 알 수 있다. 자주 찾지는 못했지만 늘 생각하고, 그곳에 가면 꼭 다시 찾아보고 싶었던 그런 나무였던 것 같다. 그런데 둘째 구에서 "볼품없이" "검은 옷을 입고" 있다고 함으로 해서 그런 기대가 한순간에 무너지고 만다. 봄이 되면 활짝 피어서 온 세상을

밝게 비출 것만 같던 그 매화가 지금은 그저 거무튀튀하고 남루한 차림으로 내 앞에 서있을 뿐이기 때문이다.

실망하기에는 이르다. 셋째 구와 넷째 구에서 작가의 놀라움과 독자의 실망을 한순간에 날려버리지 않는가. 풍미가 남은 것을 알기만 한다면 무얼 그리 안쓰럽게 보냐며 역설적인 희망을 드러낸다. '풍미'란 말 그대로 '좋은 맛'인데, 매화나무가 먹는 음식이 아닌 바에야, 그저 '고상한 멋' 정도로 새기는 것이 편할듯싶다. 지금은 팍삭 늙어서 꽃도 피우지 못하고 껍질조차 검게 삭았지만 그래도 그 옛날의 고상한 멋은 가지고 있다고 자위하면서, 옛날의 멋은 잃지 않았다는 자부심을 내보인다.

지금 얼굴이 어쩌니 모양새가 나쁘니 하고 따지는 것은 참으로 부질없는 짓이다. 마지막 구에서 "묻지를 말게"라고 한 이유가 바로 거기에 있다. 지금 매화나무를 보고있는 시인은 왜 옛날 모습을 지키지 못했는가 묻겠지만, 사실은 그 옛날의 멋과 정취는 그대로 있으니 걱정 말라는 대답이기도 하다. 그러고 보면 이 시는 앞의 두 구가 시인의 말이라면, 뒤의 두 구는 매화의 대답처럼 엮어져있다. 시인의 걱정 어린 물음에 매화가 은근한 자부심으로 화답하는 것이다. 시인이 "오랜만에 와보았더니 이제는 다 늙어서 썩은 등걸로만 남았군!"이라 말하는 데 대해 매화가 "옛날 그 멋은 그대로 있으니 옛 모습 아니라고 무어라 말게."라고 화답하는 꼴이다.

지나간 것에 대한 덧없음은 누구나 느끼는 바이지만, 덧없음을 이기고 살아가는 자세는 누구나 지닐 수 없다. 매화꽃은 피고지고 젊었다가 늙지만, 그것에만 집착하는 순간 감상感傷에 빠지고 마는데 시인은 '정신'을 살려냄으로써 그런 함정에서 완전히 벗어나고있다. 왜 꼭 늙은이

뿐일까? 젊은이도 만신창이가 되는 일은 얼마든지 있는데. 이 시는 그럴 때 한번 읊조려보면 이상하게도 힘을 샘솟게 한다. 시인의 메시지는 간명하다. "매화는 늙었습니다. 나도 늙고 지쳤습니다. 그러나 아직 살아있습니다. 기백이나 멋은 옛날 그대로입니다." 이제 매화는 눈앞에 핀 꽃이 아니라 시인의 마음속에 살아 있는 기백이자 혼이며 정신이다.

이렇게 꽃에 정신적 지향을 담아내는 일은 매화뿐이 아니다. 국화 같은 경우, 가을철 홀로 꼿꼿하게 남아 있는 특성 때문에 지조 높은 선비의 기상을 대신하곤 했다. 고경명高敬命의 〈노란색·흰색 두 국화를 읊다詠黃白二菊〉를 보자.

정통으론 노란 빛이 귀한 거지만	正色黃爲貴
천연으론 하얀 빛도 기이하다며	天姿白亦奇
세인들은 보길 비록 달리들 하나	世人看雖別
모두 함께 서리 이길 가지들일세.	均是傲霜枝[15]

이 시는 지금까지 보아온 시들과는 상당히 다르다. 흡사 무슨 논설문이라도 쓰듯이 무언가 이치를 설명하려고 애쓰고있다. 시에서 특별한 정서적인 감응만을 찾는 사람이라면 꽤 따분한 느낌이 들겠지만, 시의 기능이 꼭 그런 정서적인 데에만 그칠 필요는 없다. 더구나 이 시를 지은 고경명 역시 우리에게 시인으로 익숙하기보다는 임진왜란 때의 의병장義兵將으로 각인되어있으니 왜 안 그럴까. 그렇다고 이 분이 시를 못 쓴다는 것이 아니라 시나 문장을 전문으로 하는 문인이 아니라는 점을 십분 이해하고, 문학적 기묘함만을 따지지 말자는 말이다.

첫째 구부터 '정색正色'이라는 매우 생경한 시어가 돌출하고있다. 글자 그대로 '바른 색'을 말하는데, 예로부터 음양오행 사상에 따른 다섯 가지 색, 곧 백白·적赤·청青·황黃·흑黑을 일컫는다. 이 다섯 가지 색이 아닌 그것들을 섞어서 만든 다른 색은 '간색間色'이라고 하여 곱지 않게 보았다. 지금 생각하면 색깔에 그런 등급이 어디 있을까 싶겠지만, 천하만물 세상만사를 음양오행陰陽五行에 맞추어보던 시절에는 곧잘 그랬다. 그런데 이 다섯 가지 색 중에도 노란색은 정중앙을 차지하는 정색 중의 정색이다. 그래서 임금님이 내리는 국화는 으레 '황국화'이고, 그 내용을 고스란히 담고 있는 것이 첫째 구이다.

둘째 구에서는 돌연 흰 국화를 말한다. 노란 국화가 정 가운데 있는 정통 빛깔이라면, 흰 빛깔은 그렇지는 않지만 기이하다 했다. 하나가 제대로 된 빛깔이라 의미가 있다면 또 하나는 기이한 빛깔이라 의미가 있다는 말이다. 하지만 그렇게 말하는 데에는 이미 우열이 충분히 드러나있다. '정正'과 '기奇'가 주는 뉘앙스에서 그런 차별을 익히 짐작할 수 있다. 물론, 요사이는 개성이 있다느니 튄다느니 해서 범상하지 않은 것, 중심에서 벗어난 것에 도리어 대단한 가치를 두기도 하지만, 예전에는 그럴 여지가 별로 없었다. 어디까지나 "흰 색은 기이해서 가치가 있지만 노란 색만은 못하다."는 고정관념을 탈피하기 어려웠다.

그러나 이 시를 쓴 고경명이 어떤 사람이며 시대상황이 어떠했는지를 알고 보면 시의 해석이 아주 달라질 수 있다. 시인이 활동한 시기는 조선 선조宣祖 때로 임진왜란이 일어났다. 그 역시 문반文班이었지만 기꺼이 의병을 일으켜 참전했던 인물이고 보면, 이 시의 국화는 단순히 꽃 감상 노래가 아님을 익히 짐작할만하다. 색깔별로 나누어서 어떤 꽃이 더 좋다고 따지고있지만, 그러느라 정작 더 중요한 국화의 본령을 놓치고있다는 지적이다. 색이 노랗든 희든 모두들 서리를 이겨낼 기상을 가지고있는데 안타까운 논쟁으로 세월을 허송하는 게 아닌지 걱정하는 시선이 느껴진다. 하긴 모두 힘을 모아 서리를 이겨내려 했다면 전란도 없었겠고, 설령 있었단 한들 그리 처참하지는 않았을 것이다.

이렇게 꽃에 의미를 부여하기 시작하면, 매화나 국화 같은 관습적인 꽃이 아닌 곳에서도 얼마든지 새로운 의미가 부여될 수 있다. 가령, 성삼문의 〈자미화紫薇花〉는

해마다 임금 말씀 적는 관청에서	歲歲絲綸閣
붓 빼들고 자미화를 마주했는데,	抽毫對紫薇
지금 꽃 아래 취하고 보니,	今來花下醉
간 곳마다 따라와서 있는 것 같네.	到處似相隨[16]

라는 매우 분명한 메시지를 담고 있다. 꽃으로 100일이나 붉어서 이름이 백일홍으로 알려진 자미화는 사실은 그렇게 오랫동안 피기 때문에 꽃으로서의 매력은 떨어지지만, 임금을 모시고 공무를 볼 때 자주 보던 꽃이었다는 점이 특별하다. 지금은 관공서를 떠나있지만 그 꽃을 보고 있노라면 어디에서나 임금님을 모시던 그 시절이 환기된다는 말이다.

특히 '자미紫薇'가 사실은 '자미성紫微星'처럼 연결될 때는 천제天帝를 상징하게 되어서 은연중 임금님과 연계되도록 꾸며져있다고 본다면, 세종의 총애를 받던 성삼문의 마음이 어디로 향하는지 충분히 짐작된다. 백일홍이 다시 피었으니 그 시절을 다시 떠올려본다는 점에서 행복한

추억이겠지만, 백일홍만 번듯이 피어있고 임금님은 다시 뵐 수 없다는 점에서는 비감한 회상이 된다. 백일홍을 매개로 임금을 모시며 행복했던 시절과 지금의 비탄이 오버랩되면 그 비탄이 더욱더 강화되어나가도록 한 절묘한 시이다.

위의 시에서 백일홍은 그리 대단한 꽃이 아니지만 궁궐과 연결되면서 화려하게 변신했다. 그렇다면 옛 한시에서는 정말 이름 없는 들꽃 같은 것은 나오지 않는 것일까? 그렇지 않다. 정습명鄭襲明은 〈패랭이꽃石竹花〉을 써서, 유명한 꽃만 시로 노래하는 관행을 깼다. "세상에서는 붉은 모란을 사랑해서世愛牡丹紅 / 울 안 가득 심어놓고 보는데栽培滿院中"[17]로 시작하면서, 화려한 꽃에만 관심을 두는 세태를 무심한 듯 그려내었다. 나아가 거친 들판에도 아름다운 꽃이 있는 것을 사람들은 모르는 현실을 안타까워하면서 그 덕분에 패랭이꽃이 시골 영감 차지가 되었다는 말로 시를 마감한다.

패랭이꽃은 시골에 가면 냇가 돌틈이나 길가에서 흔히 볼 수 있는 들꽃이다. 꽃과 잎, 줄기의 모양이 카네이션을 닮았지만, 꽃이 훨씬 작고 꽃잎도 홑겹으로 빛깔은 분홍색이다. 별로 뛰어나게 아름다운 데가 없어 그저 시골 소녀들이 더러 꺾어보는 그런 꽃이다. 그런데 가만 보면, 이 시골 영감이 사실은 패랭이꽃이다. 아무도 알아주는 이 없지만 제 빛깔과 향을 고스란히 간직한 채 담담히 있기 때문이다. 널리 알려진 대로 이 시에는 재미있는 일화가 전하는데, 고려 예종睿宗 시절 궁중 내시가 이 시를 읊는 것을 임금이 듣고 작가가 누구인지를 묻고는 "하마터면 숨은 선비를 버릴 뻔했다." 하면서 시를 쓴 정습명을 불러내서는 요직에 앉혔다고 한다. 눈이 있는 사람만 만난다면 초라한 패랭이꽃이 화려한 모란보다 더 귀하게 될 수 있다는 꽃노래 너머의 이념을 담아냈다.

두어라, 꽃은 그냥 꽃이다

앞서 본 대로 식자층이 즐기는 문학에서 이념화된 꽃은 아주 흔하다. 사군자처럼 관습화한 경우가 아니더라도, 규화葵花 같은 경우도 해를 향하는 속성 때문에 누군가를 향하는 한결같은 마음을 표현하는 데 등장하곤 했다. 이는 곧 신하가 임금을 그리는 마음으로 전이되면서 충忠의 표상으로 인식되었다. 규화는 여름에 피는 촉규화蜀葵花와 가을에 피는 추규화秋葵花로 나뉘는데, 후자는 특히 해를 향하는 성질로 많은 관심을 받았다. 규화가 본시 중국 이름이어서 우리나라에서는 접시꽃, 해바라기 등과 겹치고 혼동되는 가운데 구분이 모호해진 점이 있지만, 누군가를 향해 변하지 않는 마음을 지닌다는 점을 높이 산 것만은 분명하다. 특히 공자가 《공자가어孔子家語》에서 "규화가 자신의 발을 보호할 줄 안다"고 한 이래, 지혜까지 갖춘 것으로 여겨짐에 따라, 우리나라에서도 이색, 권근, 변계량, 서거정, 성삼문, 김일손 등의 걸출한 문인들이 그에 관련된 시를 남겼다.

그러나 꽃이 태양을 향하는 속성은 그 자체로 생존을 위한 방편일 뿐이다. 설령, 해바라기가 해를 바라보는 속성이 있고 그것이 임금을 향하는 마음과 연관될 수 있다 하더라도, 임금을 무조건 좇는 것이 충성이라고 볼 근거도 없다. 이 점에서 꽃을 인간관계로, 혹은 종교적 이념을 얹어 윤리문제로 옮겨갈 때 표면적으로만 꽃을 읊을 뿐 생경한 이념의 주창에 기울 공산이 크다. 그러나 조선후기 일부 문인들이 보인 꽃에 대한 관심은 아주 다르다. 고려조의 한시에서든, 조선조의 시조에서든 군자적인 기풍이 깃들어있다고 믿어지던 몇몇 꽃들에게 보이던 관행을 탈피하기 때문이다.

이는 조선초기 강희안의 《양화소록》에서부터 예견되던 일이다. 이 책에서는 꽃과 나무를 종별로 나누어 기르는 법을 서술해두었는데 그 종류가 예사롭지 않다. 사군자나 선비가 좋아할 법한 것 이외에도 다양한 품종이 소개되고 있다. 노송老松 같은 흔한 소나무는 물론 대나무도 오반죽烏班竹 같은 특별한 품종을 적어두기도 하고, 국화菊花나 매화梅花, 연화蓮花처럼 흔히 등장하는 꽃 이외에도 서향화瑞香花, 치자화梔子花, 사계화四季花 등이 소개되며, 산다화山茶花: 동백나 자미화紫薇花: 백일홍, 심지어는 일본 철쭉躑躅花과 귤나무橘樹 등등까지 관심을 넓히고 있다. 관습적으로 선호되는 꽃을 관념적으로 읊는 것이 아니라, 꽃 자체에 대한 관심을 증폭시켰다 하겠다.

그러나 강희안이 꽃을 기르는 목적을 심성을 기르는 데 있다고 했다거나, 화분에 기르는 꽃과 울타리 주변에 피는 꽃을 열사烈士와 비부鄙夫에 비했다는 데서 여전한 사대부 취향을 엿볼 수 있다. 사계화에 대한 부분을 보자.

> 대개 꽃이 한 해에 두 번 피지 못하는데 이 꽃은 사시를 두고 홀로 찬란히 피어 꽃다운 뜻이 조금도 가시지 않으니 지성스럽고 순결한 성인의 덕에 비할 만하고, 또 오행으로 말하면 토왕(土旺)이 사시에 들어 있는

것과 같다. 꽃 가꿈을 배우는 사람은 먼저 이 꽃을 길러야 하니, 이 꽃은 참으로 꽃의 지남(指南)이라 하겠다.

내 고향이 지리산 아래 청천(菁川) 위에 있는데 울타리가에 늘어선 대숲처럼 사철 동안 어지럽게 피어 있는 꽃이 다 이 사계화이다. 그러나 이 고을 사람들은 그리 탐탁하게 여기지 않는 것이다. 내가 벼슬길을 좇아논 지도 어언 수십 년, 부끄러운 얼굴을 들고 세상 풍조에 싸여 지내 왔지만 무엇 하나 이룩한 바 없고, 다만 고향에 대한 생각만이 날로 더해 갈 뿐이었다. 이러할 때마다 이 꽃을 대하면 마치 고향에 있는 기분으로 자위하곤 하였다. 내가 화초를 가꾸는데 온전히 이 꽃으로서 제일로 삼는 것은 이 꽃의 성질과 품격을 잘 알기 때문이라 하겠다.[18]

사계화는 이름부터 사계절이 들어있으니 그 특성이 분명하다. 그런데 첫 단락에서 강조하는 점은 '성인聖人의 덕德'이라거나 오행五行에서 '토왕' 같은 것으로, 유학儒學의 입장이 아니고는 선뜻 동의하기 어려운 대목이다. 성인의 덕이 언제 어디에서나 미친다고 생각하거나, 흙의 기운이 왕성한 때인 '토왕지절土旺之節'이 사계절마다 한 차례 18일씩 있다는 생각이 그대로 꽃으로 옮겨간 예이다. 그러던 것이 두 번째 단락으로 가면 이념은 저만치 가고 그 자리를 객고客苦와 향수鄕愁가 대신한다. 고향을 떠나 별로 이룬 것이 없는 기분일 때, 고향에서 흔하게 보던 그 꽃을 다시 생각한다는 것이다.

강희안이 사계화를 보는 시선은 그렇게 양면적이다. 한편으로는 자신의 심성을 가꾸는 데 더없이 좋은 꽃이어서 최고로 여긴다고 하면서, 또 한편으로는 자신의 객수客愁를 달래주는 고마운 꽃이어서 좋다고 했다. 어느 쪽이 본의인지 섣불리 판단하기 어렵지만, 사계화를 보면서

늘 울타리가에 어지러이 피는 이 꽃을 남들이 탐탁지않게 여겨도 자신만은 귀히 여긴다는 사실만은 분명하다. 이는 자연의 사물을 통해 인간의 도덕을 비유적으로 표현하는 '비덕比德'의 소산이다. 강희안이 사군자 등에 경도되지 않았다 하더라도 여전히 꽃에서 군자의 덕과 유사하다고 여겨지는 꽃을 으뜸으로 치는 관행에 머문 것이다.

이에 비하면 조선후기 류박柳璞이 쓴 《화암수록花菴隨錄》은 꽃 자체에 대한 관심이 훨씬 더 크다. 작가의 삶부터 그러해서 특별한 벼슬을 했거나 드러난 행적이 없다. 있다면 단 하나, 그가 꽃을 너무도 사랑해서 호號 역시 '백화암百花菴'이었으며 실제로 화원花園을 경영한 이력이 있을 만큼 꽃에 미쳐있었다는 사실뿐이다. 그는 황해도의 바닷가 시골에 숨어 지내며 꽃을 가꾸었다. 기록에 따르면 화훼를 백 본本이나 구해다 재배했다고 하니 '백화암'으로 호를 삼은 게 공연한 말은 아닐듯하다. 강희안이 16종 정도의 화훼를 기록해둔 데 비해 훨씬 많고, 그 가짓수보다 더 놀라운 것은 꽃과 나무를 대하는 자세이다. 비록 짤막한 서술이지만 다른 사람이 따르기 어려운 문학적 운치가 가득한데 이를 통해 그가 얼마나 꽃과 나무를 사랑했는지 알 수 있다.

> 분매와 금취(국화의 일종)는 그 정신을 세밀하게 관찰하고, 왜철쭉과 영산홍은 그 형세를 멀리서 살펴보며, 웅위한 자태는 단약(丹藥)에서 얻고, 계수와 복사꽃은 새로 얻은 첩인 양하고, 치자와 측백은 큰 손님을 대하듯 다루었다. 교태 있는 용모가 손에 잡힐 듯한 것은 석류요, 기상이 활달한 것은 파초다. 괴석으로 뜰에 명산을 조성하고, 비쩍 마른 소나무에서는 태곳적 얼굴을 만난다. 풍죽(風竹)은 전국(戰國)시대의 기상을 띠

고, 잡종 꽃은 시자(侍者)가 된다. 연꽃은 주렴계(周濂溪: 송나라의 유학자 주돈이(周敦頤))를 공손히 마주 대한 듯하다.[19]

"새로 얻은 첩인 양", "교태 있는 용모가 손에 잡힐 듯", "기상이 활달", "태곳적 얼굴", "전국시대 기상", "시자", "주렴계를 공손히 마주 대한 듯"은 전적으로 꽃의 개성을 드러내는데, 그러한 표현은 또한 작가의 개성이다. 꽃 하나하나를 개별 사물로 대하고 집중할 때 나올 수 있는 특색인 것이다. 여기에는 종래의 관행을 답습하거나 쉽사리 인간의 덕성에 연결 지으려는 행태가 보이지 않는다. 그는 귀한 꽃이 있다는 말만 들으면 어떤 어려움도 마다하지 않고 구하려했다고 하는데, 그걸 아는 사람들이 귀한 꽃을 볼 때마다 구해다 주었다고 한다. 그가 살던 황해도 배천군 금곡은 서울 같은 중심은 아니었지만, 인근 물산이 모여드는 교통의 요지여서 그의 꽃 모으는 취미를 도왔을 것이다.

이옥李鈺의 〈화설花說〉은 제목 그대로 꽃에 대한 본격적인 담론이다. 높은 곳에 올라 한양을 내려다보며 온갖 봄꽃이 형형색색으로 피어난 모습을 잘 그려냈다.

푸른 것은 그것이 버드나무인 줄 알겠고, 노란 것은 그것이 산수유꽃, 구라화인 줄 알겠고, 흰 것은 그것이 매화꽃, 배꽃, 오얏꽃, 능금꽃, 벚꽃, 귀룽화, 복사꽃 중 벽도화인 줄 알겠다. 붉은 것은 그것이 진달래꽃, 철쭉꽃, 홍백합꽃, 홍도화인 줄 알겠고, 희고도 붉거나 붉고도 흰 것은 그것이 살구꽃, 앵두꽃, 복사꽃, 사과꽃인 줄 알겠으며, 자줏빛은 그것이 오직 정향화인 줄 알겠다.[20]

흡사 식물원에 모아둔 꽃을 설명하는 듯이 늘어놓지만 가만 보면 실경實景 그대로이다. 이 뒤로 가면 나아가 같은 꽃이라도 하루 중 어느 때에 보는가에 따라 시시각각 다르며, 날씨에 따라서도 다르고, 어느 장소인가에 따라서도 다르다고 했다. 국화를 예로 들자면 국화가 노란색이라고 하며 넘어가거나, 늦가을에 홀로 피는 지조가 있다고 한다는 식의 고정된 관념을 넘어서, 실제 감각으로 포착할 수 있는 생동하는 꽃에 집중한 것이다.

여기에 이르면 꽃에 등급을 매기고 높은 등급의 꽃만을 귀하게 여기는 관례를 벗어날 수 있다. 꽃이 저마다의 빛깔이 있을 뿐만 아니라 특정 시공간에 따라 다양한 멋을 뽐내니 굳이 명화名花에만 관심을 둘 필요가 없는 것이다. 홍세태洪世泰가 쓴 다음 시를 보자.

들꽃이라 사람이 보지 못하고	野花人不見
유독 벌 한 마리가 알아보네.	獨有一蜂知
그지없이 그윽한 꽃향기를	無限幽芳氣
꿀 모으는 다리에 거두어왔네.	收來入蜜脾[21]

시의 제목이 〈들꽃과 황봉野花黃蜂〉이다. 황봉은 누런색을 띠는 꿀벌의 한 종류이다. 유명한 꽃이었다면 사람들이 눈길도 주고 손길도 뻗어 벌써 사라졌을 테지만 이름 없는 들꽃이라 아무도 쳐다보지 않았다. 그러나 꽃에는 꿀이 있는 법이어서 그 진가를 알아보는 벌 한 마리가 차지하였고, 그 덕에 그윽한 꽃향기가 벌을 따라 돌아다닌다. 물론 여기에서도 알아주는 이 하나 없는 고독한 처지를 빗대어 쓴 것으로 볼 여

지가 없지는 않겠지만, 일차적으로는 사람이 없는 곳에 꽃과 벌이 호젓하게 즐기는 한때를 그럴싸하게 묘사했으며 이것이 가능한 이유는 바로 들꽃이기 때문이다.

이런 시각이 살아 있다면 사군자에 속하는 꽃도 탈이념화하여 드러낼 수 있다. 이덕무가 쓴 〈남산의 국화南山菊〉를 보자.

국화꽃이 돌바닥으로 기울어져 菊花欹石底
가지 꺾여 넘어져 시냇물이 노랗네. 枝折倒溪黃
시내에 가 물을 떠서 마시니 臨溪掬水飮
손이 향기로우니 입도 향기롭네. 手香口亦香[22]

여기 있는 국화야말로 일상의 국화다. 제목에 '남산'을 강조한 걸 보면 산 아래로 흐르는 시냇물 어디쯤일 것이다. 뜰에 애써 가꿔놓은 게 아니고, 시냇가에 우연히 자라난 돌바닥 밑으로 기울어진 국화가 가지는 꺾여 시내까지 드리운 모양이다. 그러자 국화가 비친 시내가 누런빛으로 물들고, 시내에 가서 물을 한 움큼 마시니 어느새 손과 입에 국화향이 퍼진다고 했다. 국화에 대고 지조가 어떻고, 노란빛의 상징이 어떻고 하는 생각이 들어갈 틈이 없다. 국화가 일부러 돌 밑으로 기울어진 것도 아니고 누군가 가지를 꺾어서 시내 쪽으로 떨어뜨려놓은 것도 아니다. 또 국화향을 맡겠다고 꽃송이에 대고 코를 킁킁댄 것도 아니고 향을 느끼려고 손끝으로 문댄 것도 아니다. 그저 목이 말라 시냇물을 손을 떠서 마신 것뿐인데 향내가 전해졌다. 꽃의 빛깔과 향이 자연 그대로 저절로 드러날 뿐이다.

이야기로 피어난 꽃

서사는 인물과 인물의 갈등이 중심에 서는 데 비해 꽃은 식물이다. 식물은 본래 주체적으로 무슨 행동을 할 수 없는 존재이다. 따라서 꽃이 등장할 때는 앞서 살핀 대로 대체로 시 같은 서정문학이거나 사람들이 그 꽃과 관련된 일을 술회하는 수필 같은 교술문학이기 쉽지만, 의인화를 통해 서사문학에 등장하기도 한다. 설총薛聰의 〈화왕계花王戒〉가 그 대표적인 예이다. 이는 《삼국사기》 〈열전〉의 〈설총〉조에 기록된 이야기로, 신문왕이 재미있는 이야기를 해달라고 해서 설총이 들려주었다고 한다. 주인공 화왕花王은 모란을 일컬으며, 그 앞에 한 미인장미과 백두옹할미꽃이 나타나 갈등을 일으키는 게 서사의 골간이다. 특히 왕이 총명하여 이치를 잘 알리라 여겼지만 이제 보니 그렇지 않다며, "대체로 임금 된 사람은 간사하고 아첨하는 자를 가까이하고 정직한 이를 멀리하지 않는 이가 드뭅니다."라고 설파한 부분은 이야기의 본의를 명백하게 드러내준다.

꽃의 아름다움에 현혹되어서는 진면목을 볼 수 없다는 경계인데, 조선후기 이이순李頤淳이 지은 가전체문학假傳體文學 〈화왕전花王傳〉도 같은 논조를 이어갔다. 주인공 요황姚黃은 모란의 한 종류로, 인물이 좋고 부귀를 누릴 기상이라는 이유로 왕으로 추대되었다. 화왕은 역시 모란의 일종인 위자魏紫를 왕비로 삼은 후, 나라를 잘 다스려볼 심산으로 숨어 지내던 군자인 매화와 대나무, 국화를 불렀지만 국화만은 오지 않았고, 매화의 덕과 대나무의 간언으로 나라를 잘 다스렸다. 그러나 나이가 들면서 사치와 향락에 빠져 해당화를 별궁에 두고 정사를 게을리하며 대나무의 간언 등을 무시하다가, 결국 나라가 망하고 말았다. 이 와중에 끝내 몸을 숨겼던 국화만이 화를 면했다. 작품의 말미에 붙은 태사공의 평은 이 작품이 국화를 바라보는 시선을 간단하게 정리해준다.

> 부귀와 번화는 오직 사람의 연모하는 것인 동시에 역시 사람으로서 마땅히 경계할 일이었다. 요(姚)씨와 위(魏)씨가 모든 꽃 가운데에서 으뜸된 것은 그들의 부귀를 연모했기 때문이었으나 급기야 그들이 꺾어져 없어짐에 이르러선 도리어 매화·국화만도 못하게 되었으니 이는 부귀란 잃어버리기 쉬운 까닭이었다. 아아, 슬프도다. 사람에게 가장 고귀한 것은 다만 그 만절(晩節)의 아름다움에 있지 않겠느냐.[23]

주인공 요황은 화려하고 부귀한 덕에 왕위에 올랐고, 처음에는 나라를 잘 다스려볼 생각으로 충신들의 직간을 듣고 훌륭한 정치를 하였다. 그러나 나중에는 초심을 잃고 향락에 빠져버림으로써 본인도 망하고 나라도 망했으며 신하들까지 망쳤다. 여기에서 강조하는 '만절晩節'은 그래서 의미가 깊다. 만절은 늦은 계절인 가을이면서, 요황이 나라를 망친 늘그막을 뜻하기 때문이다. 늦가을에 홀로 피는 국화를 매개로, 사람이 초심을 잃지 않고 늙어 죽을 때까지 절조를 지키는 일이 얼마나 어려운지, 그러기에 그 중요성을 강조하려는 것이다.

식자층에서 꽃을 이념화하여 이야기를 만들 때, 백성들 사이에서는 한恨을 표출하는 이야기들이 회자되었다. 동서양을 막론하고 꽃의 전설이 대체로 구슬픈 구석이 있기는 하지만 우리나라의 꽃 유래담은 특히 심한 편이다. 〈며느리밥풀꽃 전설〉을 보자. 이 이야기의 주된 갈등은 며느리와 시어머니 사이의 고부姑婦갈등으로, 내용은 이렇다.

옛날에 어떤 마음씨 고운 며느리가 살았는데 시어머니가 포악했다. 며느리가 밥을 짓다가 밥이 잘 되었는지 보려고 밥알을 몇 개 입에 넣었는데 시어머니는 밥을 먼저 먹는다고 트집을 잡아 두들겨 팼다. 며느리가 죽어서 그 무덤에 꽃이 피었는데, 그것이 바로 며느리밥풀꽃이다.

밥을 먼저 먹었다는 게 사람을 때릴만한 일인가 황당하기도 하고, 더러는 훔쳐 먹었다며 때리기도 하는데 자기 집 쌀로 자기가 지은 밥을 먹으면서 그런 오명을 뒤집어쓰는 게 억울함을 증폭시킨다. 그런데 이 〈며느리밥풀꽃 전설〉을 구연한 많은 사람들이 이야기 속 아들이 매우 효성스럽다는 점을 강조한다는 사실을 놓쳐서는 안 된다. 여기에 며느리조차 둘도 없는 효부孝婦로 설정함으로써 시어머니의 부당함에 항거는커녕 이의제기도 어렵게 만들었다. 더해 이 가정을 일찍 남편과 사별한 청상과부 시어머니로 설정한 경우, 모자간의 병적인 애착관계가 형성되어 그 둘 사이에 끼어든 며느리에 대한 과도한 시기심 또한 간과하기 어렵다. 며느리를 들였지만 가족으로 인정하지 않고 내칠 기회만 엿보는 비정상적인 심리가 표출되는 것이다.[24] 실제 이 꽃을 보면 붉은 기운이 짙은 보랏빛 꽃잎 위에 밥풀 같은 흰 꽃술이 두 개 달랑 붙어 있다. 아카시아꽃이나 이팝나무꽃처럼 주렁주렁 매달린 것도 아닌 딱 두 개뿐인 밥알이 그 비극성을 대변하는 것 같다.

이보다는 못하지만 〈할미꽃 전설〉은 며느리도 아닌 친딸과의 갈등이라는 점에서 심각성을 드러낸다. 이야기에 따라 넘나듦이 있지만 할머니에게는 딸이 셋 있고 딸들을 애지중지 잘 길러서 시집을 보냈다. 나중에 홀로 남아 힘들게 된 할머니는 딸들을 보기 위해 차례로 딸을 찾아가는데 잘사는 큰딸이 냉대하고, 둘째 딸 역시 마찬가지였다. 셋째 딸은 착하지만 가난한 살림이라 찾아가지 않으려 했으나 보고싶은 마음에 찾아가다가 추위에 얼어죽고만다. 어머니가 오기를 기다리던 셋째 딸이 나와 보니 어머니는 없고 그 자리에 꽃 한 송이가 피었는데 그것이 바로 할미꽃이라거나, 어머니가 죽어서 묻었는데 그 무덤가에 핀 꽃이 할미꽃이라는 내용이다. 할미꽃의 바깥 부분이 하얀색이고 등이 굽은 모양새 때문에 '할미'라는 말이 붙었겠지만, 애잔하기 그지없다. 먹고살만한 딸은 어머니를 봉양할 생각이 없고 효심 깊은 딸은 봉양할 능력이 안 되는 딱한 상황에서 주인공이 횡사했고, 그 한恨이 서려 꽃이 되었다.

꽃을 이야기로 만들어나가는 데 이런 서사만 있는 것이 아니라, 아예 사람을 꽃에 빗대어 노래를 주고받는 관습도 있었다. 여성을 꽃에 빗대는 것은 동서양을 물론하고 보편적이지만, 특히 우리 전통문화에서 기생을 '해어화解語花', 곧 말을 알아듣는 꽃으로 부르면서 기생과의 수작酬酌이 자연스럽게 꽃과의 문답으로 생겨났다. 기생의 이름에 꽃이 들어가는 것은 아주 흔한 일이어서 꽃을 두고 부르는 노래가 곧 자신의 심정을 드러내는, 꽃이 자신의 속내를 풀어내주는 형국이 된다.

우리 문학사에서 가장 유명한 기생인 황진이黃眞伊는 서경덕徐敬德을 연모하였는데 마음을 헤아린 서경덕은 "마음이 어린 후이니 하는 일이 다 어리다"로 시작하는 유명한 시조를 남겼으며, 종신宗臣 벽계수碧溪守에게는 고고한 마음을 "청산리 벽계수야 수이 감을 자랑마라~"로 꺾어두기도 했다. 또, 조선중기의 기생 계랑桂娘은 자신의 호號 '매창梅窓'에 있는 그대로 '매화 보이는 창문'을 이용하여 자신의 마음을 표현하였다.

자신이 그토록 사모하던 유희경劉希慶이 떠난 가운데 절개를 지켰는데, 지나가던 과객이 유혹했지만 "평생토록 동가식서가숙東家食西家宿을 배우질 못했고 / 매화 걸린 창에 달 그림자 비낀 것만을 사랑했네.平生不學食東家 只愛梅窓影斜"[25]로 응수했다. 자신은 오직 매창, 곧 자신에게 비치는 달빛, 그것도 제대로 다 비추어지는 것도 아닌 달빛의 그림자만을 사랑했노라며 굳은 뜻을 표현했던 것이다.

또한, 판소리를 집대성한 신재효와 기생 진채선의 사랑은 꽃을 사이에 둔 수작의 형식으로 진행된다. 표면적으로는 복사꽃과 자두꽃을 그려낸 단가短歌 〈도리화가桃李花歌〉는 사실상 진채선이라는 기생에 대한 찬가이다. 초반부에는 "도화는 곱게 붉고, 흼도 흴사 오얏꽃이~"라고 하여 복사꽃과 자두꽃을 그려내는 듯이 보이지만 조금만 넘어가면 이내 "꽃 가운데 꽃이 피니 그 꽃이 무언 꽃고? 웃음 웃고 말을 하니 수령궁의 해어환가"[26]라 하여, '해어화'인 진채선으로 시선을 돌리고 있다. 당시 신재효는 환갑을 바라보는 노인이었고 진채선은 이십 대의 아리따운 기생이었다. 아름다운 여성을 꽃에 비유하는 것은 흔한 일이기에 특별할 게 없어 보이지만, '웃고 말하는 꽃'으로서의 특별함을 전면에 내세웠다.

이러한 작품들처럼 꽃 자체가 정면으로 나서지 않더라도, 꽃이 중요한 매개가 되는 서사 작품 또한 어렵지 않게 찾아볼 수 있다. 《삼국유사》 〈수로부인〉조에는 어떤 벼슬아치가 태수로 부임해 가던 차에 바닷가 천길 절벽 위에 철쭉꽃이 피어있었고, 벼슬아치의 부인인 수로부인이 "누가 내게 저 꽃을 바치겠소?"라는 황당한 질문을 던진다. 아무도 나서지 못하던 차에 암소를 끌고 지나가던 노인이 부인의 말을 듣고는 그 꽃을 꺾어와서 〈헌화가〉를 지어 함께 바쳤다. 꽃과 노래를 바치면서 부인의 마음을 산 것인데, 벼슬아치를 수행하던 젊은 장정이 못하던 일을 해낸 것을 보면 이 노인은 분명 여느 사람이 아니다. 이 이야기의 주인공이 천하절색으로 나오는 것을 보면, 보통 사람들이 함부로 꺾을 수 없는 꽃이라는 이미지와도 잘 연결된다.

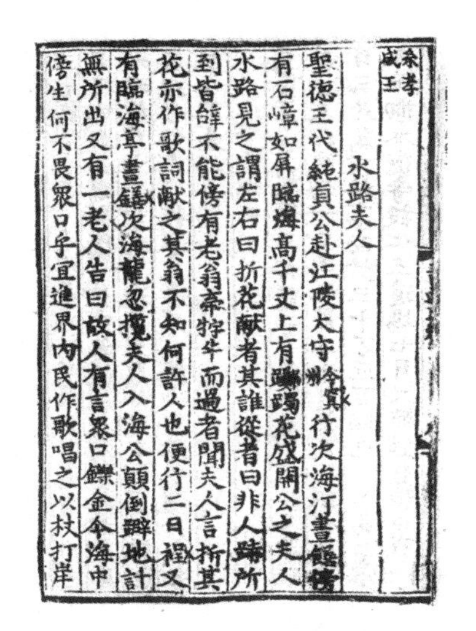
水路夫人
聖德王代純貞公赴江陵太守(今溟州)行次海汀晝饍傍
有石嶂如屛臨海高千丈上有躑躅花盛開公之夫人
水路見之謂左右曰折花獻者其誰從者曰非人跡所
到皆辭不能傍有老翁牽牸牛而過者聞夫人言折其
花亦作歌詞獻之其翁不知何許人也便行二日程又
有臨海亭晝饍次海龍忽攬夫人入海公顚倒躄地計
無所出又有一老人告曰故人有言衆口鑠金今海中
傍生何不畏衆口乎宜進界內民作歌唱之以杖打岸

《삼국유사》, 〈기이 2〉, 〈수로부인〉조

같은 《삼국유사》의 〈월명사도솔가〉조에는 부처님께 꽃을 바치는 노래 〈도솔가〉가 등장한다. 그 당시에는 〈산화가散花歌〉로 불리었다고 한 것으로 보아 이 노래는 꽃을 흩뿌리며 행하던 제의에서 불린 노래이다. 이야기의 발단은 하늘에 해가 두 개나 나타나는 변고였다. 해결책으로 제시된 것이 인연 있는 승려를 모셔다 부처님께 꽃을 올려 공양하는 '산화공덕散花功德'이었다. 이렇게 하여 발탁된 월명사였고, 그는 불교의 찬불가인 범패梵唄대신 향가 〈도솔가〉를 지어 올렸다.

> 오늘 여기서 〈산화가〉를 불러
> 솟아나게 한 꽃아, 너는
> 곧은 마음이 시키는 대로
> 미륵좌주 모셔 서 있어라.[27]

이 노래의 효험으로 얼마 후 하늘의 변고가 사라졌다고 한다. 꽃으로 부처님을 모심으로써 영험함을 얻은 것인데, 경우는 다르지만 꽃을 매개로 어려운 일을 해내는 이야기가 《삼국유사》의 〈진성여대왕거타지〉조에도 나온다. 활을 잘 쏘는 거타지가 당나라에 사신으로 가다가 어느 섬에서 곤경에 처한 노인을 구해준다. 이 노인은 서해의 신으로 늙은 여우가 변신한 괴승에게 가족이 몰살할 위기에 처해있었는데, 거타지는 자신의 활솜씨를 뽐내 여우를 물리쳤다. 그러자 노인은 거타지를 사위 삼고자 하는데 딸을 꽃송이로 변신시켜 거타지의 품속에 넣어준다. 꽃을 통해, 사신으로 가면서 여자를 데려갈 수 없는 난감함을 해결한 것이다. 당나라에서 임무를 마치고 신라로 돌아와서 품속의 꽃을 꺼내자 다시 여인으로 바뀌었음은 물론인데, 이때의 꽃은 여성 그 자체이다.

나아가 꽃의 생성력을 중심에 두게 되면, 꽃으로 자신의 능력을 과시하는 서사도 있다. 무가 〈천지왕본풀이〉에서는 두 형제 대별왕과 소별왕이 인간세상을 누가 차지할 것인가를 두고 다툼을 벌이는데, 이 또한 여성이 갖는 풍요성이나 생산력과 무관해 보이지 않는다. 형제가 택한 경쟁 종목은 수수께끼와 꽃 피우기였는데, 꽃을 누가 더 빨리 피울 수 있는가 하는 능력이 현세를 차지하는 기준으로 쓰였다는 데서 꽃의 생성력을 확인하게한다. 이처럼 이야기 속의 꽃은 대체로 여성과 연관이 깊은데 여인을 비유하여 경계하거나, 꽃에 얽힌 여인의 한 맺힌 삶을 토로하거나, 남성의 이성 상대자로 자리하거나, 신비로운 여성을 상징하는 등 다채롭게 펼쳐진다.

제 2 장

가난

나랏님도 구제 못한 가난이지만

*지구는 존재하는 모든 인간의 필요를
충분히 만족시킬 만큼의 자원을 제공하지만
탐욕을 만족시킬 만큼 자원을 제공하지는 않는다.
_ 마하트마 간디

'가난'의 여러 얼굴들

가난은 우리 민족을 넘어 인류를 오랫동안 괴롭혀온 문제이다. 그러나 지역마다 시대마다 가난의 양상이 다르듯이 가난을 주제로 한 문학 또한 달랐다. 특히 우리 고전문학에서는 '가난 구제는 나라님도 못 한다'는 숙명론적인 사고방식의 한편에 가난하더라도 곧게 살아가는 삶을 이상화한 유교적 이념이 도사리고 있어서 독특한 방향을 띠는 경향이 있다. 가난하면 떠올릴 수 있는 쪼들리는 삶이 나오는 것은 공통이라 해도, 가난에 대처하는 자세나 향배가 전혀 달랐다.

〈흥부전〉의 예로 보면, 가난했던 흥부는 박을 타서 부자가 되는데 이는 전형적인 민담의 틀이다. 민담에서는 가난한 나무꾼이 부자가 되고, 도깨비 방망이 하나로 가난에서 벗어나기도 한다. 기층민들이 향유했던 민담에서 그렇게 가난한 사람이 일거에 행운을 얻어 부유해지는 서사가 있는가 하면, 식자층의 문학에서 "단표누항簞瓢陋巷"이나 "안빈낙도安貧樂道", "빈이무원貧而無怨" 등이 관용어구처럼 등장한다. 물 한 바가지로 만족하며 산다는 게 도무지 믿기지 않지만 즐길 도道가 있다면 가난도 편안하게 여기며, 가난해도 원망함이 없다는 여느 사람들이 도달하기 어려운 경지를 자랑하듯 읊어대는 시가詩歌 작품이 많다.

한편으로는 가난을 있는 그대로 핍진하게 그려내는 작품 또한 없을 수 없다. 야담野談 가운데 자존심을 지키기 위해 굶어 죽기를 택했다는 이야기나, 굶주림에 지친 부부가 부부생활까지 포기하며 치부致富에 몰두하는 이야기 등이 왕왕 있었다. 아울러 〈박타령〉의 '가난타령'처럼 가난한 신세타령이라거나, 조선후기 가사에서 등장하는 〈탄궁가歎窮歌〉류는 말 그대로 가난을 한탄하면서 절대 미화할 수 없는 참상慘狀을 진솔하게 그려냈다. 또한 제 능력으로 충분히 부유하게 살 수 있었음에도 불구하고 가난을 택한 〈황희 정승〉류의 청빈淸貧 이야기 역시 많은 이들의 관심을 받았다.

그러나 고전문학에서 가난을 논할 때 그러한 절대적 빈곤만으로는 설명할 수 없는 부분이 있다. 유자儒者로 대표될 전통사회 식자층들이 일컫는 가난은 경제적인 어려움보다는 벼슬하여 쓰이지 못하는 상황에 더 가까운 경우가 적지 않았다. 흔히 말하는 '궁달窮達'의식 속의 '궁窮'은 실질적으로 가난해서 생활이 어려운 '빈궁貧窮'의 의미라기보다는 '현달顯達'에 이르지 못하는 처지를 뜻하는 상황과 무관치않다. 실제로 16세기 이후 정권의 전면에 나서지않고 지역을 기반으로 세력을 형성한 사림士林조차도 중소지주는커녕 서울의 문벌귀족이나 대지주가 많았던 데에서도 그 특별함을 엿볼 수 있다.

결국, 고전문학에서 운위되는 '가난'은 한편으로는 경제적 궁핍이라는 일반적인 의미를 지니기도 하지만, 또 한편으로는 벼슬이 없는 곤궁한 처지를 뜻하기도 하는 것으로 정리할 수 있다. 후자의 경우에서도 그 원인이 무엇이냐를 두고 가난을 대하는 태도가 달랐다. 우리 고전의 전범으로 여겼던 중국문학에서 그 차이를 비교적 또렷이 드러내는데, 똑같은 가난함을 읊어도 도연명陶淵明은 그 원인으로 자신의 천성인 '졸拙'에 든 반면, 좌사左思는 객관적인 환경인 '시時'를 들었다. 전자가 자신이 벼슬하기에 적절치않아 가난하게 되었다고 수긍하였다면, 후자는 자신을 알아주는 세상을 만나지 못한 불우不遇함을 강조하는 것이다.[1]

우리 선비들도 자신의 천성을 좇아 가난함을 마다않고 스스로 찾아간 것으로 보는지, 시세에 떠밀려서 어쩔 수 없이 가난해진 것으로 보는지에 따라 가난을 대하는 태도가 갈린다. 이 자발성의 문제는 이른바 안빈낙도의 '도道'를 추구하는 문제와 연관된다. 이는 비단 유교전통에서만의 문제가 아니라 인류사적 차원에서의 공통 문제로 여겨지는데, 《성경》에서 "마음이 가난한 자는 복이 있나니" 같은 구절의 풀이에서도 명확히 확인된다. 이 〈마태복음〉의 구절에서 '가난하다'의 원어는 헬라어 '프토코스πτωχός'로 그저 경제적 결핍의 상태만을 말하지는 않는다. 헬라어에서 사전적 의미의 가난은 보통 '페네스πένης'로 쓰며, 프토코스는 무언가를 간절히 원하기 때문에 생기는 가난의 상태이다. 이는 꼭 있어야 할 것이 결핍되어 갈구하는 상태에서의 가난함으로, 기독교 신자의 입장에서라면 하느님이 태초에 세상을 창조하던 때의 그 영靈을 갈망함을 의미한다.[2] 유교의 도道 역시 같은 맥락에서 이해됨직한데, 도를 추구하는 것 이외에는 관심을 두지 않을 때 절로 가난하고, 그렇기 때문에 그 가난이 현실적인 문제를 야기하지 않는 경지가 있는 것이다.

그러나 이 가난의 문제가 식자층이 아닌 기층민으로 파고들 때 양상은 크게 달라진다. 특별히 추구하는 정신적 경지가 없는 경우, 자발적으로 가난하게 살 이유가 없기 때문이다. 기층민이라면 누구나 생업에 종사하여 생계유지를 도모하기 마련인데, 그런다고 해서 누구나 가난을 벗을 수는 없었다. 가령 허난설헌의 〈빈녀음貧女吟〉에는 삯일을 아무리 열심히 해도 가난을 벗어나지 못하는 여성이 그려지며, 야담 〈홍생아사洪生餓死〉[3]에서는 밥을 빌어먹다가 사람들의 괄시를 치욕스럽게 여긴 주인공이 굶어 죽기를 택한 비극이 펼쳐진다. 열심히 일했으나 가난을 못 벗는 경우든 아예 일할 기회조차 얻지 못한 경우든 절박하긴 매한가지이다.

결국 고전문학에 나타나는 가난은 그것이 자의적으로 택한 것인지 원치 않았는데도 그리 된 것인지 하는 '자발성' 여부와, 실제 일을 열심히 해도 피하지 못한 것인지, 일을 하지 않거나 할 수 없는 상황에서 생긴 것인지 하는 '근로' 여부가 기준이 될 만하다. 이를 토대로 유형화한다면 넘나듦은 있겠지만 다음의 네 유형으로 나뉜다.

첫째, 스스로 가난을 택하고 일도 하면서 맞는 가난이다. 이른바 '청빈'의 경우가 여기에 포함된다. 이런 가난의 주인공은 청백리淸白吏처럼 대체로 능력을 갖추어서 벼슬에 오르지만 그 혜택을 적극적으로 누리지 않고 소박하게 살아간다. 둘째, 스스로 택하기는 했지만 일을 하지 않으면서 맞는 가난이다. 이른바 고전시가에서 흔히 등장하는 '안빈安貧'의 경우가 여기에 포함된다. 벼슬도 없이 일도 하지 않으니 가난할 수밖에 없지만, 그 가운데 도리어 낙도樂道를 하는 삶이다. 셋째, 가난을 원하지 않고 열심히 일하나 피하지 못하는 유형이다. 이른바 '근로 가난'으로 늘 일을 하지만 살기에 허덕이는 전형적인 하층민의 형상으로 '망빈忙貧'[4]으로 명명할 만하다. 이들은 전력을 다해 일하지만 그 대가가 생계조차 제대로 꾸려나갈 수 없이 열악한 경우이다. 넷째, 원하지도 않지만 딱히 일을 할 수도 없기 때문에 맞는 가난이다. 이 유형은 이른바 '적빈赤貧'이다. 그야말로 아무것도 가진 것이 없는 상태인데 심지어는 노동력마저 없어서 외부의 구제가 없으면 가난을 면하기는커녕 기아饑餓를 벗어날 수 없는 최악의 가난이다.

깨끗한 가난 — 청빈

식자층이 주류를 이루는 첫째 유형인 청빈清貧과 둘째 유형인 안빈安貧은 거의 동일선상에 놓이는 것 같지만 어떤 면에서는 대립적인 특징이 있다. 안빈이 선비들의 이상적인 삶인 임금을 모시고 백성을 다스리는 '치군택민致君澤民'에 이르지 못해 생기는 일이었음을 감안한다면 첫째 유형에서의 가난은 이해하기 어렵다. 벼슬에 올라서도 여전히 가난하게 지낸다면 그럴법한 이유가 있어야 한다. 가령 녹봉이 충분치않거나, 충분한 녹봉에도 불구하고 지출이 더 많은 개인적인 사정이 있을 수도 있다. 그러나 이 유형의 가난이 드러나는 작품에서는 대체로 청렴清廉에 집중될 뿐 별다른 이유를 대지 않는 가운데 특별한 의미를 읽어낼 대목이 아주 없지는 않다.

〈황희 정승〉 일화 가운데 그가 관복官服이 없어서 저녁에 빨아 그다음날 입고 나갈 정도였다고 한다거나, 담장이 무너져서 거주하기 불편했다는 식의 이야기가 흔하다. 그런데 상식적으로 정승 벼슬을 한다면 돈이 없어서 의식주에 불편을 겪을 리는 만무하다. 임금이 그런 사실을 알고 보태주려 했으나 그럴 때마다 황희가 했다는 말은 간단하다. 백성은 헐벗고 집이 불편한데 자신만 윤택할 수는 없다는 것이다. 이러한 점이 황희가 청백리로 칭송되는 지점이지만 치군택민을 해야하는 관리로서 '택민'이 제대로 못 된 데 대한 반성으로도 읽힌다.

관리가 된 이상 백성에게 은택이 돌아가도록 하는 것이 자신의 임무인데, 그렇지 못한 상황에서라면 자신에게만 그렇게 할 수 없으므로 가난하게 지내는 게 옳고 마음이 편하다는 의미이다. 이와 유사하게 이시백李時白은 부인이 비단실로 가장자리를 두른 방석을 만들었다는 말을 듣고 "내가 어지러운 때를 만나 공경公卿에 올랐으니 조심스럽고 위태롭게 여기며 실패할까 두려워하고 있는데, 어찌 사치로써 망하기를 재촉한단 말이오. 부들자리도 오히려 불안한데, 하물며 비단방석이겠소."[5] 라며 아내를 깨우친다.

또, 율곡 선생의 청빈을 운위할 때 거론되는 일화 가운데 소고기를 먹지 않았다는 게 있다. 그런데 그 이유가 백성들이 굶주린다거나 소고기가 비싼 음식이라서가 아니라, 소를 평생 부려 일을 시키고서 고기까지 먹는 일을 차마 하지 못할 짓이라는 깨침에서였다.[6] 이런 일화에서 보여주는 '깨끗함'은 매우 합리적이며 현실적인 이유를 담고 있다. 〈황희 정승〉 설화에도 유사한 사례가 있다. 아내가 가난을 한스러워하자 황희는 당장에 부자로 살 수 있다며 까마귀와 까치 떼를 불러 모아 곡식을 거둔다. 그러나 그걸 보며 만족스러워 하는 아내에게 이 곡식이 들판에 떨어진 낟알을 까마귀와 까치가 모은 것이니 이걸 우리가 먹으면 까마귀와 까치가 굶어 죽게 된다고 일러준다. "그러니 저거 그 많은 살상을 시키고 우리 둘이 잘 살은 뭣할 것인가? 부자가 못 쓴 것이지."[7] 라며 낟알들을 되돌려놓는다.

주목할 점은 자신은 능력을 발휘하여 잘살 수 있지만 자신만 잘살아서는 의미가 없다는 자각이며, 그럴 바에야 차라리 자신의 유복함을 내려놓는 것을 편하게 여겼다는 사실이다. 문헌설화를 주제별로 분류해놓은 책에서 '염결廉潔'로 분속해놓은 19인의 이야기 중 4인의 이야기에서 주인공이 펼친 염결함의 대對 사회적 확산을 살펴볼 수 있다.[8] 가령, 최석崔碩은 순천 고을의 태수가 이직해갈 때마다 말 8필을 보내는 관행을 없앴으며, 유응규庾應圭는 본인의 염결함이 부인에게까지 이어지고 그를 본 주위 사람들에게까지 영향을 주며, 김상헌金尙憲은 남의 부인에게까지 청탁을 받지않도록 조처하였고, 이병태李秉泰는 해인사에서 관아에서 쓸 종이를 필요 이상 바치는 폐단을 없애[9] 사람들의 마음을 울렸다. 이런 이야기는 청빈한 삶의 이야기가 개인적 염결에 그치는가, 공공선公共善으로까지 나아가는가를 엿볼 수 있는 대목이다. 그래서 겉으로는 청렴한 외양이 드러나지만 속으로는 무능했다거나, 청렴을 내세우면서 정작 뒤로는 부당한 방법으로 사리私利를 취하는 이야기까지 등장하여 청빈의 지향점을 분명히 해주기도 한다.

또, 실화를 바탕으로 하던 이야기에서 더 나아가면 자신이 가지고 있는 것으로 남들을 잘살게 하고 자신은 여전히 가난하던 예전으로 돌아가는 작품까지 있다. 박지원의 〈허생〉은 그 대표적인 이야기이다. 허생은 빌린 돈으로 장사 수완을 발휘하여 거부巨富가 되지만 그가 한 일은 궁한 사람들을 데려다가 살린 것뿐이고 자신은 여전히 예전의 가난함으로 되돌아간다. 심지어는 그의 아내조차 조금의 혜택을 못 보아 작품 후지後識에 윤영의 입을 빌려 "허생의 아내 말씀이요, 참 가엾더군요. 그는 마침내 다시 주릴 거요."[10]라 덧보탤 정도이다.

그런데 허생류의 치부담은 매점매석에 의한 부당거래로서 공공성을 크게 해치는 일이다. 실제 조선후기의 많은 야담에서 그런 소재를 취해 썼지만 허생이 보여준 정도의 균형감이 없다면 청빈으로 볼 여지가 없다. 매점매석 같은 방법으로 그냥 돈을 많이 벌었다고 하고 끝나는 이야기라면[11] 못된 상술을 보인 데 지나지 않는 것이다. 그러나 이와 다르게 어느 가난한 훈장의 아내는 같은 방법으로 많은 이익을 거둔 후 돈을 돌려주고 나서는 앞으로는 그저 먹고사는 걱정만 없으면 족하다며 부자는 사람들이 비난하기 때문에 싫다고 거절했다. 그 후로 장사 수완을 발휘하지 않고 열심히 길쌈을 하며 부부가 해로했다고 하는데, 이런 이야기라면[12] 청빈 유형으로 봄직하다.

이런 공공의 대의大義를 부각시키는 이야기와는 방향을 조금 달리하는 경우도 있다. 가령, 황희 정승 일화 가운데 청빈하게 살아가는 이유로 대의보다는 분복分福 내지는 박복薄福함에 귀결하기도 한다. 흔히 '계란유골鷄卵有骨'의 고사로 드는 이야기 가운데, 황희를 찾아온 세종대왕이 그가 조밥밖에 못 먹는 딱한 사정을 알고 그에게 계란이라도 주고자 했으나 마침 기상 악화로 시간이 지체되면서 부화하다 만 곯은 계란이 되고 말았다는 이야기가 있다. 임금까지 나서서 그의 가난함을 조금이나마 덜어주고자 했으나 하늘이 막아서 그렇게 할 수 없었다는 이야

경기도 양평에 있는 류관 선생의 묘역 ⓒ 한국학중앙연구원 · 김성철

기다. 제대로 된 계란조차 먹을 수 없는, 그래서 어찌 보면 운명적인 청빈을 맞아야 하는 상황으로 그려진다.[13]

아울러, 청백리로 나오는 남성 주인공과 거기에 동조하기 어려운 부인 등의 관점이 희화화되어 처리되기도 한다. 일례로 《대동기문大東奇聞》의 〈류관柳寬 일화〉에서 류관이 비 오는 집 안에서 우산을 쓰고 앉아서 "우산이 없는 사람은 어떻게 견딜까?"라 했다는 것은 우산이 없는 집을 걱정하는 게 아니라 웃음을 통해 아내의 불만을 누그러뜨려보려는 전략이며, 아내가 "우산 없는 사람은 반드시 비가 새지 않게 미리 방비를 합니다."라고 받아친 것은 아내의 불만이 어디에 있는지를 드러내는 지점이다.

이렇듯 청빈 유형 이야기의 주인공은 개인적인 이재理財에는 아예 관심이 없고 모든 역량을 공무를 다하는 데만 바친다. 이는 국가적 혼란상과 맞물려 이상시理想視되거나 과대포장되기 일쑤다. 특히, 허구화가 강화된 야담류나 설화류에서 더욱 두드러지는 것으로 보아, 관官은 부유하고 민民은 가난할 수밖에 없는 부조리한 현실에 대한 문학적 보상補償처럼 읽힌다.

가난을 편안히 여기며 — 안빈

두 번째 유형의 가난인 안빈安貧으로 가면, 위의 상황은 많이 변한다. 벼슬을 하다가 물러나든, 벼슬을 못하고 선비로만 지내든 안빈낙도安貧樂道의 이상은 작품 속에 숱하게 투영되는데 이 경우 자신이 가난하다고 생각하는 배경은 일반 백성과의 비교가 아니라 권문세가에서 호의호식하는 사람들과의 비교이다. 조위한趙緯韓의 시조를 보자.

> 빈천(貧賤)을 팔랴하고 권문(權門)에 들어가니
> 침 없는 흥정을 뉘 먼저 하자 하리
> 강산(江山)과 풍월(風月)을 달라 하니 그는 그리 못하리[14]

자신이 팔 수 있는 물건은 빈천貧賤밖에 없는데 권문세가에 들어가 흥정을 한다고 했다. 아무 잇속(침) 없는 거래를 상대가 할 리가 없다고 여겼는데, 뜻밖에도 자신이 가진 것 중에도 상대가 탐낼만한 귀한 것이 있음을 알게 된다. 그것은 바로 강산과 풍월로 상징되는 자연 속의 평온함이다. 이런 것은 전원생활에서 누구나 누릴법한 것이지만, 세속에 얽매여있으면 한가할 틈이 없어서 즐길 틈을 못 내는 것이 일반적이다. 강산과 풍월은 임자가 없어서 누구나 누릴 수 있지만 마음을 비우지 못하면 누릴 수 없는 것이며, 이 점에서 자신이 마음을 비우고 지내는 데 은근한 자부심을 드러낸다.

이렇게 서술된 가난이 청빈 유형과 달라지는 지점은 그렇게 지내서는 다른 사람의 삶을 적극적으로 변화시킬 수 없다는 데 있다. 내가 조금 덜 갖고 조금 덜 써서 남은 무언가를 다른 사람이 쓸 수 있게 하는 게 아니라, 그저 최소한만 누리고 사는 자신의 삶이 만족스러울 뿐이다. 한마디로 자족自足이 강조된다 하겠는데, 김수장金壽長이 직설적으로 읊은 것처럼 공명功名을 좇으면 한가하기 어렵고, 부귀를 택하든 안빈을 택하든 "이 백년百年 저 백년百年 즈음에 뉘 백년百年이 다르리"[15]의 심정으로, 영달한 삶을 의도적으로 경시하는 인상을 주기도 한다. 그러나 단지 자신이 갖지 못한 것에 대한 체념에 그치지 않고, 그 근본원인을 자신에게 돌릴 때 자발성이 극대화된다.

> 시름이 없을션정 부귀공명(富貴功名) 관계(關係)하며
> 마음이 평할션정 남이 웃다 어이하리
> 진실(眞實)로 수졸안빈(守拙安貧)을 나는 좋아하노라[16]

지은이는 안빈할 수 있는 근거로 '수졸守拙'을 들고 있다. 시름이 없기만 하다면 부귀공명을 관계할 게 없다는 선언을 통해, 시류에 제대로 편승하지 못하는 자신의 천성을 나쁜 것으로 여겨 개선하려하기는커녕 도리어 좋아한다고 하여 타고난 그대로를 지키며 살아가려는 의지를 보인다. 많은 작가들이 자신이 가난한 이유로 '우활迂闊'을 든 것은 태생적으로 현실정치의 한복판에 설 수 없는 사람임을 자인하는 것이다. 물론, 우활함이 돋보이게 된 데에는 좋은 세상을 만나지 못한 불우不遇가 한몫하는 것이 사실이나 근본원인을 그렇게 진단함으로써 울분과 번민에서 벗어날 가능성이 높아진 것도 또한 맞다. 단적인 예로, 정훈鄭勳의 〈우활가迂闊歌〉를 보면 작품 속에서 '우활'을 18회나 반복함으로써 문제

의 핵심을 내적인 데서 찾아낸다.

청빈의 절대조건이 청렴했기 때문에 야기된 가난이었었다면, 안빈의 절대조건은 도道를 추구하기 때문에 가난한 삶에서도 편안함을 느끼는 것이다. 다시 말해 가난한 삶과는 관계없이 본래 추구하는 도가 없다면 안빈은 허울만 남게 된다. 그래서 어떤 작품에서는 벼슬길이 막힌 데 대한 체념인지 낙도樂道의 찬양인지 애매한 경우가 발생한다.

공명(功名)을 즐겨 마라 영욕(榮辱)이 반(半)이로다
부귀(富貴)를 탐(貪)치 마라 위기(危機)를 밟느니라
우리는 일신(一身)이 한가(閑暇)커니 두려운 일 없어라[17]

통상 여항인閭巷人으로 분류되는 김삼현金三賢의 작품이다. 이 작가는 본디 무반武班으로 여항인들과 어울렸던 듯한데 문면대로만 읽자면, 공명을 즐겨봐야 욕됨이 반이고 부귀를 탐해봐야 위태롭기만 하다는 경계이다. 이것이 실제 벼슬을 하면서 느낀 것인지 벼슬을 떠나 안도한 것인지는 분명하지 않은데, 문제는 종장의 해석이다. 한가하게 지내면서 지금의 상태를 편안히 여기는 것으로 이해할 수도 있고, 일단 쉬어가는 포즈를 취하면서 부귀공명을 누리고 싶어하는 마음으로도 이해함 직하다. 통상 '안빈낙도'를 운위할 때는 즐기는 도道가 분명해야 하는데 이 시조에서는 그런 면이 그리 도드라지지 않는다.

사대부들의 시가를 나아가 정치를 하는 '치군택민致君澤民'과, 물러나 자연과 벗 삼는 '조월경운釣月耕雲' 사이를 오가는 변주로 볼 때, 가난을 다룬 시가에서는 특히 후자가 문제된다. "달을 낚고 구름을 경작한다"

는 이 낭만적인 구절이야말로 그저 형편이 여의치 않은 상태에서의 소극적인 물러남일 수도 있고 정치에 매이면 누리기 어려운 호사일 수도 있기 때문이다. 치군택민의 만족감을 드러내는 경우라면 가난이 운위될 여지가 별로 없을 테니 가난에서 벗어나기 쉽기 때문에 조월경운하면서 드러내는 의식이 상대적으로 더 중요하다. 가령, 적극적으로는 이현보李賢輔처럼 "두어라 내 시름 아니라"(〈어부단가漁夫短歌〉)라며 치군택민을 아예 제쳐둘 수도 있고, 권호문權好文이 그랬듯이 "부귀위기富貴危機"를 주창하며 "빈천거貧賤居"(〈한거십팔곡閑居十八曲〉)를 지향할 수도 있다. 그러나 그 속내를 파고들면 이현보는 이미 벼슬살이를 마치고 치사致仕한 상태에서 세속의 시름을 잊겠다는 축이라면, 권호문에게 '빈천거'는 자발성을 띠기보다는 치군택민이 불가능한 상태에서의 어쩔 수 없는 선택으로 보인다.[18] 나아가 당대 현실에서는 하는 일 없이 남들의 부정부패만 비판하며 스스로 자연을 사랑하는 듯 내세우기만 할 경우 도리어 조롱감이 되기도 했는데[19] 그런 행실에 대해 도명盜名의 혐의를 둔 것으로 보인다.

가난을 다룬 문학의 대표격으로 인식되는 박인로朴仁老의 〈누항사陋巷詞〉도 제목에서 내세우는 '누항'을 생각하면 전체 톤이 의아스럽기까지 하다. 안회顔回에서 비롯된 '단표누항簞瓢陋巷'의 함의는 가난하게 살았다는 데 방점이 있는 게 아니라 단표누항에도 불구하고 다른 사람 같으면 감내하지 못할, 근심 없이 공부하는 즐거움을 고치지 않는 데에 있다. 그런데 〈누항사〉는 작품의 태반을 가난하게 사는 고통을 읊고있을 뿐만 아니라 이웃에 소를 빌리러 갔다가 수모를 당한 구체적인 내용까지 장황하게 기술함으로써 안빈낙도의 '편안하게 여김安'이나 '즐김樂'과는

조선 중기 문인 박인로의 《노계집》 판목 ⓒ 한국학중앙연구원 · 김지용

거리를 보인다. "풍월강산風月江山에 절로절로 늙으리라."로 마감하기는 하지만 작품의 전체적인 분위기를 살필 때, 맨 마지막의 다짐이 자족自足의 태도라기보다는 어쩔 수 없이 누항에 처하게 된 자신을 위로하는 성향이 짙다.

이에 비하면, 이덕무李德懋의 〈우연히 읊다偶吟〉 같은 경우 "분수分를 지키고 또 졸렬함拙을 지키며 / 정자程子 · 주자朱子를 더 흠모할 수 있네.守分復守拙 / 頗能慕程朱"라며 그 지향점을 밝히고, "사랑하는 것은 바람과 달 / 어찌 돈 들여 살 건가所愛風與月 / 豈可用錢沽"[20]라 하여 풍광을 즐기는 데는 가난해도 아무 제약이 없으니 즐기면 그뿐이라고 읊는다. 학문적으로는 정주를 흠모해 공부하며 좋은 풍광을 한껏 즐김으로써 수분守分과 수졸守拙을 구체화했다. 이덕무의 신분적 제약을 생각하면 자신의 불우不遇를 적극적으로 내세울 듯하지만 도리어 담담히 받아들이면서 최대한 만족감을 드러내는 것이다. 가진 게 적어서 불만이나 불평이 있을

만도 하지만 "적을수록 낫다Less is More"는 역설을 선보인다.[21]

이처럼 사대부 문학에서 안빈의 근거는, 비록 객관적으로는 가난해 보일지라도 본인의 주관에는 절대 부족함이 없다는 내적 충만함에 있다. 그렇지만 문제는 그렇게 추구하는 도道가 없는 경우이다. 도연명陶淵明조차도 아내와 자식들만은 제대로 만족시킬 수 없었다고 하니 여느 사람으로서는 감내하기 어려운 부분이다. 《삼국사기三國史記》 〈열전列傳〉의 백결선생百結先生은 명절이 되어 이웃에서 방아 찧는 것을 부러워하는 아내더러 "죽고 사는 것에는 운명이 있고, 부유하고 가난한 것은 하늘에 달린 터, 오는 것을 막을 수 없고 가는 것을 쫓을 수 없는데, 그대는 어찌 슬퍼하시오? 내 그대를 위해 〈방아 소리〉를 만들어 위로하리다."라고 하며 거문고를 뜯어 〈대악碓樂〉을 만들었다. 너무 가난해서 옷을 백 번이나 기워 입어 '백결'이란 이름을 얻은 사람이지만 음악 하나만 있으면 어떤 부족함도 없었다는 이야기로, 우리 문학사에서 안빈낙도의 첫 문을 열었다고 해도 과언이 아니다. 그러나 아내가 떡방아 소리 대신 거문고로 작곡한 음악을 듣고 남편처럼 편안한 마음을 가졌을지는 의문이다.

이는 의식이 다른 사람들이 경제공동체를 이루며 함께 사는 한 풀기 어려운 난제였을 것이다. 공부를 빌미로 생업에 종사하지 않는 남편을 대신해서 험한 일을 마다하지 않는 '현모양처賢母良妻' 이야기는 흔한데, 19세기에 이르러서는 향촌서생의 아내가 농부의 아내를 도리어 부러워하며 아무리 일을 해도 보람이 없는 막막한 삶을 통탄하는 〈시가부詩家婦〉 같은 작품까지 등장하기에 이른다. 남편의 안빈이 아내에게까지 이르지 못한 한 증표이다.

아무리 일을 해도 가난은 끝이 없고—망빈

가난하다면 으레 게을러서 그렇다고 생각하기 쉽지만 많은 경우 도리어 부지런히 일하는 사람들이 더욱더 가난했다. 현대에 와서 문제가 되는 '근로 빈곤'이 바로 그 생생한 예인데, 일을 해도 가난하다고 할 때 개인의 문제를 넘어 사회적인 시선에서 가난의 문제를 생각하게 한다. 〈흥부전〉을 보면, 흥부에게 닥치는 가난은 매우 갑작스럽기에 아무런 대책이 있을 수 없었다. 그래서 맨 처음 쫓겨났을 때는 형 놀부를 원망하며 윤리적인 문제점을 짚어내는 데 주력할 뿐이다. 그러나 놀부를 찾아가 도움을 요청하다 쫓겨난 뒤로는 상황이 급변한다.

급변의 중심에 흥부의 아내가 있다. 곡식을 빌러 형에게 갔다가 매만 맞고 돌아온 흥부가 빤히 보이는 거짓말로 형을 두둔하려들자, 흥부의 아내는 비장한 결심을 한다. "내 설마 음전하면 불쌍한 우리 가장 못 먹이고 못 입힐까"[22]라며 돈벌이에 나서는데, 이러자 흥부 또한 말리고 나서면서 아내가 아니라 자신이 돈벌이에 나설 것을 자처한다. 뒤이어 등장하는 것은 흥부가 벌이는 온갖 품팔이의 나열이다. 김매기와 풀베기는 기본이요, 생선 짐 지기, 집 짓는 데 조수 같은 잡역은 물론, 심지어는 술가게 잔심부름과 매품팔이까지 섭렵한다. 그러나 그 결과 남는 것은 "한때도 쉬지 않고 밤낮으로 벌어도 장 굶는구나."[23]라는 탄식조의 서술뿐이다. 불철주야 일을 해도 내리 굶기만 하는 현실, 그것이 바로 망빈忙貧이며 비로소 가난은 사회적 문제로 부상한다.

다 아는 대로 판소리 〈흥보가〉에서 〈가난타령〉은 필수이며, 이 대목에 등장하는 흥부 아내의 푸념은 망빈의 실상을 절절하게 드러낸다.

가난이야, 가난이야, 원수년으 가난이야. 잘살고 못살기는 묘 쓰기으 매였는가? 북두칠성님이 집자리으 떨어칠 적에 명과 수복을 점지허는거나? 어떤 사람 팔자 좋아 고대광실 높은 집에 호가사로 잘사는듸, 이년의 신세는 어찌허여 밤낮으로 벌었어도 삼순구식(三旬九食: 30일에 아홉 끼)을 헐 수가 없고, 가장은 부황이 나고, 자식들은 아사지경(餓死之境: 굶어 죽을 지경)이 되니, 이것이 모두 다 웬일이냐? 차라리 내가 죽을라네.[24]

흥부 아내는 숙명적인 가난에 대해 이야기하고 있다. 음택陰宅인 묏자리와 양택陽宅인 집자리를 들먹이며 무언가 잘못되지 않고서는 이럴 수가 없다고 개탄한다. 특히 자신은 아무리 일을 해도 굶주리는데 어떤 사람은 고대광실에서 호의호식하는 상황에 대해 푸념하는 데 유념해보자. 풍년이 들면 다 잘 먹고 흉년이 들면 다 못 먹고, 부지런하면 다 잘살고 게으르면 다 못사는 것이 아니라, 어떤 사람은 놀고 지내도 잘살고, 어떤 사람은 아무리 애를 써도 못사는 현실이 여과 없이 드러난다. 누군가를 콕 집어서 심하게 원망하는 것은 아니지만 무언가 잘못되었다고 판단하는 것만은 틀림없다. 같은 판소리 레퍼토리 가운데도 〈변강쇠가〉의 옹녀나 〈심청가〉의 심 봉사가 가난을 겪기는 하지만 옹녀는 유탕遊蕩한 변강쇠 탓에 일어나는 가난이고, 심 봉사는 나중에 딸을 팔아 생긴 돈으로도 흥청망청 쓰는 일이 일어나기까지 해서 흥부 부부가 겪는 가난과는 구분된다.

그런데 이런 시각은 노동을 직접 하는 사람보다 그 마음을 대신 전해주는 경우 더 절절하게 드러나곤 한다. 아예 〈농부를 대신해 읊음代農夫吟 2수〉라고 제목이 달린 이규보李奎報의 한시가 그런 경우이다.

빗속에 호미질하며 밭이랑에 엎드리니 帶雨鋤禾伏畝中
형용이 추하고 검어 어찌 사람 꼴이랴. 形容醜黑豈人容
왕손·공자들께설랑 업신여기지 마옵서 王孫公子休輕侮
부귀호사가 나로부터 나온다오. 富貴豪奢出自儂

햇곡식 푸릇푸릇 아직 밭이랑에 있건마는 新穀靑靑猶在畝
원님과 아전들은 벌써 세금 걷는구나. 縣胥官吏已徵租
힘껏 밭 갈아 부국하는 게 우리에게 달렸건만 力耕富國關吾輩
어찌 괴롭혀 족치는 게 살갗까지 벗기려 드나. 何苦相侵剝及膚[25]

첫째 수는 제법 점잖게 일러두는 목소리가 들린다. 농투성이로 사느라 꼴이 말이 아니지만 업신여겨서는 안 되는 이유가 높은 이들의 부귀호사가 다 거기에서 나오기 때문이라고 했다. 그러나 둘째 수에 가면 진짜 현실적인 이유가 나온다. 곡식을 거둘 때도 안 되었는데 벌써 세금징수에 혈안이 되어 착취를 심하게 해오니 등쌀에 살 수가 없다는 것이다. 당장의 가난이 문제가 아니라, 가난하게 살지 않아도 되는 사람에게 가난을 강제하는 사회제도가 문제라는 비판의 소리이다. 앞의 〈가난타령〉이 가난의 책임을 특정하지 않았다면 이 작품은 명확하게 밝혀내면서 개인의 문제가 아님을 분명히 했다 하겠다. 이런 상황에서는 아무리 바쁘게 지내도 가난을 면한 길이 없으니 더욱 딱한 처지가 된다.

이처럼 노동과 관련된 가난의 호소는 실제 노동을 하는 사람들이 부를 때 생동감이 더할 텐데, 민요 가운데 그런 경우가 많다. 가령, "여인몸 부여잡고~"로 시작하는 충남 예산 민요에는 아무리 일을 해도 한

솥을 못 채우는 가운데 세금 재촉하는 아전들이 닦달해대는 상황을 그려낸다. "온 논배미 다 거두어도 한 솥이 못 차누나 / 관청의 세금 재촉 갈수록 심하여서 / 동네의 구실아치 문 앞에 와 고함친다."[26] 이규보 시절부터 이런 내용은 줄기차게 전해온 셈인데, 이는 사실 고려조 '소악부小樂府'로 번역되어 전해지는 이제현李齊賢의 〈사리화沙里花〉와 같은 계열의 노래이다. 농사지을 때는 보이지도 않다가 수확할 무렵이면 득달같이 거둬가는 통에 정작 농부들을 쌀 한 톨 먹을 수가 없는 현실이 계속 이어진다.

정약용의 시 〈양물을 자른 것을 슬퍼함哀絶陽〉은 그보다 훨씬 더 심한 경우이다. 군포軍布의 징수를 견디다 못한 백성이 스스로 자신의 음경을 자른 사건까지 생생하게 기록해두었다. 왜 어떤 사람은 놀고먹으면서

전남 강진에 위치한 다산초당. 정약용은 이곳에서 18년의 유배생활 중 11년을 보냈다.

도 멀쩡하고 어떤 사람은 사람이라면 차마 하지 못할 자해까지 벌여야 하는가 통탄하였다. "다 같은 백성인데 어찌 그리 차등 있나均吾赤子何厚薄"[27]라는 절규가 읽는 이 가슴까지 미어지게한다.

이상의 문학작품에 보이는 내용들이 모두 암울한 세태를 담아내는 점이 분명하지만, 적어도 가난이라는 경제문제에서 앞의 두 유형과 달라지는 지점은 실제 경제행위를 행한다는 점이다. 적절한 노동을 통해 경제행위를 함에도 불구하고 가난을 면하지 못한다면 더 적극적이며 치밀한 경제행위를 구상해볼 수 있다. 〈삼난금옥三難金玉〉이라 제명된, 《차산필담此山筆談》에 나오는 야담에서는 몰락한 양반이 아내의 제의에 따라 독한 결심으로 10년을 기약하여 재산을 모으는 내용이 펼쳐진다. 주인공이 본 이름을 놔두고 '삼난三難', 곧 세 가지 어려움으로 불리는 이유는 사대부로서 술장사를 시작한 것이 하나요, 오랜만에 찾아온 형에게까지 밥값을 받은 게 하나요, 부자가 된 뒤에 과거에 급제한 것이 하나였다. 그렇게 모진 어려움을 견디고서야 가까스로 부자가 된 것이다. 벼슬에 오르지 못하고 산림에 숨어 안빈낙도를 구가하는 대신 몸을 낮춰 경제행위를 하고, 그 경제력을 바탕으로 처음에 세운 뜻을 이루어낸 것은 시대적 변화와 맞물린 대단한 변전이다.

그러나 위 이야기처럼 결과적인 성공만이 아닌 그 이면의 어려움이 드러날 때 이야기의 현실성이 더욱 살아난다. 양반으로서 생업에 뛰어들어 돈을 번 이야기들이 18세기 이후 야담에서 많이 발견되는 가운데, 종국에는 씁쓸한 뒷맛을 남기는 내용 또한 없지않다. 《청구야담》의 〈영산업부부이방營産業夫婦異房〉으로 제목 붙여진 야담에서는 어떤 노총각 머슴이 결혼을 했는데 아무것도 없는 빈털터리였다. 여러 해 새경을 모아서야 겨우 스물여섯에 결혼을 했다 했으니 아무리 일해도 가난을 면하지 못하는 신세가 분명한데, 신부가 각방을 쓰고 10년 기한을 두고 재산을 모아보자고 했다. 아이를 낳아 기르면 돈을 모을 수 없겠다는 계산에 의한 것으로, 부부는 그 계획대로 지독하게 일을 하여 돈을 모았다. 문제는 그렇게 10년을 채운 후에는 노쇠하여 이미 아이를 가질 수 없게 되고 말았다. 결국 양자를 들여 가문을 이었지만 가난을 면하는 일이 결코 간단한 문제가 아님을 드러낸다.

이처럼 치산에는 성공했지만 치산과정에서 온갖 부작용이 속출하는 것은 물론, 매점매석 같은 반윤리적인 상술을 동원하여 어떻게든 재산만 늘리면 그만이라는 식의 작품도 많은 가운데, 신재효의 단가短歌 〈치산가治産歌〉는 매우 독특한 양상을 띤다. "여보 소년들아, 기한노인飢寒老人: 굶주리고 추운 노인 웃지 마소. 젊어서 방탕하면 이러하기 면할소냐."라며 경계의 말로 시작하지만 그 내용은 구체적인 이재理財 방법은 물론 "일변으로 치산治產하며, 일변으로 봉양하쇼."라 권하면서 "만일에 허랑虛浪하야 이 세간을 못 지키면 부모 효양孝養 어찌하며"[28]라는 경제와 윤리의 균형감에 대해 기술한다. 치산담에 속하는 많은 야담에서 돈을 모으는 데만 집중했다면, 이 작품은 그것을 지켜내는 문제에까지 관심을 둔다. 돈을 제대로 지키려면 윤리적 뒷받침이 필요함을 역설함으로써, 근본적인 문제에 대한 시야를 틔운다.

이에 덧붙여 앞서의 유형에서 그랬듯이, 이 유형에서도 같은 가족구성원이라고 해서 가난을 느끼는 정도가 꼭 같지는 않다. 크게 남성과 여성으로 나누어볼 때 양자 간의 불균형이 심심치 않게 드러난다. 〈변강쇠가〉의 변강쇠는 주색잡기에 빠지느라 정신이 없고 옹녀는 그런 남편의 뒷돈을 대느라 온갖 허드렛일에 지친다. 민요에서는 남매간에도 차이가 드러나서 "우리 오빠 남잔고로 / 바다 같은 논도 차지 / 대궐 같은 집도 차지 / 천금 같은 부모 차지"하지만 자신은 "요내 나는 여잔고로 / 먹고가는 밥뿐이요 / 입고 가는 옷뿐이라."〈오라버니 노래〉[29]로 탄식한다. 일 하느라 바쁜 사람 따로, 챙겨가는 사람 따로 있다는 말이다.

적수공권 — 적빈

일을 아무리 해도 여전히 가난한 상황도 딱하지만, 그보다 더한 경우는 도무지 일을 할 수도 없는 상황이다. 농사를 지을 땅이 없거나, 홍수나 가뭄 같은 자연재해, 전란 같은 인위적인 재해가 일어나면 생업 자체가 불가능했다. 또 그러한 문제가 없는 평시라 하더라도 사회보장책이 확실하지 않은 사회에서 노동력을 발휘할 기회가 박탈되거나 아예 없는 사람들은 가난에 내몰릴 수밖에 없었다. 예를 들어, 《삼국유사》〈빈녀양모貧女養母〉조는 적빈赤貧의 실상을 그대로 드러낸다. 스물 안팎의 딸이 눈먼 어머니를 봉양하는 이야기인데 달리 방법이 없어 빌어먹는 것으로 연명하다가 흉년이 들어 그마저도 되지 않자 어느 집에 자신의 몸을 팔아 어머니를 봉양했다는 내용이다. 물론, 그 사실을 전해 들은 효종랑 같은 사람들이 도와주어 문제가 해결되었지만 "예전에는 거친 밥을 먹어도 마음이 온화하고 평온하더니 요즘은 향기로운 밥인데도 가슴이 답답하고 찌르는 듯 마음이 편하지 않으니 무슨 까닭이냐?"[30]는 어머니의 말이 이들 모녀의 문제를 단적으로 드러낸다. 구걸조차 할 수 없는 상황이 이들 모녀를 극한으로 내몰고 있는 것이다.

이는 비단 《삼국유사》 〈효선孝善〉편의 이야기만이 아니다. 대개의 효행담이 극도의 어려운 상황을 바탕에 깔고 있는데 대체로 극빈極貧 혹은 중병重病이다. 이는 가난 구제나 중병 모두 개인의 힘이 쉽게 미칠 수 없는 상황임을 전제로 한 것으로 보이는데, "여기에서 주목할 사실은, '왜 가난한가'에 대한 언급은 거의 나타나지 않는다는 점이다."[31] 그저 자신의 가난을 묵묵히 감내할 뿐이다. 〈대성이 두 세상의 부모에게 효도하다大城孝二世父母〉조에 보면 "생각하면 내게 묵은 선업善業이 없어서 지금 곤궁한 듯합니다."라는 식으로 가난을 전생에서부터 쌓아진 굴레처럼 인식하고 있다.

그러나 결과적으로는 감내하는 쪽으로 가더라도 통탄痛嘆이 주조인 경우도 있다. 제목부터 그런 경향이 짙은 정훈鄭勳의 〈탄궁가嘆窮歌〉는 그 시작부터 탄식 일변도이다. "하늘이 삼기심을 일정 고로 하련마는 / 어찌한 인생人生이 이대도록 고초苦楚한고"로 시작하여, 삼순구식三旬九食도 될지말지라고 하며 안연顏淵의 단표簞瓢가 비는 것도 자기만큼은 아닐 것이라며 통분한다. 그러나 이런 통분이 운명적 체념과 크게 갈리는 부분은 바로 이어지는 현실성에 있다. 봄날이 되어 이웃집에서 쟁기와 호미를 빌려 씨앗을 심어보려 했더니 올벼씨 한 말은 반 넘게 쥐가 먹었고, 기장피와 조·팥은 서너 되 붙어있어 아예 농사를 지을 형편이 못 된다고 했다. 결국 이 모든 것들을 궁귀窮鬼의 소관으로 돌리는 점은 운명론적인 부분이지만, 일을 할래야 할 수도 없고 신의를 저버리지 않고 곁에 남은 것은 가난뿐이더라는 비참한 넋두리를 늘어놓는다. 물론 맨 마지막 구에서 "빈천貧賤도 내 분分이어니 설워 므슴하리"로 자신을 다독이는 듯하지만, 안빈낙도로 마무리하는 여느 작품들과는 결이 아주 다르다.

이런 이야기가 현실성을 짙게 띠는 이유는 기법 문제보다 당대의 실상에 부합하기 때문이다. 제아무리 농사를 잘 지으려 해도 지을 수 없는 상황에서는 한탄만 터져 나오기 마련인데, 여기에다 정치적 혼란까지 더해지면서 민생은 도탄에 빠지고 만다. 한시 작가들 가운데도 신분적으로나 실제 경제생활로나 하층을 경험한 축에서 적빈의 참상은 더욱 절실하게 그려진다. 이달李達의 민요풍 한시 〈예맥요刈麥謠. 보리 베는 노래〉를 보면 일반 백성들의 참상이 적나라하다.

농가의 젊은 아낙은 저녁거리가 없어	田家少婦無夜食
빗속에 보리 베어 숲속으로 돌아왔네.	雨中刈麥林中歸
생 땔감이 눅눅해서 불길도 일지 않고	生薪帶濕煙不起
문에 들자 어린 딸은 옷을 끌며 우네.	入門兒女啼牽衣[32]

먹을 것이 하도 없어서 비를 맞아가며 여물지 않은 보리라도 베어다 무얼 좀 해 먹이려 했지만 땔감조차 눅눅해서 불도 지펴지질 않는다. 결국 아무것도 해 먹이지 못해 쩔쩔매는 가운데 배고픈 딸아이는 아무것도 모르고 보채기만 한다. 작품 속에 아버지가 드러나지 않는 것으로 보아 이 모녀는 스스로 생계를 이어가야 하는 처지인데 보다시피 무엇 하나 들어맞지 않아 비애만이 서릴 뿐이다. 또, 김립金笠의 시로 전하는 〈빈음貧吟〉에는 고부姑婦가 한 그릇에 밥을 먹고 부자가 옷을 바꾸어 입어가며 외출하는 궁핍한 생활을 여과 없이 담아냈다.[33]

나아가 일정한 서사를 지닌 장형 한시에서는 가난의 참상을 더 소상하게 드러내는 경우가 많다. 임형택이 묶은 《이조시대 서사시李朝時代 敍事詩》에는[34] '체제 모순과 삶의 갈등'이라는 제명 아래 일반 백성의 고초가 담긴 작품이 대거 수록되어 있는데 이 안에 등장하는 절대 다수의 인물이 가난의 굴레 안에 있다. 아주 심한 경우는 어느 산골에 아이들을 데리고 온 여인이 음식을 구걸해서 받아서는 아이를 내팽개치고 갔는데 그 아이는 호랑이에게 잡아먹혔다는 끔찍한 내용까지 있다. 이 여인은 "수중에 가진 것이 없어 / 먹지 못한 지 이미 사흘.手中無所携/ 不食已三日"[35]이 되어 모성母性조차 잃게 되었다 하겠는데 작가는 이런 사실이 조정朝庭을 밝히는 데 도움되기를 바라는 것으로 작품을 맺는다.

이렇게 어찌해볼 도리가 없는 인물이 등장할 때 가난은 더욱 극적으로 표출되는데, 〈심청가〉에서 곽씨 부인이 죽은 후 심 봉사 부녀가 맞은 참상이 적실한 예이다. 심 봉사는 어린 딸 심청이를 데리고 다니며 젖동냥까지 해 먹여 심청이를 키우고, 심청이는 7살이 되자 아버지 대신 구걸에 나선다. 심 봉사는 후천적 맹인으로 특별한 생계대책을 마련할 수 없는 상황이었고 심청이는 너무도 어렸다. 이런 사람들이 구휼대상임은 분명한데, 이를 더욱 명확하게 하는 것은 작품 후반부에 있는 맹인잔치이다. 잔치에 가기 위해 모이는 맹인 군상이 등장하면서 가난은 사회문제로 한 단계 올라선다.

신재효본 〈심청가〉 가운데 맹인잔치에 모여든 맹인들을 서술하는 대목을 보면 "경經 읽어 사는 봉사, 점占하여 사는 봉사, 계집에게 얻어먹는 봉사, 아들에게 얻어먹는 봉사, 딸에게 얻어먹는 봉사, 풍각風角쟁이로 사는 봉사, 걸식乞食으로 사는 봉사 차례로 보아가니…"[36]라고 하여 여러 맹인들의 구차한 생계방법을 열거하고 있다. 그런데 이들이 이렇게 모인 까닭은 황후가 된 심청이 맹인들을 구휼해야 하는 까닭을 황제에게 소상히 아뢰면서 "백성 중에 불쌍한 게 나이 늙은 병신이요, 병신 중에 불쌍한 게 눈 못 보는 맹인"이라 전제하고 "그중에 유식한 맹인을 많이 골라 좌우에 모셔 있어 성경현전聖經賢傳: 성인의 경(經)과, 그것을 풀이한 현인의 전(傳) 외게 하고, 그중에 늙고 병들고 자식도 없는 맹인은 경성에 집을 지어 한데 모두 모아두고 요料: 급료를 주어 먹이오면 무고한 그 목숨이 전학지환顚壑之患: 골짜기에 굴러다니는 환란 면할테요, 그중에 지극덕화至極德化 만방萬邦에 미칠 터니 여자의 소견이나 언가용즉言可容則: 말을 가히 받아들일만 하다면 채지採之: 채택하다하옵소서."[37]라고 말한 데 있다.

한편, 그처럼 사회문제로 몰아가지 않으면서 극적인 반전을 꾀하는 방법도 있다. 민담의 전복적顚覆的 사고가 개입하면 가난해서 도리어 부자가 되는 이야기가 가능해진다. 《한국구비문학대계》의 유형분류상 '73. 못될 만한데 잘되기'[38]에는 '가난 때문에 집 나가 잘되어 돌아온 삼형제, 고아가 되어 고생하다가 잘되기, 가난한 남편 얻었다가 더 잘된 셋째 딸, 가난한 탓에 부자 되기' 등등 여러 유형에서 가난한 데 힘입어 부자가 되는 이야기를 담고있다. 예를 들어 가난에 견디다 못해 집을 떠나는 삼형제가 각각 다른 방법으로 가난을 면하여 잘살게 되는 이야기에서는 각자 가진 돈으로 각기 다른 물건을 사는데 그 물건으로 행운이 들어온다. 이 과정은 한마디로 우연이라고밖에는 설명할 길이 없다.

그런가 하면 사실상 운명을 개척해내는 이야기가 있다. 흔히 〈구복여행求福旅行〉이라는 제목으로 알려진 이야기는 가난한 사람이 서천西天으로 복을 구하러 가는 내용으로 원천은 불교설화이다. 어떤 총각이 나뭇짐을 아무리 많이 쌓아두어도 없어지는 통에 복을 타기 위해 서천으로 떠나는데 그 과정에서 여러 가지 어려운 부탁을 듣고 그 답을 알아내 돌아온다. 흥미로운 점은 부처님조차도 총각은 본래 복이 없이 타고났기 때문에 자신도 어찌해볼 도리가 없다고 하는데, 남들의 문제를 풀어준 데서부터 실마리가 풀려 잘살게 된다는 사실이다. 가난을 벗어나지 못하도록 정해진 운명이었지만, 어려운 사람들의 문제를 풀어줌으로써 도리어 자신의 복을 구했다는 내용은 시사하는 바가 크다. 특히 제시된 문제의 답이 대체로 문제를 가지고 있는 이의 욕심이 많은 데 있는 것으로 밝혀짐으로써 가난을 면하기 위해서는 먼저 욕심을 버려야한다는 역설이 제시된 셈이다.[39]

이처럼 구비설화에서는 가난을 타개하는 데 마음가짐이 매우 중요하게 여겨진다. 그래서 위의 이야기들과 반대로 아무리 애를 써도 늘 가난해지는 이야기도 있다. 흔히 〈고만이〉[40]로 알려진 이야기가 그 예인데, 가난을 면하고자 추수한 곡식을 항아리에 넣어둔 채 온 가족이 걸인으로 지내며 한 해 겨울을 나고 다시 모여보지만 항아리는 텅 비고 그 안에는 고만이라는 괴물만 있었다. 그 사람은 고만이를 장에 내다 팔고 다시 한 해 겨울을 걸인으로 보냈는데 장터에서 고만이를 사갔던 사람을 만났다. 그 고만이가 엄청 많이 먹지만 금똥을 싼다는 것이었다. 그래서 원 주인이 그걸 되가져갔는데 그냥 똥만 쌀 뿐이었다. 이야기를 좀 더 파고들어가 보면, 복이 없음을 강조하지만 사실은 마음가짐이 복을 가른다. 한 사람은 자신을 불행하게 만든 그 괴물을 남에게 판 사람이고, 또 한 사람은 그 괴물이 부자로 만들어주는 복덩이임을 알고 되돌려주려 한 사람이어서 어디로 복이 가야한다고 믿는지 너무도 분명하다.

또 가진 것이 전혀 없어서 어떠한 일도 할 수 없다 해도 실망하지 말고 무엇이든 근면하게 하면 가난을 벗어날 수 있다고 설득하는 이야기도 있다. 〈돌노적을 쌓아서 부자된 사람〉[41] 같은 경우가 대표적이다. 어느 가난한 집에서 막내아들의 제안에 따라 다른 집 노적가리를 부러워만 말고 우리는 돌이라도 쌓아 노적을 만들자고 했다. 그런데 그 돌 가운데 하나가 금덩이였으며 여기에 가난한 집 황금을 차지하려던 부자의 욕심까지 합세하여 가난한 집의 돌노적이 부잣집의 진짜 노적과 바뀌는 기적이 일어난다. 비록 무용해 보이는 노동이지만 그 노동이 가난을 벗어나게 해주는 실마리라는 점이 중요해 보인다.

이처럼 구비설화에서 구복求福과 분복分福을 찾아가는 동안, 구비시가에서는 가난 자체에는 변화가 없지만 표현상의 해학에 의해 정서적으로나마 완화해보려는 시도가 있다. 가난한 사람 중에도 가장 가난한 사람이라 할 수 있는 걸인들이 부르는 〈각설이타령〉이나 〈장타령〉에는 비애悲哀 대신 신명과 흥이 넘쳐난다. 걸인이 등장하여 지난겨울에 죽었을 줄 알았겠지만 살아왔다고 너스레를 떨거나, 이 장 저 장을 이 핑계 저 핑계로 못 보았다고 하면서도 비감한 구석은 전혀 없이 흥이 넘쳐난다. 다음 민요 〈봉화 메뚜기 노래〉도 같은 맥락에서 이해된다.

> 어여쁘다 메메뚝아 / 새장개 들라 하니
> 옷이 없어 어이 가노 / 아베 옷을 입고 가지.
> 크기 대면 어찌 하노 / 바지 살폭 주루어라
> 어여쁘다 메메뚝아 / 새장개 들라하니

저거리 없어 어찌 가노 / 아베 저고리 입고 가지.
어여쁘다 메메뚝아 / 새장개 들라하니
신발 없어 어이 가노 / 아베 신발 신고 가지.[42]

새장가를 들려는데 옷도 없고 신도 없는 딱한 상황이지만, 줄여 입고 빌려 신으면 된다는 여유를 보인다. 뒤집어 읽으면 아무리 그래도 결혼식에 쓸 옷도 신도 없는 처지가 딱하기만 한 셈인데 이를 비애 대신 웃음으로 풀어내는 게 특별하다. 이는 〈박타령〉에서 흥보의 궁상窮狀을 "틈만 남은 헌 문짝에 공석으로 창호하고, 방에 반듯 드러누워 천장을 망견望見하면 개천도開天圖: 천체를 그린 그림 붙인 듯이 이십팔수二十八宿: 스물여덟 별 자리 세어보고, 일하고 곤한 잠에 기지개를 불끈 켜면 상투는 허물없이 앞 토방에 쑥 나가고, 발목은 어느 사이 뒤안에 가 놓였구나. 밥을 하도 자주 하니 아궁지 풀 뽑았으면 한 마지기 못자리는 넉넉히 할테여든"[43]처럼 해학적으로 그려내는 것과 같은 맥락이다. 이처럼 가난이 비참하다고 해서 꼭 비애로만 표현해낼 이유도 없으며, 나아가 민요 〈가난이야 가난이야〉 같은 경우도 "죽자하니 청춘이요 / 살자하니 고상이라 // 죽도 살도 못 허고 / 이놈 일을 어찔거나~"로 통탄을 하지만 결국은 "일장주로 먹고 씨고 노세"[44]로 유탕한 분위기로 마감하여 비통함을 단번에 뒤엎어버리기도 한다.

제 3 장

선악

선과 악,
혹은 선악의 변주

*악에 관한 나의 유일한 관심은 선인이라고 자부하는 사람의 마음속에
똬리를 틀고 있는 악이다. 자신을 선인이라고 믿어 의심치 않은 채
악인을 심판하는 사람, 악인을 동정하는 사람의 악이다.

_ 나카지마 요시미치

무엇이 선이고 무엇이 악인가?

서사문학에서 이야기를 펼쳐내는 데 가장 중요한 요소는 아무래도 인물과 인물의 대결이다. 대결과는 거리가 멀 것 같은 연애담에서조차 인물 간의 대결은 피할 수 없다. 연애담이 그럴 때야 사회의 문제를 고발하는 소설 같은 데서는 말할 것도 없다. 악한 통치자가 선한 백성들을 괴롭히는 식으로 전개되는 것이다. 이는 아마도 작품에 등장하는 특정한 인물 간의 대결을 통해 보편적인 세계를 드러내 보이려는 의도로 읽힌다.

단군이 나라를 세워 다스릴 때도 선하게 다스렸다거나 악한 일을 못하게 했다고 한 게 아니라 "선악을 주관했다主善惡"고 하였듯이 대립적 이해는 매혹적인 데가 있다. 세계를 총체적으로 드러내는 가장 손쉬운 방법은 그렇게 이원화된 모습을 그려내는 것이기 때문이다. 고전문학

에서 빈번히 거론되는 '권선징악勸善懲惡'은 바로 그런 기본적인 생각으로 간단히 정리되곤 했다. 이는 말 그대로 선을 권하고 악을 응징하는 것인데, 대체로 악을 응징함으로써 결과적으로 선을 권하는 데로 귀결된다.

그러나 자명한 권선징악론에서 결정적인 문제는 과연 선과 악이 무엇인가 하는 데 있다. 선한 인물은 늘 선하고, 악한 인물은 늘 악하기도 어렵지만 실제로 더욱 어려운 것은 그 선악을 어떻게 구분하느냐 하는 점이다. 현실에서 어떤 노망난 할아버지가 자기 손주를 삶아달라고 부탁한다면 어떻게 해야할까? 실행은커녕 듣기만 해도 끔찍한 일이지만, 옛이야기에서는 아이의 부모가 서슴없이 손주를 솥에 넣는다. 물론, 나중에 솥뚜껑을 열어보았더니 동자삼이더라는 뒷이야기가 붙어서 제의적인 죽음에 그치지만, 그런 식의 맹목적인 효가 과연 선인가 반문할 수 있다. 선이라고 자부하는 마음속에 악이 도사리고 있는 사례는 아주 흔하며, 역으로 악한 일로 치부되던 것이 선으로 밝혀지기도 한다.

"고전문학은 권선징악 일변도"라고 쉽게 단정할 수도 있겠지만, 실제 작품으로 파고들면 이래저래 매우 복잡하다. 이는 고전문학이라는 특수성 때문만이 아니라, 선악을 둘러싼 개념 논의가 본래 어렵기 때문이다. 지극히 형이상학적인 논의가 이루어지지 않고서는 접근하기 어려운 까닭에 철학이나 심리학 등에서 선악을 다루는 것은 난제 중의 난제이다. 특이한 것은 그런 논의는 대체로 '선'보다는 '악'에 집중하여 이루어졌다는 점이다. 서양철학에서 보편적으로 인정되는 것은 이른바 '저지른 악'과 '당하는 악'이다. 전자가 인간이 인간에게 몹쓸 짓을 해서 벌어지는 것이라면, 후자는 자연재해나 질병 등을 수반한 것으로 근원적으로는 인간의 유한성에 기인한다. 동양철학에서도 재이災異에 대한 논의는 크게 다르지 않다. 인간이 잘못을 저지르면 '재災'를 내려 경고하고, 나중에는 '이異'를 내려 위협한다.[1]

우리 고전문학에서 이른바 '천벌天罰'이 등장하는 일은 많다. 공연히 하늘에서 벼락이 치기도 하고 난데없는 호랑이가 나타나 악인을 응징하기도 한다. 물론 대중성이 강한 서사에서는 동서고금을 막론하고 선이 승리하고 악이 패퇴하는 해피엔드가 주종이지만, 조금만 수준을 올려보면 그런 작품이 설 자리가 그리 크지않다. 굳이 작품에서가 아니라 현실을 보아도 선인이 패퇴하고 악인이 흥한 일도 많고, 시대가 지나고 나면 또렷했던 선악의 경계가 모호해지기도 하고, 모호했던 경계가 또렷해지기도 한다. 더 나아가면, 표면적으로는 선인이 분명한 사람들 속에 악이 들어있기도 하고, 악을 응징하는 일이 도리어 더 큰 악이 되기도 하는 변증법이 일기도 해서 선불리 재단하기 어렵다.

미국 신화학자 캠벨이 말한 대로, "우리는 사악한 일에도 참여하고 있어요. 참여하지 않으면 살아가지 못합니다. 우리가 잘한다고 하는 일이 어느 누구에게는 반드시 사악한 일이 됩니다."[2]라는, 피할 수 없는 사실을 받아들인다면 단선적인 재단을 주저하게 된다. 옳고 그름을 가리기도 쉽지 않지만, 언제 어디에서 누구에게나 옳거나 언제 어디에서 누구에게나 그른 일은 없기 때문이다. 동시대 사람이 창작하고 향유하는 현대문학에서도 그러한데, 고전문학처럼 지금-여기와 시공간의 차이가 분명한 작품에서는 더더욱 그렇다.

선악의 경계 짓기와 넘나들기

일반적으로 악惡은 선善과 대립되는 것으로 설명된다. 어쩌면 악이 없다면 선도 없다고 할 정도로 인식되는 것이다. 그러나 일상에서든 철학적 사유에서든 선과 악이 꼭 그렇게 배타적인 대립관계를 이루지는 않는다. 선악의 경계가 불분명할 뿐더러, 상황에 따라서 선악을 판단하는 잣대가 달라지기도 한다. 그럼에도 불구하고 악을 응징하려는 '징악懲惡'의 기치를 높이 올릴 수 있는 이유가 있다면, 첫째, 우리가 악을 분명하게 규정할 수 있고, 둘째, 악이 악으로 규정되는 한, 언제 어디서든 누구에게나 다 악이라는 전제에서만 가능할 것이다. 그러나 현실은 그렇지 못한 경우가 많아서, 이런 문제는 악에 대한 근원을 파고들지 않는 한 쉽사리 밝혀내기 어려운 것으로 보인다.

만일 선악을 흑백처럼 분명한 구분으로 본다면 사태는 단순하다. 선은 흑이고 악은 백이며, 검은 것은 선이고 흰 것은 악이기 때문이다. 다음 시조는 그런 점을 분명히 해준다.[3]

> 까마귀 싸우는 골에 백로야 가지 마라
> 성낸 까마귀 흰 빛을 새올세라
> 청강(淸江)에 조히 씻은 몸을 더러일까 하노라[4]

정몽주鄭夢周의 어머니가 지었다고 알려진 시이다. 까마귀와 백로는 그 빛깔이 대조되는 새이다. 하나는 온통 까맣고 하나는 온통 하얗다. 당연히 검은색이 악으로 흰색이 선으로 상징된다. 이 시를 정몽주의 어머니가 지었다고 한다면, 아니 자식을 둔 누가 지었든, 자기 자식이 나쁜 길로 빠지지않기를 바라는 마음을 담았을 것이다. 자기 자식은 고결한 백로이니 더러운 까마귀들이 싸우는 곳에는 아예 발길을 들이지 말라는 말이다. 검은 사람은 흰 사람을 존중하는 게 아니라 시샘만 할 뿐이니 그런 사람을 곁에 두어야 아무런 이익이 없다고 보았다. 이익은커녕 본래도 하얀 몸인 데다, 기껏 맑은 강물에 깨끗이 씻은 몸을 더럽혀서는 안 되기 때문이다.

그런데 여기에서 드는 의문은 까마귀와 백로가 그렇게 분명히 구별이 되는지, 또 구별된다고 한들 서로 안 부딪치고 살아나갈 방법이 있을 것인가 하는 점이다.

> 까마귀 칠하여 검으며 해오리 늙어 세더냐
> 천생 흑백이 예부터 있건마는
> 어떻타 날 보신 님은 검다 세다 하나니[5]

이 시조는 흑백을 선악으로 재단하는 게 온당한가 의문을 제기한다. 까마귀는 본래 검은 것이고 해오라기는 본래 흰 것이다. 천성이 그런 것인데 사람들은 까마귀는 인위적으로 검게 칠해서 그런 것인지 의심하고, 해오라기는 처음에는 검었는데 늙어서 희게 된 것인지 억측한다. 문제는 그런 상황을 도외시한 채 나를 재단하는 '님'이다. '검다/희다'의 정해진 잣대를 가지고 나를 재단하려 드는 한 나의 본성은 더 깊이 묻힐 뿐이다.

이렇게 이 시조를 찬찬히 따라가다보면 선악을 보는 시선이 많이 달라져 있음을 느끼게 된다. 흑이든 백이든 고유의 가치가 있을 뿐이라고 했다. '천생天生'의 생긴 빛깔은 '예부터' 있었던 것인데 그것을 두고 마치 '인위적'으로 어떻게 만든 것처럼 여기면서 '지금'의 시점에서 시비한다는 것이다. 물론 시비를 가리는 일은 꼭 필요하고 이왕이면 옳은 방향을 지향하는 게 좋다. 그러나 시비를 해본들 바꿔볼 도리가 없는 것이라면 공연히 마음만 복잡하게 하는 것일 수 있다. 외부에서 재단된 이념에 자신을 맞추기보다는 타고난 바탕에 근거하여 안정되게 하는 것, 이것이 바로 이 시조가 지향하는 점이다.

그런가 하면 흑과 백의 중간지점을 모색해보는 시조도 있다.

까마귀 검거라 말고 해오라비 셸 줄 어이
검거니 세거니 일편도 한저이고
우리는 수리두루미라 검도 세도 아녜라[6]

이 시조는 검은 것도 거부하고 흰 것도 거부한다. 검은색과 흰색이 함께 있는, 그래서 회색일 수밖에 없는 자신의 처지를 회색분자로 오해하기도 하겠으나 여기서는 도리어 거기에 크게 만족한다. 수리두루미가 무슨 새를 지칭하는지는 정확하지 않으나 수리와 두루미의 중간형태, 그러니까 수리처럼 검은 것도 아니고 두루미처럼 흰 것도 아닌 새가 아닐까 짐작한다. 재두루미처럼 회색을 바탕으로 여러 빛깔을 가진 새를 일컫는 말이 아닐까 하는데, 어찌 보면 기회주의자의 모습이고 또 어찌 보면 명철보신明哲保身의 좋은 사례이다.

지금까지 살펴본 것들을 보면 흑백, 선악은 모두 정해진 흑백이 있고 그것이 선악으로 분변된다는 기본전제가 있다. 그런데 흑백, 선악을 고정불변된 것으로 보지 않을 때 또 다른 가능성이 열린다.

> 까마귀 검다 하고 백로야 웃지 마라
> 겉이 검은들 속조차 검을소냐
> 겉 희고 속 검을손 너뿐인가 하노라[7]

이직李稷이 지은 시조이다. 이직은 본래 고려 때 벼슬을 하던 사람이나 이성계를 도와 조선 개국에 공헌하였다. 두 임금을 섬길 수 없다는 지조로 볼 때 변절이 분명하며 많은 사람들로부터 지탄을 받았을 것이다. 변절하는 듯이 보이겠지만 자신에게는 큰 세상을 만들어내려는 충정이 있는데, 거꾸로 겉은 흰 듯 보이지만 속은 시커먼 존재가 바로 자신을 비웃는 백로라고 했다. 겉으로는 지조와 충절을 내세우지만 속으로는 사실상 사익私益을 좇고있다는 비난인 셈인데, '흑/백'이 '악/선'으로 도치되는 형국이다.

역설과 도치가 아니라 위장을 강조하는 시조도 있다.

> 까마귀 눈비 맞아 희는 듯 검노매라
> 야광명월(夜光明月)이 밤인들 어두우랴
> 님 향한 일편단심(一片丹心)이야 고칠 줄이 있으랴.[8]

박팽년朴彭年의 시조이다. 까마귀가 잠시 눈을 맞아 흰 빛처럼 보이지만 그 본색이 까만 것임을 감출 수 없다는 말이다. 그러나 이 밤에도 밝은 달이 있으니 어두울 수 없으며, 나 또한 임을 향한 한 마음이 있으니 바꿀 생각이 없다고 했다. 까마귀는 검은 빛이며 검은 빛을 관례대로 악으로 본다면, 이 작품에서는 그 분명한 악이 잠깐 선처럼 위장하고 있다는 말이 된다. 나는 그 속을 명확히 꿰뚫어보고 있으니 그런 데 속지않고 일편단심으로 임만을 따르겠다는 뜻이다.

다섯 가지 까마귀 관련 시조를 토대로 선악에 대한 시각을 정리해보자. 첫째, 선은 선, 악은 악으로 서로 침범할 수 없는 절대적인 경계선이 있다. 둘째, 선악으로 분변하는 것도 기실은 본래 타고난 특성일 뿐이다. 셋째, 선과 악의 중간 지점도 있을 수 있으며, 거기에 처하는 게 낫다. 넷째, 표면적으로는 선이지만 이면이 악인 경우도 있고, 표면적으로는 악이지만 이면이 선인 경우도 있다. 다섯째, 잠시 선악을 가릴 수 있지만, 진실은 금세 드러난다.

이러한 논의 역시 일정한 한계가 있을 수밖에 없는데, 과연 선악을 제대로 규정할 수 있는가 하는 문제가 따르기 때문이다. 까마귀가 등장하는 시조에서는 까마귀의 색깔이 검다는 분명한 사실에서 그것을 악으로, 혹은 표면으로 드러난 것과는 달리 이면의 선으로 볼 수 있다는 전제가 있었다. 그러나 실제로 흑이나 백, 심지어는 그 중간쯤인 회색을 포함하여도 세상의 색깔을 다 드러낼 수 없으며, 특정 색깔을 선악으로 구분할 근거도 별로 없다. 자연과학에서는 이 문제를 유전자와 환경 사이의 관계를 따지면서 일종의 생존전략으로 설명하는가 하면, 사회학에서는 사회환경이나 사회적 억압구조 등과 관련하여 설명하는 방식을 택한다. 그런데 우리 문화 전통에서 가장 큰 영향력을 미친 유교의 가르침은 언제나 한쪽 길만을 강조한 편이다. 유교에서 일컫는 도道는 "갈 수 있느냐 가지 못하느냐의 문제가 있을 뿐이요, 어느 쪽으로 갈

까의 선택의 고민은 문제되지 않는 길이다."[9] 요컨대 당위當爲를 지나치게 강조함으로써 현실적으로 엄존하는 악惡에 대해서는 애써 외면하는 인상을 준다.

그러나 원론적으로 볼 때 사태는 그리 간단치 않다. 칸트는 악을 인간의 자유로부터 규정하면서, 스스로 초래한 부자유를 다음의 세 가지 형태로 구분한다. 첫째는 허약성으로 자신이 하지 말아야 할 일을 하고 있다는 것을 알면서도 허약함 때문에 스스로의 성향에 굴복하는 유형이다. 둘째는 불순성으로 자신이 해야할 일을 하기는 하지만 언제나 선을 위해 그 일을 하는 것은 아니고 경우에 따라서는 부도덕한 이유에서 그 일을 하기도 하는 유형이다. 셋째는 사악성으로 자신이 해야할 일과 반대의 것을 행하는 유형이다.

칸트가 이렇게 '해야할 일'과 '하지말아야할 일'을 구분함은 결국 악을 준칙準則에 입각해서 그 준칙을 위반違反 혹은 전도顚倒하는 행위로 파악하여, 우리가 일상에서 접하는 악의 관념에서 그리 크게 벗어나지 않는 것으로 보인다. 이를 권선징악론에 도입해 본다면, 가장 많은 관심을 받은 유형은 아마도 맨 마지막 사악성 유형이 될 것이다. 군담소설이나 가정소설에서 흔히 볼 수 있는 악인들은 동정의 여지가 없는 사악함을 내보일 때가 많다. 〈유충렬전〉에서 주인공 유충렬이 상대해야 하는 악인인 정한담과 최일귀는 본시 천상인天上人으로 지략과 술법이 출중한 인물로 묘사된다. 이미 지상에 내려오기 전부터 어쩔 수 없는 악인으로 상정하고 있다. 이런 인물은 본래 사악한 의지를 가지고 자신의 목표를 강하게 추진하는 유형이라 할 수 있겠다.

그렇지만 굳이 칸트의 지적이 아니더라도, 악의 횡행을 그것만으로 설명하기는 어렵다. 박지원의 〈호질虎叱〉에 등장하는 북곽선생은 나이 사십에 손수 교주校註한 책이 일만 권이나 되고, 경서經書를 풀이한 것이 일만 오천 권이이어서 천자天子도 그의 행실을 칭찬하고 제후도 그의 이름을 사모했다고 서술되어 있다. 아무리 그를 나쁘게 보려고 해도 그렇게 많이 공부하여 학문을 일군 행위 자체를 문제 삼기는 어렵겠다. 많이 공부하고 존경받는다는 것은 그만한 행동이 있을 때나 가능한 것이기 때문이다. 문제는 범의 입을 통해 서술된 대로 그가 표리부동表裏不同한 인물이라는 점이다.

이는 그가 어떤 의미에서 선행을 하지않은 것은 아니지만, 부도덕한 이유에서 그 일을 했다는 것을 의미한다. 이 경우 그 불순함에서 기인한 악에 대한 응징은 사악성에 기인한 악과는 달라야 마땅하다. 사악한 상대는 철저하게 파멸시키지 않으면 자신이 도리어 파멸되기에 시원한 보복이 중요하지만, 이처럼 위선僞善이 문제가 되는 경우는 먼저 그 위선을 폭로하는 전술이 필요하다.

다음으로 허약성(혹은 나약함이나 무지)에서 기인하는 악의 문제로 가면 사실상 인간 모두의 문제라고 할 만큼 심각한 상황을 야기한다. 인간은 누구나 불완전하다. 서사문학의 인물이 욕망을 좇아 움직이다보면 허다한 악행을 저지를 수도 있고, 또 그 욕망이 선한 것일 때조차도 입지전적立志傳的 인물만을 다루지않는 한 철저하게 현실화하기는 어렵다. 작품 내에서 특별히 악한 것으로 묘사되지는 않더라도 지나치게 우유부단하다거나 심지가 약하기 때문에 결과적으로 선한 인물에게 고통을 주는 인물이 적지않다. 〈장화홍련전〉의 배 좌수 같은 경우, 나서서 적극적으로 악을 행하는 것은 아니지만 악인에 미혹迷惑되어 결과적으로 선한 주인공에게 위해를 가한다. 〈심청전〉의 심 봉사가 심청이가 죽은 후 뺑덕어미와 놀아나는 장면을 연출하는 것 역시 동일선상에서 이해됨직하다. 적극적인 의도를 펼치지 않더라도 결과적으로 악행을 유발한다는 점에서, 나약함 못지않게 무지無知도 문제가 될 수 있다. 무지하다 보면 상황 판단을 못하거나 윤리의 의미를 파악하지 못하고 본의 아니게 악을 행하는 일이 많기 때문이다.

이 셋은 간단하게 다음과 같이 정리될 수 있다. 즉, 첫째, 자기가 행하는 악惡을 명확히 인지하고 적극적으로 행하는 경우, 둘째, 표면상으로는 선善을 행하는 듯하지만 이면에는 다른 의도를 가지고 있는 경우, 셋째, 자신이 하는 일이 선이 아닌 것을 막연하게나마 인지하면서도 판단착오나 부적절한 처신 때문에 악을 방조하거나 무지無知로 인해 결과적으로 악을 행하는 경우이다. 만약 악의 근원이 그렇게 구분될 수 있다면 악에 대한 대응 역시 달라져야 마땅하다. 첫 번째 경우는 징치懲治가 필요하다면 두 번째는 폭로暴露가, 세 번째는 계도啓導가 필요한 것이다. 물론 이 셋이 작품별로 명확하게 구분되는 것도 아니고 상황에 따라 여러 가지 복합된 형태로 드러날 것이다.

그러나 이론상의 구분과 처방이 그대로 주효하기는 어렵다. 악이 분명하지만, 악을 응징해서 생기는 폐해가 가만둘 때 발생할 문제보다 훨씬 심각하다면 방법을 달리해야한다. 또한 응징하는 것이 근본적인 처방이라 하더라도 현실적으로 힘이 센 대상이라서 응징하지 못하고 어쩔 수 없이 감내해야하는 상황도 발생한다. 이 밖에 피해 당사자가 직접 나서지않고 제3자나 신령 같은 특별한 존재가 나서는 경우 등등 악에 대처하는 방식이 보여줄 스펙트럼은 의외로 폭이 넓다.

타협은 없다 — 절대악

악에 대한 징치懲治가 가장 극명하게 드러나는 소설군은 군담소설로 군담소설은 군공軍功에 의하여 문제를 일시에 해결하는 결말을 보이므로, 군사적인 힘으로 상대를 제압하는 과정은 가장 극적인 징치임에 틀림없다. 〈유충렬전〉에 등장하는 두 악인 정한담과 최일귀는 어느 한쪽이 절대적 우위를 보이지않는다. 작품의 내용을 잘 모르는 독자를 위해 줄거리를 간단하게 정리하면 다음과 같다.

명나라 시절 정언주부 벼슬을 하는 유심은 늦도록 자식이 없다가 치성을 드려 충렬을 낳았다. 이때 조정에는 정한담과 최일귀 일당이 반역할 뜻을 두고 옥관도사의 도움을 받아 유심을 참소하여 귀양 보냈다. 심지어는 유심의 집에 불을 질러 유충렬 모자마저 죽이려했으나, 유충렬은 가까스로 벗어나 퇴임한 재상 강희주를 만나 그의 사위가 된다. 그러나 유심을 구하려 상소하던 강희주마저 정한담의 모함으로 귀양을 가고, 가족은 뿔뿔이 흩어진다.

유충렬은 강 낭자와 헤어진 후 백용사의 노승을 만나 무술을 연마하며 기다린다. 이때 남북의 오랑캐가 명나라로 쳐들어왔고 정한담은 남적에게 항복하여 도리어 천자를 공격하였다. 수세에 몰린 천자가 항복하려 할 때 유충렬이 출전하여 반란군을 제압하고 정한담을 사로잡는다. 마침내 오랑캐에게 잡혀간 황실 가족을 구출하고, 유심과 강희주를 유배지에서 모셔 오며, 헤어졌던 아내와 어머니를 모시고 부귀영화를 누리며 잘 산다.

간단하게 정리하면 선한 주인공이 악한 무리를 물리치고 잘살게 된다는 해피엔드로 치닫는 이야기인데, 선한 편의 인물과 악한 편의 인물이 팽팽히 맞서고있는 데 유의할 필요가 있다. 줄거리상으로는 드러나지 않지만 유충렬과 정한담의 악연은 현세에서 비롯된 것이 아니다. 둘 다 천상의 사람이었는데 옥황상제께 죄를 지어 잠시 지상으로 유배 왔을 뿐이다. 천상의 인물이 지상으로 유배 오는 줄거리의 소설을 '적강謫降소설'이라 하는데 말 그대로 위에서 아래로 "귀양 내려오는" 것을 말한다. 흔히 하늘나라의 신선이 죄를 짓고 잠시 지상생활을 하는 방식으로, 〈심청전〉의 심청도 적강한 인물이다. 그런데 〈유충렬전〉에서는 주인공 유충렬뿐만 아니라 반동인물 정한담도 적강한 인물이어서 예사롭지않다. 정한담과 최일귀가 악당이라고는 하나 하늘의 익성翼星을 맡은 선관仙官으로, 하늘의 대장성을 맡은 선관과 알력이 있었던 것이며, 그러한 악연이 지상으로 내려와서도 계속되었다. 이 대장성이 땅으로 귀양 온 인물이 유충렬이고 보면, 하늘나라에서 대장성과 익성이 다투던 것이 지상에서까지 이어진 것이다. 실제 작품에서는 악인으로서는 보기 드물게 "백만군중 대장의 재목"이며 "벼슬이 일품"임을 적시했다. 다만 "포악이 무쌍"인 점만 다르게 하여 선악 대비를 더욱 분명히 했을 뿐이다.

그런데 두 인물이 천상의 선관으로 대등한 존재라고는 해도 천상을 다스리는 옥황상제 앞에서는 또 한없이 미약한 존재였고, 그 둘이 싸운 죄로 지상으로 귀양살이 오게 되었는데 그때부터 사정이 달라졌다. 정한담이 벼슬을 맡자 그를 대적할 상대가 아예 없었던 것이다. 이는 그가 악해서가 아니라 강하기 때문인데, 신하들이나 외적은 물론 심지어는 황제까지도 하찮게 여겼다. 이러한 악을 제어할 수 있는 상대는 역시 그만한 힘을 가진 존재뿐이고, 유충렬의 탄생은 이 문제를 해결하기 위한 맞춤형 해법이었다.

딱지본 〈유충렬전〉 표지 © 한국학중앙연구원·유남해

유충렬이 장성하여 장수가 되어 마침내 정한담 일당을 물리쳤을 때, 백성들은 환호성을 올렸고, 심지어는 "장안 만민들이 벌떼같이 달려들어 점점이 오려 놓고 간도 내어 씹어보고 살도 베어 먹어보며 유 원수의 높은 덕을 뉘 아니 칭송하리."라며 찬양하는 데 이른다. 포로로 잡아 팔도 자르고 처참하게 구경거리로 전락시키는 것도 모자라서 간까지 꺼내 씹는다는 설정은 상상만으로도 끔찍하다. 그러나 이런 정도의 보복이 없다면 악의 응징이 어렵다 판단한 것이며, 이로써 정한담 일당이 한 하늘 아래 함께 있을 수 없는 절대악임을 드러낸 것이다.

〈유충렬전〉 같은 군담소설 못지않게 선악의 대립이 분명한 고소설 유형은 가정소설이다. 가정소설은 그 이름으로 볼 때 집안문제를 두루 다루는 소설일 것 같지만, 고소설에 등장하는 가정소설은 의외로 단순하다. 크게는 처첩이 남편의 총애를 다투는 '쟁총형爭寵型'과, 전실 자식이 후처에게 구박받는 '계모형繼母型'으로 나뉜다. 여기에서 악인으로 등장하는 인물은 보나마나 첩과 계모이다. 실제 현실이 꼭 그랬을 리는 만무하여, 첩에게 해코지하는 전실도 있을 것이고, 전실 소생을 지극정성으로 키우는 후처도 있을 것이다. 그럼에도 불구하고 소설에서 어느 한쪽만을 순전한 악으로 그려내는 것은 관념적인 성향이 다분하다.

그러나 가정소설에서 악이 등장할 때 군담소설과는 아주 달라지는 대목이 있다. 쟁총형이든 계모형이든 모두 애정의 향방과 관련하여 갈등이 일어난다는 점이다. 〈사씨남정기〉에서는 정실부인 사씨가 후실 교씨를 들이도록 했는데 남편 유연수의 애정이 교씨 쪽으로 기울면서 문제가 생겼고, 〈장화홍련전〉에서는 장화와 홍련의 어머니가 죽은 후 계모 허씨가 들어오면서 아버지 배 좌수의 사랑이 전만 못하게 되었다. 이는 거꾸로 보면 악인이 사랑을 더 차지하기 위한 투쟁이기도 하다. 하나의 사랑을 놓고 양쪽에서 겨루는 형국인데, 문제는 이들이 어쨌거나 가족관계로 묶여있다는 사실이다. 유충렬이 정한담을 참혹하게 처치한 것은 문제가 야기되기는커녕 도리어 칭송받을 일이지만, 〈사씨남정기〉에서 교씨를 똑같이 처벌했다가는 도리어 더 큰 죄를 지을 여지가 있다. 교씨는 어쨌거나 남편 유연수와 부부관계를 맺은 사람이기 때문이다. 장화와 홍련이 계모 허씨를 처단하는 문제 역시 마찬가지다. 계모라 해도 부모자식관계로 생각한다면 가혹한 응징에 한계가 있다.

나아가 작품에서 펼쳐지는 악행이 직접적인 보복을 가할 만큼 극악하지 않거나 악인이 선인과 뗄 수 없는 혈연관계에 있다면 피해 당사자가 직접 나서서 응징하는 데 부담을 느끼지 않을 수 없다. 〈흥부전〉의 놀부는 유명한 〈심술타령〉을 통해 그의 고약한 심보가 익히 드러난다. 그렇지만 그 악행이 온 나라의 질서를 어지럽히는 정도도 아니며 '심술'이라는 말로 설명될 만큼 익살로 포장되는 면이 많고, 동생을 내치는 부분 역시 밖으로 쫓아내는 데 그칠 뿐 간악한 계략을 동원해 파멸시키는 정도에 이르지는 않는다. 작품에서 실제로 놀부를 징치하는 것은 제비가 물고 온 박씨에서 자란 박통 속에 등장하는 여러 인물들이다. 박을 타는 족족 놀부를 곤욕스럽게 하는 일만 늘어지다가 끝내 장비張飛가 등장하여 징치의 종지부를 찍는다.

고소설에서든 설화에서든 이렇게 제3의 존재를 통하여 간접적으로 징치하는 예는 어렵지않게 찾아볼 수 있다. 사람뿐만 아니라 호랑이나 두꺼비와 같은 영물靈物, 혹은 염라대왕 같은 신이한 존재 등이 그런 예이다.[10] 〈운영전〉에는 특特이라는 악인이 등장한다. 운영과 김 진사가 사랑에 빠진 틈을 타서 둘을 위험에 빠뜨린 후 재물을 취하려는 악인이다. 김 진사는 나중에 특의 계략에 운영이 불행한 일을 당한 걸 알고 목욕재계하고 부처님 앞에 빌었는데 기도한 지 7일 만에 특이 우물에 빠져 죽는다. 누가 죽였다고 나오는 것도 아니고, 특이 자결한 것도 아니다. 그저 우연히 죽은 것처럼 드러나는 높은 세상 어딘가에서 온 뜻 정도로 받아들여진다. 이른바 천벌天罰이 내린 것이다. 작품에 따르면 김 진사와 운영이 본래 하늘나라 사람이었다고 하니, 그들이 온 세상에서 힘을 보태준 것으로 볼 수도 있겠다. 이는 〈유충렬전〉에서 피해자들이 직접 응징하는 것과는 크게 구별된다.

또 〈장화홍련전〉에서는 계모 허씨가 데리고 들어온 아들 장쇠가 호환虎患을 입어 두 귀와 한쪽 팔다리가 잘리고만다. 작품 속의 서술을 좇아보면 장화가 물에 빠지자 홀연히 물결이 일어나며 하늘에 닿았고 난데없는 큰 범이 나타났다는 식으로 전개된다. 작품에 명기된 대로 '난데없는' 호랑이의 등장을 중심으로 보자면 앞뒤 연관이 전혀 없는 듯이 보이지만, 장화가 죽고 그 원통함이 하늘에 닿아 천벌을 내린 형국이다. 설화 〈처녀 구한 두꺼비〉의 경우,[11] 주인공은 지네에게 바쳐지도록 설정이 되어있는데 거기에 전혀 항거할 생각을 하지 않는다. 다만 두꺼비에게 남은 밥풀을 주는 정도의 행위를 할 뿐이고, 그 결과 두꺼비의 보은으로 지네를 물리친다.

위의 이야기와 같은 동물보은담은 우리 설화에서 상당히 보편적인 이야기이다. 제목만 보아도 〈불 꺼서 주인 구한 개〉, 〈고양이 귀신 물리친 개〉, 〈밥 먹여 키운 짐승의 보은〉, 〈구슬 찾으러 간 개와 고양이〉, 〈용이 된 구렁이의 보은〉 등등으로 주인공이 감당하지 못할 억압을 제3자인 동물이 나서서 해결해주는 이야기이다. 이는 "초자연적 힘에의 의존의 표현이며 악과 직접적인 대결을 회피하려는 경향"이면서, 동시에 "한국인이 하늘의 관대함을 얼마나 깊이 믿고 있는가를 보여주는 것"[12]이기도 하다. 나아가서 하늘이 모습을 직접 드러내는 예는 〈장자못 설화〉에서 볼 수 있다. 인색한 부자의 징치懲治 방식이 홍수洪水라는 물에 의한 것이고 보면, 노승老僧의 개입이 느껴지기는 해도 자연의 재앙을 통한 하늘의 심판으로 볼 수 있겠다.

한편, 직접적이든 간접적이든 징치가 행해지는 작품은 행복한 결말을 맺지만 명백한 악임에도 불구하고 어떤 징치도 일어나지 않는 경우도 있다. 〈이생규장전李生窺墻傳〉이 그렇다. 이 작품의 초중반부는 최랑崔娘과 이생李生 양가 집안 사이의 지체 차이라든지 이생의 유약함 등이 문제가 되었지만 후반부에 가면 홍건적의 난리를 만난다. 최랑이 절개를 지키려 목숨을 잃었지만 이들은 다시 저승과 이승 사이의 벽을 넘어 다시 사랑을 이루는 등 해피엔드로 가는 듯이 보인다. 그러나 그 벽을 아주 없앨 수가 없어서 최랑이 "인간세상에 연연하여 저승 법령을 위배한다면 제 죄일 뿐만 아니라 그 누累가 그대에게까지 미칠 것"[13]이라며 스스로 이별을 택함으로써, 이야기는 비극으로 돌아선다. 이생 역시 얼마 후 세상을 마쳤다고 하니 이 일과 무관하기는 어렵다.

고소설에서 그 정도의 비극성을 보이는 예는 그리 흔치않지만 설화에서는 선이 도리어 악에 패퇴하는 이야기도 어렵지않게 찾아볼 수 있다. 〈아기장수 설화〉가 대표적인 예이다. 아기장수는 특별한 능력을 타고 태어났지만 실제로 모반을 꾀한다거나 어떤 악행도 하지않는다. 그러나 부모나 주변인물, 관군은 그를 가만두지않아서 처참한 죽음을 맞을 뿐이다. 이 이야기가 비극성을 더하는 것은, 주인공이 탁월한 능력을 가지고있기 때문에 도리어 핍박을 받는다는 점이다. 선악으로 나누어 본다면 주인공이 선하다는 이유로 악의 공격 목표가 되는 것이다. 더욱이 선한 주인공에게 결정적인 위해를 가하는 이가 관군 같은 외부의 적이 아니라, 부모 같은 가족이라는 점이 비극성을 더해준다. 선과 악이 타협할 수 없다는 점은 앞의 이야기들과 같지만, 결과적으로는 악에 의해 처절하게 패퇴한다는 귀결은 상반되는 예이다.

그런가 하면 이렇다 할 이유도 없이 그저 '불운'해서 실패하는 이야기도 많다. 특히 비범한 능력의 소유자가 등장하는 경우 역시 외적의 침입이나 외부의 폭압 앞에 무릎을 꿇고만다. 도깨비나 호랑이에게 이유 없이 잡아먹히는 이야기가 그런 예인데, 주인공이 사악한 악惡에 대적해보기는커녕 영문도 모른 채 알 수 없는 죽음을 겪는다는 점에서 매우 특이하다. 호랑이가 나타나서 사람을 세 번 뛰어넘더니 잡아 물고 가더라는 이야기나 도깨비에게 홀려서 죽은 사람 이야기 같은 데서는, 주인공이 무슨 악행을 저지른 것도 아니고 특별한 계기가 있는 것도 아닌데 그냥 죽고만다.

〈호랑이가 사람 물어간 이야기〉를 보면 호랑이가 어린아이 위를 뛰어넘는데 당사자인 어린아이가 놀라기는커녕 그냥 웃더라는 것인데, 그 아이는 며칠 뒤 길가에 머리만 남겨진 채로 발견된다.[14] 이런 이야기가 비록 실화처럼 구연되고있지만 실제 있었던 일이라고 믿는 사람은 별로 없을 것이다. 이런 정도의 이야기는 하도 흔해서 누구에게 어디에서 들어도 그만이고, 그냥 어린 시절 즐겨 듣던 귀신 이야기나 공포담 정도로 취급되기 때문이다. 또 여기에 등장하는 호랑이 대신 도깨비나 다른 괴물이 들어가도 전혀 이상하지않다. 사악함은 그것이 인간에게 절대적 위해를 가한다고 판단되는 순간 물리쳐야 마땅하다. 그런데 위의 이야기는 도저히 그럴 수가 없다. 호랑이는 어른도 겁을 내는 맹수인데 이야기 속 아이는 그런 호랑이를 보고 웃는다. 이는 상대에 의해 넋이 완전히 빨려나간 상태로 이 호랑이가 맹수일 뿐만 아니라 영물靈物이라는 뜻이다. 무섭기만 할 뿐만 아니라 신령스러움까지 지녔을 때 여느 사람으로서는 감당할 수 없다.

악은 우리에게 위해를 가하기 때문에 우리의 안위를 생각할 때 물리쳐야 마땅하지만, 위의 이야기처럼 사실은 그렇지않은 경우가 있다. 상대의 힘이 자신을 압도하기 때문이다. 선인이나 악인이 맞설 수 있는 〈유충렬전〉과 같은 대등함이 없을 때, 직접적인 응징은커녕 도망조차 갈 수 없다. 악한 상대라고 해도 그 힘이 선한 주인공보다 작거나 최소한 맞설 만큼이고, 또 자신과 혈연적인 관계에 없을 때에라야 직접적인 징치가 무리 없이 이루어질 수 있다. 그렇지 않을 경우, 다른 존재를 매개로 한 간접적인 징치나 천벌로 여겨질 재앙에 의해 응징하는 방법을 택한다. 그리고 마지막으로 도저히 자력으로 막아낼 방법이 없이 강력하게 다가서는 사악함에 대해서는 징치에 실패하거나 포기함으로써 악惡의 강력함을 간접적으로 드러내는 것으로 보인다. 이는 세상에는 인간이 제어할 만한 악만 있는 것이 아님을 보임으로써 도리어 세상의 경이로움, 사회의 횡포를 도드라지게 하는 장치로 보인다.

위선의 폭로 혹은 선악의 교차

불순不純은 앞서 설명한 대로 선한 듯이 표출되는 행위의 이면에 선하지 않은 의도가 잠재해 있음을 뜻한다. 이 경우의 악惡은 드러내놓고 악행을 일삼는 것이 아니어서 징치할 대상조차도 불분명하기 쉽다. 따라서 이런 악인을 상대할 때에는 악행을 징치하기 이전에 그 악행이 구체적으로 모습을 드러내도록 이끌어내는 일이 시급한 과제가 되는데, 이때 가장 적절한 방법은 과장誇張이다. 이런 기법은 풍자諷刺에서 흔히 엿볼 수 있는데, 같은 골계의 범주에 속할 법한 해학諧謔과 비교해볼 때, 해학이 부정적인 것을 '완화'시키는 데 반해서 풍자는 '과장'하는 경향이 있다.[15]

과장을 통한 풍자가 가장 심하게 드러나는 예는 아마도 탈춤이다. 가령 〈송파산대놀이〉 제3과장은 '연닢과 눈끔재기'라는 제목이 달렸는데, 연닢과 눈끔재기는 모두 고승이다. 이들의 눈살을 한 번 맞으면 목숨을 잃을 정도의 도력이 있다는 무시무시한 실력자이다. 그런데 이들 앞에 등장하는 팔먹중들은 그런 고승을 무서워하기는커녕 대놓고 비아냥댄다. 팔먹중의 대사 가운데는 "재들 명색이 양반인 연닢과 눈끔재기

송파산대놀이 중 연잎, 눈끔적이, 먹중 등장 장면

인데 얼굴에 흠이 있어 과거를 못보고, 노류장화路柳墻花로 사도팔방을 돌아다니며 허송세월을 하다가, 산대판을 구경하더니만 우리더러 친구가 한 번 놀아 보잔다."[16]는 말이 있을 정도이다. 말이 좋아 양반이지 얼굴에 흠이 있을 뿐만 아니라 노류장화 놀음판에 빠져서 허송세월을 한 구제불능의 인간인 것이다.

〈봉산탈춤〉에서도 양반을 소개하는 대목에서 "양반 나오신다아, 양반이라거니 노론 소론 이조 호조 옥당을 다 지내고, 삼정승 육판서 다 지낸 퇴로재상으로 계신 양반인 줄 아지 마시요. 개잘양이라는 '양'자字에 개다리소반이라는 '반'자 쓰는 양반이 나오신단 말이요."[17]라고 하여, 양반이 겉으로는 대단히 점잖은 체하지만 실제로는 개잘'양'(방석처럼 쓰려고 털이 붙은 채로 손질해 만든 개가죽)에 개다리소'반' 같은 접두사 '개-'를 붙여야하는 상스러운 사람들임을 욕해댄다.

그보다는 정도가 약하지만 고소설에도 풍자적인 성향이 강한 작품에서는 등장인물의 위선이 문제가 된다. 〈배비장전〉, 〈이춘풍전〉 등에 등장하는 남자 주인공들은 제 스스로 여색女色에 초연한 군자인 듯 행세하지만 주변 사람들이 잠깐 공모를 하고 나면 호색한好色漢의 정체를 고스란히 드러내고 만다. 배 비장은 9대에 걸쳐 몸을 깨끗이 지킨 '구대정남九代貞男'을 자처하다가 결국은 여색을 보고 껄떡대는 '배걸덕쇠' 신세로 전락하고, 이춘풍은 아내에게 매 맞는 처지로 몰락한다. 이런 과장된 행위를 통해 징치懲治가 일어나는 가운데 무게중심은 폭로에 놓인다. 〈배비장전〉의 경우 제주목사, 애랑, 방자 등이 공모하여 그 위선을 벗겨내는 데 주력한다면 〈이춘풍전〉은 피해 당사자인 춘풍의 아내가 직접 나서서 그 실체를 폭로한다는 점에서 폭로의 양상이 매우 집요하다.[18] 이런 남녀의 문제가 풍자의 전면에 나서는 작품으로 〈장끼전〉 또한 빼놓을 수 없다. 동물우화답게 장끼의 화려한 외양과 부실한 내면 자체가 풍자대상이다.

그런데 풍자가 본디 풍자대상과 일정하게 거리를 둔 상태에서 상대를 내려보는 자세로 조롱할 때 생성되는 것임을 감안한다면 이러한 특성이 잘 드러날 만한 작품은 아무래도 좀 더 지적知的인 영역의 작품에 있을 것이다. 일찍이 설총薛摠이 〈화왕계花王戒〉에서 보여주었던 풍자는 그 선편先鞭을 잡을 만하다. 겉으로는 화려하지만 덕이 없는 가인佳人: 장미과 겉으로는 소박하지만 덕을 지닌 백두옹白頭翁: 할미꽃은 겉과 속의 다름을 극적으로 대비시키는 예이다. 게다가 화왕花王: 모란이 어느 쪽을 택해야할지 망설이는 가운데, 백두옹이 "저는 임금께서 총명하시어 올바른 이치를 아신다고 생각하여 찾아왔더니 지금 뵈오니 그렇지 않습

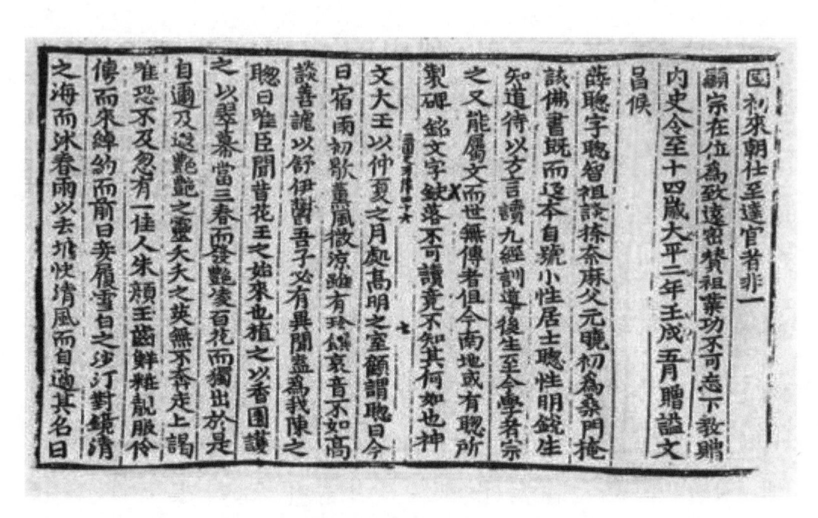
國初來朝仕至達官者非一
顯宗在位為致遠密贊祖業功不可忘下教贈
內史令至十四歲大平二年壬戌五月贈謚文
昌侯
薛聰字聰智祖談捺奈麻父元曉初為桑門掩
該佛書既而返本自號小性居士聰性明銳生
知道待以方言讀九經訓導後生至今學者宗
之又能屬文而世無傳者但今南地或有聰所
製碑銘文字缺落不可讀竟不知其何如也神
文大王以仲夏之月處高明之室顧謂聰曰今
日宿雨初歇薰風微涼雖有珍饌哀音不如高
談善謔以舒伊鬱吾子必有異聞盍為我陳之
聰曰唯臣聞昔花王之始來也植之以香園護
之以翠幕當三春而發艶凌百花而獨出於是
自邇及遐艶艶之靈夭夭之英無不奔走上謁
唯恐不及忽有一佳人朱顔玉齒鮮粧靚服伶
俜而來綽約而前曰妾履雪白之沙汀對鏡清
之海而沐春雨以去垢快清風而自適其名曰

《삼국사기》 권46, 〈열전〉 6, 〈설총〉조에 실린 〈화왕계〉

니다."[19]라고 논박하는 데에서 화왕을 풍자하기에 이른다. 화왕의 멈칫댐을 통해 겉으로는 도덕군자를 찾지만 속으로는 아첨하는 소인배를 더 좋아함을 비난한다.

이런 양상은 고려후기에 성행한 가전체 작품들에서도 잘 드러나고, 박지원의 단편에서 극명하게 모습을 보인다. 〈호질虎叱〉, 〈허생許生〉, 〈양반전兩班傳〉 등에 등장하는 당대의 선비는 모순과 위선으로 가득 차 있다. 북곽선생, 허생, 정선양반 등은 모두 일견 대단한 능력을 지니고 있다. 수많은 책을 짓고 교정했다거나, 한 번 나서면 온 나라의 경제를 뒤흔든다거나, 군수가 부임할 때마다 인사를 받는다거나 하는 일은 아무나 이룰 수 없다. 그럼에도 불구하고 과부와 놀아나고 아내가 빈곤에 내팽개쳐지며 관가의 곡식이나 축내는 인물이 또한 그들이다. 주인공뿐만 아니라, 정절녀로 소문난 동리자, 허생에게 질타를 당하는 이완,

정선양반을 어려움에서 구하려는 군수 등도 불순不純함 탓에 풍자의 대상이 된다. 〈호질〉에서는 군자인 척하는 인물의 표면과 이면이 모순되는 상황이 공격의 중심이다. 우리 쪽은 선한 데 반대쪽이 악하다고 한다면 반대쪽을 물리치는 것으로 문제가 끝나지만, 선한 것처럼 위장한 인물이 있을 때는 이렇게 그 속을 파헤쳐서 그 실체를 폭로하는 게 해법이다.

이러한 사회지도층의 인물이 갖는 위선을 폭로하는 작품은 구비설화에서 더욱 잘 나타난다. 양반과 상민이 맞설 경우 양반의 위선이 적나라하게 폭로되는 것이다. 바보설화 가운데 〈양반은 속을 씻어야〉[20]를 보자. 어떤 바보 양반이 있었는데 사돈집에 하루 묵다가 아침에 세수를 하려고 보니 사분(요사이의 비누)이 놓여있었다. 그는 그 물건을 어디에 쓰는 것인 줄 몰라 먹고 말았다. 하인이 깜짝 놀라서 그것은 세수할 때 쓰는 물건이라고 했지만 "양반은 상놈은 거죽을 씻지만 양반은 속을 씻는 법"이라며 둘러댔다. 엉겁결에 임기응변으로 나온 말이지만, 결과적으로는 상민은 겉이 검지만 양반은 속이 검다는 말이 되고만다. 겉으로는 고고한 척, 깨끗한 척하고 살아도 속은 시커멓다는 자기폭로가 되었다. 선으로 위장해도 속은 악임을 스스로 입증한 셈이다.

지체 높은 인물이 바보로 등장하는 바보설화 역시 여기에서 멀지 않다. 업무수행능력이 전혀 없어서 조롱거리가 되는 바보원님이나, 겉으로는 윤리를 내세우면서 안사돈과 동침할 궁리를 하는 양반, 일자무식이면서도 어떻게든 문자를 쓰려다 망신을 당하는 양반 이야기가 그런 예이다. '아내 말대로 재판한 엉터리 원님'형[21] 이야기에서는 여러 차례의 실수를 반복 누적함으로써 풍자를 더 강하게 하고, 또 '위신 지키지 못하고 그릇되기'형[22] 이야기처럼 양반층이 내세우던 학문이나 윤리가 도리어 사태를 그르치게도 되고, 양반들이 자신의 결함을 감추거나 사태를 오해하여서 결국 자신의 치부를 오히려 증폭하기도 하는 등의 다양한 방법을 통해 부도덕함을 경멸하고 야유한다.[23]

이처럼 불순한 악惡의 경우, 풍자적인 웃음과 연관되는 일이 잦아서 징악懲惡이라는 느낌을 주지 못하는 경우가 많다. 그러나 정체를 드러내려하지 않는 악인의 정체를 폭로하는 것만으로 악행을 저질러서는 안 된다는 경계심이 들게 하며, 또 이로써 선善으로의 이행을 촉구하는 것이 된다. 그런데 이렇게 폭로 대상이 되는 인물에는 일단 초인적超人的인 존재가 없는 것으로 보인다. 초인적인 존재라면 이미 인간의 힘을 넘어서 있어서 모순을 일으키는 것으로 포착될 수도 없고, 풍자하는 사람의 입장에서 경멸과 조소를 보낼 여유가 없기 때문이다. 그러나 적어도 직접적인 공격보다는 우회적인 풍자가 효과를 보일만한 사람이라면 그 대상에 대한 공격이 동정이나 연민을 자아내서는 안 되는 법이다. 따라서 폭로의 대상이 되는 인물은 대체로 보통사람 이상인 경우가 많다. 성별로는 여성보다 남성이, 신분상으로는 상민보다 양반이, 재력으로 가난한 사람보다 부자가 그 대상이 되며, 또한 날카로운 풍자가 부담이 되지않을 만큼 선인과 악인의 관계가 혈연 등에 의지하기보다는 남남인 경우가 일반적이다.

폭로를 통한 응징의 양상 역시 다양하다. 〈바보원님〉처럼 짧은 설화에서 흔히 나타나는 대로, 겉으로는 어떠한 응징도 일어나지 않는 듯이 보이면서 시치미를 떼고 단순히 사실을 나열한 듯이 보이는 작품이 있는가 하면, 〈이춘풍전〉처럼 아예 크게 망신을 당하여서 낭패를 보는 경우도 있다. 그러나 이들 작품의 본령은 어디까지나 치부를 표면화하는 데 있을 뿐 치부를 없애기 위해 강제력을 동원하지는 않는다. 따라서 직접적인 응징보다는 간접적인 폭로가 선호되는데, 〈장끼전〉처럼 죽음에 이르는 응징이 있더라도 그것은 까투리의 입을 통해서나 장끼 스스로의 행실을 통해서나 신랄한 풍자가 선행된 뒤의 일일 뿐이다.

악에서 선으로, 개과천선 혹은 전화위복

현실적으로 악인이 없을 수도 없으며 악이 없이 선이 존재할 수도 없다면 문학에서도 그에 맞는 대처가 필요하다. 악을 선으로 바꾸는 작업이 필요한 셈인데, 문학에서는 대체로 두 가지 방향에서 설명할 수 있다. 하나는 악인이 자신의 과오를 인정하고 참회하여 새 사람을 만드는 데 주력하는 것이고, 또 하나는 악인이 벌인 악행이 선인에게 도리어 좋은 영향을 끼치는 데 힘쓰는 것이다. 전자는 악인의 개과천선改過遷善으로 훈훈한 결말을 맺고, 후자는 악인 때문에 곤경에 처했던 선인이 그로 인해 도리어 복을 받는 전화위복轉禍爲福을 이룬다.

가혹한 응징이 악인에 대한 적절한 대응 같지만, 현실적으로 그래서는 안 되거나 그럴 수 없는 상황이 분명 존재한다. 〈흥부전〉은 악인 놀부가 흥부의 형이기 때문에 형이 응징되는 순간 형제애에 큰 타격을 준다. 그래서 놀부의 박에서 나온 장비張飛는, 놀부의 죄를 물어 죽이려고 왔지만 "도리어 생각하니 사자死者: 죽은 사람는 불가부생不可復生: 다시 살 수 없음, 형자刑者: 형벌을 받아 죽은 사람는 불가부촉不可復屬: 다시 이을 수 없음, 네 아무리 회과悔過: 잘못을 뉘우침하여 형제 우애友愛하자 한들 목숨이 죽어지면 어쩔 수가 없겠기에, 네 목숨을 빌려주니 이번은 개과改過하여 형제 우애하겠는가!"[24]라며 놀부를 살려줄 뿐만 아니라 흥부의 재산을 나누어 편안히 지내게 된다. 또, 놀부의 입을 통해 "아버지 계실 적에 나는 생판 일만 시키고서 작은 아들 사랑스럽다 글공부만"[25] 시켰다고 함으로써 표면상으로 드러난 선악의 이면에 숨은 내력이 있는 것처럼 서술하기도 한다.

이처럼 형제간의 우애를 다룬 작품들이 대부분 화해로 매듭짓는 것은[26] 특별한 의미가 있는듯하다. 형제간에 심하게 징치懲治하면 우애를 이룰 길이 없으므로 개심改心을 유도하는 쪽으로 방향을 잡으면서, 다만 〈적성의전〉에서처럼 다른 형제의 죄상이 워낙 간악하고 국가질서가 문제가 될 경우는 어쩔 수 없이 죽음을 택한 것으로 보인다. 형제 중 한쪽을 계도하여 서로 다 잘살게 하는 방식은 동기간의 화목을 강조하는 우리 전통윤리에서 보자면 당연한 일이기도 하다. 설화 중에는 심지어는 칼로 자기 목숨을 빼앗으려 드는 형에게 모든 재산을 내놓고는 알거지가 되어서, 다시 재산을 일으킨 후 가난뱅이가 된 형을 구원해주는 이야기까지 있다.[27]

요컨대 용서하고 개과하도록 하는 편이 더 나은지, 심한 응징으로 끝맺는 게 더 나은지 현실적인 판단을 요하는 일인데 위에서처럼 특별한 예외가 아니라면 친형제의 경우 동기간의 의를 해침으로써 도리어 더 큰 악으로 빠질 위험이 있다고 보는 경우가 많다. 가정 내의 불화를 문제 삼는 가정소설에서 〈창선감의록〉의 화춘과 화진 형제 중 악인인 화춘이 개과천선하는 데 비해 〈장화홍련전〉의 장쇠가 그렇지 못한 것은, 전자가 친동기간인 데 비해 후자는 피가 섞이지 않은 의붓형제이기 때문일 것이다.

또 〈구운몽〉이나 〈옹고집전〉은 성진/양소유, 실옹實雍/허옹虛雍의 대립을 통해 양자의 통합이 여실히 드러난다. 성진은 육관대사의 말에 따르면 몸身과 말言과 뜻意의 세 가지 죄를 저지른 인물이다.[28] 성진은 그 죄의 대가로 속세로 내쳐져서 양소유가 되는데, 양소유는 속세의 영화를 다 누린 후에는 다시 정진할 뜻을 갖는다. 그리고 다시 육관대사 앞에 선 성진은 성진/양소유라는 성聖/속俗의 통합을 이루어낸다. 〈옹고집전〉 역시 가정생활의 섬세한 부분을 무시하고 제 욕심만 채우려 드는 실옹實雍과 가정생활을 충실하게 할 뿐만 아니라 적선積善과 활인活人에 힘쓰는 허옹虛雍의 대립을 보여준 후 참회를 이끌어낸다. 이런 이야기에서는 외형상 단순한 회귀로 보이지만 실제로는 개심한 새로운 인간이 된다.

위의 작품들처럼, 고소설에서 악인을 응징하지 않는 사례는 생각보다 많은데, 지금까지 언급되지 않은 작품들의 대략을 들어보이면 다음과 같다.[29]

- ○ 〈금우태자전〉-부왕이 두 왕비를 극형에 처하려하였지만 태자의 만류로 용서하였다.
- ○ 〈김취경전〉-취경은 승상이 되어 계모 안씨를 용서하고 모시고 와서 부친과 함께 살게 한다.
- ○ 〈낙성비룡〉-이원수를 맞은 한 부인은 참회하며 전일의 박대를 사죄하고, 이원수는 용서한다.
- ○ 〈삼한습유〉-향랑의 원혼이 선관(仙官)으로 현신하여 남편과의 의

리를 말하면서 태수가 석방하도록 한다.

○ 〈소대성전〉-소대성은 자신을 구박했던 장모와 처남들을 청하여 성대한 연회를 차렸으며 전에 있었던 일은 조금도 나무라는 기색이 없이 함께 부귀영화를 누리도록 해준다.

○ 〈신유복전〉-신유복은 과거에 급제하여 수원부사가 된 후 자기와 아내 경패를 천대하던 처가식구들을 관대히 용서한다.

○ 〈양풍(운)전〉-아버지 양 태수가 후회하자 풍운이 천자에게 고하여 부친을 연왕에 봉하여 영화를 누리도록 하고, 계모 송씨를 가두어 죄를 다스린다.

○ 〈윤하정삼문취록〉-계모 여씨가 간악하여 소공의 효도에도 불구하고 정배가게 되지만, 나중에 지극한 효성으로 계모의 간악함을 회개시킨다.

○ 〈조생원전〉-군주(천자의 외손녀)는 김 부인의 시비 앵앵을 매수하여 김 부인이 낳은 아들을 죽이게 하는 등 악행을 일삼았지만 군주와 공모한 노비들을 처형하고 김 부인을 맞아들이니 군주도 회개하여 화락하게 된다.

○ 〈하진양문록〉-하옥주는 옥에 찾아가서 공주에게 잘못을 빌라고 간절히 타이르자 공주는 진심으로 제 죄를 인정하고 옥에서 풀려나와 진세백도 공주를 사랑하게 된다.

모두 직접적인 응징을 하지 않는다는 점이 공통점이지만, 용서가 가능했던 근원을 찾아본다면 편차가 생기는데 대략 다음과 같이 구분해 볼 수 있다.

첫째, 정리情理나 형편상의 용서이다. 이는 악인에게 죄를 묻고 그에 상응하는 대가를 받아야 마땅하지만, 그 행위가 더 큰 문제를 야기할 경우이다. 대개의 계모형 가정소설에 등장하는 형태로, 악한 계모나 그에 동조한 계모 소생의 자식은 응징 대상이다. 그러나 계모 또한 모친이라는 가부장제의 윤리를 따른다면 계모에 대한 응징이 곧 불효가 될 수 있다. 〈소대성전〉의 결말부에는 "그 후 사관謝官을 보내어 이생 등과 부인을 청하여 관대款待하고 전사前事를 괘념치 않으니, 그 인덕을 가히 알리러라."[30]고 되어있다. 또 〈사씨남정기〉의 악녀인 교씨의 경우, 다른 악인들이 사실은 모두 교씨의 간계에서 나왔다는 점에서 최고의 응징을 받아 마땅하다. 그러나 실제 작품에서는 능지처참을 명하는 유연수와 극형만은 면해야 한다는 사정옥 사이에서 적당한 타협이 이루어진다.

이 밖에도 드문 사례이지만 가족이 아닌 경우에도 사세事勢에 따라 어쩔 수 없이 용서하는 작품도 있다. 〈운영전〉에서 간흉한 인물인 특特의 죄상이 드러난 상태에서도 남주인공 김 진사는 마땅히 믿고 부릴만한 하인이 없다는 이유로 "내가 지난날의 죄를 용서할 테니, 이제 나를 위해 충성을 다하겠느냐?"고 하여 특으로부터 관용에 대한 보답으로 "제가 어떻게 감히 진사를 위해 목숨을 바치지 아니하겠습니까?"[31]라는 대답을 얻어낸다. 김 진사 입장에서는 특을 처단하든 말든 죽은 운영이 돌아올 리가 만무하며 어떻게든 운영의 혼백이나 편히 모시자는 데 온 힘을 쏟을 뿐이다.

둘째, 개과改過와 연계한 관용으로, 첫째 경우보다 더욱 적극적인 양상을 띤다. 이 경우는 작품에 따라 순서가 바뀌어서, 악인이 개과천선改過遷善한 모습을 보고 용서하기도 하고 용서를 받고 참회懺悔를 통해 개과천선에 이르기도 한다. 어떤 경우이거나 인간의 질적 발전을 이루어내는 데 관심을 기울이는 것으로, 애당초 악인에 대한 응징에는 크게 관심을 보이지 않는다. 〈옹고집전〉의 결말부는 대체로 옹고집이 죽겠다는 생각을 하며 눈물을 흘리며 회과悔過하고 산이나 물을 찾아 배회徘徊한다. 심지어는 죽을 각오까지 하는데 그런 극한 상황을 맞으며 개과천선의 극적 전환이 일어난다. 용서가 단순히 승자의 아량에 그치는 게 아니라 패자까지도 제대로 된 삶을 살게 만들어준다는 게 이채롭다.

구비문학으로 가면 좀 더 특별한 서사가 있는데, 예를 들어 〈강감찬과 벼락칼〉이 그렇다. 이야기는 대체로 벼락이 무서워서 사람들이 제대로 활동하지 못하는 문제를 드러내며 시작된다. 부모에게 불효해도 벼락 맞고, 형제간에 우애 못해도 벼락 맞고, 밥알 하나만 시궁창에 잘못 버려도 벼락을 맞았다. 그래서 사람들이 당최 아무 일도 마음 편히 못하는 지경에 이르자 강감찬 장군이 그 문제를 해결하고자 등장했다. 물론 역사 속의 강감찬이 그랬을 리가 없지만, 적어도 강감찬쯤 되어야 그 정도 문제를 해결할 수 있다고 믿었을 터였다.

강감찬은 일부러 샘 가장자리에 앉아 똥을 누었다. 그러자 영락없이 하늘에서 벼락칼이 내려왔고 강감찬은 그 벼락칼을 분질러버렸다. 그 뒤로는 벼락칼이 도막칼이 되어서 그 위세가 전만 못하게 되었다고 한다. 어떤 화자는 본래 벼락칼이 세 개가 있었는데 두 개를 분질러버렸는데 그것마저 없애면 아무것도 안 되기 때문이라는 친절한 해석을 달아두기도 한다.[32] 이런 이야기는 사람들에게 죄가 있는 것은 충분히 인지하면서도, 타협 가능한 선의 용서를 통해 더 잘 살 수 있도록 이끌어주는 데 초점이 있다.

셋째, 실질적인 관용寬容을 펼쳐보이면서 악惡 자체에 초탈의 가능성을 열어두는 것이다. 흔히 종교적인 행위에서 잘 드러나는 대로 '원수를 은혜로 갚는다'는 식의 대응이 있을 수 있으며, 악에 초연한 입장을 취하는 경우이거나 초월적인 논리에 따라 세속적인 맞대응에 별 의미를 두지않는 경우 등이 있다. '악의 초탈'이라는 점에서 가장 바람직한 사례이겠으나, 실제 고소설에서는 매우 희귀하다.

이옥李鈺의 〈성진사전成進士傳〉이 그 드문 경우이다. 주인공 성희룡은 걸인의 패악悖惡을 알고서도 어떠한 응대도 하지않은 채, 그저 그가 원하는 대로 해준다. 집안사람들이 다 의아해했지만, 결국은 그 덕분에 큰 불행을 막는다. 악인惡人의 입에서 "이 이는 사람이 아니고, 부처님이시야."라는 말이 터져 나오게 만들고, "내가 불법으로써 남에게 덤비면 그는 반드시 나를 몰아칠 테니, 그가 만일 나를 몰아친다면 나는 곧 이 죽은 아이로써 그를 위협한다면 중한 뇌물을 얻을 수 있으리라 생각했더니 이제 계교를 이룩하지 못하였군요. 이건 정말 당신이 몸을 삼가는 힘이 있는 까닭이니 모든 것을 사과하우."[33]라는 참회懺悔를 받아내기에 이른다. 이런 이야기는 악에 대한 되갚기가 자칫하면 더 큰 악을 불러올 수도 있다는 경계가 될법하다.

"용서한다는 것은 잊어버리거나 눈감아주는 것을 의미하지 않"으며 "의식적인 결단을 통해 증오하는 행위를 멈추는 것"을 의미한다는 점을 고려하면, 용서를 해야하는 이유는 남을 위해서가 아니다. "증오는 전혀 유익이 없으며, 암처럼 사람의 마음에 퍼져 완전히 자신을 파멸시킬 수 있기 때문이다."[34] 이 점에서 적개심과 복수심을 추동력으로 삼는 문학이 통쾌하거나 재미있을 수는 있지만 문학적 깊이를 지니기 어렵고,

거꾸로 인욕忍辱과 용서, 화해 등이 강조되는 작품의 속내가 더 깊다 하겠다.

이런 양상은 소설을 떠나 설화로 들어가보면 훨씬 더 빈번하게 일어난다. 《한국구비문학대계》에서 432로 분류되어있는 '그른 행실 바르게 고치기'의 작품들을 보자. 여기에는 '불효를 이용하여 효도하게 하기', '불효를 효도라고 칭찬하기', '불효자 효자 되게 하기', '부모의 그른 행실 고치기', '너무 심한 시집살이 고쳐 놓기', '첫날밤에 해산한 아내 용서하기', '불손한 아내 나무라지 않기', '행실 나쁜 배우자 길들이기', '며느리의 못된 행실 고치기', '나쁜 사람 개심시키기', '인색한 상전 버릇 고치기' 등등의 유형이 있는데,[35] 보기 드물게 많은 작품들이 배속되어 있는 유형이다. 이 유형의 이야기에서 흥미로운 사실은 악행을 일삼는 인간의 마음을 바꾸기 위해 일시적으로나마 악행으로 보이는 행위를 서슴없이 하기도 한다는 점이다. 불효하는 며느리의 효심을 이끌어내기 위해 아버지를 내다 팔자는 제안을 해서 결과적으로 효행으로 이끄는데, 이는 육관대사나 노승이 성진과 옹고집을 개심시키기 위해 썼던 방편과 유사하다.

이런 식으로 인물이 가진 선악의 방향을 돌려놓는 일은 인간에게만 국한된 게 아니다. 절대적인 힘을 가진 존재의 횡포 앞에서, 나약한 인간이 어쩌지를 못하고 그냥 받아들일 때 상대가 마음을 돌리는 일도 있다. 향가 〈처용가〉로 널리 알려진 《삼국유사》 〈처용랑망해사〉조를 보면, 역신疫神이 처용의 아내를 범하는 대목이 나온다. 역신은 전염병신을 말하고, 의학이 발달하지 않았던 시절이고 보면 역신을 이길 방법이 없다고 여겼음직하다. 처용은 아내와 함께 자는 역신을 보며 "본디 내 것이지만, 빼앗겼으니 어찌할꼬."라며 체념하고 물러선다. 그러자 역신은 처용의 앞에 무릎을 꿇고 제 잘못을 빌었다. 자신이 처용의 아내를 사모하여 잘못을 저질렀는데 이렇게 노여워하지 않으니 앞으로는 처용의 모습만 그려둔 걸 보아도 절대로 침범하지 않겠다고 맹세했다. 이 뒤로부터 사람들은 전염병을 막기 위해 처용의 그림을 걸어두었으며 그것만으로도 전염병을 막을 수 있었다고 하니, 보통을 넘어서는 관용을 통해 악한 존재인 역신이 스스로 악을 거두게한 것으로 풀이할 수 있다.

이런 서사구조를 보이는 작품들에서 엿볼 수 있는 공통점은 악한 존재도 선할 수 있다는 가능성을 믿는다는 사실이다. 비록 극악무도해 보이더라도 그것은 그들이 미처 윤리의 참의미를 깨닫지 못했기 때문이며, 그 점에서 비난의 대상이자 동시에 동정의 대상이기도 하다. 그 밖에도 이와는 결이 다르게, 악인이 악행을 계속 펼치고 그로 인해 선인의 고초를 불러오더라도 궁극적으로 선인의 삶을 더 윤택하게 만들어주는 계기가 되는 전화위복의 이야기가 있다. 복福과 화禍가 서로 엇갈리는 새옹지마塞翁之馬류의 서사가 그러한데, 흔히 〈여우구슬〉로 알려진 이야기를 보면, 처녀가 입을 맞출 때마다 기운을 잃어가는 학동이 훈장이 시키는 대로 구슬을 삼켜서 도리어 신비한 능력을 얻는다. 여우는 사람의 넋을 천 개(혹은 백 개) 빼앗으면 신통력을 갖게 되는데 그 천 번째 사람이 바로 학동이었던 것이다. 그렇다면 이 이야기에 등장하는 여우는 무고한 사람의 넋을 빼앗는 악임이 분명하지만, 주인공의 입장에서는 신통력을 가져다주는 조력자이기도 하다.

이 이야기를 근원까지 파헤쳐보자면, "악귀가 사는 곳에는 언제나 보배가 있다."[36]는 민담의 보편적 주제에 이른다. 악으로 드러나 있지만 그 안은 선한 무엇일 수 있다는 가능성을 보여준다 하겠다. 이는 〈아랑각전설〉 같은 이야기에 등장하는 원귀冤鬼인 처녀귀신에도 통용될 법하다. 담대하게 처녀귀신을 마주함으로써 고을의 미제 사건을 해결한 신임 원님은 그 공으로 벼슬을 올려 중앙직으로 올라선다. 즉, 악으로 인식되었던 그러나 실제로는 악이 아닌 존재를 회피하지않고 정면으로 받아넘김으로써 도리어 큰 행운을 거머쥐었다. 〈지하국대적퇴치설화〉에서도 지하국에 사는 도적, 곧 악을 물리치러 들어간 주인공이 마침내 도적을 물리치고는 도적에게 잡혀있던 여인과 많은 보물들을 얻는다. 혈혈단신 맨몸으로 무시무시한 괴물을 대적한다는 것은 대단히 위험한 일이다. 그러나 그 위험을 무릅쓰고 맞상대하기를 피하지않는다면 의외로 쉽게 승리할 수 있고, 결과적으로 화가 복으로 바뀌는 기적이 일어난다.

악을 응징하여 물리치고 악인의 추한 면모를 폭로하는 일은 매혹적이다. 그러나 언제나 악을 물리칠 수 있는 것도 아니며, 상대의 추악함을 폭로한다고 해서 자신의 선함이 더 커지는 것도 아니다. 개과천선이 악한 존재 또한 교화를 통해 선하게 할 수 있다는 외적인 해결점이라면, 전화위복은 겉보기에는 악으로 인식되더라도 잘 다스릴 수 있다면 선으로 작용할 수 있다는 내적인 해결점이다.

제 4 장

변신

이쪽에서 저쪽으로,

욕망의 다른 이름

*온 세상에 소멸하는 것은 아무것도 없소.
위대한 발명가인 자연은 끊임없이
다른 형상에서 새 형상을 만들어내오.
_ 피타고라스

변신의 욕망 — 이쪽에서 저쪽으로

세상을 살아간다는 것은 특정한 시공간에 매여있다는 뜻이기도 하다. 백세인생을 장수라고 말하지만 100년은 우주의 전체 시간에 견주어보면 찰나에 지나지 않는다. 5대양 6대주를 다 누벼 전 지구를 속속들이 다 본다고 해도 우주의 전체 공간에 티끌 하나만큼도 되지 못한다. 공상과학 영화에서 타임머신이 등장하고 판타지 소설에서 타임 슬립이 일어나는 것은 어쩌면 그렇게 하지 못하는 현실을 탈피하고자 하는 욕망이다. 그래서 신화에서는 서로 다른 시간과 공간을 넘나드는 일이 잦은데 방식은 두 가지이다. 하나는 똑같은 몸이 과거와 현재를 누비며, 또 하나는 이쪽에 있으면서 저쪽에 있기도 하는 동시적 경험을 얻는 일이다. 이렇게 되면 시간에서의 구속을 벗어 영원에 근접하고, 공간에서의 구속을 벗어 자유에 근접한다. 한마디로 시공간의 초월이 일어난다.

한편 그런 초월은 못 되어도 현실의 탈피라는 측면에서 조금 다른 방향도 있는데, 이것이 바로 변신變身이다. 비록 시공을 초월하는 경험을 하는 것은 아니지만, 시차를 두고 몸을 바꿈으로써, 그렇게 하지않으면 전혀 할 수 없는 두 세계를 경험한다. 〈박씨전〉의 박씨는 천하의 추녀로 태어났으나 허물을 벗고 절세미인이 된다. 〈단군신화〉의 환웅은 웅녀와 결혼하기 위해 잠시 사람이 되고, 〈소가 된 게으름뱅이〉의 게으름뱅이는 사람에서 소가 되었다가 다시 사람이 된다. 이런 이야기 속의 추녀와 미녀, 신과 인간, 인간과 동물은 엄연히 다른 존재인데, 질적으로 다른 존재로 변신하여 그러지않았으면 경험하지 못할 또 다른 삶을 겪는다.

물론 그 경험하지 못할 또 다른 삶이 반드시 경험하고 싶은 것만은 아니다. 〈박씨전〉의 박씨는 본인의 의도와 상관없이 흉한 몰골을 하고 있어야 했으며, 〈소가 된 게으름뱅이〉의 게으름뱅이는 결코 소가 되고 싶지는 않았다. 환웅의 경우처럼 스스로 원해서 변할 수도 있지만, 그렇게 원치 않는 변화가 일어날 수도 있다. 〈옹고집전〉의 옹고집이나 〈구운몽〉의 성진 또한 원하지 않는 변신이 일어났다. 변신은 그렇게 징벌적인 수단으로 등장하기도 하는데 주목할 점은 그러한 변신을 통해 새로운 삶이 열린다는 점이다. 게으름에 대해 반성을 하든, 인색한 과거를 후회하든, 속세의 미련을 털어내든 변신 전후로 진일보한 삶이 펼쳐지는 예가 다수이다.

그렇다고 모든 작품에서 변신이 그렇게 긍정적인 기능을 하는 것만은 아니다. 〈박제상 설화〉의 박제상 아내는 남편을 기다리다 망부석이 되고, 〈장자못 전설〉의 착한 며느리는 '뒤돌아보지 말라'는 금기를 어기고 돌로 변하며, 〈황팔도〉는 호랑이로 변했다가 아내가 둔갑술 책을 없애는 바람에 영영 사람으로 돌아오지 못하고만다. 가고싶은 곳으로 가는 이야기 못지않게 원치 않는 곳으로 떠밀려나가는 이야기 또한 아주 많다. 그것은 흡사 고향을 떠나 출세하는 사람도 있지만, 고향에서 등 떠밀려 유랑하는 사람도 있는 경우와 같다.

고전문학에서 변신은 더욱 다채롭다. 현대문학만 해도 현실성이 아주 의심되거나 개연성이 떨어지면 도외시되는 데 비하여 고전문학에서는 대놓고 신비로운 세계를 그려내는 괴담怪談, 기담奇談, 전기傳奇가 많았고, 초자연적인 존재가 대거 등장하면서 인간과 교류하고 서로 뒤섞이는 양태를 보였다. 이렇게 초자연적 존재와 인간의 몸이 서로 넘나드는 일은, 결국 초자연적인 세계와 인간세계의 연결고리를 풀어보고자 한 의도였을 것이다.

그렇다고 고전문학의 변신이 그렇게 다 심각하고 진지하기만 한 것은 아니다. 단순히 재미 삼아 변하거나, 자신의 능력을 자랑하기 위해 변신하는 사례도 아주 흔하다. 〈동명왕편〉의 해모수는 하백과 변신술 경쟁을 펼치며, 〈홍길동전〉의 홍길동은 자신을 잡으려는 관군을 따돌리려 가짜 홍길동을 만들어 팔도에 신출귀몰하였다. 변신이 곧 능력의 과시에 그치거나, 재미난 이야깃거리인 경우도 많은 것이다. 등장인물이 트릭스터tricster로 작동할 때 변신은 자유자재로 바꿀 수 있는 역량을 보여주면서 상대를 골탕 먹이는 데 동원되곤한다.

여기에서 변신의 폭을 더 넓혀보면, 의복을 바꾸어서 다른 사람인 체하는 변복變服, 아예 자신을 알아보지 못하도록 특별한 꾸밈새를 연출하는 변장變裝, 특별한 약물이나 주술 등을 이용하여 얼굴을 바꾸는 변용變容 등등 다양한 양상이 가능하다. 그러나 '몸'의 변이가 없이 단순히 의복을 바꿔 입어 상대를 속인다거나, 몸이 변하더라도 나이가 들어 늙는 등의 자연스러운 변화라면 변신으로 규정하기 어렵다. 따라서 '상이한 몸'으로의 변화가 단기간에 마술적으로 일어나는 경우에 국한하여 살피는 것이 합리적이다.

통합 — 두 세계의 만남

가장 일반적인 의미에서의 '변신'은 몸의 모양이 변하는 것이다. 이때 모양의 변화는 가깝게는 본래의 모습과 비슷하게 변신하는 데에서부터 멀게는 아주 차원이 다른 존재로 변하는 데까지 촘촘한 스펙트럼이 가능하다. 어떤 사람이 자신과 꼭 닮은 분신으로 더 생겨난다면 이 경우는 거의 복제에 가깝다. '또 다른 나' 혹은 '비슷한 가짜'가 하나 더 생길 뿐이다. 그러나 한 인간의 동일성을 유지한 채 젊은이가 늙은이의 모양으로 바뀐다면 그것은 시간적인 변화를 더한 것으로, 끊임없는 연속성에 의해 이루어지는 경우라면 '자기 동일성idem'으로 파악된다.[1]

문제는 그 이상의 파격적인 변신이다. 사람이 사람으로, 동물이 동물로 변하는 식으로 그 존재의 범주 안에서의 변화가 아니라, 범주를 넘어서는 교차가 수반될 때 변신의 스케일은 매우 커진다. 신화에서 공간을 가르는 축은 흔히 천상/지상/지하의 삼원세계로 인식된다. 인간이 사는 땅을 기준으로, 그 위로 신의 영역인 하늘, 그 아래로 동물의 영역인 땅밑이 펼쳐지는 것이다. 이러한 수직적 구분은 신/인간/동물로 나뉜다 해도 과언이 아니며, 신의 영역이 인간이 동경하는 이상적인 영역이라면, 인간의 영역은 우리가 맞닥뜨리며 살아가는 현실이고, 동물의 영역은 우리가 가기 싫어하는 어떤 곳이 된다. 〈단군신화〉에는 이러한 양상이 아주 잘 드러나, 이 세 영역을 넘나드는 변신이 펼쳐진다.

환인의 서자 환웅이 자주 천하에 뜻을 두어 인간세상에 욕심을 냈다. 아버지가 아들의 뜻을 알고 삼위태백을 내려다보니 인간세상을 널리 이롭게 할 만했다. 그래서 천부인 세 개를 주어 다스리게 하였다.

환웅이 그의 무리 3천 명을 거느리고 태백산 꼭대기 신단의 나무 아래 내려와 여기를 '신시'라고 하니 이 분이 바로 환웅 천왕이시다. 그는 풍백·우사·운사를 거느리고 곡식·수명·질병·형벌·선악 등 인간의 360여 가지 일을 주관하여 인간세계를 다스렸다.

이때에 곰 한 마리와 호랑이 한 마리가 함께 동굴에 살았는데, 항상 환웅께 사람이 되게 해달라고 빌었다. 이때 환웅이 신령스러운 쑥 한 줌과 마늘 20개를 주면서 말했다.

"너희들이 이것을 먹고 100일 동안 햇빛을 보지 않으면 곧 사람이 될 것이니라."

곰과 호랑이가 이것을 받아먹고 삼칠일 동안 몸가짐을 조심하니 곰은 여자의 몸으로 변했지만, 호랑이는 조심하지 못한 탓에 사람이 되지 못했다. 웅녀는 결혼해서 함께 살 사람이 없으므로 매일 신단수 나무 아래서 아기 갖기를 빌었다.

환웅이 잠시 거짓으로 변하여 그녀와 혼인하니 곧 아이가 들어서 아들을 낳았다. 아기의 이름은 단군왕검이라고 한다. 중국의 요 임금 즉위 50년 되던 경인년에 평양에 도읍을 정하고 비로소 조선이라고 불렀다.

> 또 도읍을 백악산 아사달로 옮기니 궁홀산, 또는 금미달이라고도 한다.
> 그는 1,500년 동안이나 여기서 나라를 다스렸다. 중국 주(周) 무왕이 즉위한 기묘년에 기자를 조선에 봉하자 단군은 장당경으로 옮겼다가 나중에 아사달에 숨어서 산신이 되었으니, 이때의 연세가 1,908세이셨다.[2]

단군이 태어나기까지 실질적인 작용을 하는 존재는 둘이다. 하나는 '천상'의 환웅이며, 또 하나는 '동굴'에 살던 곰이다. 환웅은 하느님 환인의 아들이니 천상의 신이 분명하고, 곰은 동굴에 산다 했으니 지하에 사는 동물이다. 그런데 이 둘이 만나는 장면을 살펴보면, 하늘의 신과 땅밑의 동물이 직접 맺어지는 방식이 아니다. 곰은 기忌를 하여 인간의 몸이 되었으며, 환웅 또한 잠깐 거짓으로 변하였다고 했다. 지하의 동물이 인간으로 변신하고, 천상의 신이 인간으로 변신하여 둘이 만난 것인데, 지상은 결국 그 둘이 만날 수 있는 중간 영역인 셈이다.

이처럼 곰과 환웅을 중심으로 신화를 살필 때, 둘 모두 중간 지대로 들어가 서로에게 한 걸음 더 다가선 모양새다. 낮은 곳에 있던 곰은 땅밑에서 땅위로 올라오고, 높은 곳에 있던 환웅은 땅으로 내려앉는다. 그들이 만나는 곳이 삼위태백의 정상 신단수라고 했으니 그곳은 바로 하늘에서 보아 가장 낮은 곳이며, 땅에서 보아 가장 높은 곳인 세계의 중심이다. 그 중심에서 서로에게 스며들기 위해서 신神은 신대로 한 단계 낮춰 인간의 모습으로, 동물은 동물대로 한 단계 높여 인간의 모습으로 변신함으로써 서로의 접점을 찾은 것이다. 그리고 이 접점의 종착점이 바로 산신으로의 변신이며, 산이 하늘과 땅의 경계로 환웅이 처음 내려온 곳이라는 점에서 다시 본래의 곳으로 회귀했음을 의미한다.

그런데 같은 〈단군신화〉라도 《제왕운기帝王韻紀》에 기록된 변신 대목은 위의 《삼국유사三國遺事》와는 아주 딴판이다. 여기에서는 환인이 "손녀로 하여금 약을 먹고 사람의 몸으로 되게 한 다음 박달나무의 신과 혼인해서 아들을 낳았는 바 '단군'"이라고 했고 "임금 노릇한 지 1천 28년 만에 아사달에 들어가서 신으로 되니 죽지 않기 때문이다."[3]고 달아두었다. 《삼국유사》에서는 환웅이 인간세상을 탐내고 널리 이롭게하기 위해 내려와 잠시 남자가 되고, 곰이 인간이 되기를 빌어 여자가 되는 방식이었는 데 비해, 여기에서는 환인이 일방적으로 인간세상을 이롭게하라고 명령하여 내려보내고, 자기 손녀를 여자로 변하게하여 단군을 낳게한다. 이는 두 세계의 존재가 주체적 노력과 시련의 결과로써 변신이 이루어지는 게 아니라, 최고 높은 자리에 있는 존재인 환인의 일방적인 구상에 의해 그 능력이 발휘되는 데 그치는 것이다. 물론, 이렇게 하나 저렇게 하나 이질적인 두 존재가 만나는 데는 큰 지장이 없지만, 세속의 연애담으로 보더라도 어느 쪽이 더 의미가 있을지는 명백하다. 아무래도 《제왕운기》 기록이 속화되어있으며, 두 존재 모두의 질적 변화를 도모하는 참된 변신이 되기에는 부족한 면이 있다.

우리 고전서사에서 〈단군신화〉처럼 신/인간/동물의 세 축에서 일어나는 변신담보다 훨씬 많은 분포를 보이는 것은 인간/동물의 두 축에서 일어나는 변신담이다. 《삼국유사》 〈감통感通〉편에 나오는 〈김현감호金現感虎〉는 제목에서부터 인간과 호랑이의 교감을 드러낸다. 호랑이는 인간에게 경외와 공포의 대상이었다. 물론 개중에는 우스꽝스럽거나 쉽게 속아넘어가는 경우도 있지만, '산군山君'이나 '산신山神'으로 인식되는 영물靈物임이 분명하고 인간과의 교류나 교감은 잦은 편이다.

> 김현이 흥륜사에서 탑돌이를 하다가 한 처녀와 눈이 맞아 정을 통했다. 김현이 처녀를 따라갔는데 처녀의 어머니인 노파가 오빠들을 피해 김현을 숨기라고 했다. 그런데 호랑이 세 마리가 오더니 사람 냄새를 맡고 잡아먹으려 했고 노파와 처녀가 꾸짖었다. 하늘에서 너희들 중 한 놈을 죽여 악행을 징계하겠다는 소리가 들렸다. 세 오빠가 두려움에 떨자 오빠들이 뉘우친다면 처녀가 대신 벌을 받겠다고 나섰다. 처녀는 김현에게 자신의 뜻을 말하고 내일 거리에 나가 악행을 일삼을 때 자신을 쫓아오면 잡게 해주겠다고 했다. 다음 날, 장안에 호랑이가 나타나자 나라에서는 벼슬을 걸고 호랑이를 잡도록 했고 김현이 그 호랑이를 쫓아갔다. 호랑이는 처녀로 변신하여 호랑이에 상처 입은 사람들을 낫게 하는 방법을 일러주고는 김현의 칼을 뽑아 스스로 찌르자 다시 호랑이가 되었다. 김현은 호랑이를 잡았다고 말하고 일러준 대로 했다. 김현은 벼슬에 오른 후 절을 세워 '호원사(虎願寺)'라 하고 호랑이의 명복을 빌었다.[4]

줄거리에 크게 드러나는 존재는 사람과 호랑이 두 부류뿐이지만, 비록 목소리뿐이기는 해도 중간에 하늘이 개입하는 것으로 보아 크게 '하늘신/인간/동물'의 세 축으로 보아도 무방하다. 그런데 〈단군신화〉와 다른 점은 하늘이 내려와서 교류하는 방식이 아니라, 인간과 동물의 관계에만 관여한다는 점이다. 사람이 아닌 동물이나 괴물과 통정하는 일은 옛이야기에서 매우 흔하다. 사람으로 둔갑한 여우와 통정하는 구미호九尾狐류의 이야기가 그런 예이다. 여우에게 사람을 홀리는 성격이 있다는 생각 때문이겠는데, 여기에서는 호랑이인 점이 다르다. 그러나 여우의 경우와 마찬가지로, 처음에는 호랑이인 줄 모르고 통정했다는 것이 핵심이다. 웅녀가 사람으로 변신한 후, 온전한 사람으로서 환웅과 통정했던 것과는 아주 다른 대목이다.

또 하나 간과할 수 없는 문제가 있는데, 처녀와 처녀의 오빠, 처녀의 어머니 일가족이 모두 호랑이인데, 처녀는 외형상 인간과 호랑이 사이를 자연스럽게 오가는 데 비해 세 오빠들은 처음부터 끝까지 호랑이로만 나온다는 점이다. 더욱이 오빠들은 사람 냄새를 맡으면서 그것을 고기 냄새로 인지하는 호랑이로, 여동생이 데리고 온 사람임에도 먹으려 하고 어머니가 만류해도 듣지않는, 오직 동물의 본성에만 충실한 수성獸性을 지니고 있다. 결국 이 호랑이 가족은 모두 동물임에도 불구하고 인간과 호랑이 사이를 오갈 수 있는 모녀와, 언제나 호랑이로밖에 있을 수 없는 아들들로 명확히 구분된다.

특히 주목할 점은, 호랑이 처녀가 단순히 변신을 통해 인간과 동물 사이를 자유롭게 오가는 신비로운 존재이기만 한 것이 아니라는 점이다. 그녀는 사람을 남편으로 맞고 싶을 만큼 인간사회를 동경할 뿐만 아니라, 그 내부에 이미 수성을 뛰어넘는 인성人性을 지니고있다고 보아도 무방하다. 하늘에서 "너희들이 남의 목숨을 빼앗기를 즐기는 것이 매우 많으니 마땅히 한 놈을 베어서 악을 응징할 것이다."[5]라고 응징의 뜻을 내비추자 호랑이 가족 전체가 벌벌 떤 것이 아니라, 처녀의 오빠 호랑이들만 그랬다고 했다. 이는 그러한 벌을 받을 만한 죄를 지은 것은 오빠 호랑이들뿐이기 때문일 것인데, 정작 벌을 받겠다고 나선 것은 오빠가 아니라 무고한 호랑이 처녀였다. 그녀는 자신이 희생함으로써 인간사회에서의 호환虎患을 영구적으로 없애려 시도했다.

이때 호랑이 처녀가 김현을 설득하기 위해 내세운 이로움은 다섯 가지이다. 첫째, 하늘의 명령이며, 둘째, 자신도 원하는 일이고, 셋째, 낭군에게 경사이며, 넷째, 자기 족속의 복이고, 다섯째, 나라의 기쁨이라는 것이다. 이는 자신의 희생으로 자기 가족은 물론 온 나라까지 평온하게한다는 뜻으로, '새로운 질서'를 찾아가는 일이다. 환웅과 웅녀가 단군을 낳아 고조선의 건국을 통해 새로운 질서를 찾는 것과 같은 궤인 셈이다. 물론, 표면적으로 보자면 이야기의 결말이 매우 비극적으로 호랑이가 나타나 사람들을 해치고 처녀는 김현의 칼을 빼앗아 자살했으니 연애담으로 보자면 이보다 더한 비극이 없을성싶다. 그러나 준비된 해독제인 흥륜사의 장醬으로 호랑이에게 상처 입은 사람들을 말끔히 치료하고 그 공으로 김현은 벼슬을 한다.

이렇게 보자면 호랑이 처녀가 호랑이에서 사람으로 변한 것은 단순한 동경심에서 모습을 탈바꿈한 정도가 아니라 질적인 비약임이 명확하다. 호랑이 처녀의 오빠들이 서산기슭西山之麓에 묶여있는 존재였던 데 비해, 절의 탑을 돌며 부처님께 기원하는 탑돌이는 인간만이 할 수 있는 의식으로, 호랑이 처녀는 흥륜사라는 인간의 공간까지 드나들 수 있는 중간자적인 존재였다. 이로써 호랑이 처녀는 제 스스로 인성人性을 지닌 거룩한 존재임을 증명했지만, 그녀가 원한 것은 단순히 자신의 몸만 빼내는 것이 아니었다. 호랑이 처녀가 본인은 이미 인간으로 변신하여 인간으로 살 수 있었음에도 불구하고 구태여 다시 호랑이의 모습으로 희생을 자처한 까닭은, 파괴의 악순환을 막고 인간세계와 호랑이 세계, 곧 인간계와 동물계 양자 모두의 평온을 원했기 때문이며, 그 결과 세상의 갱신更新을 가져왔다. 호랑이가 본시 "창조자이며 동시에 파괴자라는 양면성을 나타낸다"[6]는 견지에서 보면, 변신을 통해 그 대립적 특성을 하나로 통합한 완전체로 나아갔다고 하겠다.

그런데 《삼국유사》의 〈김현감호〉에는 김현과 호랑이 처녀 이야기만 나오는 것이 아니라, 그 뒤에 마치 부록처럼 신도징申都澄 이야기가 딸려 있다. 중국 당나라 시절 사람인 신도징 또한 김현처럼 호랑이 처녀와 인연을 맺고 잘 살아갔지만 어찌된 일인지 끝까지 함께 살아갈 수 없었다. 그가 지방의 벼슬살이를 마치고 고향으로 돌아가려하자 "금슬琴瑟의 정이 비록 중하지만 산림에 둔 뜻이 절로 깊어"[7]라는 구절의 시를 지어 자신의 속내를 내비쳤다. 그리고는 호랑이 가죽만 남기고 사라졌다는 이야기이다. 즉, 호랑이와 사람 사이의 통합에 이르지 못하고 어느 한쪽으로만 치우치는 바람에 잠깐의 변신이 기이한 이야깃거리에 그치고말았다. 여기에는 〈단군신화〉의 '환인'이나 〈김현감호〉의 '하늘'이 없고, 또한 호랑이의 여러 다른 특성을 보여줄만한 또 다른 호랑이가 등장하지 않아서 더 큰 틀에서의 통합으로 나아가기 못한 채 아쉬운 결말로 끝나고말았다. 물론 호랑이 처녀의 경우도 맨 마지막에는 결국 예전의 호랑이 모습으로 복귀하지만, 그 이전에 두 세계의 통합을 충실히 이루어냈다는 점에서 신도징의 호랑이와는 확연히 구별된다.

〈단군신화〉가 실린 《삼국유사》와 《제왕운기》, 〈김현감호〉 이야기의 김현 삽화와 신도징 삽화는 변신에 있어서 시사하는 바가 크다. 첫째, 변신이 단순히 모습을 바꾸는 것인가, 아니면 그 모습의 변화를 통해 질적인 내용까지 담보하는가, 둘째, 이쪽에서 저쪽으로 옮겨가기만 하는가, 이쪽과 저쪽의 통합까지 시도하는가, 셋째, 변신하는 주체의 역량에만 국한하는가, 해당 주체를 포함한 집단 전체에까지 영향을 미치는가 하는 문제를 제기하기 때문이다. 곰에서 사람으로, 호랑이에서 사람으로 변했다는 사실만은 양자에서 똑같이 드러나지만 그 결과는 아주 달랐으며, 이것이 변신의 수준을 가늠하는 한 척도가 될 수 있다.

환웅과 웅녀, 김현과 호랑이 처녀는 서로 아주 이질적인 존재인데 그 둘의 결합을 위해서는 필연적으로 변신이 수반되어야 했고, 그 과정은 쉽지않았다. 이는 신화적인 특성만이 아니라 인간의 결혼 자체가 그런 일이기도 하다. 개인과 개인의 결합도 어렵지만 개인을 둘러싼 가정과 가정, 곧 집단과 집단의 결합이 어려운 일이기 때문이다. 문학에서는 여러 외피를 입고 있지만 그렇게 천신족과 지신족, 인간족과 동물족의 교혼交婚이 예사롭지 않게 펼쳐지는 것인데, 신화적인 속성이 많이 사그라든 여느 민담에 와도 이런 성향은 지속된다. 〈구렁덩덩 신선비〉라는 제목으로 알려진 이야기를 보면, 시작부터 범상치않다. 충격적이게도 "어떤 할멈이 아이를 낳았는데 구렁이였다."로 시작한다.

'할멈'은 아이를 낳을 수 없을 만큼 늙은 사람이다. 당연히 아이를 갖는 것이 정상적으로는 불가능하다. 이는 《성경》에서 동정녀가 잉태했다는 것처럼 신기한 일이며, 그렇게 태어난 아이가 보통이 아닐 것은 자명하다. 그런데 막상 낳고 보니 사람이 아니고 동물인데 그것도 구렁이였다. 구렁이가 집을 지키는 신으로 여겨지는 풍습이 있을 만큼 영험함이 인정된다 해도, 뱀은 인간이 가장 꺼리는 동물로 여느 척추동물과는 달리 사지가 없는 특이함을 가진 까닭에 동물 중에서도 섬뜩한 느낌을 주기 십상이다. 그러나 태어난 자식이 그런 끔찍한 동물이었고, 놀랍게도 조금 자라서는 이웃의 귀한 집 딸에게 장가 보내달라고 요구한다. 할멈이 거부하자 낫을 들고 나서며 그러면 다시 할멈의 배를 가르고 들어가겠다고 위협하기에 이른다. 결혼을 못할 바에야 태어난 곳으로 다시 들어가는 게 낫겠다는 선언은, 그가 태어난 의미가 바로 혼인에 있다는 뜻일 것이다.

결국, 할멈은 마지못해 귀한 집에 이야기하고 세 딸이 차례로 구렁이 아들을 만나는데, 위의 두 딸은 징그럽다며 도망하고, 셋째 딸만이 "구렁덩덩 신선비구나."라며 호의를 보인다. 이리하여 막내딸과 혼인하는데, 첫날밤 구렁이는 간장, 밀가루, 물을 한 항아리씩 준비해달라고 한다. 그리고는 구렁이가 각 독에 한 번씩 들어갔다 나오더니 허물을 벗고 멋진 귀남자로 변신하였다. 신랑은 신부더러 구렁이 허물을 잘 간수하라고 일렀는데, 이를 몰래 엿본 신부의 언니들이 구렁이 허물을 태워 신랑은 집을 나가버린다. 그 뒤로 신부가 다시 신랑을 찾아나서서 몇 차례 시험을 거쳐 재결합한다는 줄거리인데, 여기에서의 핵심 또한 그 변신과정이 곧 고통과 시련이라는 점이다. 이는 인간이 아닌 존재와 만남으로써 도리어 참된 인간됨의 의미를 부각한다. 구렁이를 견디지 못하면 구렁이 탈을 벗은 훌륭한 신랑감을 놓치고 또 오래 함께할 수 없다는 당연한 이치를 변신의 과정으로 담아냈다.[8]

서사의 전개로 볼 때, 여러 동물 중 하필 구렁이가 선택된 이유는 구렁이 같은 뱀 종류가 인간에게 즉각적인 혐오감을 주는 동물인 데다 허물을 벗는 동물이며 겨울잠을 자는 특성이 있기 때문이겠다. 허물을 벗어 새 외양을 하고, 긴 겨울잠 뒤에 깨어나는 습성이야말로 거듭남을 표현하기에 더없이 적절하다. 그래서 현재의 외양에만 집착해서는 내면의 본질을 볼 수 없고, 그것을 볼 수 있는 셋째 딸만이 좋은 남편감을 맞을 수 있으며, 그렇게 맞고 나서도 조심하지 않으면 오래 지킬 수 없다는 뜻이 들어있다.

경쟁 — 힘의 과시와 둔갑

'변신'의 유의어 가운데 '둔갑遁甲'이 있지만, 실제 의미에는 상당한 차이가 있다. 글자만 따라가보아도 '변신'이 몸身을 다른 모습으로 변하게變 하는 것을 통칭하는 데 비해, '둔갑'은 자신의 겉딱지甲를 감추는遁 것을 말한다. '둔갑'을 사전에서 찾아보아도 "술법을 써서 자기 몸을 감추거나 다른 것으로 바꿈"으로 되어있다. 양자 간의 결정적인 차이는 변신이 몸의 외양뿐만 아니라 내용까지 변할 여지가 많은 데 비해, 둔갑은 외양을 잠깐 감추는 데 초점을 둔다는 것이다. 그래서 둔갑에는 흔히 '둔갑술遁甲術'이라는 특별한 술법이 행해지고, 그러한 술법은 주술이 된다. 앞에서 살핀 변신들이 존재의 질적 변화까지 불러오는 것이었다면, 대부분의 둔갑은 특별한 목적을 가지고 일회적으로 잠깐 모양을 바꾸었다 돌아오는 경우가 많다.

작품에서 실제로 '둔갑'이라는 말을 쓰는 〈홍길동전〉을 보자.

> 차설(화제를 돌려 말할 때 그 첫머리에 쓰는 말). 길동이 그 원통한 일을 생각하매 시각을 머물지 못할 일이로되, 상공의 엄령(嚴令)이 지중하므로 하릴없이 밤이면 잠을 이루지 못하더니, 차야(此夜: 이날 밤)에 촉(燭: 촛불)을 밝히고 《주역(周易)》을 잠심(潛心)하다가, 문득 들으니 까마귀 세 번 울고 가거늘, 길동이 괴이히 여겨 혼잣말로 이르되,
>
> "이 짐승은 본디 밤을 꺼리거늘 이제 울고 가니 심히 불길하도다."
>
> 하고, 잠깐 팔괘(八卦, 중국 전설상의 인물인 복희씨가 나라를 다스릴 때에 만든 여덟 괘)를 벌여 보고 크게 놀라 서안(書案: 책상)을 물리치고 둔갑법을

행하여 그 동정을 살피더니, 사경(四更: 새벽 두 시 전후)은 되어 한 사람이 비수(匕首)를 들고 완완히(緩緩: 천천히) 방문을 열고 들어오는지라.[9]

홍길동이 위태로운 낌새를 눈치채고 둔갑법을 행해 몸을 숨기는 대목이다. 자기 자신의 모습 그대로 있어서는 상대에게 노출될 때 이렇게 전혀 다른 모습으로 변화하는 둔갑법을 써서 잠깐 상대를 속이는 것이다. 그러므로 홍길동이 둔갑법을 써서 무슨 모습으로 변했든 그것은 임시로 변한 외양일 뿐 실제의 본질은 홍길동 그대로이다. 이는 곰이 사람이 되고 나면, 더 이상 곰이 아니라 '웅녀'라는 여인인 것과는 아주 다른 변신이다. 이 경우, 둔갑을 잘하는 사람은 둔갑을 못하는 사람을 따돌리고 원하는 일을 더 수월하게 할 수 있으므로 둔갑은 자신의 능력치를 알리는 척도이기도 하다. 홍길동은 나중에 무수한 초인草人을 만들어 관군을 따돌릴 수 있었다.

더 적극적으로 둔갑을 행하는 인물은 전우치田禹治이다. 그는 소설 〈전우치전〉의 주인공이기 이전에 실존인물로서 많은 야담 등에서 신비로운 술법을 행한 인물로 기록되어있다. 둔갑술을 행해 자취를 감추고, 새끼줄을 던져 하늘의 천도天桃를 따오고, 밥알을 허공에 뿜어 나비로 둔갑시켰다는 식의 믿기 어려운 이야기들이 실제 있었던 일로 기록되어있다. 현재의 관점에서 믿든 말든 당대의 둔갑술에서는 최고로 인정받던 사람임이 분명하고, 이런 세간의 인식이 그를 〈전우치전〉의 주인공으로 만들었을 것이다.[10]

흥미로운 점은 소설에서 전우치가 둔갑술 같은 특별한 능력을 얻는 계기가 바로 둔갑과 관련된다는 점이다. 어려서 서당에 다닐 때, 소복한 여인과 통정을 했는데 스승이 여인이 사람이 아님을 알고 통정할 때 여인의 입 속에 있는 구슬을 삼키라고 일러준다. 여인은 울면서 달아났고 그때부터 전우치는 천문지리에 능통하여 둔갑술을 자유자재로 구사할 수 있었다. 즉, 둔갑술을 행하는 여우의 정기精氣를 빼앗음으로써 자신이 그 능력을 갖게 된 셈이다. 이렇게 적의 칼을 빼앗아 나의 칼로 삼는 전략은 그 뒤로도 이어져, 어느 절에 들어앉아 사악한 짓을 하는 여우를 몰아내고 여우가 가지고 있던 천서天書를 빼앗아 그 권능을 그대로 물려받게 된다.

딱지본 〈전우치전〉 표지 © 오영식·유춘동

그다음부터 전우치는 온갖 기행奇行을 서슴지않는다. 나라의 모든 황금을 거두어 조금씩 떼어쓰는 등 소동을 일으키자 관가에서 잡아들이려하지만 도저히 당해낼 수 없었고, 전우치가 도리어 사람들을 농락한다. 잔치에 가서 계절이 아닌 음식을 만들어내고 남성과 여성의 성기를 뒤바꾼다거나, 여성을 겁탈하려는 중의 얼굴을 자신의 얼굴로 바꾸어놓아 관가에 잡혀 들어가게 만들기도 한다. 심지어는 아무 잘못 없이 잘 살아가는 가정에 끼어들어 분란을 일으킴으로써 정숙한 부인이 투기심을 일으키게도 하는 등 악행도 이어진다. 이런 측면에서 볼 때 〈전우치전〉은 고소설로서는 보기 드물게 주인공의 도덕적 우위가 드러나지않는다. 악한惡漢소설이라도 한 번 쓰려는 듯이 자신의 재주로 세상을 우롱하고 혼란스럽게 하는 데 초점이 있는듯하다. 물론, 소설의 후미에 가면 서화담이나 강림도령 같은 인물이 나타나 전우치 스스로 제 잘못을 알아차리도록 하는 장치가 있지만, 전우치의 둔갑술은 철저하게 자기 능력의 과시로 점철되는 것은 분명하다.

이처럼 둔갑술이 능력을 재는 가늠자가 되는 일은 신화에서 흔하다. 〈주몽신화〉에서 하늘에서 내려온 해모수가 물의 신 하백과 겨룰 때 서로의 둔갑술로 승부를 낸다.

그대가 상제의 아들이라면　　君是上帝胤
신통한 변화를 시험하여 보자.　　神變請可試
넘실거리는 푸른 물결 속에　　漣漪碧波中
하백이 변화하여 잉어가 되니　　河伯化作鯉
왕이 변화하여 수달이 되어　　王尋變爲獺
몇 걸음 못 가서 곧 잡았다.　　立捕不待跬
또다시 두 날개가 나서　　又復生兩翼
꿩이 되어 훌쩍 날아가니　　翩然化爲雉
왕이 또 신령한 매가 되어　　王又化神鷹
쫓아가 치는 것이 어찌 그리 날쌘가.　　博擊何大鷙
저편이 사슴이 되어 달아나면　　彼爲鹿而走
이편은 승냥이가 되어 쫓았다.　　我爲豺而趡
하백은 신통한 재주 있음 알고　　河伯知有神
술자리 벌이고 서로 기뻐하였다.　　置酒相燕喜
만취한 틈을 타서 가죽 수레에 싣고　　伺醉載革輿
딸도 수레에 함께 태웠다.　　幷置女於輢[11]

굳이 이 대목에서 해모수가 둔갑술을 보일 필요는 없었다. 홍길동처럼 위협을 느껴서 피신하기 위한 것도 아니고, 둔갑술을 통해 꼭 필요한 무언가를 얻어낼 수 있는 것도 아니었다. 그저 "네가 정말 하느님의 아들이라면 한번 증명하여보라."는 제안에 응했을 뿐이다. 원문에 있는 "신통한 변화神變"를 통해, 인간으로는 도저히 할 수 없는 신비로움을 입증해 보인 것이다. 하백이 잉어가 되면 해모수는 수달이 되고, 하백이 꿩이 되면 해모수는 매가 되는 식이었다. 그렇게 해모수가 번번이 이기자 하백은 승복하고 해모수를 인정했다.

이는 《삼국유사》 〈가락국기駕洛國記〉에서도 그대로 재연된다. 바다 건너 온 탈해脫解가 가락국의 수로왕에게 가서 왕위를 빼앗으려 왔다고 선전포고를 하며 술법을 겨뤄보자고 했다. 그래서 탈해가 매로 변하자 수로왕이 독수리가 되고, 탈해가 참새로 변하자 왕은 새매로 변했고, 마침내 탈해가 항복하고 말았다. 고소설 〈남정팔난기〉에서도 적진을 엿보기 위하여 참새로 변신한다거나, 파리로 변신하여 그렇게 못하는 자와 경쟁을 함으로써 자신의 능력을 과시하는 대목이 등장한다.

해모수와 하백, 탈해와 수로왕은 누가 하늘의 능력을 받은 것인지를 두고 겨루는 헤게모니 다툼에서 둔갑술을 동원했다면, 신화를 벗어나면 한갓 흥미소로 작동하기도 한다. 애초에 《수이전殊異傳》에 실려있던 작품으로 알려진 〈노인이 개가 되다老翁化狗〉가 그 예이다. 신라 시절, 어떤 노인이 김유신의 집에 왔는데 김유신이 "옛날같이 변신할 수 있느냐?"고 물었더니 노인은 호랑이가 되었다가 닭, 매, 개로 변해 밖으로 나갔다는 내용이다.[12] 특별한 서사라 할 것도 없는 기이한 이야기일 뿐으로, 노인의 특별한 둔갑술 능력을 보여준 데 지나지않는다. 물론, 이야기가 완형完型으로 전해졌더라면 아마도 김유신과 노인의 대결이었을 것 같고, 노인이 떠난 것으로 보아 김유신의 승리를 드러내면서 김유신의 대단한 능력을 입증하는 신이담神異譚이 되었겠는데, 아쉽게도 흔적만 남아있다. 이보다 조금 나아가면, 특별한 약물을 써서 변신에 이르기도 하는데 《제왕운기》의 환인은 약물을 써서 곰을 사람으로 변하게 하고, 〈현씨양웅쌍린기〉에서는 '개용단改容丹: 얼굴을 바꾸는 단약'을 써서 일시적으로 다른 사람처럼 보이게 하기도한다.

귀환 — 다시 제자리로

앞 절에서 살핀 대로 제 능력을 과시하기 위해 한순간 다른 존재로 변신하는 예와는 달리, 본모습을 감추고있던 외형, 이를테면 가면처럼 붙어서 진면목을 가리던 껍질을 벗겨내는 변신, 즉 탈갑脫甲이 있다. 앞서 이야기한 바와 같이 〈김현감호〉의 말미에는 부록처럼 신도징 이야기가 딸려있다. 이 이야기에서는 사람과 함께 살던 호랑이 아내가 "금슬琴瑟의 정이 비록 중하지만 산림에 둔 뜻이 절로 깊어"[13]라는 구절의 시를 지어 원래 있던 세계를 그리워하여 다시 벽에 걸린 호랑이 가죽을 뒤집어쓰고 호랑이로 변신해 사라진다. 또한 〈금우태자전〉에서는 버려진 아기를 삼켜 송아지를 낳고, 그 송아지가 인간으로 변신하는 기이함을 드러내는데, 이 또한 소의 탈을 벗는 과정으로 이해된다.

〈옹고집전〉에서 옹고집은 시주받으러 온 고승을 박대한 탓에 가짜 옹고집이 만들어지는 괴변怪變을 맞지만 결국 자신의 진짜 자리를 되찾는다. 옹고집이 실제로 변신하는 것은 아니지만, 짚으로 가짜 옹고집이 만들어짐으로써 진짜 옹고집이 졸지에 가짜 옹고집으로 내몰리는 형국인 셈이다. 그런데 이 소설의 근원은 〈쥐좆도 모른다〉 혹은 〈괴서怪鼠〉로 알려진 쥐 둔갑 설화에 근원을 두고있어서, 사실상 쥐에서 사람으로 둔갑하는 이야기에서 출발한 것이다. 〈쥐좆도 모른다〉는 어떤 양반집의 주인영감이 절에 들어가 공부를 하다가 손톱발톱을 깎아 무심코 버린 것을 쥐가 먹고 그와 똑같은 사람으로 둔갑한 데서부터 시작된다. 이 과정을 상세하게 풀어놓은 민담은 다음과 같다.

> 그전에 저 경상도에 한 진사(進士)가 만동(晩童)으로 아들 하나를 두었는데 7살 먹어서부터 그것이 사람의 결액(缺厄: 결점으로 생기는 액)인데 손톱발톱을 깎으면 꼭 마루 밑에다가 넣는단 말여. 그래서 13살 먹던 해에 장가를 들이는데 자양(재행)을 갔다 올 적에 똑 같은 신랑이 둘이 들어왔다는 거요.[14]

변신의 원인이 주인공의 결액缺厄임에 유념하면, 손톱발톱을 함부로 깎으면 안 된다는 세간의 금기를 떠올리게한다. 우리 전통사회에서는 꼭 손톱발톱이 아니어도 신체의 일부는 소중하게 다루는 것이 관례였다. 밤에 손톱발톱을 깎는 것을 금했던 것도 따지고 보면 그러다가 함부로 버릴 것을 두려워한 것인데, "타인의 머리카락이나 손톱 따위를 입수한 자는 아무리 멀리 떨어져 있더라도 머리카락 혹은 손톱의 원 주인을 마음대로 조종"[15]하게 된다는 믿음이 있기도 했다. 결국, 이 손톱발톱은 마치 현대의 과학기술이 특정 DNA를 가지고 그 주인을 복제하듯이, 똑같은 사람이 하나 더 탄생했다 하겠다. 이 경우, 앞에서 살핀 작품들의 둔갑과는 아주 다른 양상이 된다. 가령, 해모수가 수달로 둔갑한다 해도 겉모양만 수달이지 여전히 해모수일 것인데, 〈쥐좆도 모른다〉에서는 쥐가 둔갑한 주인영감의 속은 쥐가 아니라 주인영감의 특성을 확보하기 때문이다.

이야기 속에서는 쥐가 손톱발톱을 먹어서 사람이 되었다고 설명하지만, 누가 그렇게 둔갑하도록 했다고는 설명해주지 않는다. 마치 그런 기회에 우연히 그렇게 되었다는 식으로 넘어가는데, 나중에 집에서 쫓겨난 주인영감이 어느 스님을 만나 고양이를 한 마리 가지고 들어가보라고 하여 가짜 주인영감이 쥐로 돌아가도록 했다는 데서 역시 〈옹고집전〉처럼 고승의 힘이 작용한 것을 짐작해볼 수 있다. 그렇다면 〈쥐좆도 모른다〉나 〈옹고집전〉 모두 어떤 초월적인 힘을 지닌 존재가 주인공에게 깨침을 주기 위해 둔갑술을 행하였고, 주인공 자신이 둔갑한 것은 아니지만 다른 존재가 저로 둔갑함으로써 깨침을 얻는 이야기이겠다. 〈쥐좆도 모른다〉나 〈옹고집전〉 모두 가짜가 도리어 부부금실이 좋을 뿐만 아니라 가족을 잘 건사하며 화목하게 지내는 것을 보여주고, 진짜는 내몰려 고생함으로써 결과적으로 어떤 삶이 더 바람직한 것인가를 알 수 있게 해주었다.

이렇게 보자면 둔갑을 통해 만난 '또 다른 나'가 '실제의 나'를 변화하게 한 것인데, 〈쥐좆도 모른다〉나 〈옹고집전〉 모두 실제 주인공의 삶이 한쪽으로 치우쳐있음을 알 수 있다. 〈쥐좆도 모른다〉의 어떤 실제 구연본에서는 책만 들고서 방랑하며 서당방을 전전하는 소년이 주인공으로 등장하기도 한다.[16] 세상이 공부가 다가 아니며, 낮에 책 펴놓고 있는 일만큼이나 밤에 부부간의 금실을 쌓는 일도 중요하고, 사랑채에서 윤리도덕을 논하는 것만큼이나 곳간도 챙기고 부엌세간도 살피는 일이 필요한 법이다. 그런데 이 작품들의 주인공은 한결같이 낮의 문화, 사랑채의 문화, 남성의 문화에만 경도되어, 그 대척점에 있는 둔갑한 가짜가 보정補正에 나서게했다 하겠다. 또 상당수의 이야기에 등장하는 쥐는 도둑처럼 그냥 훔쳐먹는 쥐가 아니라, 아내가 먹이를 주어서 기르는 쥐로 나온다. 이 때문에 쥐 둔갑 소동은 갑자기 들이닥친 재난이 아니라 이미 어쩔 수 없이 그렇게 되어야 했던 운명 같은 걸로 여겨진다. 맨 마지막에 자기 자리를 다시 찾은 남편이 '쥐좆도 모른다.'며 아내를 힐난하는 것은 가짜와 지낸 부부생활에 아무런 불만이 없었음을 내비친 것이며, 그만큼 진짜와의 금실이 좋지 못했음을 방증하는 것이기도 하다.

사람이 살아간다는 일이 시비是非만으로는 다 가려지지 않겠지만, 상당히 많은 다툼이 시비를 가리려는 데서 나오는데, 이런 변신담은 어느 편이 옳으냐를 두고 경쟁하는 가운데 생겨난 것으로 봄직하다. 제 잇속만 챙기고 남 돌보는 일에 전혀 관심이 없이 살아가는 옹고집과, 그래도 좋은 일에 쓸 시주라도 하며 주변을 돌보아야한다고 믿는 승려 사이의 시비가 일고, 그 결판을 내기 위해 가짜가 등장한다. 또, 사랑채나 깊은 절간 같은 데서 책만 보며 지내면 삶이 완벽하다고 믿는 축과, 그래도 집안 구석구석 살피면서 안팎을 두루 돌보아야한다고 믿는 축이 맞설 때, 시비를 가림으로써 승패를 결정지을 무언가가 필요했고, 둔갑이라는 적절한 장치가 동원된 셈이다. 그리고 마침내 시비가 가려질 때쯤, 가짜가 다시 본래의 존재로 돌아가면서 진짜가 다시 진짜의 자리로 귀환한다. 이때의 진짜는 단순히 처음의 그 진짜가 아니라, 진짜의 진짜됨을 체득한 진일보한 진짜가 된다.

이 점은 앞서 보인 〈구렁덩덩 신선비〉와 차별화된다. 구렁덩덩 신선비는 사실은 본래 멋진 존재였는데 어쩌다 보니 흉한 허물을 쓰고 태어나서, 그것을 알아보는 사람이 나타나서 거두어주기만 하면 금세 새로운 인물로 탈바꿈할 수 있었다. '신선비'를 어떤 이야기에서는 '새 선비'라고 하는 것으로 보아 그 작명부터 '갱신更新'의 의도가 다분하다. 〈구렁덩덩 신선비〉가 둔갑된 탈을 벗고 본래의 모습을 찾아가는 서사라면, 〈쥐좇도 모른다〉는 진짜인 줄 알고 지내다가 가짜로 내몰린 다음에야 참된 진짜 모습을 깨달아가는 서사이다. 어쨌거나 둔갑된 탈을 벗고 돌아오는 '귀환'임은 분명하지만 양자의 의미는 매우 다르다.

이렇게 감추어진 본래의 모습을 되찾는 변신의 가장 좋은 사례는 〈소가 된 게으름뱅이〉이다. 어떤 게으른 사람이 있었는데, 웬 노인이 쇠탈을 씌워서 소로 변신시켜 팔아버렸다. 그러면서 이 소에게는 절대 무를 먹이면 안 된다는 당부를 했다. 결국 게으름뱅이는 소가 되어 고된 일을 해야했는데, 나중에는 더 이상 견딜 수 없어서 죽을 생각으로 무를 먹었더니 다시 사람이 되었다는 이야기다. 이를 두고 사람은 부지런해야 한다는 교훈담으로만 새겨서는 이야기의 깊이를 떨어뜨리게 된다. 만약 게으름을 고치는 것이 목적이었다면 다시 사람이 되는 과정을 생략하고 죽도록 일만 하다가 죽어서는 푸줏간에 팔려갔다고 하는 편이 더 나았을 것이다.

이야기의 핵심은 소가 되었다는 사실보다는 죽기 위해서 무를 먹었다는 대목이다. 어떤 문제가 도저히 풀리지 않을 때, 풀려고 애쓰기보다는 그 이전의 모든 것들을 무화시켜버리는 급전急轉이 필요할 때가 있다. 이 이야기 속의 죽음도 실제 죽음이라기보다는 그 이전의 생을 완전히 탈바꿈하는 '제의적 죽음'으로 봄직한데 자아의식의 능동적 희생을 통해 낡은 아집我執을 적극적으로 버리면서 자아의식의 재생을 가능케하여 새로운 삶을 얻어내는 것이다.[17] 〈옹고집전〉에서도 쫓겨난 옹고집이 나중에는 과거를 반성하며 자결을 시도하기도 하며, 신재효본 〈심청가〉 같은 데에서는 나중에 눈을 못 뜬 아버지를 보고, "내 효성이 부족키로 내 목숨은 살아나고 아비 눈은 못 떴으니 이 몸이 또 죽어서 옥황玉皇 전에 하소하여 부친 눈을 띄오리다."[18]고 절규하자 심 봉사가 깜짝 놀라 만류하며 죽지마라 소리치며 눈을 뜨기도 한다. 도저히 길이 열릴 것 같지않은 절체절명의 순간, 거꾸로 문제를 풀어내면서 자신을 짓누르던 탈이 벗겨지고 그로써 새로운 삶이 열리는 원리이다.

고소설 〈박씨전〉의 둔갑도 그렇게 풀어볼 수 있다. 박씨는 여느 고소설 주인공이 미남미녀로 설정되는 것과는 달리 보기 드물게 추녀로 등장한다.

> 신부의 용모를 본즉, 얽은 중에 추비(麤鄙: 거칠고 촌스러움)한 때는 줄줄이 맺혀 얽은 구멍에 가득하며, 눈은 달팽이 구멍 같고, 코는 심산궁곡(深山窮谷: 깊은 산속의 험한 골짜기)의 험한 바위 같고, 이마는 너무 벗어져 태상 노군(太上老君: 老子의 존칭) 이마 같고, 키는 팔척장신이요, 팔은 늘어지고, 한 다리는 저는 모양 같고, 그 용모 차마 보지 못할러라.[19]

물론 고소설이라고 다 미남미녀가 나오는 것은 아니어서 이례적으로 뺑덕어미 같은 악인을 추하게 그려놓기는 해도 선인인 주인공을 이렇게 그림은 파격적이다. 이목구비는 말할 것도 없고 몸매와 사지가 다 정상적이지 못하다. 여자임에도 마치 노자 같은 대머리라고 해놓았으니 누구라도 외면할 법한 외양이며, 이 때문에 남편의 외면 속에 시련을 겪는다. 그러나 독수공방 3년 만에 박씨가 아버지를 뵙기 위해 금강산에 다녀온 뒤로 뜻밖의 반전을 맞는다. '3년'이 갖는 의미는 한국인이라면 말 안 해도 알 수 있는 '시련의 기간'이요, '기다림의 기간'이다.

작품에서 이 변신을 두고 '탈갑'으로 지칭한 데에 유념할 필요가 있다. 말 그대로 '겉껍질甲'을 벗어던졌다脫는 것인데, 겉껍질을 벗으면 당연히 속모습이 나오기 마련이다. 그리고 지난 시절 추녀로 있었던 것을 액운으로 설명한다. 액운이 다할 동안 아무런 변명도 없이 지낸 인고忍苦의 시간들이 지금의 반전을 설명해줄 뿐이다. 이는 여성 독자들의 입장에서 보면 잠재해있는 미적 욕망을 충족시켜주는 의미이며, 남성들이 여성들의 미모만 탐하는 것에 대한 응징의 성격 또한 강하게 드러난다. 실제로 이 대목 뒤로 가면 곧바로 남편이 그간의 잘못을 뉘우치고, 시아버지는 며느리가 외모는 괴상하나 재주가 기이하고 덕을 겸비하여 가문을 빛낼 인물이라 칭찬하며 아들의 잘못된 행태를 꾸짖는다. 또, 박씨는 자신이 본 얼굴을 감춘 이유로 남편이 미색에 빠져 학업을 망치지 않도록 하기 위해서라고 말함으로써, '진정한 가치'가 무엇인가 되묻는다.

이 둔갑을 중심에 두고 〈박씨전〉을 박씨와 남편의 경쟁으로 본다면, 박씨의 승리가 분명하다. 박씨는 국가의 전란을 구할 영웅인데 남편은 자신이 남성이라는 이유로, 또 아내가 못생겼다는 이유로 가정이든 국가에서든 어떠한 적극적인 역할을 하지 못하는 무책임을 질타하는 것이다. 이 또한 〈옹고집전〉과 마찬가지로 결국 제자리를 찾았지만 도로 그 자리로 간 것은 아니다. 의미 있는 오랜 여행 끝에 돌아온 사람이 여행 이전의 그 사람이 아니듯이, 시련과 풍파를 견뎌내며 다시 찾은 제자리는 그 전보다 훨씬 굳건한 보좌寶座이기 때문이다.

원한 — 복수와 불귀

앞서 살핀 변신담은 변신을 통해 상대와의 접점을 찾아나가거나 자신의 새로운 면모를 찾거나 진면모를 되찾는 이야기였다. 그러나 많은 변신담에서 그런 긍정적이거나 건설적인 내용이 아닌, 부정적이거나 파괴적인 면모를 보이기도 한다. 원한이 쌓여 죽은 사람이 이승에 못 가고 원귀冤鬼가 되어 떠도는 것처럼, 특별한 사연 탓에 이상한 존재로 변신하여 마감하는 경우가 많다.

〈우렁각시〉 이야기는 우렁이가 각시로 변하는 변신담이지만 실제 이야기를 따라가보면 거기에 그치지않고 사랑을 놓치고 끝내 그 남편까지 기이한 존재로 변신하는 비극적인 내용이다. 시작은 간단하다. 한 총각이 논에 나갔다가 “이 농사를 져다 누구하고 먹나?”라고 혼잣말을 하고 그러자 땅밑에서 “나하고 먹지 누구하고 먹어.”라는 말이 들렸다. 그러나 행운은 곧 불행으로 변하여, 여자는 자신이 하늘에서 귀양을 왔는데 아직 때가 아니니 조금만 기다려주면 아내가 되겠다고했다. 하지만 불행하게도 총각은 그걸 기다리지 못하고 즉시 아내로 삼는데, 이것이 비극의 시작이다.

그래, 인저 있는대, 참 얼마나 이쁜지 당최 나무도 못하러 가고, 뭐 오금을 못 떼 놔. 나무를 하러 가도 곁에다 갖다 세워 놓고는 나무를 하고…. 그래, 하도 그러니까는, 하루는 화상(畵像)을 그려 주며 가는 거여. 나무에다, 화상 그려 준 걸 나무에다 걸고서는 나무를 좀 깎다 보니까 난데없는 회오리바람이 불면서, 아 그걸 훌떡 걷어 갔단 말여.

그래 가지곤 어느 나라에 갖다 던졌는지, 그 나라 임금이 그 화상을 주워 가지고,

"아 요 사람, 어서 가 찾아오라."고.[20]

아내가 예뻐도 너무 예쁜 나머지 밖에 나가서도 꼭 얼굴을 보아야만 했다. 그래서 그림을 그려 가지고 다녔는데 그것이 먼 곳으로 날아가 임금이 알게 되고 그 미녀를 찾아 나섰다. 뒷이야기는 안 보아도 뻔하다. 이는 〈도미의 아내〉에서도 보이고, 〈춘향전〉에서도 보이는 관官에서 백성 여성民女을 빼앗는 관탈민녀형官奪民女型 이야기의 전형이다. 그런데 관탈민녀형 이야기가 대개 그렇듯이, 우렁각시는 임금이나 높은 벼슬아치의 요구에 응하지않아 죽임을 당한다. 그리고 이 사실을 안 남편 역시 슬픔을 이기지 못하고 죽는데, 그 뒤 우렁각시는 참빗이 되고 남편은 파랑새가 되었다. 다 아는 대로 참빗은 여자가 단장할 때 쓰는 도구이니 사랑하는 사람을 잃은 이에게는 무용지물로 한恨 덩어리가 되는 물건이며, 파랑새는 푸른 산, 푸른 숲을 날아다니며 슬피 우는 새이다. 이는 곧 임을 잃은 한의 표출이면서, 또 죽어서라도 임을 위해 단장하고 죽어서라도 자유롭게 날고싶은 염원을 담은 것이다.

〈우렁각시〉의 변신에서 또 하나 눈여겨볼 대목이 우렁이가 각시로 변하는 바로 그 대목이다. 쥐나 개구리가 사람으로 변했다고 할 때, 사

람의 입장에서 보면 쥐나 개구리의 속성이 어느 정도 있다고 보는 게 사실이듯, 우렁이 역시 그렇게 볼 여지가 있다. 우렁이는 겉이 단단하게 싸여있지만 속은 한없이 약한 그런 동물이다. 그래서 물 밖으로 나오거나 위험한 환경에 처하면 몸을 숨겨 딱딱한 껍데기밖에 보이지않게 된다. 우렁이가 우렁각시가 되었다는 것은 그 각시의 속 역시 그렇다는 것이다. 단단한 껍데기로 보호되지않으면 한없이 약한 존재임을 강조했으며, 기다려달라는 부탁을 어겨 뜻하지않게 외부에 노출되자 맥없이 파괴되고 말았다.

〈나무꾼과 선녀〉 역시 그 결말의 변신은 심각하다. 이본마다 넘나듦이 있기는 하지만 많은 이야기는 하늘로 올라가 처자식과 살던 나무꾼이 어머니가 보고싶어 천마를 타고 내려오지만, 내려가더라도 말에서 절대로 내려 땅을 밟지말라는 금기를 어김으로써 파탄에 이른다.

> 총각은 그 말을 타고 순식간에 지상에 내려와서 그 전에 살든 데를 여그저그 돌아댕김서 봤다. 그때는 가을철이 돼서 집집마다 박을 해서 박속으로 국을 끓여서 먹고 있는디 한 집이 강게 박속국을 먹으라고 한 사발 주었다. 총각은 그 박속국을 받어각고 먹을라고 하는디 박속국 그럭을 그만 엎질렀더니 그 뜨거운 국물이 말으 등에가 쏟아징게 말이 놀래서 훌떡 뛰었다. 그 바람에 총각은 하늘로 가지 못하게 돼서 하늘에다 대고 꼬끼요 박속으르르르 하고 소리 질렀는디 그 순간 장닭이 돼서, 꼬끼요 박속으르르 박속국 땜이 하늘 못 올라간다고 한탄하는 소리를 지른다고 헌다.[21]

천상에서 좋은 음식을 다 먹어보았을 나무꾼에게 지상의 음식은 하찮은 것이었을지도 모른다. 더구나 좋은 음식 다 마다하고 '박속국'이라니 짠한 생각마저 든다. 박속 자체는 아무런 맛이 없다. 워낙 먹을 게 귀하던 시절이니까 바가지로 쓰려고 속을 파낸 그것마저 먹었을 뿐이다. 그런데도 그걸 먹다가 낭패를 보았다. 그 하찮은 박속국이 나무꾼에게는 이른바 '소울 푸드soul food', 곧 영혼의 음식이었기 때문이다. 거부할 수 없어서 먹었고 그 때문에 하늘나라로 갈 길이 영 막히고, 그래서 일어난 것이 닭으로의 변신이다.

닭은 새이지만 날 수 없는, 그렇다고 아주 못 나는 것은 아니고 겨우 지붕 정도까지 오를 수 있는 한계를 지닌 짐승이다. 지금 이 나무꾼이야말로 영락없는 닭의 신세이다. 사슴을 구해주고 선녀의 날개옷으로 결혼도 했으며, 하늘에서 내려준 두레박으로 하늘나라까지 올라보았다. 그러나 지상의 음식을 먹지말라는 금기를 어겨 하늘과는 영영 이별하는 신세가 된다. 그렇다고 온전히 여느 사람으로는 살 수 없어서, 하늘도 땅도 아닌 지붕 위에 엉거주춤한 자세로 서있게 된다. 그의 변신은 웅녀 같은 화려한 질적 전환도, 옹고집 같은 여행에서의 귀환도 아니다. 돌아가거나 돌아오지 못한 불귀不歸일 뿐이다.

인간이 변신을 꿈꾸는 것은 어느 한곳에 속박되고 싶지 않아서이며, 변신을 두려워하는 것은 원치않는 곳으로 가서 돌아오지 못하게 될 수도 있기 때문이다. 그러므로 변신에서 가장 높이 살만한 경지는 자유자재로 변신하여 이쪽과 저쪽을 넘나드는 경지이다. 그러나 그와는 정반대 경우가 있는데, 자유자재로 돌아다닐 수 있던 사람이 뜻밖의 사태를 만나 어느 한쪽, 그것도 상대적으로 열악한 쪽에서 멈춰버리는 경우이다. 앞서 〈전우치전〉에서 보았듯이 둔갑술은 특별한 계기를 통해 얻어지는데, 그 능력이 중간에 소실될 때 애초에 둔갑술을 익히지 않느니만 못한 경우도 있다. 〈황팔도〉 혹은 〈황호랑이〉로 알려진 이야기를 보자.

> 황팔도라는 사람이 살았는데 어머니가 중병에 들었다. 의원은 어머니가 흰 개의 간을 천 개 먹어야 낫는다고 했다. 황팔도는 구할 방법이 없었는데 산신이 꿈에 나타나 둔갑술 비법을 담은 비서(秘書)를 주며 주문을 외워 호랑이로 둔갑하는 방법을 일러주었다. 황팔도는 호랑이로 변하여 밤마다 다니면서 개를 구해왔다. 그의 아내는 남편이 그러는 게 보기 싫어 어느 날 밤 비서를 불태웠고, 그는 그 뒤로 다시 사람으로 되돌아오지 못했다. 황팔도는 인근의 산으로 들어갔지만 비서가 없어서 짐승을 잡을 수 없었고 점점 포악해져갔다. 결국 관가에서 포수들을 모집하여 황팔도를 잡게 했고, 황팔도는 스스로 나와 포수의 총에 맞아 죽었다.[22]

충청남도 일원에서 실화처럼 구연되는 이야기로, 줄거리의 넘나듦이 있지만 사람이 호랑이로 변해서 집안에 도움이 되었다는 내용은 동일하다. 위의 예처럼 특별히 효자로 그려지지 않더라도, 밖에 나가서 사냥을 해오고 그것으로 생계에 보탬이 된다면 없는 살림에 도움이 될 것이 분명하다. 그러나 남편이 밤이슬을 맞고 다니는 게 보기 싫었던 아내는 둔갑술의 기적을 불러온 책을 태워버렸다. 아마도 그렇게 하여 밤에 나다니지 못하게하려던 의도였겠으나 결과는 정반대였다. 그만 영원히 돌아올 수 없는 길을 가고만 것이다. 〈쥐좆도 모른다〉의 아내는 쥐가 둔갑한 가짜남편과 알콩달콩 잘 살아간다면, 이 설화의 아내는 밤마다 바깥출입을 하는 야성野性을 지닌 남편과 불화를 빚는다. 밤마다 사라지는 남편이 음식을 가져오기는 해도 그 때문에 부부금실에 금이 갔음을 알 수 있다. 그뿐만 아니라 마을과 나라까지 혼란에 빠지는 파국을 빚고말았다.

고소설집 《삼설기》 가운데 있는 〈삼자원종기三子遠從記〉에도 끝내 본 모습으로 돌아오지 못하는 변신담이 있다. 세 친구가 어느 도사에게 수학했는데 도사는 각자의 포부를 이야기하도록 한다. 한 친구는 과거에 급제하여 평안감사 되기를, 다른 친구는 신선술을 터득하여 천상에 오르기를 원했다. 그러나 한 친구는 부자 되기만을 원했다. 앞의 두 친구는 제 뜻대로 되었지만, 부자 되기를 원한 친구는 "그 아해 평생 심사를 그르게 하므로 옥황상제 벌을 나리오사 금사망金絲網: 금실로 짠 단단한 그물을 씌워"[23] 뱀이 되게 하였다. 그러나 신선이 된 친구의 도움으로 다시 사람 모습을 찾고서도 배를 따오면서 제 몫을 더 챙기는 욕심을 냈고, 개과천선 못한 벌로 다시 허물을 씌워 뱀으로 만들어버린다는 이야기다. 제 행사가 그른 것을 알고 개과천선만 하면 풀릴 일이지만 끝내 탐욕을 버리지 못해 일어난 변고이다.[24]

이와는 약간 결이 다른 경우는, 욕망이 좌절된 뒤 변신하여 자신의 욕망을 좌절시킨 상대를 패퇴시키거나, 좌절된 욕망을 억지로라도 이루는 경우이다. 〈상사뱀〉[25]에서는 사랑을 얻지 못한 여인이 뱀으로 변신하여 본래 꿈꾸던 사랑을 얻어내는 게 아니라, 거꾸로 그렇게 못하게 한 인물과 주변 사람을 해코지함으로써 그 원통함을 달랜다. 〈김현감호〉와는 반대로, 변신의 결과 두 세계는 분열을 넘어 적대관계로 마감하는 것이다. 또, 《삼국유사》 〈도화녀비형랑桃花女鼻荊郎〉에 등장하는 왕은 도화녀의 미색을 탐했으나 남편이 있다는 이유로 거절하자 뜻을 접었지만, 나중에 폐위되어 죽은 후에 도화녀의 남편까지 죽자 귀신으로 나타나 다시 청한다. 도화녀의 부모는 "임금의 하교를 어떻게 피하겠는가?"[26]라며 임금이 욕망을 성취하도록 하는데, 욕망을 못 이루고 죽어서 귀신으로 변신하는 점은 동일하지만, 역설적으로 그 덕에 본래의 욕망을 성취하는 특이한 결말이다.

이렇게 인간이 다른 존재와의 사이를 오가다가 멈추어버린 비극보다 더한 경우는, 어느 한쪽으로 가서 굳어진 경우이다. 그것도 그나마 동물도 못 되고 식물이 되어 어느 한곳에 붙어있어야 한다거나, 아예 바위 같은 무정물無情物이 되어 인고忍苦의 세월을 지내는 경우, 더욱 심각한 의미를 내포한다. 우리 문학에서 사람이 식물로 변하는 경우는 대체로 한恨스러움을 표할 때가 많다. 아무리 예쁜 꽃으로 다시 태어난다한들, 한자리에 붙박이로 있어야 하는 신세가 그리 좋아 보일 리 없다. 그래서 대개 식물로 변신하는 이야기는 전설로 전해지는데 전설의 속성이 그렇듯이 세상에 압도당하는 인간의 모습이 그려지곤 한다. 딸들의 박대 탓에 원통함을 이기지 못해 할미꽃이 되었다거나, 먹는 것조차 뜻대로 안 되어 며느리밥풀꽃이 되었다는 이야기가 바로 그런 예이다.

그래도 식물의 경우는 꽃으로 예쁘게 피고 생명이 있기에 다음 생을 기약할 수 있다고도 하지만 바위나 돌로 변하는 경우는 아주 다르다. 가장 유명한 예로 박제상의 처를 들 수 있다. 《삼국유사》 〈내물왕김제상〉조에는 박제상김제상이 나라의 큰일을 위해 나선 것까지는 좋았지만, 그러느라 가족을 돌보지 못했고 남편의 귀환을 기다리던 아내는 바위가 되고말았다. 이야기에 따르면 그녀는 딸들을 데리고 일본이 건너다

보이는 바닷가로 가서 남편을 하염없이 기다렸다고 한다. 그러다가 결국 '망부석望夫石'으로 남았고, 모래벌판에 오래도록 울어 그곳을 '장사長沙'라 하고 다리를 뻗고 일어나지 못한 곳이라 해서 '벌지지伐知旨'라고 이름했다고 한다. 오랫동안 맥을 놓고 있을 수밖에 없었고 그것이 고착되어 바위가 되었다는 말이다. 지금도 넋나간 사람처럼 있으면 망부석처럼 서있다고 말하는 걸 보면, 이러한 변신은 이성적으로 이해됨직한 일이다.

《삼국유사》의 〈혜통항룡惠通降龍〉조에는 주인공 혜통 때문에 쫓기게 된 용龍의 다양한 변신이 나온다. 당나라 황실의 공주가 병이 나자 황제는 무외에게 부탁했고, 무외는 혜통에게 넘겼는데 문제는 이때부터 시작된다. 혜통이 주술을 사용하여 교룡蛟龍을 쫓아내 병을 낫게한 것까지는 좋았지만 용이 신라로 옮겨가 패악을 했던 것이다. 그래서 정공이 당나라에 가서 혜통의 도움을 요청하고 혜통이 신라로 귀국하여 몰아냈지만, 이번에는 정공의 버드나무에 숨어들었다. 정공은 버드나무를 아꼈고, 신문왕이 죽고 능을 만드는 데 길을 방해하여 그 버드나무를 베려했는데 정공은 적극적으로 나서서 벨 수 없다고 버텼다. 결국, 정공은 처형당하였는데 이 모든 것이 사실은 용의 농간이었다. 이어 왕녀王女가 병이 나자 혜통이 치료해주고 정공의 원을 풀어주면서 국사國師가 되었는데, 용이 기장산에 숨어들어 웅신熊神이 되어 백성들을 괴롭혔다. 혜통이 용을 달래고 불살계不殺戒를 주자 웅신의 해독이 멈추었다.

간단하게 줄이기에는 복잡한 서사이지만 변신을 중심으로 본다면 의외로 간단하다. 당나라에서 활개를 치던 교룡이 혜통에게 쫓겨나면서 신라에 와서 여러 존재로 변하면서 분풀이했던 것이다. 자신보다 힘이 센 상대를 피해 만만한 상대에게 보복하는 양상인데, 그렇게 된 이유는 바로 원한怨恨이다. 신라에서 온 승려에게 내몰린 원한을 신라에 풀어내려는 것인데, 그러기 위해서 때로는 버드나무 같은 식물 속에 숨어들고, 곰 같은 동물의 신이 되기도 했다. 식물도 되고 동물도 되면서, 갖가지 변신을 통해 자신의 원통함을 풀어내려했다 하겠다. 물론, 불교 설화답게 도력이 높은 혜통이 계戒를 주어 어루만짐으로써 이야기가 완결되지만, 원통함 끝에 다른 존재로 변화하는 변신임은 분명하다.

그런가 하면, 전혀 이해되기 어려울 법한 변신도 있다. 〈장자못 전설〉로 통칭되는 이야기들에서 변하는 사람은 그런 원통함과는 전혀 상관이 없다. 그렇다고 악인도 아니며, 도리어 가장 선한 인물이다. 이 이야기의 줄거리는 대략 이렇다. 어떤 부자가 살았는데 인색한 데다 성미가 고약했다. 어느 날 시주승이 와서 시주를 청하자 바랑에다 쇠똥을 퍼주었다. 이 모습을 멀리서 지켜본 며느리가 시아버지 몰래 시주를 했다. 그러자 시주승은 아무 날 아무 시에 큰 소리가 날 텐데 그때 뒤도 돌아보지말고 산으로 가라고 일렀다. 과연 그날이 되어 큰 소리가 나자 며느리는 산으로 뛰어올라갔는데 집이 궁금해서 뒤를 본 순간 집은 커다란 연못이 되었고, 며느리는 그만 바위가 되고 말았다. 만약 돌로 되는 것이 징벌이라면 이 이야기는 납득하기 곤란하다. 잘못은 시아버지가 저지르고 벌은 며느리가 받는 꼴이기 때문이다.

그러나 이 이야기의 결말을 꼭 응징으로 볼 필요는 없다. 물에 의한 응징은 《구약성서》의 〈노아의 방주〉에서 보듯이 아주 흔하다. 세상이 죄에 물들어 새롭게 만들고자 할 때 물로 휩쓸어버리는 것인데, 이 와중에 살아남는 의인義人들이 반드시 있기 마련이다. 그래야 세상이 멸망하지 않은 이유를 합리적으로 설명해낼 수 있기 때문이다. 노아는 의인이었기에 하느님이 진노하여 세상을 휩쓸어버릴 때도 살아남을 수 있었듯이, 〈장자못 전설〉의 며느리 역시 그렇게 봄직하다. 돌의 기본 속성 가운데 하나로 영속성이 있다. 비석에 글을 새기는 이유도 오래도록 보존되기를 바라는 마음인데, 못된 장자를 응징하여 쓸어 없앰과 동시에 착한 마음씨를 지닌 며느리는 바위가 되어 영원히 보존토록 했다고 볼 여지도 있다. 해석 여하에 따라서 한편으로는 구슬픈 전설이 되지만 또 한편으로는 의미심장한 신화가 될 수 있다.

중국신화에서도 인간이 겨우 100년의 수명을 받은 반면 돌은 10만 년의 수명을 받은 이야기가 있는데[27] 돌의 무정물로서의 특성보다 영속성에 방점이 찍힌 경우이다. 이것이 인간의 죄를 벌하는 홍수와 연관되는 돌을 꼭 응징으로 볼 필요는 없는 이유인데, 엘리아데에 따르면 어떤 경우의 돌은 "홍수에 잠기는 법이 없었는데, 이것은 홍수가 삼켜버릴 수 없었던 '중심'의 희미한 흔적"[28]을 나타내기도 한다. 〈장자못 전설〉의 며느리 역시 돌의 속성 가운데 있는 영속성의 견지에서 보자면, 며느리의 선한 마음씨를 영원히 새겨두는 징표로 볼 여지를 남긴다. 우물 안 개구리가 까마귀 덕에 금강산 구룡연을 구경하고 너무 놀라서 바위가 되었다는 〈구룡연 개구리 바위〉 역시 마찬가지로, 좁은 우물을 벗어나와 구룡연의 절경을 영원히 감상하는 존재가 된 것으로 본다면 비극적으로만 볼 이유가 없다. "봐도 봐도 또 보고 싶고 볼수록 더욱 아름다운 옥류동, 구룡동 계곡의 이 자연미에 도취되어 발길을 뗄 줄 몰랐"[29]던 결과이기 때문이다.

충청남도에 전해지는 〈버선바위(관음바위)〉 전설이 이러한 신성한 변신을 보여주는 적실한 사례이다. 어떤 고운 여인이 늘 근심에 차있었다. 돈 많은 사내가 이유를 물으니 그 여인은 부처님을 모실 절을 지어야하는데 그렇지 못해서 근심이라고 했다. 사내는 자신이 그 소원을 들어줄 테니 결혼해달라고 했고 여인은 그렇게 하기로 약속했다. 그리하여 절이 다 지어졌을 때, 사내가 여인이 있는 곳으로 가보았지만 여인은 버선 한 짝만 남긴 채 사라졌고 그 자리에는 버선 모양의 바위가 남았고 또 버선꽃이 피었는데, 그 여인은 관음보살의 현신現身이었다. 버선 한 짝이 남겨지는 대목을 보자.

> 절이 다 지으지고 부츠님까지 모셔놓게 돼스 보살은 부자하고 살게 될 때가 됐다. 보살은 방에 앉으스 부자보고 들으오라고 해서 들으갔드니 보살은 웃음을 띠고 맞으들였다. 그른디 부자가 자리에 앉이니게 보살은 아무말도 읎이 뒷문을 열고 나갈라고 했다. 부자는 이긋을 보고 "워대 가오?"하면스 보살을 붙잡읐는디 붙잡는다는 긋이 보신 뒷축을 붙잡읐다. 그랬드니 보살은 보신 한 짝을 남기고 기냥 나가 브렀다. (…) 다음날 아침에 날이 밝아스 뒤에 있는 바우에 가 보니게 바우 우에는 보신 한 짝이 그대로 놓여 있고 보살은 보이지 안했다. 그 뒤에 이 바우 밑에스는 보신 모양의 꼬시 피게 됐다. 므

충청남도 예산 수덕사 버선바위(관음바위) 앞에 놓인 관음보살상 ⓒ 박상수

리 깎지 않은 이 미인(美人) 보살은 관세음보살이 사람으로 변신해서 절을 세운 굿이라고 하는디 이 절이 수덕사(修德寺)라는 절이라고 한다. 보살이 사라진 바우는 보신바우라고 지금 부르고 있다.[30]

버선을 벗어놓고 들어간 바위 아래 버선 모양의 꽃이 피었다고 했다. 할미꽃 전설처럼 사람이 꽃으로 변한 사례로도 볼 수 있으며, 그보다 먼저 사람이 바위 속에 숨어 바위와 한몸이 되어있는 식의 변신을 짐작케한다. 물론 이 사람은 관음보살의 화신이어서 본래의 깨친 자리로 돌아간 것이겠으며, 이 점은 세계의 여러 신데렐라 이야기에서 여자 주인공이 하늘의 별이 되는 것과 동궤이다. 영속성을 띠는 무언가로 변화하면서 속된 세상과의 결별 혹은 속된 세계와 성스러운 세계의 통합을 의미하기 때문이다.

제 5 장

사랑

그리움에서 정욕까지

*사랑은 대지에 깊이 뿌리를 박고 있으면서도
하늘을 향해 가지를 뻗고 있는 나무여야 한다.

_ 러셀

'사랑'이라는 이름으로

은사님께서 말씀하셨다. "사랑 말고 미칠 게 하나 더 있으면 행복한 인생이야." 여느 선생님께서 그렇게 말씀하셨다면 그런가보다 했겠지만, 그분으로 말하자면 세상이 다 아는 유명한 시인인 터라 좀 싱겁다 싶었다. 사랑에 대해서라면 무언가 더 강렬한 한 말씀이 기대되었던 까닭이다. 그러나 이 말을 곱씹어보면, 거기에는 사람은 누구나 사랑에는 미친다는 전제가 깔려있다. 높든 낮든 똑똑하든 어리석든, 사람이라면 누구나 한번쯤 사랑에 빠지는 법이니, 그것 말고 또 하나 그렇게 빠질 만한 일이 있는 인생이라면 얼마나 행복한 것이냐는, 말하자면 남녀의 사랑 이외의 또 다른 사랑 하나를 찾아나서라는 설법이었다.

그러나 실제로는 사랑만큼 어려운 게 또 없다. 사랑에 빠질 수 있다는 것은 사랑이 갖는 거의 맹목적인 열정을 말하기 쉽지만, 세상의 사랑이 그것만으로 온전히 설명되지 않는다. 남녀 간의 불같은 사랑, 곧 에로스Eros가 사랑의 많은 부분을 차지한다고 해도, 아버지의 은근한 사랑이나 어머니의 따사로운 사랑 역시 사랑이 분명하다. 시시때때로 연락하고 만나며 우정을 쌓아가는 친구도 분명 사랑의 대상이다. 많이 알려진 대로, 사랑에는 에로스만 있는 게 아니라 스트로게Stroge와 루두스Ludus 등등도 있다. 스트로게는 형제자매 간이나 친구들 사이에서처럼 서서히 무르익어가는 사랑의 감정이고, 루두스는 그 어원부터가 '놀이'를 의미하듯이 여러 사랑을 놀이하듯 찾아다니는 사랑이다.

물론 많은 이들이 사랑하면 사실상 이성 간의 사랑에서 크게 벗어나지 않는 에로스를 떠올린다. 분명히 "내가 사랑하는 학교" 같은 말을 쓰지만 그런 사랑은 '아낀다'거나 '가치를 높이 평가한다'는 말을 대신하는 데 가깝다. 간단히 말해서, '내가 사랑하는 그 여인'이 성립하듯이 '그 여인이 사랑하는 나'가 성립하는 관계가 아닌 것이다. "학교가 나를 사랑한다."거나 "조국은 국민을 사랑한다."는 말을 아예 쓰지 못할 것은 아니지만, 그 경우 학교 관계자이거나 위정자를 그렇게 에둘러 표현한 것이기 쉽다. 쌍방이 대등한 그런 관계는 아니라는 말이다. 또한 부모자식 간의 사랑도 쌍방관계라고는 해도 종적인 위치가 달라서 대등하기 어렵고, 피를 나눈 동기同氣간의 사랑조차도 그 근원이 같은 데서 오는 윤리적인 측면을 벗어나기 어렵다.

그런데 에로스가 정점에 서있는 이성 간의 사랑은 그 근간에 정욕情慾이 도사리고 있다는 점에서 고전문학에서 다루기 쉽지않다. 자유로이 성욕을 분출하기는커녕 '남녀칠세부동석' 같은 이른바 내외內外의 법도가 엄존했던 상황에서 자유연애의 가능성 역시 적었기 때문이다. 그래서 사랑이 등장하기는 해도 어느 한쪽, 특히 여성 쪽에서 일방적으로 사랑하고 버림받는 상황이 많이 연출된다. 연정戀情이 들어설 자리에 비련悲戀이나 수절守節이 들어서는 일이 비일비재했다. 그렇다고 고전문학에서 사랑 이야기가 그렇게 이상한 쪽으로만 흘러갔던 것은 아니다. 상층의 유교 윤리에서 비껴서있던 민요 같은 데에서는 연정을 정면에 등장시키는 작품도 많았고, 사대부들도 연군戀君을 노래하기 위해 연정을 끌어다쓰는 예가 많아서 충신연주지사忠臣戀主之詞가 성행했는데, 문면 그대로만 본다면 멋진 연가戀歌임이 분명하다.

나아가 설화와 고소설 같은 서사문학에서는 사랑이 빠지면 도리어 이야기가 안 될 정도로 많은 작품들이 절절한 사랑을 담아냈다. 〈운영전雲英傳〉이나 〈이생규장전李生窺墻傳〉처럼 아예 사랑을 전면에 내세운 작품은 물론, 영웅이 등장하여 국란을 바로잡는 서사로 전개되는 군담소설에서조차 남주인공과 여주인공의 이별과 만남이 펼쳐진다. 여기에 덧붙여 야담 등의 문헌설화에서 남녀의 정욕을 전면에 내세운 작품이 많았고 사랑과 외설의 경계가 애매한 음담에, 사랑은 아예 빼버리고 성性에 집중한 〈변강쇠가〉나 바람둥이를 풍자한 〈이춘풍전〉 같은 특수한 경우도 있다. 〈주장군전朱將軍傳〉이나 〈관부인전灌夫人傳〉 같은 가전은 현대문학에서도 상상하기 어려울 만큼 성기性器에 집중하기도 한다.

그러나 사랑의 폭을 좁혀서 남성과 여성의 이성적인 애정으로 한정한다 하더라도 그 양상이 복잡하기는 마찬가지다. 사람과 사람 사이의 관계인 이상 매번 각각 다른 양상이 연출될 것이며 심지어는 동일한 남녀 사이의 사랑 역시 순간순간 다른 모습을 띨 것이다. 더 들어가자면, 남녀가 똑같이 사랑한다고 해도 이쪽에서 느끼는 강도나 성격이 저쪽에서도 같다는 보장이 없다. 바로 이러한 점 때문에 도리어 사랑과 관련한 문학이 더욱 풍부해지는 것 같고, 이 장에서 다룰 내용 또한 그렇다. 한쪽은 열렬히 사랑하지만 한쪽은 그렇지 못해서 오는 비애를 읊은 시에서부터 양쪽 모두 죽고 못 사는 관계지만 사회적 장애 등에 얽혀 우여곡절을 겪는 경우가 있는가 하면, 사랑의 기쁨을 신나게 읊어대는 경우가 있다. 나아가 사랑이 그저 게임이거나 모험담, 혹은 정욕의 분출에 그치는 경우까지 제법 넓은 편폭을 보인다.

그리워도 함께할 수 없는 임

백석의 시 〈나와 나타샤와 흰 당나귀〉에 보면 흰 눈이 내리는 가운데 화자가 앉아있다. 그것도 그냥 내리는 눈이 아니라 '푹푹' 내리는 눈이다. 수업을 하면서 학생들에게 질문한 일이 있다. "이렇게 눈이 오면 좋아요?" 학생들은 이구동성으로 대답했다. "네." 그러나 아니다. 아니, 반은 맞고 반은 틀렸다. 사랑하는 사람과 함께 있는데 그렇게 눈이 내린다면 오갈 데 없이 갇혀서 사랑을 나누고 즐길 테니 더없이 좋은 일이다. 그러나 사랑하는 사람이 지금 곁에 없다면, 그 험한 날씨에 찾아올 리도 없고 내가 찾아나설 수도 없으니 더없이 괴로운 일이다.

> 이화(梨花)에 월백(月白)하고 은한(銀漢)이 삼경(三更)인 제
> 일지춘심(一枝春心)을 자규(子規)ㅣ야 아라마는
> 다정(多情)도 병(病)인양하여 잠 못 들어 하노라[1]

고려후기 이조년李兆年의 작품으로 알려져있다. 한글이 창제되기 훨씬 이전의 작품이고 보면 이 시조는 입에서 입으로 전해져서 기록되었을 것이며, 그럴 정도로 절창이다. 물론 이 작품을 두고도 자신의 속을 헤아려주지 못하는 임금에 대한 충정이라는 해석도 있지만 지나치다. 설령 그렇게 보려해도 그 근저에 깔린 연정戀情을 벗어나서는 설명하기 어렵다. 시의 공간 배경은 배꽃이 활짝 핀 달밤으로 운치가 그득하다. 그러나 시간 배경이 은하수 깔린 삼경三更: 자정 전후 두 시간이라는 점이 예사롭지 않다. 지금이야 그렇지않지만 전기가 없던 시절에는 자정 어름의 삼경은 가장 깊은 밤이었다. 그 깊은 밤까지 잠을 이루지 못하고있는 것이다. 기막히게 좋은 때 잠 못 드는 괴로움, 그것이 바로 이 시의 핵심이다.

중장으로 접어들면 뜬금없이 소쩍새가 나타난다. 한밤중이니 그 모습이 보일 리 없다. 어디선가 울음소리가 들렸을 것이다. 울었다는 것은 아직도 자지않는 것이고, 곧 화자와 같은 처지가 아닐까 생각하게 한다. 그러나 새가 설마 배나무 가지에 깃든 봄기운을 알 수 있을까 싶다. 이 좋은 봄이 왔음에도 임을 보지 못하고 잠 못 들며 괴로워하는 자신과, 시절 모른 채 울고있는 소쩍새는 어쩐지 닮은 듯 다르다. 인간살이에서 다정多情만큼 좋은 게 없지만, 그렇게 나의 다정을 함께할 상대와 함께하지 못할 때는 곧 병이 된다.

이런 양상은 고려속요高麗俗謠 같은 시가 작품에 아주 흔하게 나타난다. 흔히 '남녀상열지사男女相悅之詞'라는 말에 잡혀서 '서로 좋아하는相悅' 내용쯤으로 오해하지만 조금만 파고들면 전혀 그렇지않다.[2] 대표적인 남녀상열지사로 지목되는 〈이상곡履霜曲〉을 보자.

비오다가 개어아 눈 하 지신 날에
서린 석석사리 좁은 곱도신 길에
다롱디우셔 마득사리 마두너즈세 너우지
잠 따간 내 님을 여겨
그딴 열명길에 자러오리이까
종종 벽력생함타무간(霹靂生陷墮無間)
종종 벽력생함타무간(霹靂生陷墮無間)
곧 있어 싀여딜 내 몸이
종 벽력(霹靂) 아 생함타무간(生陷墮無間)
곧 있어 싀여딜 내 몸이
내 님 두옵고 년 뫼를 걸으리
이러쳐 저러쳐 이러쳐 저러쳐 기약이옵니까
아소 님하 한데 녀졋 기약이옵니다[3]

원문을 손상하지 않는 범위 내에서 현대어로 표기했지만 쉽게 읽기는 어렵다. 맨 먼저 '비가 오다가 개인 후 눈이 많이 내린 날'이라는 시간 배경에 '끈이나 실이 서리듯 구불구불한 길'이라는 공간 배경을 담고 있다. 날씨 치고는 매우 고약하다. 겨울비가 내리다 개더니 또 눈이 떨어지는 변화무쌍한 궂은 날씨여서 옴짝달싹 못하게 생긴 판에, 길까지 구불구불 험하다면 대체 누가 올 수 있을 것인가 반문하고있다. 그 뒤에 붙은 '다롱디우셔 마득사리 마두너즈세 너우지'는 뜻이 없이 흥이나 돋우는 조흥구助興句이고, 이어 등장하는 두 행이 이 시의 화자가 처한 상황을 극명하게 드러내준다.

'잠 따간 내 님'은 사랑 표현 중에 최고 수준급의 명구이다. 무슨 과일 따듯 잠을 따간다고 표현한 것도 그렇고, 내가 못 자는 이유를 상대가 나의 무언가를 빼앗아간 데 있다고 표현한 것도 그렇다. 없는 임을 그리느라 이리 뒹굴 저리 뒹굴하며 이른바 전전반측輾轉反側하는 상황으로, 이는 매우 보편적이라 할 만하다. 문제는 바로 그다음이다. 뜬금없이 '열명길'이 등장하는데, 이는 '십분노명왕十忿怒明王'이라는 불교용어에서 온 것이다. 아주 무시무시한 길을 가리키는 바, 이런 길에 자러 올리가 있겠느냐고 했다. 주어가 빠져있지만 의미상으로 볼 때, 당연히 상대방을 가리킨다. 대체 이런 험하디 험한 길에 나를 보러 자러 올 리가 만무하다는 한탄이고 자조自嘲이다.

다음으로 이어지는 '벽력생함타무간霹靂生陷墮無間'은 한자어구여서 풀이가 필요하다. '무간無間'은 '무간지옥無間地獄', 곧 조금의 틈도 없이 고통이 계속되는 지옥을 가리키니, '벼락 맞아 무간지옥에 떨어진다'는 정도의 뜻이 된다. 벼락 맞는다는 것은 예로부터 엄청난 천벌이었다. 벼락 맞아 지옥에나 떨어질 일이라는 말인데, 대체 무슨 죄를 지으면 그런 걱정을 할까싶을 때 그 이유를 적시했다. 자신은 "곧 있어 싀여딜 내 몸", 즉 곧 죽어 없어질 몸인데 혹시라도 내 님을 두고 다른 산을 걷는다면, 그때는 벼락 맞아 지옥에 떨어져도 달게 받겠다는 다짐이다. 내가 사랑하는 사람을 두고 곁눈질하거나 바람이라도 피운다면 그때는 벼락 맞아 죽을 것이라는 비장한 선언이다.

이렇게 보면 이 작품은 서로가 사랑하는 게 아니라, 한때는 그랬을지 몰라도 현재는 철저하게 짝사랑을 간직하고있는 서글픈 노래이다. 그 결정적인 이유는 맨 마지막의 두 구에서 또렷해진다. 화자가 묻는다. "이렇게 저렇게 하려는, 이렇게 저렇게 하려는 기약입니까?", 즉

"대체 어떻게 하려는 기약을 하셨던 것이지요?"라고 묻는 것이다. 자문자답의 형식을 사용하여, 묵묵부답의 상대 대신 스스로가 답한다. "아, 님이시여! 한데 가자는 기약이옵니다." 당신이 아마도 까먹은 모양인데, 전에 내게 했던 기약은 죽어도 함께 가자는 기약이었다는 말이다. 지금은 오지도 않는, 올 것을 기대하기도 힘든 사람이지만, 내 마음을 흔들어서 영원한 기약을 한 인물은 바로 내가 아니라 당신이었음을 확인시켜준다.

이렇게 보면, 다시 시의 제목이 눈에 들어온다. '이상곡履霜曲'이라는 말 그대로 이 작품의 뜻은 너무도 분명해졌다. '남녀상열지사'의 대표격으로 지목되었던 이 노래가 사실은 아이러니하게도 임을 잃은 한 여인이 자신의 정절을 지키겠다는 굳은 각오를 담은 노래이다. 노래 제목인 '이상곡', 곧 서리 밟는 노래는 이렇게 이해될 때 더욱 적절한 의미를 담게 된다. 서리를 밟는 마음으로 자신의 정절을 지키겠다는 굳은 각오이며, 이 점에서 우리가 '남녀상열지사'를 떠올릴 때 언뜻 생각하는 음란함이나 퇴폐성은커녕 오히려 정반대의 순결함이나 비장함이 자리한다. 더욱이 시적 화자인 여성의 체념 어린 어조는 읽는 이로 하여금 더욱더 비감한 느낌이 들게 한다.

이처럼 사랑을 시작할 때는 저쪽에서 온갖 유혹을 다하다가 막상 돌아서면 매정하게 돌변하는 남성의 세태를 나무라는 작품은 고전시가에 아주 흔하다. 남성 중심의 사회인 데다가 여성이 적극적인 사랑을 드러낼 기회를 못 가진 까닭일 텐데, 그런 문제에서 비교적 자유로운 입장이었을 기생 또한 예외는 아니다. 전라도 부안의 기생인 계랑桂娘, 호: 梅窓의 작품이라고 전하는 시조를 한 수 보자.

이화우(李花雨) 흣뿌릴 제 울며 잡고 이별한 님
추풍낙엽(秋風落葉)에 저도 날 생각는가
천리(千里)에 외로운 꿈만 오락가락 하노매[4]

봄꽃 흩날릴 때 이별하였는데 그때는 분명 울며불며 나를 잡고 아쉬워하며 이별을 하였지만, 불과 두 계절이 지난 가을이 되어 낙엽 질 때는 내가 임을 생각하듯이 임도 나를 생각할까 의심하고있다. 헤어지는 순간이 서럽기는 해도 그때는 봄꽃이 날리던 호시절로 기억된다. 실제 계절감이 그렇기도 하겠지만, 그때는 그나마 헤어짐을 슬퍼하던 임이 있었다. 그러나 이제는 천리나 멀리 떨어져 꿈속에서나 슬쩍 비칠 뿐인 야속한 임이다. 사랑의 기쁨은 잠시거나 먼 과거의 일이며, 사랑의 슬픔만이 오래도록 기약 없이 지속될 때 사랑노래는 애가哀歌이자 비가悲歌가 된다.

사랑노래, 사랑놀음

대중가요든 현대시든 많은 노랫가락이 떠나버리거나 함께할 수 없는 사랑에 대해 그리지만, 사랑시가 다 그런 것만은 아니다. 무엇보다 사랑이라는 것이 그 과정에서 밀고 당기는 맛이 있는 법이니, 무심하게 관심도 두지 않는 상대에 대한 상사곡만 읊어댈 리가 없다. 그저 서로 사랑하기는 하나 어쩐지 상대방의 마음씀이 나보다 조금 덜한 것 같은, 그래서 괜스레 약간 밑지는 것 같은 마음이 귀엽게 드러나기도 한다.

소첩의 마음은 반죽(斑竹) 같고	妾心如斑竹
낭군의 마음은 둥근달 같아요.	郎心如團月
둥근달에는 이지러짐과 참이 있지만	團月有虧盈
대뿌리는 천 갈래 만 갈래 얽혀있지요.	竹根千萬結[5]

성간成侃이 지은 〈나홍곡囉嗊曲〉 가운데 둘째 수이다. 나홍곡은 옛날 악부시樂府詩의 곡명인데 낭군을 기다리는 내용이며, 이 노래 역시 그렇다. 여성과 남성의 마음이 대비되어 드러나는데, 실제 연애를 할 때면 자신의 감정이 과도하게 느껴지는 까닭에 상대방이 조금 더 사랑해 주었으면 하는 생각이 들게 마련이다. 반죽斑竹은 얼룩얼룩한 무늬가 있는 대나무인데, 흔히 소상반죽瀟湘斑竹의 그 반죽을 떠올리게한다. 중국 고대 순舜임금의 두 부인인 아황娥皇과 여영女英이 죽은 순임금을 못 잊어서 소상강을 헤매며 슬피 울었는데 그때 뿌린 눈물이 대나무의 얼룩이 되었다는 전설이 있다. 자신이 낭군을 그리는 마음은 일편단심 민들레인데, 낭군은 고작 커졌다 작아지는 달 같다는 것이다.

그러나 이렇게 소심하게 자기 마음을 표현하고 상대의 처분만 바라는 게 아니라, 격렬하게 상대의 변화를 촉구하는 작품도 있다. 대체로 에둘러 그려내는 것을 미덕으로 삼는 고전문학에서는 좀처럼 보기 힘든 박력이다.

죽어 잊어야 하랴 살아 그려야 하랴
죽어 잊기도 어렵고 살아 그리기도 어려워라
저 님아 한 말씀만 하소라 사생결단 하리라[6]

작가에 대해서는 알려진 바 없으나, 일설에는 기생 매화梅花의 작품이라고도 한다. 여염집 여성이 이런 작품을 쓰기는 어려웠을 것이다. 임을 사랑하는 마음이 얼마나 큰지 죽지않고서는 잊기 어려울 정도이다. 그러나 그렇게 사랑하는 임을 두고 죽을 수는 없다. 그렇다고 살아서 평생 그리워하기나 하며 겨우 연명하듯이 살 수도 없는 노릇이다. 그래서 임에게 꼭 한마디만 해줄 것을 촉구한다. 대체 내가 어느 쪽을 택해야겠느냐고 임이 어느 쪽을 택하든 나는 그렇게 할 터이고, 이 일은 바로 죽느냐 사느냐 하는 사생결단이라며 상대를 압박하고있다.

이 시조의 화자 또한 앞 절에서 살핀 시들처럼 곁에 사랑하는 사람이 없는 것이 분명하다. 그러나 앞의 시들과 차별되는 지점은 그런 상황을 애달파하거나 상대를 그리는 데 그치는 게 아니라, 자신의 의견을 좀 더 분명히하면서 상대의 방향을 선회하려 애쓴다는 점이다. "나는 죽어도 못 잊겠다."는 호소가 아니라 "속히 마음을 정하십시오. 사생결단을 하겠습니다."라는 비장함을 담아서, 자신의 사랑이 얼마나 대단한 것인지를 증명해준다. 에둘러 표현하는 것을 미덕으로 아는 문학관습에서는 너무 직설적으로 보일 수 있지만, 그런 솔직함 덕에 전해지는 감동의 폭 또한 크다.

우리 시가에서 솔직함으로 치자면 민요만한 것이 없다. 민요의 향유층이 유교 윤리의 영향을 덜 받은 데다 문자로 남기지 않고 말로만 하기에 내면에 담긴 정서를 직정적으로 드러내기 그만이기 때문이다.

상주 함창 공갈못에
연밥 따는 저 처녀야

경상북도 상주 공검지(공갈못)에 핀 연꽃 ⓒ 사공희경

연밥줄밥 내 따주께
요 내 품안에 잠들어주게[7]

〈연밥 따는 노래〉로 유명한 민요이다. 모내기를 하며 부르던 노래인데, 연밥을 따는 처녀들을 보며 그 일은 내가 해줄 테니 너는 내 품에 안겨 잠이나 자자며 치근대는 내용이다. 노동은 본디 힘든 일이고, 힘든 일을 잊기 위해서는 이렇게 사랑, 그것도 성애性愛가 농후한 이야기들이 필요했다. 실제 그럴 수 있든 없든, 상상으로나마 동네 처녀와의 하룻밤 사랑을 떠올리며 노동의 고통을 잠시 잊었다 하겠다. 그러나 위의 민요 역시 실제 사랑을 하면서 느끼는 기쁨이나 정서의 고조를 담아낸 것은 아니다.

〈돌베개〉로 제목이 붙여진 다음 민요는 실제 사랑에 빠져 한바탕 노는 모습이 눈에 선하다.

갱변이 좋다구
내가 빨래질 왔다가
총각낭군 사정에
내가 돌베개를 베는구나[8]

처녀가 강가에 빨래하러 나갔다가 임을 만났다. 하도 사정을 해서 들어주었다는 것인데 가만 보면 마지못해 들어준 게 아니다. 손이라도 한번 잡아보자는 정도가 아니라 야외에서 돌덩이를 베개 삼아 누웠다고 했다. 총각낭군의 급한 사정이 무엇인지 짐작이 간다. 그러나 돌베개를 베고 눕게 되어 불편하다거나 유감이라는 기색은 전혀 없다. 도리어 돌베개를 베고 누워서 사랑을 나누니 부러울 게 없다는 쪽으로 기우는 감이 있다.

한편, 민요의 〈달타령〉류는 달을 바꾸어가면서 온갖 사랑을 늘어놓는데, 그 근원을 따져 올라가면 고려속요 〈동동〉에서부터 찾아볼 수 있다. 서사序詞를 지나 본사本詞에 들어서면 매 달마다 한 연씩을 이루면서 사랑의 흥취를 뿜어낸다. 1, 2, 3월에 해당하는 가사를 보자.

정월(正月) 나릿물은
아으 어저 녹저 하는데
누리 가운데 나곤
몸하, 호올로 녈셔
아으 동동(動動)다리

이월(二月) 보름에

아으 높이 켠 등(燈)불 다호라
만인(萬人) 비취실 즛이샸다
아으 동동(動動)다리

삼월(三月) 나며 개(開)한
아으 만춘(滿春) 달래꽃이여
남이 부롤 즛을 지녀 나샸다
아으 동동(動動)다리[9]

그 시작은 정월의 냇물은 얼었다 녹았다 정다운 가운데, 자신은 세상 복판에 나서는 홀로 지내는 신세를 한탄하는 것이다. 그러나 2월부터는 그저 한탄하는 것이 아니라 구체적인 임을 그려내는데, 2월 보름에 훤히 뜬 달은 마치 내 임이 높이 켠 등불 같아서 세상 사람들을 비추는 모습이라고 이상적으로 그려내고있다. 이어 3월에는 늦봄에 핀 진달래꽃을 보며 자신의 임과 동일시하여 남들이 모두들 부러워할 자태라고 자랑한다. 보는 족족 임과 관련되는 생각으로 쌓여가기만 한다. 물론, 이 작품이라고 사랑의 흥취만이 드러나는 신나는 노래는 아니다. 끝내 임과 하나가 되는 고대하던 순간은 오지않지만, 만남과 이별, 사랑의 기쁨과 슬픔이 여느 고전시가에 비해 잘 드러나있다.

그러나 이 정도까지 가더라도 여전히 사랑을 하나의 흥겨운 놀이로 인식하는 지경에는 이르지 못한다. 그저 신나야 할 사랑이 어디 숨어있는 듯한 인상인데, 고전문학에서 가장 밝은 사랑노래를 꼽으라면 아무래도 판소리 〈춘향가〉의 한 대목인 〈사랑가〉를 꼽지않을 수 없다. 이 노래는 아예 독립된 민요처럼 불리기도 하여 잡가雜歌의 하나로 취급된다.

이리 오너라, 업고 놀자. 이리 오너라 업고 놀자.
사랑, 사랑, 사랑, 내 사랑이야. 사랑이로구나, 내 사랑이야.
이이이이 내 사랑이로다. 아매도 내 사랑이야.
니가 무엇을 먹으랴느냐? 니가 무엇을 먹으랴느냐?
둥글 둥글 수박 웃봉지 떼뜨리고, 강릉 백청을 따르르르 부워,
씰랑 발라 버리고, 붉은 점 웁벅 떠 반간 진수로 먹으랴느냐?
아니 그것도 나는 싫소.
그러면 무엇을 먹으랴느냐? 니가 무엇을 먹으랴느냐?
당동지지루지허니 외가지 당참외 먹으랴느냐?
아니 그것도 나는 싫소.
그러면 니 무엇 먹으랴느냐? 니가 무엇을 먹으랴느냐?
앵도를 주랴, 포도를 주랴, 귤병 사탕으 혜화당을 주랴?
아매도 내 사랑아. 그러면 무엇을 먹으랴느냐? 니가 무엇을 먹으래?
시금털털 개살구, 작은 이 도령 서는 듸 먹으랴느냐?
아니 그것도 나는 싫어.
아매도 내 사랑아.
저리 가거라. 뒤태를 보자. 이만큼 오너라 앞태를 보자.
아장 아장 걸어라. 걷는 태를 보자.
방긋 웃어라. 입속을 보자.
아매도 내 사랑아.[10]

이 대목을 판소리 현장에서 보면, 상당히 연극적으로 구성된다. 사랑에 달뜬 이 도령이 계속하여 춘향이의 환심을 사려고 애쓰는 과정이

고스란히 노출되는 것이다. 판소리는 1인극이어서 한 무대에 두 사람이 등장할 수 없지만, 창자는 고수를 상대로 1인 2역의 연기를 펼친다. 한 사람은 계속 무얼 먹겠느냐고 묻고, 한 사람은 한사코 싫다고 한다. 급기야 맛이 있기는커녕 주어도 못 먹을 것 같은 개살구까지 등장하는데, 바로 거기에서 에로틱한 분위기가 폭발한다. 보통 때 같으면 도저히 먹을 수 없는 음식이지만, 입덧이 심해서 달래려할 때 약으로 먹을 만한 것이 바로 개살구이기 때문이다. 춘향이는 그것도 싫다고 하지만, 이미 이 대목에서 남녀의 합환合歡이 암시되어있다. 그러면서 이 도령의 등에서 춘향이를 내려놓고는 걷게 시킨다. 걸으면서 보이는 교태를 확인하는 것인데, 앞태 뒤태를 지나 입속까지 샅샅이 보겠노라는 욕망을 분출한다. 사랑하는 이를 앞에 두고 네가 바로 내 사랑이라고 말하는 이 당연한 상황이, 고전문학에서는 좀처럼 보기 힘든 사랑의 현장으로 그래서 이 사설이 귀하다.

비련의 애정소설

고소설에도 남녀 간의 사랑을 다룬 소설이 있는가? 매우 어리석은 질문으로 보인다. 우리가 다 아는 〈춘향전〉이 애정소설인데 무슨 그런 쓸데없는 물음이 있겠는가. 그러나 정말 그런가 따져보면 선뜻 대답하기 어렵다. 우리가 가장 잘 아는 〈춘향전〉이 〈열녀춘향수절가烈女春香守節歌〉라는 제목으로도 불렸음을 떠올려보면 답이 금세 나온다. 말 그대로 한 열녀가 한 남자를 위해 수절한다는 말이 아니던가. 그러니 이 작품에서의 강조점은 둘 사이의 사랑이라기보다는 '정절' 또는 '열烈'이다.

그러나 우리가 아는 현대소설이나 드라마에서의 사랑은 그렇지 않다. 이 남자는 저 여자를 좋아하는데 저 여자는 다른 남자를 좋아한다거나, 죽도록 사랑하다가 한쪽이 배신하는 이야기이지 않은가. 소설만이 그런 것이 아니라 사람들이 흔히 겪는 평균적인 사랑이 그렇다. 그런데 불행하게도 고소설에서는 그런 사랑 이야기를 좀처럼 보기 어렵다. 유교 윤리에 얽매인 나머지 그런 사랑을 하기도 어려웠겠지만 그런 내용을 기록하는 일은 더더욱 어려웠을 테니까 당연한 일이다. 가슴 저린 짝사랑으로 말하자면 신라의 지귀志鬼 이야기를 따를 게 없다.

지귀는 신라 활리역 사람이다. 선덕왕의 미려(美麗)를 사모하여 근심하고 눈물을 흘려 모습이 초췌해졌다. 왕이 절에 향을 피우러 갈 때, (소문을 듣고) 불렀다. 지귀는 절의 탑 아래에 가서 왕의 행차를 기다리다가 홀연 깊은 잠에 빠져들었다. 왕은 팔찌를 빼어 가슴에 놓아두고 궁으로 돌아갔다. 나중에 잠에서 깨어나자, 지귀는 한참을 애통해 하였다. 마음에 불이 나와 그 탑을 돌게 되니, 즉 변하여 불귀신으로 된 것이다. 왕이 술사(術士)에게 명하여 주문을 짓게 했으니 다음과 같다.

지귀의 마음의 불이,
몸을 태우고 변하여 불귀신이 되었네.
창해(滄海) 밖으로 옮겨가,
보지도 말고 친하지도 말지라.

당시 풍속에 이 주문을 문벽(門壁)에 붙여 화재를 진압했다.[11]

이 이야기의 제목은 〈심화요탑心火繞塔〉이다. 글자 그대로 따라가보자면 '마음의 불이 탑을 두른다.'는 뜻이다. 어떤 본에서는 '두른다'는 뜻의 繞요 대신 '태운다'는 뜻의 燒소가 쓰이기도 하는데, 결국 마음의 불이 탑을 뺑 둘러 태운다는 의미에는 변함이 없다. 다만 후자가 불이 타는 모습을 직접 제시함으로써 더 강렬하게 느껴질 뿐이다. 짝사랑 탓에 애태우는 이야기는 수없이 많지만, 이 이야기의 특별함은 그토록 연모하던 사람을 직접 만날 수 있는 절호의 기회를 놓치고 말았다는 점이다. 그것도 다른 이유 때문이 아니라 자신이 깜빡 잠이 든 까닭이고 보면 어디 원망이나 하소연할 데도 없으니 더욱 답답했겠고, 이 마음이 곧 자신을 불태웠다. 주인공 '지귀'라는 이름이 "귀신에 뜻을 둔다."이고 보면, 사랑을 못 이루어 불귀신이 되었고 귀신이 되어서라도 사랑하는 사람을 가까이해 보겠다는 비장함이 읽힌다.

그러나 짤막한 설화의 특성상 주인공이 왜 선덕왕을 사모하게 되었으며 그렇게 죽어서까지 애달파할 정도의 사랑이 가능했던지 이유를 납득하기 쉽지않다. 이에 비해 소설로 가면 사랑의 개연성을 확보한 작품들이 속출한다. 초기소설인 김시습金時習의 《금오신화金鰲新話》에 있는 〈이생규장전〉이나 〈만복사저포기萬福寺樗蒲記〉가 애정문제를 다루고있고, 17세기에는 〈주생전周生傳〉을 필두로 〈운영전雲英傳〉, 〈위경천전韋敬天傳〉, 〈최척전崔陟傳〉 등이 속출한다. 이 가운데 〈만복사저포기〉와 〈이생규장전〉은 사람과 귀신의 사랑을 다룬 점에서 여느 사랑을 빗겨나 있고, 〈위경천전〉이나 〈최척전〉은 전란으로 사랑을 이룰 수 없거나 전란의 틈바구니에서 기이하게 헤어지고 만나는 과정이 더 부각되는 편이다.

귀신과 만나 사랑을 하든 전쟁 통에 만나고 헤어지든 기이하게 만나고 기이하게 헤어지는 이야기는 사랑 서사에서 빠질 수 없다. 만남도 헤어짐도 운명이라고 몰아붙이려면 인간적인 의도와 노력과는 별개로 어떤 일이 이루어져야 그럴법하기 때문이다. 위에 거명한 소설 가운데 〈이생규장전〉 같은 경우는 만남과 이별이 세 차례나 나오면서 여느 소설의 그것과 차별화된다.[12]

첫 만남-이별부터 보자. 대체로 이성 사이에 강한 끌림이 있을 때는 자신에 없거나 부족한 무언가가 상대편에 엿보일 때인데, 이 작품은 그 시작부터 남녀 주인공의 기질과 성격이 판이하게 다르다.

> 어찌하여 대청 위의 제비가 된다면야
> 주렴을 사뿐 걷어 담장 위를 넘어가리.(최랑의 시)

> 좋은 인연이 되려는지 나쁜 인연이 되려는지
> 하릴없는 시름 속에 하루가 1년 같네.(이생의 시)

남성성과 여성성을 함부로 재단할 수는 없지만 시만 놓고 본다면 최랑의 것이 훨씬 더 적극적이고 활달하여 남성적이다. 최랑은 주렴 밖 세계로 마음대로 갈 수 없는 신세이지만 제비를 보며 밖으로 나갔으면 하는 마음을 두고있다. 반면, 이생의 시를 보면 모처럼 좋은 기회를 맞으면서도 걱정근심 속에서 속을 끓이기만 하는 게 영락없는 샌님이다. 둘의 기질 차이 때문에 최랑이 "본디 당신과 더불어 평생 아내의 도리를 다하여 영원토록 즐거움을 누리고자 하였는데 낭군께서는 어찌하여 이렇게 말씀하십니까?"라며 결심을 굳히며 "훗날 규중의 비밀이 누설되어 부모님께 꾸지람을 듣더라도 제가 감당할 것입니다."라고 단호하게 대처하는 데 비해서, 이생은 어떤 결심도 헌신을 위한 의지도 보이지 않는다. 그리하여 여성이 적극적으로 나서보지만 소극적인 남성 탓에 더 이상의 진전 없이 각자의 길을 가게 된다.

두 번째 만남-이별에서는 이런 양상이 더욱 극적으로 전개된다. 이제 개인의 기질이나 성격을 넘어 가문과 가문의 격차에서 오는 이별이 문제가 되기 때문이다. 이생은 아버지의 엄명에 따라 영남으로 내려가고, 최랑은 속앓이를 하다가 부모님께 속사정을 이야기한다. 이로 인해 지체 높은 가문이었던 최랑집에서 적극 나섬으로써 이생과 최랑은 정상적인 혼인의 연을 맺게 된다. 최랑의 헌신과 희생에 의해 이루어진 혼인이었으나 외적의 침입으로 이별하게 되는데, 훼절을 꺼린 최랑은 기꺼이 죽음을 받아들이고, 이생은 맥없이 종적을 감추고 만다.

세 번째 만남-이별에서는 운명에 대한 순응이 문제다. 어쩔 수 없이 죽었으니 끝났다는 생각이라면 죽음으로 이별하여 비극적 종말을 맺으면 그만이다. 그러나 최랑은 그렇게 죽어서도 못 다한 사랑이 있어서 다시 모습을 드러낸다. 귀신이 되어 다시 나타난 최랑은, 그간의 소회를 피력하며 다시 한번 함께 살아볼 것을 청하고, 이생이 이런 제안을 선뜻 받아들임으로써 둘의 만남은 또다시 시작되었다. 이러한 재결합이 단순히 예전 상태로 돌아가는 데 그치지않는 것은 최랑이 사람이 아니라 귀신으로 나타났기 때문만은 아니다. 앞의 두 차례 이별에서 보인 이생의 무기력하며 수동적인 태도에 비하면 이번에는 대단한 변화가 감지된다. 이생은 최랑이 일러준 곳에 가서 재산을 되찾고 양가 부모님의 장례를 제대로 치른 후에 가히 '새 삶'을 산다. 그는 벼슬살이에 흥미를 잃고 오로지 최랑만을 사랑하며 살아가는 삶, 사랑을 위해 온전히 헌신하는 삶으로 들어선다.

이처럼 〈이생규장전〉은 개인적인 기질 차이를 넘고, 집안 간의 격차까지 뛰어넘었지만, 전란에 의해 죽어 영결永訣할 위기에서도 잠시나마 다시 사람의 모습으로 나타나 영원한 사랑을 이룬다는 〈사랑과 영혼〉 식의 러브스토리가 돋보인다.

귀신세계까지 오가지않고 벌이는 사랑이라는 현실성을 따지자면, 〈주생전〉과 〈운영전〉을 애정소설의 대표로 꼽을만하다. 먼저 〈주생전〉을 보자. 이 작품은 여느 고소설처럼 한 남자와 한 여자의 사랑 이야기가 아니고, 하늘이 정한 배필을 지상에서 만나는 이야기도 아니며, 더더군다나 사랑이 이루어져서 행복하게 살았다는 그런 뻔한 결말을 보이는 이야기도 아니다. 주인공의 설정부터가 그렇다. 주생은 명明나라 사람으로 똑똑하고 잘생긴 데다가 글재주까지 탁월하다. 이 점에서 〈주생전〉은 고소설의 일반적인 격식을 전혀 벗어나지 않는다. 그러나 불행하게도 과거에 급제하지 못하면서부터 이야기는 파격으로 치닫는다. 〈춘향전〉의 이몽룡처럼 무엇 하나 빠질 것 없는 주인공에게 결격이 생기는 게 아니라, 과거에 번번이 낙방하는 현실적 실패 때문에 실의에 빠지는 인물이기에 문제가 빚어지는 것이다.

과거의 실패를 경험한 주생은 "인생이란 게 미약한 티끌이 연약한 풀에 매달린 듯한 것인데 공명에만 매달려서 삶을 허송할 수 없다."며 자리를 박차고 일어선다. 그뿐 아니라, 비장의 자금을 꺼내 곧바로 배를 한 척 사서는 유람에 나선다. 백면서생白面書生에서 풍류객으로 갑자기 바뀐 셈이다. 이런 급변만 해도 평면적 캐릭터가 주종을 이루는 고소설로서는 파격인데, 더 놀랄 만한 사실은 그가 배를 사고 남은 돈으로 시중의 잡화들을 사고파는 '장사꾼'을 자청한다는 점이다.

한마디로 이 작품의 주인공인 주생은 '학문과 풍류와 장사'를 한데 아울러 놓은 인물이다. 그리고 그런 장점은 작품 중간중간에 적절히 활용된다. 그는 글솜씨를 유감없이 발휘하여 학문적으로 탁월한 능력을 보이는가 하면, 질펀하게 노는 풍류객다운 바람기를 보이기도 하고, 어려운 일이 닥치면 제법 장사치 같은 수완을 발휘하기도 한다. 그리고 이 세 가지 장점들이 모두 연애에 집약되면서 읽는 재미를 더해 준다.

주생이 배를 타고 유람하던 중, 어느 날 친구와 술을 마시고 크게 취해 잠이 들었는데, 다음 날 깨어보니 배는 알지 못할 곳에 떠있었다. 이곳은 바로 전당錢唐이라는 곳으로 주생의 고향이었다. 자연히 감상적인 기분에 빠져들었고, 해가 높이 뜨자 고향 친구들을 찾아나서기 시작했다. 그렇게 거리를 배회하고 있을 때 우연히 한 처녀를 만났으니 다름 아닌 기생 배도俳桃였다. 그녀는 주생의 어릴 적 동무였으며 지금은 집안이 몰락하여 기생이 된 처지로 재주와 미색이 전당 최고라는 그런 여자였다. 문제는 주생이 다분히 배도의 성적 매력에 빠져든 반면, 배도의 입장에서는 자신을 구원해줄 구세주로 여겼다는 점이다. 일반적인 고소설이라면 하늘이 맺어준 인연이네 어쩌네 하면서 굳은 맹세를 하기에 바빴겠지만, 이 작품에서의 결연은 서로의 현실적 요구가 절묘하게 맞아떨어지면서 이루어진다.

그런데 주생은 배도에게 하늘에 두고 사랑을 맹세하는 글까지 남겼지만 이상하게도 또 다른 여자를 기웃거리게 된다. 그것도 어디 먼 데 있는 다른 여자가 아니라, 배도 때문에 알게 된 집의 딸이었다. 배도가 불려다니던 이웃에 사는 노 승상 댁 딸 선화였다. 주생이 본 선화는 "아름다운 미소는 봄꽃이 새벽이슬을 머금은 듯"했으며 "배도는 그 소녀에 비하면 봉황에 섞인 갈가마귀나 올빼미요, 옥구슬에 섞인 모래나 자갈"이었다. 선화는 그때 열다섯 꽃다운 나이였음을 기억하자. 배도가 농염하고 성숙한 여성이었다면 선화는 앳된 소녀였으며, 배도가 기적에 이름이 오른 기생이었다면 선화는 명문귀족의 규수였으니 그럴 소지는 이미 충분하다.

그 둘 사이의 갈등은 사실 한 남성이 욕망하는 여성의 두 모습이라 할 수 있다. 주생은 노련한 여인을 꿈꾸면서 또 한편으로는 청순한 소녀를 동경하며 그 둘 사이를 오간다. 바로 이 둘 사이의 방황이 소설의 핵심이다. 그런데 이 둘 사이의 방황에는 단순히 애정문제뿐 아니라 사회적 신분 차이가 가로놓여져 있음에도 유념할 필요가 있다. 주생과 배도가 상하관계에 있던 것처럼, 선화와 주생 역시 상하관계에 놓여있어서, 단순한 애정 이상의 의미를 지니게끔 되어있다.

주생의 마음은 점점 선화 쪽으로 기울고, 마침내 노 승상의 아들을 가르친다는 명분 아래 주생이 그 집에 머무르면서 사태는 급변한다. 집에서 기다리는 배도는 아랑곳하지 않고, 주생과 선화는 밤마다 담을 넘나들며 사랑을 나눈다. 이로써 주생과 배도, 선화 사이의 끈질긴 삼각관계가 시작된다. 대개의 바람둥이가 그렇듯이 주생은 어느 한쪽에만 몰입하지 않고 다른 한쪽도 걱정하며 양편을 오가는 위험한 곡예를 펼친다. 하지만 결국 모든 것이 탄로나고, 주생은 두 여자 사이에서 옴짝달싹 못할 처지에 놓이고 만다. 마침내 주생은 배도에게 다시 돌아왔지만 배도는 전과 달리 주생을 냉랭하게 대했으며, 선화는 사랑하는 이를 보지 못하여 생병이 나고야 만다. 완전히 파탄에 이른 것이다.

결국 배도 역시 병이 들어 주생의 무릎을 베고 눈물을 흘리며 죽어 간다. 자기가 죽거들랑 선화를 배필로 맞아들이고 낭군이 다니는 길옆에 자기를 묻어달라는 유언을 남기고 슬픈 삶을 마감한다. 한 남자의 어설픈 사랑 놀음 때문에 한 여자가 죽고 만 것이다.

이야기는 여기에서 끝나지 않는다. 배도는 죽었지만 선화와의 뒷마무리가 남아있으니 그냥 끝날 수는 없지않은가. 주생은 다시 배를 타고 전국을 떠돌던 중 어느 친척 집에 머물게 되는데, 이 친척이 노 승상 댁과 절친한 사이여서 주생과 선화의 끊어진 인연은 다시 이어진다. 이제 두 사람은 정식으로 중매를 놓아 꿈에 그리던 혼인을 눈앞에 둔다.

바로 이 황홀한 기다림의 순간, 엄청난 운명의 그늘이 드리워진다. 조선에 임진왜란이 일어나자 명나라 군대가 원병으로 출정하며 글 잘하는 주생을 서기書記로 발탁하여 조선에 가게 된다. 더구나 주생은 급기야 병이 들어 더 이상 남하하지 못하고 개성에 머물러, 언제 명나라로 돌아갈지 알 수 없는 신세가 된다. 이렇게 이야기는 끝이다. 스토리로 볼 때 뒷이야기가 더 있어야할 것 같지만 작가는 이쯤에서 입을 다물어버린다. 그것도 개성에서 주생을 만나 들은 이야기를 전하는 것이라는 말로 글을 끝내버린다. 이처럼 결말을 맺지않는 방식 역시 고소설로서는 아주 희귀한 경우이며, 작품성을 높이는 중요한 요소이다.

이 작품을 애정에 초점을 두고 읽는다면, 세 명의 남녀가 서로의 사랑을 찾았지만 끝내 찾지 못하고 떠나가는 이야기이지만, 사회적 의미를 짚어보면 과거에 급제하지 못하여 몰락이 예견되는 한 남자와 이미 몰락했지만 남자를 통해 신분 상승을 꿈꾸는 여자, 또 몰락한 남자의 신분을 상승시켜 줄 수 있을만한 높은 신분의 여자가 펼쳐나가는 이야기이다. 운명론이라는 점에서 보자면, 아무리 사랑해도 결연에 이를 수 없는 경우가 있다는 사실을 여실히 보여준다. 특히 맨 마지막의 보류된 결말에서 더욱 그러하다. 결국 이 작품은 어느 바람둥이의 삼각 연애담이면서, 또 그 당시 사회의 한 면을 여실히 드러내고, 나아가서 어쩔 수 없는 운명의 힘을 넌지시 일러주는 작품이다. 즉 통속 작품인 듯하면서도 삶의 깊이를 깨우쳐주기도 하는 양면성을 지닌 묘한 작품이다.

사랑의 운명, 혹은 운명적인 사랑이라는 점에서 〈운영전〉은 타의 추종을 불허한다. 다른 것도 대개 그렇지만 사랑 역시 '금지된 사랑'이 재미있다. 연애 이야기는 어딘가 금지된 요소가 많을수록 더욱 절실하고 아름답게 느껴진다. 유부남과 처녀, 신분이 낮은 남자와 높은 여자, 당사자들은 좋아하지만 집안끼리는 원수인 경우 등등. 얼른 생각나는 것들만 쭉 떠올려보아도 거의 틀림없다. 고소설 속의 사랑 이야기도 여기서 그리 멀지않은데 〈운영전〉이 그 선두에 선다. 아홉 겹이나 된다는 구중궁궐九重宮闕의 벽을 뛰어넘는 사랑이 이 작품에서 펼쳐진다.

〈수성궁몽유록壽聖宮夢遊錄〉이라 불리는 데에서도 알 수 있듯이, 이 작품은 수성궁에서 벌어지는 사랑 이야기를 담고있다. 궁궐이란 데는 본시 왕과 왕자가 아니고는 온전한 남성이 있기 어려운 곳이다. 그곳은 여자가 한눈팔만한 남자도 없는 고립무원孤立無援한 곳이어서, 삼각관계는 고사하고 짝사랑이나 상사병 한 번 겪기도 어려운 곳이다. 물론 수성궁은 경복궁이나 창경궁처럼 임금이 거처하는 정식 궁궐이 아니고, 세종의 셋째 아들 안평 대군이 따로 거처하는 사궁私宮이라 좀 경우가 다르기는 하다. 그래도 궁녀들은 궁궐 주인인 안평 대군만을 바라보고 살아야 한다는 점에서는 여느 궁궐과 크게 다르지 않다. 이 궁 안에는 여주인공인 운영을 포함해 궁녀가 모두 10명이나 있었는데, 출입이 통제되었음은 물론 마음속으로 다른 남자를 그리는 기색이라도 비치면 혼쭐이 날 정도였다. 어찌 그런 일이 있겠냐고 반문하겠지만, 궁녀들이 지은 시에 그리움이 내비친다싶으면 트집거리가 되었던 것이다. 그런데 어떻게 궁궐 안팎의 남녀가 만날 수 있었을까?

안평 대군은 특히 문학에 조예가 깊은 사람이어서 많은 문인과 교유했는데 그중 한 사람이 이 소설의 남주인공 김 진사였다. 미남자인 그는 열넷에 과거에 급제하여 진사가 된 수재로, 어느 날 수성궁에서 안평 대군을 만난다. 김 진사가 지은 시 한 수로 그의 수준을 단번에 간파한 안평 대군은 그를 특별히 융숭하게 대접하고, 이 자리에서 김 진사와 운영의 운명적인 만남이 이루어진다.

여느 연애소설의 주인공처럼 이들 역시 첫눈에 반했음은 말하나마나이리라. 그러나 어쩌랴. 궁궐의 담이 갈라놓아, 그 뒤로 그들은 전혀 만날 수 없었다. 첫날 이후로는 김 진사가 궁궐에 들어와도 안평 대군은 어찌된 일인지 궁녀들과의 만남을 허락하지 않았던 것이다. 그러자 운영은 먼발치에서 바라만보다가 시를 한 수 지어 심회心懷를 풀어낸다.

> 무명옷 입고 가죽띠를 찬 선비여,
> 옥처럼 고운 용모 신선 같구나.
> 매양 주렴 사이로 바라보는데,
> 어찌하여 월하의 인연 맺지 못하는가.
> 얼굴을 씻으면 눈물은 물줄기를 이루고,
> 거문고를 타면 한은 줄이 되어 우네.

끝없이 쌓이는 마음 속의 원망을,

홀로 고개 들어 하늘에 호소하네.[13]

내용은 아주 쉽게 파악된다. '월하의 인연'이 무슨 말인지 모르는 사람이 있을 텐데, 이는 부부의 인연을 맺어준다는 전설의 노인인 '월하노인月下老人'을 가리키는 말로, 예전에는 중매쟁이를 이렇게 불렀다. 그러니까 이 시에는 김 진사와 결혼하여 살 수 없는 상황을 원통해하는 내용이 담겨있는 것이다. 그녀는 이 시를 적은 종이와 자신의 금비녀를 함께 싸서 김 진사에게 보내려하지만 쉽지않았다. 기회를 엿보던 운영은 어느 날 저녁 안평 대군이 선비들과 시회詩會를 가질 때 몰래 벽을 헐어 구멍을 내어 김 진사에게 봉투를 전한다. 집에 돌아와 이 편지를 읽어 본 김 진사는 애가 타 죽을 지경이었다. 이제 상대의 속마음은 훤히 알았지만, 자신의 뜻을 전할 방법이 전혀 없기 때문이었다.

그러나 뜻이 있으면 길이 있는 법. 수성궁을 드나드는 무당 편에 자신의 답장을 보내는 기지를 발휘한다. 기지라고는 하지만 이런 일은 목숨을 건 위험천만한 일이었다. 하지만 위험한 장사가 많이 남는다지 않는가. 대군의 여자와 외간 남자 사이의 이 위험한 왕래야말로 고소설의 스릴 넘치는 장면 가운데 단연 최고이다. 연애에서의 방해자는 연애의 강도를 높여 주는 감초일 뿐이다.

편지를 주고받았다면 다음은 당연히 몸이 오갈 차례. 하늘이 무너져도 솟아날 구멍이 있다고 운영에게 드디어 기회가 온다. 궁궐 밖 연회에 참석하게 된 것이다. 그녀는 이 절호의 기회를 놓치지 않고 궁궐 밖으로 나가 몰래 무당 집에 가서 김 진사와 상봉한다. 운영은 잠깐의 상면을 뒤로 하고 편지를 한 통 건네고는 밤을 타서 만날 것을 기약하며 떠난다. 구구절절한 편지를 읽은 김 진사는 그날 저녁 무당의 집에서 다시 운영을 만나고, 운영은 금가락지를 선물로 주면서 밤에 궁궐 담을 넘어와줄 것을 요청한다.

안평 대군 집터에 위치한 '무계동'이란 글씨가 새겨진 바위 ⓒ 김은실 외

그러나 어엿한 사대부로서 여염집 담장을 넘는 것도 못할 짓인데, 더구나 궁궐 담장을, 그것도 대군의 여자와 간통하려는 목적으로 넘는다는 것은 도저히 상상도 못할 일이다. 당연히 포기할 수밖에 없는 상황에서 한 하인이 나서서 사다리를 만들어주고 털로 만든 두툼한 버선을 마련해준다. 사다리를 타고 올라가서 다시 안쪽으로 옮겨놓은 뒤, 소리가 나지않게 살금살금 걸으라는 의도에서였다. 그러나 이 하인은 퍽이나 음흉한 사람이어서 이 기회에 한몫 잡으려는 생각뿐이었다. 이 와중에 안평 대군은 마침 비해당匪懈堂이라는 건물을 짓고 멋진 상량문上樑文을 구하나 마땅치않자 김 진사를 불러들인다. 그런데 그만 거기서 사단事端이 나고만다. 김 진사가 쓴 상량문 중에 '담을 따라 들어가 어둠을 타서 풍류를 도둑질한다.'는 구절이 있어서 안평 대군이 둘의 밀회를 눈치챈 것이다. 여기에 둘의 만남을 돕던 하인의 흑심까지 얽히면서 궁에서 내어온 보화를 독식하려 일을 꾸미던 중 소문이 나는 바람에 안평 대군의 귀에까지 흘러들었던 것이다.

결국 안평 대군은 궁녀들을 문초하여 그간의 일들을 소상히 알게 되고, 운영은 처형당하기 직전 스스로 목을 매 자살한다. 이 사실을 안 김 진사는 하인이 가지고 있던 남은 재화를 털어 절에 가서 재를 올린다. 그리고 김 진사 역시 목욕재계하고 단식한 지 나흘 만에 세상을 떠난다. 김 진사와 운영의 슬픈 사랑 이야기는 이렇게 끝난다. 줄거리만으로는 사랑의 절절함이 제대로 드러나지않겠지만, 분명한 사실은 이 소설이 사랑만 이야기하는 통속적인 멜로물이 아니라는 점이다. 사랑으로는 못할 게 없다는, 그 위대한 힘을 보여주는 한편에서는, 그런 사랑이 있어도 서로 그 사랑을 온전하게 지킬 수 없게 만드는 폭압을 보여준다. 부인도 있는 안평 대군이 젊은 여자를 열 명이나 데리고 놀면서 바깥세상과의 교류를 막고 독점하는 점이 노출되면서, 사실은 김 진사와 운영에게 죄가 있는 것이 아니라 그들을 불륜으로 몰고가는 그 답답한 제도에 죄가 있음을 말했다고 하겠다.

사랑을 넘어, 성 혹은 정욕

사랑이 남녀 간의 사랑으로 한정되는 한, 사랑과 떨어질 수 없는 것이 바로 성性이다. 어찌 보면 이성 간의 사랑이란 남녀 간의 정욕情慾이 바탕에 놓인 것이기도 하다. 고전문학이라고 해서 현실적으로 존재하는 성性의 문제를 아주 등한시할 수는 없다. 다 아는 대로 음담 같은 데서 정욕을 적나라하게 드러내는 경우도 있지만, 이 경우는 사랑과는 구분되는 특수한 욕망을 부각시킨 예가 많다. 이에 비해, 인간이라면 마땅히 성욕을 긍정적으로 해소해야 한다는 점을 바탕에 둔 작품에서는 성과 사랑이 분리될 수 있는가 하는 심각한 문제를 다루게 된다.

정철鄭澈과 진옥眞玉이 화답한 시조는 기록문학으로는 보기 드물게 성적인 분방함을 담고 있다.

> 옥(玉)을 옥이라커늘 번옥(燔玉: 돌가루를 구워만든 옥)만 여겼더니
> 이제야 보아하니 진옥(眞玉)일시 적실하다
> 내게 살송곳 있더니 뚫어볼까 하노라. (정철)[14]

> 철(鐵)이 철이라커늘 무쇠 섭철(순수하지 못한 쇠) 여겼더니
> 이제야 보아하니 정철(正鐵)일시 분명하다
> 내게 골풀무(바닥에 골을 낸 풀무) 있더니 녹여 볼까 하노라. (진옥)[15]

주거니받거니 하는 폼이 예사롭지 않다. 둘 다 상대방의 이름을 가지고 언어유희를 하는데, 놀랍게도 남녀의 성기를 거론한다. 정철은 기생 진옥이 모조 옥이 아니라 진짜 옥인 것을 알았으니 자기의 살송곳, 곧 성기로 뚫겠다고 했다. 요즘도 하기 어려운 성적인 도발이다. 그러자 진옥은 그에 지지않고 정철이 순수하지 못한 철인 줄 알았더니 제대로 된 철임을 알았다고 하면서, 그렇지만 자신이 가지고 있는 풀무 곧 여성 성기로 들여서 녹일 수 있다고 했다. 마치 창과 방패처럼 서로 질펀하게 성적 농담을 해대고있다. 문헌에서 진옥이 송강 정철의 첩으로 기록되어있는 걸 보면, 둘의 관계가 뜨내기로 스쳐 지난 것 같지는 않고 그래서 단순한 욕정을 드러내는 걸 넘어선다.[16]

그러나 성性의 건강함이 담보되지않을 때, 도리어 우울하게 기록되기도 한다. 《기문습유記聞拾遺》에 있는 어떤 환관 이야기가 그런 예이다.

주인공은 환관으로 꽤 부유하게 살았는데, 어느 날 하인들에게 명하여 나가서 길 가는 과객 중 과거 보러가는 선비가 있거든 누구든 가리지말고 모셔 오라고 했다. 하인들이 나가보니 마침 초라한 행색의 선비 하나가 지나고있어서, 강제로 잡아들이다시피 모셔 들였다. 선비가 집에 들어가자 환관은 예우를 다하여 좋은 음식과 술로 대접하였다. 선비가 하룻밤 묵게 되었는데 밤이 되자 웬 여인이 방에 들었다. 여인은 선비더러 자기 배 위에 올라 소 울음소리를 내며 합방할 것을 권했고 옥신각신하다가 그리하였다. 다음 날 아침, 환관은 선비가 과거를 제대로 치를 수 있는 만반의 조치를 취해주었고, 선비는 그 덕에 합격하였다.

선비가 급제하여 돌아가던 길에 다시 환관의 집에 들르자, 환관은 그 곡절을 이야기해주었다. 그 미인은 오갈 데 없는 처지의 고아를 자기가 데려다 기른 것이며, 미색도 있고 재주도 있었지만 자신이 환관이어서 안타까웠다고 했다. 마침 황소 한 마리가 여자의 배에 걸터앉았다가 변해서 용이 되는 꿈을 꾸고는 그것이 태몽인 걸 알아서 그런 일을 하며 방사를 치러 귀한 자식을 낳게했다는 것이다. 환관은 선비에게 이제 그 여자를 데려가, 자기와의 인연을 끊고 잘 살라고 했다. 이야기를 채록한 사람은 이야기 끝에 그가 '의환義宦', 곧 의로운 환관이라 칭했고, 이 이야기를 수록한 번역본의 제목 역시 〈의환〉이다. 자기가 데리고있는 여자의 성욕을 풀어줄 수 없기에 기꺼이 다른 사람의 아내가 되게 해주는 그 마음을 의롭다고 본 것이다. 이는 그 여자를 아끼는 마음이 없이는 나올 수 없는 처사여서, 사랑하는 마음을 온전히 지켜내기 위해 다른 남성과의 혼인을 주선해주었다 하겠다.

작품 속 환관이 읊조린 시는 그 마음을 오롯이 담고있다.

만물이 음양을 갖추었는데,
나 호올로 그렇지 못함을 슬퍼하노라.
열여섯 춘규(春閨)의 여자가
석양에 꽃을 대해 눈물을 흘리놋다.[17]

이 시에 담긴 마음이 바로 여인을 다른 남성에게 보낸 사랑의 마음이다. 욕심 같아서는 데리고 살고싶겠지만, 음양의 이치를 온전히 드러낼 수 없는 자신의 처지를 생각하면 그럴 수만도 없었다. 해질녘이야말로 사람들이 이제 집에 들어가서 남녀 간의 정을 누리겠다 생각할 때인데, 이 여인은 꽃을 보고 눈물을 흘리고있다. 꽃 같은 청춘이 더욱 서럽게 느껴지기 때문인데, 그런 여자를 애처롭게 바라보는 화자의 심성이나 느낌이 잘 드러나있다. 말로야 사랑하면 그만이라고들 하지만, 이성 간의 사랑에서 성性이 배제되기 어려운데 이 야담은 바로 그런 문제를 깔끔하게 짚어냈다.

상황이나 시각이 조금 다르기는 해도, 야담 가운데 성 문제를 정면으로 다룬 작품들이 제법 있다. 《청구야담靑邱野談》에 수록된 〈권 선비가 비를 피하다 기이한 인연을 만나다權斯文避雨逢奇緣〉를 보면, 역시 음양의 이치를 모르고 수절하는 스물너댓 살의 젊은 여인이 등장한다. 열다섯에 결혼하여 남편을 여의었는데, 남편이 어렸던 까닭에 처녀과부가 된 사람이었다. 권씨 성을 가진 선비가 성균관에 시험 치러 가던 길에 소나기를 만나 어느 집 추녀 밑에서 비를 피하고있었다. 무료함을 달래기 위해 담배라도 피우려했으나 마침 불이 없었다. 그래서 "불이나 있으면 담배나 한 대 피울 걸."하며 중얼거리는데, 안에서 그 말을 들은 여인이 불을 내어보냈다.

그렇게 말이 오가다가 주인 여자는 안으로 들어와서 비가 그치거든 가라고 했고, 선비는 그 말대로 안으로 들어갔다. 여자는 시험을 치고 돌아오면 너무 늦을 테니 하루 묵어가라고 했고, 선비는 그렇게 했다. 그리하여 둘은 자연스럽게 동침을 하고, 권 선비는 그 이후로도 종종 그 집에 들러가곤 하였다. 어느 날 권 선비가 그 집에 들어가보니 웬 노인이 있었는데 바로 그 여인의 시아버지였다. 며느리가 처녀로 늙어가는 게 안타까워서 개가를 권했으나 한사코 거절하는 바람에 못 이루었는데 권 선비 덕분에 마침내 소원을 이루게 되었다며 감사하는 것이었다.

이로부터 권 선비는 더욱 거리낌 없이 그 집을 드나들었는데, 노인은 권 선비의 본처가 죽어 장례를 치르느라 진 빚까지 다 대신 갚아주고 3년 후 죽었다. 그런데 노인의 초상을 치른 후, 여인은 그간 자신이 수절을 꺾은 것은 오로지 시아버지의 뜻 때문이었는데 이제 시아버지께서 돌아가셨으니 세상에 더 머물 까닭이 없다고했다. 권 선비가 아무리 말려도 여인은 몰래 자결하고말았다.

앞의 이야기가 보여준 아름다운 결말과는 정반대로 치닫는 게 다르지만 성의 중요성을 강조하는 점은 크게 다르지 않다. 여인이 이야기의 결말부에서 "음양의 이치를 안 다음에야 그날로 죽어져도 만만 무한無恨이옵지만, 시부께서 자녀 간에 아무도 없이 오직 제 한 몸을 의지하고 계시는데…"라고 한 진술은 시아버지에 대한 갸륵한 효성에 방점이 찍히기는 했어도, 그 앞에 서술한 대로 음양의 이치라는 게 그걸 알았으니 죽어도 좋을 만큼 중요한 것이라는 점이 은연중 드러나 있다.

그래서 실제 부부간에도 성 문제가 원만하지 못하면 파탄에 이를 수 있음을 드러내는 작품들이 등장하는데, 민요 한 수를 보자.

여게 꽂고 저게 꽂고
쥔네 양반 크게 꽂고
꽂기상 꽂지마는
음산이 져서 안된다[18]

모내기 노동에서 불리는 〈모노래〉여서 자연스럽게 '꽂는다'는 표현이 나왔다. 농사일은 매우 힘든 일인 데다, 모내기는 물에 빠져가며 손끝으로 질펀한 논바닥을 쑤시는 노동이어서 더욱 힘들게 느껴졌을 것이다. 이런 힘든 일을 조금이나마 수월하게 해나가려면 두 가지 방향이 가능하다. 노동의 고통을 잠시나마 잊을 수 있는 쾌락을 찾아보는 것이 그 하나이고, 노동 후의 보람에 대해 생각해보는 것이 또 그 하나이다. 전자의 견지에서 사랑이나 성性은 동원하기 쉬운 것으로, 실제 노동 현장에 투입되는 사람이 젊은 층이어서 더욱 공감되었을 것이다.

여기에서의 화자는 상민일 것이고 주인집 논에 모를 심는 중일 텐데, 여기저기 꽂으면서 주인 양반(마님) 거기에 꽂는다는 외설스러운 말을 하고 있다. 그런데 거기에다 꽂기는 해도 그늘이 져서 안 된다고 했으니, 자신들처럼 건강한 성이 못 되는 것을 조롱하는 기운이 역력하다. 가진 게 없어서 남의 일을 하는 처지이지만 자신은 사랑하는 사람과 건강한 성생활을 잘하고 있다는 은근한 자부심까지 엿보인다. 반대로 성생활을 제대로 하지 못하는 데 대한 푸념이 드러나기도 한다.

뒷동산에 딱따구리는 없는 구멍도 잘 뚫는데
우리 집에 저 문둥이는 있는 구멍도 못 뚫나[19]

남편의 성적 능력이 부족한 데 대한 푸념인데 딱따구리를 등장시켜서 성행위를 노골적으로 드러내고있다. 밤일을 잘 못하는 남편이 경상도에서 못난 사람을 가리키는 속어로 쓰곤하는 '문둥이'로 전락하는 데서 사랑과 성이 분리될 수 없는 것임이 분명해진다. 더욱이 이런 노래가 농사일을 하는 노동요에 등장하는 것이고 보면, 성性 자체가 갖는 생산력 내지는 번식력을 통해 풍요의 주술로 연결될 소지가 다분하다. 부부나 연인 간의 일이나 농사일이나 다 이쪽과 저쪽이 만나서 새로움을 만들어내는 특별함을 공통분모로 한다 하겠다.

성적 묘사가 잘 드러나는 민요 한 수를 더 보자.

각각집에 돌아가서
이팝보리밥을 많이 먹고
신짝 같은 혀를 물고
쇠부랄 같은 젖통을 쥐고
북통 같은 배를 대고
마누라궁둥이로 빼비삭거리면
새끼농부가 쑥불거지니
이런 경사가 또 있느냐.[20]

도무지 에둘러가는 법이 없다. '신짝 : 혀, 쇠부랄 : 젖통, 북통 : 배'의 대응은 매우 직설적이다. 육체의 아름다움을 표현하려 든다면 좀 더 고상한 사물이 많을 텐데, 모두 일상생활에서 주변에서 흔히 보는 것들인데다가, 신었다 벗었다 하는 신짝이나, 덜렁대는 쇠부랄, 소리를 내는 북통이 상기하는 시각적, 청각적 이미지가 묘한 연상을 하게한다. 그리하여 쌀밥보리밥을 푸지게 많이 먹고 힘을 쓴 결과 자식이 쏟아져나오니 경사라 했다. 그저 아이가 아니라 어린 일꾼임을 강조한 게 짠하기는 해도, 각자의 집에서 부부간의 건강한 사랑의 결과 자식을 보는 흥겨움이 드러나있다.

한편 사랑은 없이 정욕만 드러나거나, 정욕 때문에 이성을 잃어버리면 그것이 진짜 사랑인지 의문스럽게 된다. 한편에서는 사랑이라 여겼지만, 다른 한편에서는 상대의 그런 마음만 이용하고 마는 경우가 생기는데, 얼뜨기 사랑이거나 치정癡情에 그칠 수 있다. 고소설에서 '훼절소설'이라는 말을 쓸만한 작품들이 그런 예가 되겠는데, 대표적인 작품이 〈배비장전〉이다. 이 작품의 기둥줄거리는 여주인공의 남주인공 농락이다. 배 비장은 애랑의 사랑을 굳게 믿고 그가 시키는 대로 하지만, 결국 뒤주 속에 갇혀 망신만 당하고만다. 배 비장이 자신은 정조를 잘 지키는 굳센 인물임을 강조하지만, 기생 애랑에 의해 훼절하는 줄거리다.

김경이 제주목사로 부임하러 가는 길에 배 비장은 예방禮房의 소임을 맡아 따르게 되었다. 그때 배 비장의 아내는 제주도가 색향이라 주색에 빠질 것을 걱정하였으나 배 비장은 자신은 절대로 여색을 가까이 하지 않겠노라고 호언장담했다. 그러나 현실은 말과 달라서 배 비장은 애랑의 계략에 빠져 헤어나오지 못하고만다. 남주인공에게는 평소 소신이나 체면을 돌보지않는 사랑이었으나, 여주인공 애랑을 비롯한 다른 사람에게는 그저 한 남성의 훼절을 두고 벌이는 내기 내지는 게임에 지나지않았다. 작품의 주조는 도덕군자연하던 배 비장의 위선을 폭로하는 것이겠지만, 한편으로는 순진한 배 비장이 교활한 기생에게 농락당하는 서사이기도 하다.

〈배비장전〉 같은 경우는 비록 남녀 상호 간의 아름다운 사랑이 못 된다 해도 사랑이 개입된 서사임에 분명하다. 그러나 고전문학에서도, 사랑이 이루어지는 특별한 과정 없이 단도직입적으로 성행위를 하고 성행위의 노골적 묘사가 이루어지는 작품도 없지않다. 판소리 〈변강쇠가〉의 일부를 보자.

> 천생 음골(陰骨) 강쇠놈이 여인 양각(兩脚) 번 듯 들고 옥문관(玉門關)을 굽어보며, "이상히도 생겼다. 맹랑히도 생겼다. 늙은 중의 입일는지 털은 돋고 이는 없다. 소나기를 맞았던지 언덕 깊게 파이었다. 콩밭 팥밭 지났던지 돔부꽃이 비치었다. 도끼날을 맞았던지 금 바르게 터져 있다. …"[21]

변강쇠와 옹녀가 만난 당일 성행위가 이루어지는데 이 장면은 옹녀의 성기를 묘사하는 대목이다. 모두 다 적기 민망할 만큼 성기를 적나라하게 그려내는데 뒤이어 옹녀가 변강쇠의 성기를 보고도 같은 방식으로 묘사한다. 남녀 성기를 가리키는 말조차 직접 하기를 꺼려서 에둘러 말하는 언어습관에 비하자면 파격 중의 파격이다. 여기에서 더 나아가면 아예 성기 자체를 그려내는 것만으로 작품을 완성하는 〈주장군전〉이나 〈관부인전〉까지 있을 정도이니 고전문학이라고 해서 성을 금기시한 것만은 아니라는 점을 알 수 있다.

제 6 장

자연

전원, 땅, 풍경,
그리고 이상세계

*자연은 우리에게 걸을 수 있는 발을 주었듯
우리 삶을 인도할 신중함도 주었다.
_ 몽테뉴

인간과 자연

요사이는 덜한 것 같지만 나만 해도 주위 어른들께 '인생무상人生無常'이라는 말을 들으며 자랐다. 정확한 뜻이 무언지 몰라도 퍽이나 비감한 어조로 들렸는데, 나중에 공부하며 보니 '무상無常'은 말 그대로 일정함常이 없음을 가리키는 것이었다. 항상 일정한 것이 없이 흐르고 변한다는 것인데, 그렇다면 세상 모든 것이 다 그렇지 않을까 하는 생각이 들지 않을 수 없다. 세상만사, 천지만물 가운데 변하지 않는 것이 어디 있을까. 만약 다들 그렇게 변하는 것이라면 굳이 인생에만 무상이라는 말을 쓰는 게 우스운 일인데, 바로 이 지점에서 인간의 반대편에 한 짝을 이루는 게 자연이다. 인간은 일정함이 없지만 자연은 늘 일정한 것이 있다고 여기기 때문이다.

현대 같은 첨단과학의 시대에도 자연의 위용 앞에서 한없이 나약해지는 것이 인간이고 보면 전통사회에서 자연 앞에 느끼는 경외감은 대단히 컸을 것이다. 인간의 삶이 무상하며 유한有限한 데 반해, 자연은 유상有常하며 무한無限하다는 생각에서 자연을 예찬하고 숭배하는 문학이 산출되는 것은 당연한 일이다. 그러나 자연은 그렇게 인간의 바깥에서 이질적으로 존재하는 것만이 아니라, 인간의 삶이 근거하고 있는 터전이기도 하다. 온갖 인공적 재료로 구축된 고층빌딩에 살면서는 느끼지 못할 자연이, 땅바닥 바로 위에 자연의 재료로 지어낸 집 안에 살 때는 훨씬 더 친근하게 다가온다. 집 밖에 나가면 만나는 텃밭이나 마을 어귀의 산소조차도 다 자연의 일부이기 때문이다.

이렇게 본다면 전통사회에서의 자연은 불변하는 외경의 대상으로서의 자연과 생활의 터전으로서의 자연으로 양분할 수 있다. 물론 그 둘이 정확하게 배타적인 영역을 설정할 수는 없겠지만 자연을 대하는 태도를 그렇게 나누는 데 큰 무리가 없어 보인다. 이 둘은 사실은 전통사회뿐만 아니라 현재까지도, 어쩌면 동서고금이 크게 다르지 않은 두 방향이다. 그런데 고전문학에서 자연을 이야기할 때에는 그 둘과는 전혀 다른 방향이 있어서 주목할 필요가 있다. 자연을 단순히 멀리 있는 외경의 대상이거나 가까이 함께하는 생활공간으로만 보지 않고, 자연에서 천도天道 같은 것을 추구하는 도학적 접근 또한 가능하기 때문이다. 특히 성리학으로 무장한 조선조의 유자儒者라면 자연을 벗 삼으며 즐기는 데 그치는 게 아니라 그 안에서 학문을 닦으며 인격을 수양해나갔다.

인간과 자연의 관계라는 점에서 위 셋을 정리해보면 이렇다.

첫째, 자연은 인간 혹은 인간이 사는 세상과 상반되는 공간이다. 인간이 사는 곳이 극심한 변화 속에 종잡을 수 없는 곳이라면 자연은 늘 일정한 모습으로 그 자리에 있다. 그래서 자연에서 사는 것은 편안한 공간에서 휴식을 취하는 것이면서, 번잡한 속세를 벗어나는 일이 된다. 자연은 더할 나위 없는 아름다움을 지니고 있고, 인간에게 흥취를 불러일으키는 대상이 된다. 나아가 인간세계에는 없는 황홀경을 선사하기도, 세상살이에 지친 사람들에게 유토피아를 구현해주기도 한다. 이 경우 자연은 심미審美의 대상이자 휴식처이고, 마음의 위안을 얻는 곳이다.

둘째, 자연은 삶의 터전이자 자양분의 공급처이다. 농경사회에서 자연의 의미는 사실상 땅과 동격이라고 보아도 무방하다. 땅을 딛고 살아가는 존재여서가 아니라 땅에서 수확되는 것들로 생계가 이어지기 때문이다. 땅에서 일하며, 그렇게 해서 땅에서 나오는 것으로 먹고살며, 땅에서 자고, 급기야는 죽어서 땅으로 돌아간다. 자연을 벗어나면 사실상 삶이 종식된다고 보아도 무방하다. 이 경우 자연은 노동의 괴로움과 수확의 즐거움이 있는 곳이며, 인간을 넉넉하게 보듬어줄 수 있는 여유로운 안식처이다.

셋째, 자연은 곧 인간에게 천지만물의 이치를 드러내는 단서이다. 이런 자연관에서는 해가 뜨고 지는 일상이나, 철이 바뀌어 새로운 계절이 오는 이치가 곧 천도天道가 구체적으로 발현되는 대상으로 인식된다. 도학자로 명망이 높은 학자가 자연에 깃들면, 그 구체적 공간에서 세상의 이치를 깨치며 즐거워하는 일이 왕왕 있었다. 때로는 벼슬을 물리고 치사致仕하여 고향에서 제자를 가르치며 이치理致를 궁구하기도 했고, 때로는 뜻밖의 귀양살이를 통해 속세에서 등한시했던 오묘한 도리를 알아내기도 했다. 이 때문에 요즘으로 치면 기행문이나 기행시라고 할 법한 많은 작품들에서 심오한 철학을 담아낸 문학이 양산되었다.

전원, 혹은 속세의 탈피

한문학 전통을 더듬어보면 도연명陶淵明의 〈귀거래사歸去來辭〉가 하나의 문학 관습convention으로 굳어져서 전원으로 갈 때는 으레 본래 있어야 할 곳으로 '돌아가는歸去來' 것으로 기술하곤 했다. 도연명은 고향을 떠나 10여 년간 벼슬살이를 했으나 그의 표현대로 "쌀 닷 말에 허리를 굽히는" 일을 거부하고 고향의 전원생활을 택했다. 물론 여기에는 당대의 현실이 녹록지 않은 상황이 반영되어 있으나, 단순히 타락한 세상이 싫어 피했다고 치부하기 어려운 것이 자연과 함께하며 그 속에서 철학적 사유를 거둬내고 있기 때문이다. 김시습金時習은 도연명의 시에 화답하는 '화도和陶'라고 이름 붙인 시를 무려 66편이나 남겼다.

아침이 와도 닫힌 문을 열지 않는데　朝來不啟關
때때로 바람이 불어와 절로 여네.　時有風自開
대낮에 북쪽 창가에 누우면　晝日臥北窗
일이 세상과 서로 위배되고　事與世相違
도(道)와 시속(時俗)이 많이도 어긋나네.　道與時多乖
뭇 사람들 내가 우활하다 비방하면서　衆人訕我迂
"어찌 진흙탕에서 뒹굴지 않으시오."라고 하네.　何不淈其泥
그렇다고 할지라도 촌구석의 노래를　雖然下里曲
고아한 〈양춘곡〉과 더불어 부를 수는 없는 법.　不與陽春諧
사람들은 나더러 미친 짓에 능하다고 하지만　人謂我能狂
나는 오히려 사람들이 미혹되지 않기를 바라네.　我願人不迷
그러므로 군자의 뜻은　所以君子志
굳세고 강하여 돌리기 어렵다네.　剛強難可回.[1]

방외인으로 살았던 김시습의 속내가 잘 드러난 시이다. 문을 열 때가 되면 때맞춰 바람이 불어와 절로 열리는 편안하고 한가로운 삶을 노래하면서, 이렇게 평온하게 살아가면 마음을 넓게 수양할 수 있음을 자부한다. 속세에 살다보면 몸과 세상, 도와 시속이 어긋나는 법이니 사람들이 자신을 미쳤다고 하겠지만 뜻을 굳세게 하여 전원생활을 이어나가는 것이 군자다운 기풍을 지켜나가는 길이라 여기고있다. 거꾸로 보자면 세속에서 부대끼며 느꼈을 괴로움이나, 자연으로 돌아와 살지 않았다면 놓쳤을 법한 일들을 늘어놓은 것이라 보아도 무방하다.

그러나 한시를 익히지 않은 사람이라고 해서 전원시를 짓지 못할 것도 없고, 어떤 의미에서는 도리어 관념화하지 않은 전원이 자연스럽게 등장할 수도 있다. 고려가요 중 가장 널리 알려진 〈청산별곡〉을 보자.

살어리 살어리랏다
청산에 살어리랏다
멀위랑 다래랑 먹고
청산에 살어리랏다
얄리 얄리 얄라셩 얄라리 얄라[2]

모두 8연 가운데 1연인데 화자는 "살어리랏다"를 읊조리고있다. 현대어로 풀자면 "살아가리로다." 정도의 뉘앙스를 가진 말이고 보면 청산에 살겠다는 다짐이며, 머루나 다래 같은 산에서 나는 열매나 먹고 욕심 없이 살아가겠다는 염원을 담고있다. 그런데 2연으로 가면 느낌이 조금 바뀐다. 매우 밝은 톤이었던 것이 갑작스럽게 "울어라, 울어라 새여!"라는 애상조哀傷調로 급변한다.

울어라 울어라 새여
자고 일어 우러라 새여
널라와 시름 한 나도
자고 일어 우니로라
얄리 얄리 얄라셩 얄라리 얄라

아침에 새소리에 깨는 일은 상당히 낭만적이다. 그러나 그 소리를 '노래'로 듣지 않고 '울음'으로 듣는 데 이 시의 묘미가 있다. 대체 무슨 슬픔이 크기에 일어나자마자 저리 울까 생각하다가 문득 자신을 되짚어본다. 지금 밖에서 울고 있는 저 새보다 더 시름걱정이 많은 나도 역시 그렇다고 한다. 1연과의 격차가 매우 크게 느껴진다. 물론, 이 시를 어떤 이유로든 여기저기 떠돌아다닐 수밖에 없는 유랑민의 참상으로 본다면 1연 역시 먹을 게 없어서 산의 열매에나 의지하며 사는 딱한 처지로 볼 여지가 있다. 그러나 그렇게 보기에 노래의 톤은 명랑쾌활한 편이다.

그 뒤로 이어지는 여러 연들에서 외로움을 호소하기도 하고, 바다나 놀이마당 등을 전전하는 애상哀傷이 드러나는 것도 사실이지만, 맨 마지막 연의 종결은 술 마시며 노닐겠다는 주흥酒興이다. 뜬금없는 술타령 같지만 술을 빚어 붙잡는데 내가 어쩌겠느냐며 슬쩍 못 이기는 체하고 주저앉는다. 청산으로, 바다로, 장바닥으로 돌아다니는 게 피곤할 법도 하지만, 그 가운데 이런 소소한 낙이 있다. 산에 가면 머루와 다래를 먹고, 바다에 가면 해초와 조개를 먹는 소박한 삶 가운데 이러저런 시름들이 있기는 해도 가다가 장마당에서 벌어지는 해금 연주도 듣고 술도 한 잔 하면서 건강하게 살아가는 모습이다. 자연이 태평성대나 무릉도원은 못 되어도 세파에 시달리며 힘겹게 지내는 것보다는 한결 나을 것이라는 자기 위안의 자세가 엿보인다.

생각해보면, 세속에 산다는 것은 그저 자연이 아닌 도회지에 산다는 것만 뜻하지 않는다. 때로는 도회지에서 문명의 첨단을 누리면서도 탈속脫俗한 인사들도 제법 있고, 심산유곡에 숨어 살면서도 세상 소식에 촉각을 곤두세우는 사람도 있기 때문이다. 이런 의미에서 세속은 '사람들' 혹은 '사람과 사람 사이'의 또 다른 이름일 수도 있다.

> 농암(聾巖)에 올라보니 노안(老眼)이 유명(猶明, 오히려 밝음)이로다
> 인사(人事) ㅣ 변한들 산천(山川)이딴 또 가실가
> 암전(巖前)에 모수모구(某水某丘, 아무 물 아무 언덕)이 어제 본 듯하여라[3]

호를 '농암聾巖'이라고 했던 이현보李賢輔의 〈농암가〉이다. 농암은 말 그대로 귀머거리바위를 말한다. 물 떨어지는 소리가 얼마나 큰지 그 옆에서는 아무 소리도 안 들려서 마치 귀머거리처럼 된다 해서 그리 이름이 붙여졌다고 한다. 그런데 이 시조에서는 그렇게 멀쩡한 사람도 귀머거리처럼 되는 바위에 올랐더니 '도리어 눈이 밝아졌다猶明'고 했다. 세속의 때를 씻어서 세속의 소리 때문에 듣지 못하던 것을 잘 들을 수 있게 되었기 때문이다. 그러면서 산천의 불변함을 칭송했는데, 사람의 일이 조변석개하는 데 대한 반발이다. 그래도 다행인 것은, 늘그막에 벼슬을 물리고 고향으로 내려와 보니 예전에 보던 농암 앞에 있는 산과 물이 마치 어제 일처럼 그대로인 점이라고 했다. 마치 돌아온 탕자를 품어주는 늙은 부모처럼 시인에게 농암이라는 자연물이 그러했다.

경상북도 안동 농암종택을 둘러싼 분강과 농암바위 ⓒ 농암종택

이렇게 자연과 함께할 때의 가장 좋은 점은 다른 사람과의 관계에 휩싸이지 않아도 된다는 것이다. 만약 그 속에서 저만의 즐거움을 누릴 수 있다면, 탈속脫俗의 기쁨은 배가된다. 그래서 전원에 사는 사람들도 인위적으로 일구어놓은 논밭이 있는 곳을 떠나 명산을 찾아다녔고, 그런 곳이 유토피아적인 의미로 다가서곤 했다. 그런데 이런 유토피아를 찾아드는 것은 단순히 세상이 싫은 이유만으로는 설명하기 어렵다. 거기에 자신의 능력에 걸맞지 않게 부당한 대우를 받는다는 생각까지 겹칠 때 속세에 대한 염증이 더해지면서 이 세상이 아닌 유토피아를 찾게 되는 것이다.

우리나라 한문학을 열어준 신라 최치원崔致遠 같은 경우, 대단한 능력에도 불구하고 자신의 기대만큼 세상에서 크게 쓰이지 못했고, 그래서 그가 세상을 등지고 신선이 되었다는 이야기는 널리 퍼져있다. 그 일이 사실이든 아니든 그가 그렇게 세상을 등졌다면 가야할 곳은 정해져있는지도 모른다. 지리산의 화개동花開洞은 겨울에도 꽃이 핀다고 해서 붙여진 이름으로, 거기야말로 신선으로 숨어들기에 안성맞춤인 곳이다. 최치원의 문집에 전하는 것은 아니지만, 이수광李睟光의 《지봉유설芝峯類說》에는 최치원이 친필로 썼다는 시 열여섯 수를 직접 보았다며 최치원의 작품이 틀림없다고 확신하여 기록에 남겼다. 그가 보았다는 시에는 "동국의 화개동은 / 호리병 속의 별천지. 東國花開洞 壺中別有天"[4]로 포문을 열면서 지리산의 화개동이 바로 유토피아라고 서술하고 있다.

고려후기 혼란기를 살다간 이인로李仁老 또한 속세를 피해 지리산을 찾았는데 "온갖 바위는 빼어남을 다투고 골짜기마다 시원하게 물이 흐르며 대울타리에 초가들이 복숭아꽃 살구꽃 핀 사이로 은은하게 비치니 거의 인간세상이 아닌 듯하나 찾고자 하는 청학동은 마침내 찾지 못하고 말았다."[5]고 하여 별천지를 찾지 못한 아쉬움을 토로했다. 앞의 〈청산별곡〉이 일반명사 청산靑山을 쓴 데 비해 여기에서는 구체적인 산 이름을 밝혀 '두류산(지리산)'임을 분명히 했는데, 이 산은 예로부터 신선이 사는 것으로 알려진 영산靈山이다. 당연히 구체적인 산을 밟고 올라서지만 이념화된 구석이 드러난다. 청학靑鶴은 실제로 존재하지 않는 새이다. 학은 당연히 흰색이기 때문에 백학白鶴뿐인데, 굳이 청학이 산다고 해서 이 세상과는 다른 특별한 곳임을 분명히 했다.

〈귀거래사歸去來辭〉가 그랬듯이 〈도화원기桃花源記〉 역시 도연명의 작품이다. 무릉武陵의 어떤 어부가 배를 타고 가다 길을 잃어 복사꽃이 떠내려오는 곳을 좇아 올라갔더니 희한한 세상이 나왔는데 바로 무릉도원이다. 아주 오래전에 전란을 피해왔던 사람들이 세상의 나이를 먹지 않고 그대로 지냈으니, 속세의 시공간과는 명확히 구별되는 것이 분명하다. 그러나 이인로는 아쉽게도, 실제 찾아간 청학동에서 신선의 흔적은 발견했을망정 신선의 세상까지는 찾지 못했다. 만약 그랬다면 거기에 들어가서 아주 나오지 않았을 테니 이런 작품이 나왔을 리 없다.

이인로처럼 세속에서의 어려움을 겪지않은 경우라 하더라도 자연을 눈앞에 두고 탈속에 대한 희구希求를 담아낼 여지는 많다. 지금도 권력의 정점에 서있는 사람이 등산을 하다 산 정상에 올라서는 발아래 세상을 내려다보며 너무 자잘한 데 헛힘을 쓰고 살지는 않았는지 반성하는 것처럼, 사람의 손길이 덜 닿은 자연 앞에 서면 사람의 손길과는 무관한 고결한 삶에 대한 염원이 이는 것이다.

속객이 이르지 않는 곳	俗客不到處
올라 보니 생각이 맑아지네.	登臨意思淸
산 모양은 가을이라 더욱 좋고	山形秋更好
강 빛깔은 밤이라 되레 밝네.	江色夜猶明
흰 새는 높이 날아 자취가 다하고	白鳥高飛盡
외로운 돛단배는 홀로 가벼이 떠가네.	孤帆獨去輕
부끄럽구나, 달팽이 뿔 위에서	自慚蝸角上
반평생을 공명 찾아다녔으니.	半世覓功名[6]

이 시의 작가는 김부식金富軾이다. 《삼국사기》를 쓴 역사가로 알고 있지만 실은 당대 정치의 정점에 섰던 인물이다. 이자겸과 묘청이 일으킨 난을 평정하고 출세가도를 달린 사람이며, 또 그래서 벼슬에서 물러나서도 왕명으로 《삼국사기》를 편찬하는 일에 나설 수 있었다. 그의 이름에 붙은 '식軾'은 중국 송나라의 대문호 소동파蘇東坡의 이름 '식軾'에서 나

왔을 정도로, 이미 출생 전부터 문장가로 대성하기를 바라는 염원이 컸고 실제로 그리 되었다. 이렇게 문장이면 문장, 벼슬이면 벼슬, 무엇 하나 빠질 것 없는 그도 자연 앞에서는 한없이 겸손해지고 있다.

시의 시작부터 속세의 때가 묻은 사람의 발길이 닿지 않은 곳까지 이르자 생각이 맑아진다고 했다. 거기에 가기 전에는 탁했다는 말이다. 마침 가을이라 산의 모양은 더욱 그럴듯하게 보이고, 밤이 된 까닭에 맑은 강물이 도리어 빛을 발한다고 했다. 본래도 좋은 산이지만 가을이라 단풍이 들어 형형색색으로 모양을 갖추고 있고, 본래도 좋은 물이지만 밤이 되어 물결의 반짝임이 더욱 도드라져 보인다. 통념으로 보자면 가을은 꺾어지는 기운이며, 밤도 낮에 비해 어두울 것은 자명한 이치다. 그러나 이 시에서는 그런 순간마저 더욱더 돋보이게 하는 무언가를 포착하고 또 예찬한다.

그렇게 마음을 비우는 순간, 흰 새는 높이 날아 제 하늘길을 찾아가고, 돛단배도 가볍게 제 물길을 찾아간다. 그것도 그저 가는 게 아니라 눈앞에 보이는 한 세상 밖 어디론가 자연스럽게 떠나가는 것이다. 시인은 제 삶을 돌아본다. 고작해야 '달팽이 뿔' 사이처럼 좁은 세상에서 대단한 출세를 해보고 이름이나 날려보겠다고 아웅다웅 산 것이 무슨 의미인지 반성하며 통탄한다. 달팽이 뿔의 고사는 《장자莊子》에 등장하는데, 달팽이 뿔의 양쪽에 있는 두 나라가 영토를 두고 다퉜다는 데 근거한다. 세속의 정권다툼을 별 게 아니라는 뜻으로 비아냥거림이 분명하다. 그러나 자신이 이미 반평생을 그렇게 허송했으니 심히 부끄러운 일이라고 했다. 비록 지금 당장 자연 앞에서 탈속한 것은 아니지만 탈속의 필요성을 절감하고 이미 그리로 한 발 들여놓은 시라고 하겠다.

한편, '몽유록夢遊錄'으로 통칭되는 일군의 작품들에서는 '꿈속'임을 강조하면서 환상적인 자연을 그려내는 데 주력한다. 〈수성궁몽유록壽聖宮夢遊錄〉으로도 불리는 〈운영전〉을 보면, 작품의 배경이 되는 수성궁을 그려놓는데, 옛글의 유장한 맛을 살려보고자 한글본으로 제시하면 다음과 같다.

수성궁은 안평 대군의 옛집이라. 장안성 서편이요, 인왕산 아래 있는지라 산천이 수려하여 용이 서리고 범이 일어 앉은 듯하며, 사직(社稷)이 그 남(南)에 있고 경복궁이 그 동(東)에 있어 높이 일었으니 비록 높지 아니하나 그 곳에 올라 굽어본즉 아니 뵈는 곳이 없는지라 사면으로 통한 길이 저자거리며, 천문만호(千門萬戶)가 밀밀층층(密密層層)하여 바둑을 헤친 듯하고 별이 벌었는 듯하여, 번화장려(繁華壯麗)함이 이루 형용치 못할 것이요, 동으로 궁궐이 표묘(縹緲: 멀고 넓은 모양)하여 구름 사이에 은영(隱映: 은은하게 비침)하고 상서(祥瑞)의 구름과 맑은 안개가 항상 둘러 있어 조석으로 고운 태도를 자랑하니, 짐짓 이른바 별유천지승지(別有天地勝地)러라.

삼춘(三春) 화류시(花柳時)와 구추(九秋) 단풍절(丹楓節)에 노래 부르는 손년들과 저(笛: 피리) 부는 아이들이며, 소인(騷人: 시인) 묵객(墨客: 서예가)과 주도(酒徒: 술꾼) 사반(射伴: 궁사)이 그 위에 올라 음풍영월(吟風詠月)하며 경치를 완상(玩賞)하여 돌아가기를 잊으니, 산천이 빛남과 경치의 좋음이 무릉도원(武陵桃源)에 지남이 있더라.[7]

수성궁은 경복궁 서편에 자리 잡고 있으니 한양 도성 한복판에 위치해 있다. 세상이 아무리 변했다 해도 한 나라의 수도는 최고의 번화가 일 수밖에 없다. 그런데 여기에서 기술한 풍경은 한편으로는 집들이 즐비한 세속적인 곳이면서도, 도시를 에워싼 자연의 황홀경 덕에 그 자체로 특별한 곳임을 드러내고 있다. 상식적으로 생각할 때, 도성뿐 아니라 우리나라 어디라도 상서로운 구름과 맑은 안개가 항상 있는 곳은 없을 터이다. 물론 사람의 손길이 닿지 않는 곳이라면, 늘 그런다고 이야기해도 믿을 수 있겠으나 인적이 끊이지 않은 곳을 그렇게 기술하는 것은 뜻밖이다. 그러나 바로 그러한 황홀함에 힘입어 수성궁이 별유천지別有天地의 승지勝地가 되고, 무릉도원武陵桃源을 넘어서는 이상향이 된다.

자연은 그렇게 인위적인 것과 대비하거나, 세속과 구별하며 강조하지 않더라도 자연 그 자체로도 좋은 법이다. 좋은 풍광으로 보아도 그만이고 그 풍광에 취하여 스스로 편안함을 느낀다면 자연은 누구에게나 활력소가 될 수 있다. 일반 민요는 아니지만 전문 노래패에 의해 불렸던 잡가雜歌 중 〈유산가遊山歌〉를 보면 그런 경향이 농후하다. "화란춘성花爛春城하고 만화방창萬化方暢이라 / 때 좋다 벗님네야 산천경개를 구경을 가세"로 시작하여 "소부 허유巢父 許由 문답하던 기산 영수箕山 潁水가 예 아니냐"[8] 같은 식으로 흘러가면서 도연명과 무릉도원 등등의 중국의 고사와 인명이 속출한다. 그렇지만 앞에서 살핀 작품들과 다른 점은 그곳을 최종적인 목표점으로 정하는 게 아니라, 그런 것들은 거의 수사적 장치에 그치고 최종적으로는 "경개무궁 좋을시고"라는 감탄으로 몰아간다는 점이다. 사실은 중국의 고사가 없더라도 이 보기 좋은 경치만 있으면 신나게 즐길 수 있다는 선언이다. 잡가가 본래 흥겨운 놀이판에서 나온 것이어서 더욱 그렇겠지만, 이 좋은 경치를 두고 그냥 말 수는 없다는 넉넉함이 자연의 효용성을 배가해준다.

땅에서 살고, 일하며 흘리는 땀

근대 이전 농경사회에서 살아온 우리들에게 땅은 주거공간이나 생활공간일 뿐만 아니라 산업현장이기도 했다. 그러나 실제로 땅에서 땀을 흘리며 사는 사람들은 문자를 쓸 수 없었기 때문에 실제 겪은 일을 제대로 표현하지 못했는데, 일찍이 고려의 시인 김극기金克己는 실제 농촌의 땀 흘리는 현장에 가까이 다가선 시를 남겼다. 조선후기에 들어서 볼 수 있는 생동감 있는 현장 포착은 아니더라도, 적어도 실제의 농사를 근접거리에서 그려낸 느낌은 잘 살아있다.

풀 통발 속에 물고기는 뛰오르고	草箔遊魚躍
버드나무 둑 위 철새는 날아오르네.	楊堤候鳥翔
밭 가는 두둑에는 창포잎 우거지고	耕皐菖葉秀
들밥 먹는 이랑에는 고사리 순 향기롭네.	饁畝蕨芽香
비를 부르는 비둘기는 지붕 위로 날고	喚雨鳩飛屋
진흙을 문 제비는 들보로 들어오네.	含泥燕入樑
느지감치 초가집 아래 들어와	晩來茅舍下
높이 베고 누우니 태평성대 같네.	高臥等羲皇[9]

농가의 사계절을 읊은 〈전가사시田家四時〉 가운데 봄을 읊은 첫 수이다. 1, 2구에서 물에 내려놓은 통발에 물고기들이 놀고, 버드나무 선 둑 위로는 철새가 날아오른다고 했다. 봄이 되어 물이 많아지면서 물속 깊은 어딘가에 숨어있던 물고기들이 모습을 드러내고, 추운 겨울을 피해 멀리 떠나갔던 새들이 다시 찾아든다. 계절의 순환에 맞추어 빈 곳

을 다시 채운 상황을 물속과 하늘 위로 나누어 구체적으로 잘 표현했다. 3, 4구에서는 그러한 자연에 맞추어 일하는 사람이 드러난다. 봄을 맞아 밭을 가는 사람과 밭에서 들밥을 먹는 광경이 자연을 풍경으로 바라보는 시각과는 아주 다르다. 같은 방식으로, 5, 6구에서는 지붕 위로 나는 비둘기와 처마 밑으로 분주히 집을 짓는 제비를 통해, 사람들이 농사지을 물을 구하고 살 집을 짓는 일에 겹쳐지게 했다.

이렇게 보면 생활터전으로서의 자연은 말 그대로 때가 되면 저절로 제자리를 찾아가는 것이며, 자연의 변화에 맞추어 사람들은 일을 하는 것이다. 그래서 7, 8구에서 일을 순조롭게 마치고 집에 들어와 쉬는 농부가 편안히 잠자리에 들 수 있고, 그렇게 편안히 누워 생각하면 스스로 '희황羲皇', 곧 중국의 태평성대인 복희伏羲 시절의 사람과 같다는 것이다. 태평성대란 다름이 아니라 사람과 자연, 인사人事와 천리天理 사이에 틈이 없는 때이겠는데, 앞 절에서 다룬 시에서는 세속을 피해 일부러 자연을 찾고 무릉도원 같은 특별한 공간으로 들어가는 단절이 있었던 데 비해 김극기의 시에서는 전원에서 농사일을 하며 고요히 지내면 그게 바로 태평성대임을 일러준다.

애쓰지 않아도 생활에서 넉넉함을 찾을 수 있다면 그만큼 좋은 일이 없다. 그러나 실제 농민의 삶은 편안하지 않았을 것이며, 아무리 일을 해도 끼니걱정을 해야 하는 참상이 지속되기도 했다. 이 가운데 안빈낙도安貧樂道 같은 이념화된 경지가 아니라, 있으면 있는 대로 없으면 없는 대로 자연 속에 살아나가는 삶 자체가 의미 있다는 작품도 있다.

산중에 책력(冊曆) 없어 절(節) 가는 줄 모를로다

꽃 피면 봄이요 잎 지면 가을이라
아이들 헌 옷 찾으면 겨울인가 하노라[10]

책력이란 달력을 말한다. 달력은 정확하게 날짜를 셈하는데, 그 계량에 한 치의 오차도 없다. 책력에 적힌 그대로 지구의 자전 주기에 맞추어 하루가 지나고, 달의 공전 주기에 맞추어 한 달이 지나며, 지구의 공전 주기에 맞추어 1년이 가고, 지구의 공전 주기에 맞춘 365일을 24로 나누어 24절기가 된다. 책력이 없다 함은 그런 인위적 분절이 없는 자연의 시간을 살아감을 뜻한다. 앞 절의 시에서는 자연은 어떠한데 그에 반해 인간은 어떻다는 식의 대비가 강조되었지만, 여기에서는 꽃 피고 잎 지는 자연의 변화에 따라 봄과 가을이라는 계절을 아는 정도면 그만이다. 오늘이 며칠이고 그래서 무슨 날이고 하는 구분은 전혀 중요하지 않다는 말이다.

더욱 재미있는 것은 종장이다. 아이들이 작년 겨울에 입던 헌 옷을 찾으면 그때가 겨울이라고 했다. '솜옷'이라거나 '두꺼운 옷'이라 하지 않고 '헌 옷'이라고 한 데서 삶의 곤궁함이 느껴지지만 심각한 궁기는 보이지 않는다. 오히려 그런 일쯤은 대수로이 여기지않고 한마디 툭 던지며 넘어가는 어조가 여유롭기까지 하다. 이는 중장의 꽃 피고 잎 지는 데서 봄과 가을을 느낀다는 것과 동일선상에 놓인다. 자연에서 꽃이 피면 봄이 온 것을 느끼는 것처럼, 자연이 모두 숨을 죽이고 잠시 쉬는 것처럼 느껴지는 겨울에는 사람들의 움직임에서 그것을 포착한다. 꽃에서 봄을 찾았듯, 헌 옷에서 겨울을 찾고 그러면 자연과 인간 사이에 틈이 없게 된다. 그렇다고 자연에서든 인간에서든 동일한 원리를 깨쳤다느니 물아일체의 경지에 이르렀다느니 하는 야단스러움은 없다.

같은 맥락에서, 조선조 유명 인사 가운데 관대함으로 손에 꼽을 황희黃喜는 농촌에서의 한 시절을 이렇게 포착했다.

> 대추 볼 붉은 골에 밤은 어이 뜻드르며
> 벼 벤 그루에 게는 어이 내리는가
> 술 익자 체 장수 돌아가니 아니 먹고 어이리[11]

“대추 알 붉은 골짝에 밤이 어이 떨어지며”로 시작하는 이 시는 의문을 품는 말이 아니다. “장군 나자 용마 난다는 말처럼” 무언가 꼭 같이 있어야 하는 것이 적시에 함께 드러남을 뜻한다. 대추와 밤은 대표적인 가을 열매이다. 그러나 사과나 배처럼 과수원으로 만들어서 재배하는 것이 아니라, 그저 집 근처에 한두 그루가 있거나 마을 어귀 야산쯤에 가면 심지 않아도 나 있는 그런 흔한 나무이다. 과실수이기는 하나 산열매에 가까운, 억지로 농사를 지은 것과는 구별되는 자연 그대로이다.

그런데 중장에 이르면 느낌이 확 바뀐다. 벼를 벤 밑둥이 등장하기 때문이다. 우리나라에서 벼를 심는 일은 보통 일이 아니다. 벼가 자라기 좋은 더운 날씨가 아니어서 이앙법을 써야 하고, 없는 물을 끌어다 오는 등 사람의 수고가 많이 필요하다. 그렇게 온갖 노력을 기울여 추수까지 하고난 뒤, 그러니까 사람의 손길이 끝난 뒤에 또 그 빈 논에 기가 막히게 민물게가 등장한 것이다. 집 앞 대추만 해도 먹음직스러운데 산에 밤이 떨어지고, 농사일을 다해 한 해 먹고살 곡식을 마련했는데 거기에 선물처럼 게가 내려왔다. 아무 약속도 없었는데 여기저기서 먹을 것을 제공해주는 것이다.

그렇게 자연이 우리가 먹고살아갈 필수적인 것들을 선물하고나니, 담가놓은 술이 익고 체장사가 찾아오는 일이 생겼다고 했다. 자연自然과 인사人事가 한 치의 어긋남이 없이 그렇게 맞아떨어졌고, 그래서 더욱 편안한 마음으로 술을 마실 수 있게 된 흥겨움을 전한다. 이런 마음은 아무래도 농사를 지어본 사람이 알고, 농사를 짓는 고통을 아는 사람에게 더욱 절실할 것이다. 논밭에서 힘겹게 고생하고 수확이 끝난 다음에 오는 평온함을 제대로 느낄 수 있기 때문인데, 그렇게 수확의 계절에 느끼는 흥겨움까지는 아니더라도 일하는 짬짬이 찾아드는 여가 역시 그와 유사한 감흥을 가져다줄 수 있다.

이런 데에서 한 발 더 나아가면 교훈성이 너무 강조되어 자연의 본 모습이 퇴색한 느낌이 드는 작품도 있다. '훈민가訓民歌'로 불리는 작품들이 그런 예이다.

> 오늘도 다 새거다 호미 메고 가자스라
> 내 논 다 매여든 네 논 좀 매어주마
> 올 길에 뽕 따다가 누에 먹여 보자스라[12]

정철鄭澈이 지은 훈민가 중의 한 수인데, 앞의 작품들처럼 자연과 하나가 되는 자연스러운 합일合一을 강조하는 것이 아니라 거의 기계적으로 맞춘다는 인상을 받는다. 아침에 해가 뜨면 호미 메고 밭으로 가고, 낮에는 논을 매고, 저녁에는 뽕을 따다 누에를 먹이는 일의 순서이다. 물론 이런 순서 역시 자연의 질서를 그대와 일치시키는 것이라고 볼 수도 있겠으나 선뜻 동의하기 어렵다. 여기에서의 자연은 사실상 인위와 대비되는 자연이 아니라 인간의 생존을 위한 노동현장으로서의 자연이기 때문이다. 더구나 "내 논을 다 매거든 네 논 좀 매어주마"에 드러난 상부상조 정신은 향촌사회를 이끌어가는 덕목을 제시하는 데 주력하였다. 부지런히 일하고, 서로 열심히 도우라는 메시지를 담았다. 이는 아무래도 벼슬에서 물러나 향촌에 머물더라도 여전히 백성들을 계도해야한다는 지배층의 의식이 표출된 것으로 보인다.

산수에서 도학까지

고전문학의 전통에서 자연을 드러내는 시를 자연시自然詩라고 통칭할 때, 그 하위 부류에는 전원시田園詩, 전가시田家詩, 산수시山水詩가 있다. 전원시는 "전원, 혹은 속세의 탈피"(207쪽)에서 살핀 대로 도연명에서 출발한 것으로, 속세를 떠나 전원으로 돌아가는 내용이다. 전가시는 앞 절에서 살핀 대로 실제 농사를 짓는 현장을 토대로 지어진 시이다. 산수시는 속세를 피한다거나, 일을 열심히 하는 터전으로서의 자연이 아니라, 글자 그대로 산도 있고 물도 있는 자연 그 자체를 다룬다. 여기에서 더 나아가면 공자가 설파한 "지자요수知者樂水 인자요산仁者樂山"의 지침을 따라, 산과 물에서 지혜와 어짊을 자연스럽게 체득할 수도 있다. 한자어 '자연自然'을 글자 그대로 풀면 "스스로 그러함"이듯, 자연은 당연히 다른 것으로 설명할 필요가 없는 그 자체로 의미를 지니는 것이며, 거기에서 무언가를 깨치는 것은 당연해 보인다.

청산도 절로절로 녹수(綠水)도 절로절로
산 절로 물 절로 산수 사이에 나도 절로
그 중에 절로 자란 몸이 늙기도 절로 하리라[13]

김인후金麟厚의 시인데 '절로' 한 단어로 막힘없이 흘러내린다. 산이든 물이든 자연물이라고 생긴 것은 생긴 그대로 저절로 제 식으로 존재하는 법이니, 그 사이에 살아가는 자신도 생겨난 그대로 저절로 지내며, 급기야 저절로 난 몸이니 또 저절로 늙어가는 것이라는 아주 간명한 이치를 선보인다. 제 뜻대로 가면 좋고, 어긋나면 싫고한 것이 인지상정이지만 이 시에서는 그런 면이 보이질 않는다. 젊음은 좋고 늙음은 나쁘다는 식의 구분이 없다. 태어나기를 절로 태어났듯이 늙기도 절로 하니 구애될 게 없는 것이다. 나고 자라고 늙고 죽는 일이 다 자연 속에 있는 그대로의 이치라는 말이다.

자연이 아름답다거나, 인간과는 다른 유상함이 있으니 인간보다 더 믿을만하다는 식의 칭송이나 비교에 머무는 것이 아니다. 자연에서 그 안에 숨은 이치를 터득하고, 거기에 기대어 자기 수양문학에서 자연을 읊는다는 것은 단순한 자연 예찬과는 격이 다르다. 인간 역시 자연의 일부라고 생각하는 한, 세상만사의 이치를 자연을 통해 파악하고 그 안에서 사람의 가치나 사람됨의 의미를 따져볼 수 있기 때문이다.

잔 들고 혼자 앉아 먼 산을 바라보니
그리던 님이 온들 반가움이 이러하랴
말씀도 웃음도 아녀도 못내 좋아하노라[14]

윤선도尹善道의 시조인데, 시인은 그저 먼 산을 바라본다. 그렇게 하는 것이 임이 와서 느끼는 반가움보다 더하다. 말도 못하고 웃지도 못해도 못내 좋다고 했다. 이쯤이면 철저하게 자연옹호론자라 할만하다. 그러나 정말 그럴까? 정말 임이 오는 것보다 먼 산을 바라보는 것이 더 좋을까? 아니, 한 발 물러서서 임과 함께 먼 산을 바라보면 그냥 혼자서 보는 것보다 훨씬 더 좋지 않을까? 그런데도 왜 이렇게 말했을까? 연애를 해본 사람이라면 무언가 집히는 것이 있으리라. 사람을 사귀는 일은 여간한 에너지가 드는 것이 아니다. 오늘은 나를 좋다고 하다가도 내일은 싫다 할 수도 있고, 좋아하는데도 볼 수가 없어서 더 속상하기도 하다. 사람은 항상 일정할 수가 없으니 그게 속상한 것이다. 생각이 여기에 미치면 인간이 자연을 배우자는 데로 뜻이 모아진다.

> 강두(江頭)에 흘립(屹立 : 우뚝 섬)하니 앙지(仰之 : 우러러 봄)에 더욱 높다
> 풍상(風霜)에 불변(不變)하니 찬지(鑽之 : 뚫음)에 더욱 굳다
> 사람도 이 바위 같으면 대장부인가 하노라[15]

박인로의 시조로, 〈입암立巖〉으로 제목 붙여진 29수의 연시조 가운데 두 번째 작품이다. 바위를 예찬하는 노래이다. 이 시에서 읊고 있는 것은 바위이다. 바위는 우뚝 서서 우러러볼수록 더욱 높다고 했다. 그러면서 풍상에도 변하지 않고 뚫으려 하면 더욱 굳센 것이 바위이다. 말하자면 바위의 속성을 그대로 드러낸 셈이어서 별스럽지 않게 느껴질 법하다. 하지만 찬찬히 보면, 무정無情의 바위를 유정有情의 인간에게 빗댄 흔적이 역력하다. 바위는 그저 바위로 서있을 뿐이지만 그 우뚝하

고, 불변하며, 굳은 속성을 대장부가 갖추어야할 덕목으로 보고싶은 것이다. 그러니 그 자연처럼 우뚝하고, 불변하며, 굳게 살자는 것이 작시作詩 의도라면 의도이겠다.

이런 작품은 아주 흔하다 못해 상투적인 인상까지 줄 정도이다.

> 청산(靑山)은 어찌하여 만고(萬古)에 푸르르며
> 유수(流水)는 어찌하여 주야에 긋디(그치지) 아니난고
> 우리도 그치지 마라 만고(萬古) 상청(常靑)하리라[16]

이황李滉의 시조로, 청산유수靑山流水는 지금도 흔히 쓰는 말이다. 물론 '푸른 산, 흐르는 물'의 본의本意를 넘어 말을 번드레하게 잘하는 일에 빗대 쓰이고있기는 하지만, 그 뜻이 그리 어려운 것은 아니다. 산이 푸르고 물이 흐르는 것이 무엇이 대단한가? 산에는 나무가 있으니 푸르고 물은 액체이니까 높은 데에서 낮은 데로 흐를 뿐이다. 그런데 작가 이황은 거기에 매우 심오한 의미를 부여한다. 그냥 푸른 것이 아니라 '만고에' 푸르르며, 그냥 흐르는 것이 아니라 '그치지 않고' 흐르는 것이다. 인간이 수양한다는 것은 무언가 일정한 목표를 가지고 그 목표를 이루기 위하여 쉼 없이 전진해야 하는데, 그 둘을 청산유수로 풀어놓은 데에 이 작품의 묘미가 있다. 옛 문학을 통해서 자연을 이렇게 보는 데에 우리가 매우 익숙해 있어서 그것을 당연하게 여기기 십상이지만, 사실은 똑같은 자연을 그와 정반대로 해석할 수 있기에 그런 해석이 얼마나 자의적인 것인가를 알아차릴 수 있다.

급기야 윤선도의 〈오우가五友歌〉는 자연을 인간과는 대척점에 선 절

대적인 모범으로 그려냈다. 그가 꼽은 다섯 벗은 물, 돌, 소나무, 대나무, 달인데, 각각의 특징을 간결하게 집어낸다. “좋고도 그칠 적 없기는 물뿐인가 하노라,”물, “아마도 변치 않을손 바위뿐인가 하노라.”바위, “솔아 너는 어이 눈서리를 모르느냐”소나무, “저렇고 사시四時에 푸르니 그를 좋아 하노라.”대나무, “보고도 말 아니하니 내 벗인가 하노라”달.[17] 관통하는 공통적인 주제가 있다면 불변, 항상성이다. 즉, 물은 부단不斷을, 돌은 불변不變을, 솔은 불굴不屈을, 대는 불욕不慾을, 달은 불언不言을 강조하여, 인간의 단斷, 변變, 굴屈, 욕慾, 언言을 비판하는 효과를 가진다.

이는 윤선도의 개인사를 살펴볼 때 좀 더 분명하게 이해된다. 윤선도는 임진왜란이 발발할 어름인 1587년에 태어나 난세를 관통한 인물이다. 어렸을 때부터 흔들림 없이 공부하여 18세에 과거에 급제하면서 두각을 나타냈지만, 30세에 당대의 세도가를 탄핵하는 상소를 올렸다가 귀양길에 올랐다. 이런 패턴이 반복되어 복직되었다 귀양 가는 끝없는 도돌이표를 끝낸 것은 81세가 된 뒤였다.[18] 현실정치에서 탈진상태에 빠진 그에게 자연은 위안처였을 것이다. 그리고 그런 자연을 부러워하는 이면에는, 그런 자연에 따라갈 수 없는 인간사에 대한 염증이 배어있다. 이 점이 〈청산별곡〉과 다른 점이다. 단순히 세상살이에 지친 것이 아니라 조변석개하는 몹쓸 세태에 완전 녹초가 되었던 것이다.

윤선도는 정치적인 열세에 놓인 가문에서 태어나서 그것을 만회하기 위해 세도가와 충돌해야 했고, 패배한 결과로 자연을 선택하였다. 또, 특이하게도 그는 조상으로부터 많은 재산을 물려받아 호사를 누린 인물이다. 한적하고 풍광이 좋은 곳으로 가서 정자와 누각을 곳곳에 지어놓고 풍류를 즐겼다. 그러므로 그의 자연에는 ‘땅’과 ‘땀’이 결여된 느낌이 든다. 농사를 짓는다거나 함께 호흡하며 무언가에 매진하는 것이 아니라 좋은 풍광을 즐기면 그만인 것이다. 생각이 이쯤 이르면 자연도 한 가지 자연이 아니며, 자연을 스승으로 여긴다고 해도 작가마다 작품마다 같지 않다고 하겠다.

다음 작품을 보면 자연이라고 해서 똑같은 자연이 아님을 알 수 있다.

> 물은 거울이 되어 창 앞에 빗겨있고
> 뫼〔산〕는 병풍이 되어 하늘 밖에 어울렸네
> 이 중에 벗 삼은 것은 백구(白鷗: 흰 갈매기) 외에 없어라[19]

곽기수郭期壽의 시조로 거울과 병풍은 모두 집 안에 있는 가구들이다. 인공적으로 꾸며서 만든 것이라는 뜻이다. 그런데 이 시조에서는 자연에 있는 그대로의 물이 곧 거울 구실을 하고, 사람이 만들지 않은 산이 병풍처럼 둘러섰을 뿐이라고 했다. 그렇게 있는 물이 그냥 있는 게 아니라 사람이 집 밖을 내다보는 창 앞으로 멋스럽게 비스듬히 흘러내리고, 산은 산대로 되는 대로 있는 듯해도 먼 하늘과 기가 막히게 어우러지고 있다. 인간이 집 안에 들여놓은 가구는 아니지만, 집 바깥에서 한 치의 오차도 없이 서로 조화를 이루는 상황이다. 그러나 그런 것들은 아무리 좋아도 무정물일 뿐이어서 서로의 정이 오가기 힘든 제약이 있는데, 바로 그 상황을 벗어나기 위해 내 마음을 잘 헤아려 자유로이 노니는 백구를 벗 삼아 마음대로 논다고 했다. 세간 하나 없어도 부족함이 없고, 사람 하나 없어도 외롭지 않은 자족이며 득의의 순간이다.

세상 힘 있는 사람들이 관심을 두지않는 이 자연이야말로, 아무것도 가진 게 없는 이에게도 무한히 개방된 천하의 보물이다.

> 강산 좋은 경(景: 경치)을 힘센 이 다툴 양이면
> 내 힘과 내 분(分: 분수)로 어이하여 얻을소니
> 진실로 금할 이 없을새 나도 두고 노니노라[20]

작가는 김천택金天澤이다. 그가 중인 신분이라는 점을 감안하면, 시에서 제 힘과 분수를 강조한 것은 엄살이 아니라 현실이었을 것이다. 만약 좋은 경치를 권세로만 누릴 수 있다고 한다면 그가 풍광을 즐기려한들 언감생심이었을 것이다. 그러나 다행히도 좋은 풍광을 보는 일은 권력도 특별한 신분도 필요 없는 일이다. 자유롭게 즐기면 그만이고, 그런 자세가 자연스럽게 《청구영언》 같은 시조집을 만들어내는 데 기여했을 것이다. 예나 지금이나 자연을 즐기고 문학을 향유하는 데는 권세도 필요 없고, 그리 큰 돈도 들지 않는다. 어쩌면 권력을 다투고 재물을 좇아다니다 보면 시간이 없어서도 그렇겠지만 정작 좋은 풍광을 가장 가까이에 두고서도 제대로 즐기지 못할 가능성이 더 크다. 누군가 금해서 못하는 거야 그렇다 치고 금하지 않는 일조차 못한다면 그만큼 억울한 일이 없겠고, 소문난 가객 김천택은 그 점을 잘 짚어냈다.

사방팔방, 팔경, 구곡

'팔방미인八方美人'이라는 말이 있다. 사전에 있는 그대로 '어느 모로 보나 아름다운 미인'을 뜻하는데, 실제로는 여러모로 재주가 많은 사람을 가리킬 때 쓰인다. 그렇다면 굳이 왜 '팔방八方'인가? 이는 동서남북의 사방에다, 그 사방의 사이인 네 모퉁이, 곧 사우四隅를 합친 개념이다. 즉, 동-동남-남-남서-서-서북-북-북동의 여덟 방향을 말한다. 평면을 펼쳐놓고 중심에서 사방 어느 쪽이나 다 아우르는 개념이 바로 팔방이다. 지금도 경치 좋은 곳에 가면 놓여있는 정자는 팔각정이다. 경치가 좋다 함은 어느 방향으로 보아도 즐길 만하기에, 여덟 모를 내서 그곳이 바로 최적의 뷰포인트임을 알리는 것이다.

이러한 견지에서 경치를 말할 때 8이 빠질 수가 없다. 여덟 곳 어느 곳으로 가나 다 아름답다고 말하기 위해서 여덟 개의 경치가 필요했다. 재미있는 것은 실제로 꼭 여덟 곳이어서라기보다는 여덟 곳을 만들어서 완성시키곤 했다는 사실이다. 고려말의 안축安軸이 지은 경기체가 〈관동별곡關東別曲〉을 보자. 이 작품은 모두 9장으로 되어 있는데, 맨 앞의 한 장이 서사序詞의 구실을 하여, 실제 경치는 8장에 걸쳐 있는 팔경이다. 2장은 학성鶴城, 3장은 총석정叢石亭, 4장은 삼일포三日浦, 5장은 영랑호永郎湖, 6장은 양양襄陽, 7장은 임영臨瀛, 8장은 죽서루竹西樓, 9장은 정선旌善으로 진행된다. 전체 작품을 두고 보자면, 1장에서 작가 안축이 강원도 존무사存撫使를 마치고 돌아가는 길임을 전제로 한 후 나머지 8장이 순차적으로 기술되는 형식이다.

그러나 실제 현실적인 여정으로 보면 돌아가는 길에 그렇게 승지勝地마다 다 눈도장을 찍고 갈 수는 없는 일이다. 지금보다 교통이 훨씬 불편했을 때인데다 공식적인 일정에서 과도한 유람 일정을 담을법하지 않다. 그럼에도 불구하고 이런 작품이 나오는 까닭은 1장에 붙은 "북방의 백성들이 의義를 기리는 풍속을 따르朔方民物 慕義趨風"니 "임금의 교화敎化 중흥中興하는 모습"에 있다. 경치가 그저 좋은 풍광이 아니라, 이 지역 백성들이 의義를 따르는 바, 그 모든 것이 다 임금의 교화가 미친 까닭이며, 그래서 그렇게 아름답게 보인다는 뜻이다. 8경은 이미 상당 부분 관념화되어 있다.

아닌 게 아니라 옛 시가에서 팔경을 읊는 것은 개인의 취향이 아니라 문학적 관습이다. 예로부터 중국의 소상강瀟湘江 주변은 아름답기로 정평이 나있고, 그 풍경을 그림으로 그려낸 것이 〈소상팔경도瀟湘八景圖〉이다. 지금처럼 해외여행이 일상화되지 않았을 때야, 중국의 소상팔경은 고사하고 우리나라의 금강산 가기도 어려웠을 터, 그런 그림을 보며 풍경을 상상해보는 일이 최고의 호사였을 것이다. 오죽하면 이도령이 처음 찾은 춘향이 집 벽에서 발견한 그림 또한 "소상강에 밤비 개고 동정호洞庭湖에 달 오르니 아롱아롱 죽림 속에~"[21]로 서술된다. 서민 가정이 그랬을 때야 호사스러운 집안에서야 말할 나위가 없었을 텐데, 거슬러올라가면 고려시대부터 그런 상상 속의 소상팔경을 시로 읊어대는 일이 성행했다. 이인로李仁老나 이규보李奎報 같은 고려조의 걸출한 시인들이 소상팔경시를 남기기도 했다.[22]

소상강과 동정호로 대표되는 그 멋진 풍광이, 중국의 현장을 가볼 수 없는 처지에서는 그림의 떡이었으니, 우리나라의 산수와 자연을 접하면서 우리나라의 팔경시를 남기지 않을 수 없었다. 정철鄭澈의 〈관동별곡關東別曲〉은 관동의 빼어난 팔경 등을 일람하면서 찬탄하는 내용이다. 이는 작가 정철이 강원도 관찰사로 부임하며 겪은 풍광들을 읊은 만큼 자부심과 포부가 뒤섞인 흥겨운 가락이 느껴진다. 자연이 단순한

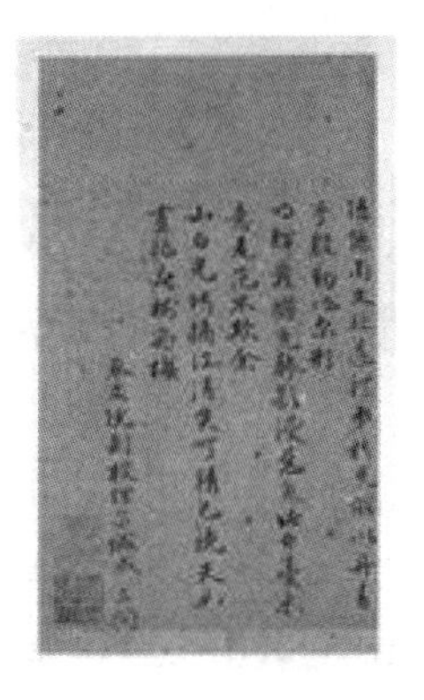
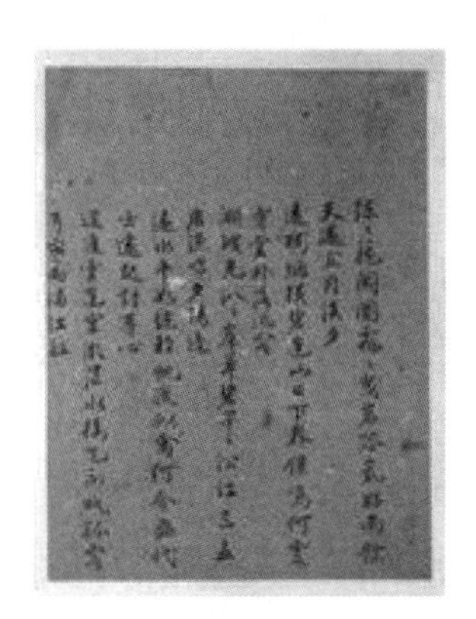

《비해당 소상팔경시첩》. 비해당(안평 대군)의 주선으로 우리나라 문인의 소상팔경 관련 자료를 모은 책자로 본래는 〈소상팔경도〉도 있었을 것으로 보이나 현재는 시첩만 남아있다.
ⓒ 국립중앙박물관

자연이 아니라, 자신의 임지任地로서 자기가 관장해야 할 영역이며 동시에 자신을 신뢰하여 임용한 임금의 뜻을 제대로 펼쳐보일 실천의 땅이었던 것이다.

그러나 관료로서의 통치 이전에, 인간으로서의 삶의 영역에서라면 멋진 풍광을 자랑하고 싶은 제1의 땅은 바로 자신이 살고있는 그곳이다. 현대는 일에 따라 여기저기로 떠돌지만, 예전에는 비록 임지에 따라 거처를 옮기더라도, 조상 대대로 살아오던 세거지世居地가 있는 법이어서 그런 고향에 대한 자긍심을 팔경시로 드러내곤 했다. 이제현李齊賢의 송도팔경시는 지금의 개성인 송도 지방의 여덟 경치를 읊는다.

바윗가 맑은 물을 지나	傍石過淸淺
숲 뚫고 울창한 산 올라 가다가	穿林上翠微
사람 만나 다시 절 물을 필요있나.	逢人何更問僧扉

한낮 종소리 안개속에 나오는데	午梵出煙霏
풀이슬은 헤진 짚신 적시어 주고	草露霑芒屨
송화가루 갈옷에 묻어 날릴 때	松花點葛衣
늙은이 선탑에서 기심(機心)을 잊었는데	鬢絲禪榻坐忘機
산새는 부질없이 돌아가라 재촉하네.	山鳥謾催歸[23]

보다시피 특별한 자연의 경치가 드러나지 않는다. 바윗가 맑은 물, 숲, 절, 종소리, 풀이슬, 송화, 갈옷 등등이 평이하다 못해 일상에서도 식상할 수준이다. 어느 산에 가든 조금만 올라가면 만날 수 있는 그런 풍광이다. 이제현은 이런 평범한 풍광에 의미를 부여했다. 화자가 산에 올라간 이유는 등산이나 소요가 아니었다. 바로 깊은 산속에 숨어지내는 승려를 찾아나선 것인데, 거기에 사는 노승老僧은 이미 세속에 매인 마음을 모두 내려놓고 꼿꼿하게 앉아있다. 그걸 멍하니 보고있는 가운데 산새가 지저귀는데 그 소리가 마치 이제 그만 돌아가라고 재촉하는 듯하다고 했다.

물론 산세가 대단하고 풍광이 수려해서 고승이 거기에 숨어들어있을 수도 있다. 그러나 깨침이 높은 승려가 있는 곳이라면 거꾸로 평범한 공간도 특별한 공간이 될 수 있는 법이다. 중국의 소상팔경이 다른 곳에는 있을 수 없는 신비로운 풍경을 내세워 사람들을 끌었다면, 이제현의 송도팔경은 흔히 보는 풍경에서의 신비로운 한순간을 포착해낸 셈이다. 송도는 고려의 수도이고, 고려인이라면 모를 사람이 별로 없을 터여서 야단스럽게 과장해내는 기법만으로는 부담이었을 현실이 고려된 것이겠으나, 경치가 경치만으로 머물지 않고 사람이 빚어내는 의미가 스며드는 특별함을 부각시킨 결과이다.

도읍지에 대한 자부심은 왕조가 바뀌어서도 이어졌다. 조선 개국공신 정도전은 새로 도읍한 한양漢陽을 읊은 〈신도팔경新都八景〉을 남겼는데, 새로 부상한 왕조를 찬양하는 내용이 덧보태졌다. 6경 '서강에 드나드는 배西江漕泊' 같은 경우, 외형상으로는 지금의 한강 서쪽 마포 어름의 서강에 드나드는 배를 그려놓은 것이지만 기실은 여느 배가 아니라 전국 각지의 물산物産을 싣고 드나드는 장관을 노래함으로써 태평성대임을 드러내는 데 주력한다. "사방 물건 서강으로 폭주해 오니 / 용이 일만 섬을 이끄는 듯" 같은 표현은 경치를 드러내는 것이겠지만, 곧이어 "보게나, 썩어가는 창고의 곡식 / 정치란 의식衣食의 풍족에 있네."[24]는 풍요로운 새 나라에 대한 찬양이다. 정도전이 그렇게 한양에 대해 읊자, 권근權近은 정도전의 시를 차운次韻하여 시를 쓰는 등 이런 흐름이 계속되었다.

그러나 송도나 한양은 아무리 평범한 곳이라 하더라도 도성都城이라는 특별함이 있다. 한 국가의 도읍이 되려면 지리적 환경이 나빠서는 안 되는 까닭에 당연히 자연경관 역시 좋은 곳일 수밖에 없는법이다. 역대 국가들의 도읍이 되었던 곳은 예외 없이 뛰어난 풍광을 자랑하기에 고려시대에 '송도', 조선시대에 '한양'이라는 지명을 쓰는 순간 '보통'이나 '일상'과는 일정한 거리를 지니게 된다. 이런 측면에서 자신의 부임지도 아니고, 대대로 살아오던 터전도 아니며, 도읍도 아닌, 정말 평범한 지역이라면 똑같은 팔경시더라도 느낌이 색다르다. 시조로 유명한 이세보李世輔가 남긴 시조 〈순창팔경가淳昌八景歌〉를 보자. 첫째 수부터 화려한 경치를 늘어놓는다.

금산(錦山)에 봄이 드니 화쟁홍자(花爭紅紫) 유쟁청(柳爭靑)을
무릉(武陵)의 범나비는 간 데마다 꽃이로다
동자(童子)야 술 부어라 취(醉)코 놀게[25]

이세보는 29세 되던 해에 그의 아버지가 순창군수로 부임할 때 함께 머물렀다. 특별한 업무도 없고 괴로운 사정도 없는 터여서 그저 풍광을 즐기면서 마음 편히 노닌 정황이 잘 드러난다. 금산錦山은 순창의 진산鎭山으로, 순창 북쪽에 있다. 이 금산에 봄이 들어 꽃과 버들이 붉은빛 푸른빛을 다투는데, 무릉도원의 나비가 날아가는 데마다 꽃이라고 했다. 그런 산의 풍광에 취해 잠시 별세계를 경험했다는 뜻인데, 그래서 시인은 이 기분을 놓칠 수 없으니 술을 마시겠다는 취흥醉興을 담아냈다. 이 시는 금산을 필두로 헌납獻納바위, 대숲동, 응향지凝香池, 아미산峨眉山, 귀래정歸來亭, 장대將臺, 적성강赤城江을 차례로 읊는다.

헌납(獻納) 바위 맑은 폭포(瀑布) 사시무궁(四時無窮) 괘장천(掛長川)을
황계(黃鷄) 백주(白酒) 남은 흥은 청가(淸歌) 일곡(一曲) 한가(閑暇)하다
아마도 무한풍경(無限風景)은 예뿐인가[26]

이러한 팔경시의 전통은 관습화를 부추겨 정형화했다. 으레 어떤 지역에 가든 그 지역의 팔경이 있는 법이고, 팔경이 있으면 또 팔경시를 짓는 것이다. 그래서 미처 팔경을 확정짓지 못하고 현대화가 이루어진 도시에서는 팔경을 선정하는 행사를 기획하기도 하여, 우리도 다른 지역 못지않은 풍광을 자랑한다고 홍보하기에 이르렀다. 8은 어느새 실재하는 풍경의 개수가 아니라, 실재해야한다고 믿는 이념 속의 숫자가

된 셈이다. 그래서 팔경시는 한시에서나 볼 수 있는 식자층의 전유물에 머물지 않고 일반 대중들도 민요에 얹어 노랫가락이 되기도 한다.

산 좋고 물맑은 양양이로구나
우리 자랑인 팔경이로구나
앞뜰에 동해안 뒤뜰엔 설악산
해안을 끼고 도는 약산사(낙산사)로다
에헤야 좋구좋다 팔경이로구나

산좋고 물맑은 양양이로구나
우리 자랑인 팔경이로구나
남으로 화주대 북으로 운봉산
청가정 바라보니 의상대로다
에헤야 좋구좋다 팔경이로구나[27]

이 민요의 제목은 〈양양팔경가〉이다. 1930년대 이후 신민요로 만들어져 불린 것으로 알려져있는데, 팔경을 내세우기는 했지만 구체성이 적어 보인다. 눈에 띄는 명승은 설악산, 약산사, 화주대, 운봉산, 청가정, 의상대의 여섯뿐이다. 1연에 있는 '동해안'과 '해안'을 집어넣어야 겨우 숫자 8이 맞춰질 정도이다. 그러나 그렇게 팔경으로 자리를 잡아놓으면서 양양이라는 지역에 대한 자부심은 한껏 커질 수 있다. 지금도 양양에서는 이 민요를 부르면서 애향심을 키워나가고 있으며, 이 노래는 이 지역 사람들의 발길을 따라 북한, 연변, 카자흐스탄까지 이어져[28] 향수를 달래는 데 사용되기도 했다고 한다.

그런데 자연을 이야기할 때 8처럼 이념화한 숫자가 바로 9이다. 숫자 9는 "하나가 부족한 듯하면서 사실상 숫자의 끝으로서 최대 또는 최대치의 개념을 지닌다."[29] 구중궁궐, 구곡간장, 구미호 등등이 다 그런 예이다. 여기에 덧붙여, 중국의 문화전통에 기대는데 소상팔경에서 8이 나왔듯이, 주자朱子의 무이구곡武夷九曲에서 9가 나왔다. 주자가 학문을 하며 제자를 기른 곳이 바로 무이산武夷山인데, 이 무이산의 시냇물이 동쪽으로 흘러 아홉 굽이를 이루었다. 주자는 거기에 집을 지어 '무이정사武夷精舍'라 이름을 지었으며, 그 아홉 굽이의 물줄기를 보며 아홉 수의 시를 지었는데 그것이 바로 〈무이구곡武夷九曲〉이다.

주자를 스승으로 삼았던 조선의 성리학자들이 이를 그냥 넘길 리 없었다. 그래서 송시열宋時烈은 화양동華陽洞 입구에 터를 잡으며 '화양구곡'을 찾아냈고, 이이李珥는 해주의 고산高山에 있는 석담石潭에 은거하며 〈고산구곡가高山九曲歌〉를 지었다. 화양동이든 석담이든 꼭 아홉 굽이일 필요는 없겠지만, 무이산에 구곡이 있으니 당연히 구곡인 것으로 낙착된 셈이다. 〈고산구곡가〉를 보면, 첫 수부터 주자를 본받은 것이라는 대전제를 선포한다.

> 고산구곡담(高山九曲潭)을 사람이 모르더니
> 주모복거(誅茅卜居)하니 벗님네 다 오신다
> 어즈버 무이(武夷)를 상상(想像)하고 학주자(學朱子)를 하리라[30]

고산에 있는 구곡담을 사람들이 모르고 지냈는데, 풀을 베고 터를 잡아 살고 보니 공부하는 벗들이 다 온다고 했다. 실제 몰랐을 리는 없지만 터를 잡고 공부를 하려하니 그 진면목이 드러났다는 것인데, 그렇게 된 이유는 바로 무이산의 구곡을 상상하여 주자를 배우려한 까닭이다. 〈무이구곡가〉가 없었더라면 〈고산구곡가〉도 없었을 것이며, 무이산의 물굽이가 7곡이었더라면, 고산 역시 7곡으로 '고산칠곡가'가 되었을 것이다. 분명 사람과 관계없이 저절로 존재하는 자연이지만, 이미 앞에 전범으로 마련된 자연의 영향으로 그렇게 새롭게 규정되고 명명되었다.

그다음은 다른 팔경시나 구곡가와 마찬가지다. 1곡은 관암冠巖, 2곡은 화암花巖, 3곡은 취병翠屛, 4곡은 송애松崖, 5곡은 은병隱屛, 6곡은 조협釣峽, 7곡은 풍암楓巖, 8곡은 금탄琴灘, 9곡은 문산文山으로 이어진다. 이런 흐름은 그저 공간적인 나열이 아니라, 계절적으로도 봄·여름·가을·겨울, 시간적으로도 아침·저녁·밤으로 전개되면서 구조화되고 정제된 맛을 준다. 그 때문에 흥취는 상당히 떨어지는 편이지만, 그 덕에 배움을 위해 정진하는 태도와는 잘 맞아떨어지기도 한다.

이처럼 '구곡九曲'을 표방한 시는 팔경시가 그렇듯이 많은 작가들에 의해 창작되었다. 권섭權燮은 〈고산구곡가〉를 충실하게 이어 〈황강구곡가黃江九曲歌〉를 남겼다. 또, 이황李滉은 〈고산구곡가〉처럼 도산陶山의 구곡을 명시한 연작시를 남기지는 않았지만, 도산구곡을 설정할 만한 시작품 아홉 수를 남겨서 향후 구곡가의 모범이 될 여지를 주었다. 결국, 퇴계와 율곡을 따르는 한국 유학의 계보에서 자신이 은거하며 공부하는 자연공간을 구곡으로 설정하고 그를 노래하는 시를 짓는 일은 자연스럽게 수용되었다.

대체로 주자를 본받아 자연 속에 은거하며 학문과 수양을 하자는 취지의 시이지만, 경우에 따라서는 궤를 달리하는 작품도 있다. 꽃에 미쳐서 자호를 '화암花庵'이라 했던 조선후기의 기인奇人 류박柳璞은 〈화암구곡花庵九曲〉을 남겼는데, 역시 꽃이 그 주제이다. 매 작품마다 서로 다른 꽃의 특별함에 대해서 읊으며 지나갈 뿐이어서 여느 구곡가의 전통과는 매우 다르지만, 자연 경물景物을 아홉 개로 구획하여 전체화하는 발상만큼은 같다.

자연은 본디 인간과는 무관하게 독자적인 세계를 구축한 것이며, 넓게 보자면 인간 역시 광대한 자연 속의 일부이다. 그러나 이처럼 어떤 전범이 되는 자연이 자리를 잡게 되면, 그때부터는 개개의 자연 또한 그 전범을 입증하는 일반적 사례로 내려앉는 경향이 있다. 이는 자연이 인간의 시각에 의해 재정립되는 특이한 양상이다. 숫자 '8'이나 '9'로 정리되는 자연의 새로운 부면은 기실 자연에 투영된 모범적인 전형을 찾아보려는 인간의 욕구인 것이다.

예를 들어, 유난히 산이 많은 우리나라에서 그 산세로만 따지자면 청량산이나 소백산이 우선순위에 들 수 없지만 주세붕周世鵬이 청량산을 오른 후 〈유청량산록遊淸凉山錄〉을 남기고, 이황이 소백산을 다녀오면서 〈유소백산록遊小白山錄〉을 남긴 후, 그 후대의 선비들 또한 청량산과 소백산을 다녀오면 으레 기행문을 남겼다. 당연히 거기에는 산수유람 이상의 기록이 담기게 되었으며, 산을 노니면서도 도학道學과 유리되지 않는 관행을 만들어냈다. 속세에서 먼 곳에 터를 잡아 학문을 힘쓰며 '구곡가'를 부르던 그 마음이 주변의 산을 오르며 공부에 대한 뜻을 다잡던 그 마음인 것이다.

제 7 장

죽음

삶의 끝인가,
완성인가?

*어떻게 죽어야할지 배우게 되면
어떻게 살아야할지도 배우게 된다.

_ 모리 슈워츠

삶의 끝, 혹은 완성

죽음을 한마디로 정의하면 '삶의 종결'이다. 생물학적으로는 호흡이 멈추는 바로 그 지점이 될 것이다. 그러나 죽음이 심각한 문제가 되는 까닭은 죽음의 그 직전까지가 바로 삶이어서 죽음을 설명하지 않고는 삶을 온전히 해명할 수 없기 때문이다. 물론, 죽음으로 모든 것이 끝난다고 생각하면 죽음은 죽음일 뿐 아무 신경 쓸 것이 없다. 정말 죽어 무화되고마는 것이 삶인 바에야 죽은 뒤에 벌어질 일까지 생각하며 고심할 까닭이 없겠다. 결국 죽음이 문제되는 이면에는 죽음 이후에도 자신의 삶이 일정부분 영향을 미칠 수 있다는 생각이 깔려있다 할 수 있다.

이 점에서, 케이건S. Kagan은 죽음에 관해 던져야할 근본적인 질문으로 다음 세 가지를 꼽았다. "죽은 다음에도 나는 존재할까?", "사후의 삶이 있을까?", "죽고 나서도 나라고 하는 존재가 계속 남아있을까?"[1] 이런 질문들은 대체로 인간의 죽음이 육신에 작용함이 분명하기는 해도 그것이 영혼에까지 영향을 미칠 수 없다는 데서 출발한다. 특히 우리 고전문학의 경우, 귀신의 존재를 상정함으로써 도리어 죽음이 삶을 지배하기도 했다. 귀신은 범박하게 말하면 '사령死靈'으로, 글자 그대로 생령生靈의 반대이다. 이는 죽어서나 살아서나 영혼이 존재한다는 뜻이며, 사령이 생령과 관계할 수 있다고 믿는 한 죽음이 삶에 미치는 영향은 지대하다. 우리 전통문화에서, 죽은 사람이 저승에서 받는다는 명복冥福 못지않게 죽은 사람이 산 사람을 돕는다는 명조冥助가 중시되어온 것은 그런 사정을 반영한다.

그러나 죽음으로 삶이 끝나지 않는다는 관념이 곧 행복한 죽음을 의미하지는 않는다. 내세를 믿는 종교인에게조차 죽음은 극복하기 어려운 이별이다. 지금도 흔히 쓰는 "유명幽明을 달리한다."는 표현 속에는 죽은 자가 가는 '유幽'의 세계와, 산 자가 남아있는 '명明'의 세계가 극명하게 갈린다. 어두컴컴한 세계幽와 밝은 세계明의 대립에서 밝은 세계를 지향하는 마음이 클 것은 자명하다. 그래서 "개똥밭에 굴러도 이승이 낫다."는 속담이 나오는 것이며, 이승을 떠나는 일은 곧잘 한스러운 일로 각인되곤 한다. 원통한 일로 죽은 사람뿐만 아니라 편하게 죽어간 사람조차도, 아니 어쩌면 그렇게 잘 살다간 사람일수록 생사의 갈림길에서 살아남은 사람들의 슬픔이 더하다.

이런 관점에서 고전문학에서 죽음을 다룰 때, 적어도 두 방향으로 나누어볼 필요가 있다. 하나는 죽음의 세계를 직접 다루는 문학이며, 또 하나는 삶과 죽음이 갈리면서 드러나는 상황을 그려낸 문학이다. 전자의 대표적인 예는 저승여행이나 귀신담을 들 수 있다. 이런 문학에서는 산 사람이 저승에 가서 보고들은 경험을 서술하는 방식이나, 실제로 죽은 사람이 귀신의 형태를 띠고 산 사람과 교류하는 내용을 담는다. 후자에는 제문祭文이나 도망시悼亡詩처럼 죽음에 대한 정서적 반응을 보이는 문학이나, 임종게臨終偈처럼 죽음에 임박해서 깨친 내용을 전하는 문학이 있다.

이런 기준에 따라, 고전문학에서 죽음이 드러나는 양상을 넷으로 갈라볼 수 있다.

첫째는 죽음 혹은 죽음의 세계와 관련된 문학이다. 저승은 누구나 가기 싫어하는 곳이지만 그 때문에 도리어 저승여행을 담은 문학은 인기를 누렸다. 천국이라고 하면 누구나 가고 싶어하는 곳이니 갔다가 다시 왔다는 게 논리적인 흠결을 유발하는 데 비해 저승을 다녀왔다는 설정은 그럴법함을 가질 뿐만 아니라 위험한 곳으로부터의 탈출과, 저승을 경험한 결과 새롭게 얻게 된 무언가가 흥미를 끌기 때문이다. 그런데 저승이 곧 사후세계라면 저승여행은 곧 재생담이 된다. 죽음을 겪음으로써 또 다른 삶을 살게 되는 형식인 것이다.

둘째는 앞의 이야기와는 반대로 죽은 이가 귀신이 되어 이승에 침투함으로써 벌어지는 이야기이다. 앞의 이야기에서는 대체로 우연히 혹은 운명적으로 죽을 때가 되어 저승사자에게 불려감으로써 저승으로 가는 데 비해 여기에서는 대체로 편하게 저승으로 가지 못한 원통함 때문에 원령怨靈이 되어 이승에 머문다. 원령을 다룬 문학작품은 당연히 귀신으로 남게 된 이유를 파헤치거나, 귀신을 달래거나 제압하는 쪽으로 진행된다. 물론 인간과 귀신, 곧 생령과 사령의 교류를 담는 기이한 이야기들도 많다.

셋째는 산 자와 죽은 자의 이별이 몰고 오는 정서적 문제를 다루는 문학작품이다. '호상好喪'이라는 말을 쓰는 경우조차도, 이별이 슬프지 않은 것은 아니다. 오히려 죽는 이가 자신의 삶에 더 만족한 경우일수록 다른 사람들이 믿고 기댈만한 대단한 삶을 살아낸 경우여서, 떠나보내는 사람의 마음이 더 아픈 것이 인지상정이다. 그래서 육친과의 영결永訣이나 절친 혹은 사랑하는 사람의 죽음 등이 특히 더 절절하게 다가온다. 고전시가에 그런 내용을 담은 작품이 많은데 특히 한시 가운데는 망자亡者를 애도하는 '도망시悼亡詩'라는 갈래가 있을 정도이다.

넷째는 죽음의 순간, 삶의 새로운 국면을 맞는 문학이다. 죽음이 서러운 이별만이 아니라 삶의 완결이 된다면, 죽음으로써 삶을 한 단계 고양시킬 가능성이 있다. 그래서 죽어서 슬프다는 정서적인 문제가 아니라, 죽는 순간의 특별한 장면을 그려낸 문학작품들이 있다. 대체로 임종臨終을 본 자식이나 제자들의 기록에서 그런 일이 많다. 특히 이런 순간이 문학으로 나타나는 경우라면 굳이 죽음의 순간을 기록해둘 만한 내용이 담보되기 때문에 여느 죽음보다 더 극적인 경우가 많다. 고승高僧이라면 죽음의 순간에 으레 남겨두곤 하는 임종게臨終偈는 죽음의 순간 오도悟道를 맞는 희열을 문학화한 것이다.

저승, 저승여행, 삶의 고양

저승은 웬만한 사람이라면 가기 싫어하는 곳이다. 그런데 많은 설화에서 저승을 여행하듯 다녀오곤 한다. 저승에 가서 저승사자와 담판을 짓고 되돌아온다거나, 저승에 가서 재물을 구해오는 등의 신기한 일들이 벌어진다. 저승사자를 잘 대접하여 죽을 고비를 넘긴 이야기도 있고, 일찍 죽어 저승에 간 총각이 배필을 구해오는 이야기도 있다. 공통점은 저승이 누구나 가기 싫어하는 음험한 곳임에도 불구하고, 거기를 다녀오면 무언가 다른 세계가 펼쳐진다는 점이다. 대체로 저승에 가는 사람들은 현실에서 별 재미를 못 본, 요즘 말로 루저loser가 많다. 소외되고, 버려지고, 할 일이 없거나, 불운한 탓에 비명횡사한 사람들이어서, 이들이 경험하는 저승여행은 도리어 선물처럼 다가온다.

여러 저승 이야기 가운데, 저승 자체에 진지한 관심을 보인 작품으로는 〈천지왕본풀이〉를 들 수 있다. 이 작품은 제주도의 굿인 초감제의 일부로 전해지는데, 우리 문학에서는 보기 드물게 세상을 창조하는 내용이 담겨있다. 이 세상을 창조하는 과정 중에 이승과 저승이 나뉘며,

제주 칠머리당 영등굿·초감제 군문 열림 © 한국학중앙연구원·유남해

거기에 따라 저승의 성격이 부여된다는 점이 특이하다. 이 작품은 '천지왕'이라는 제명에 나타나듯이, 근본적으로는 하늘과 땅이라는 이질적인 존재의 결합에 의해 시작된다. 다소 복잡하지만 일단 그 줄거리를 들어보면 다음과 같다.[2]

> 수명이 악행을 일삼자 천지왕은 군졸을 보내 수명을 잡아들이려 했다. 천지왕은 수명을 잡지 못하고 바구왕집으로 가서 그의 딸 서수암과 동침한 후, 앞으로 자식 둘이 태어날 텐데 이름을 '대별왕', '소별왕'이라 하라 하고 빗 한 짝과 박씨 한 알을 주고 떠났다.
>
> 서수암은 아들 둘을 낳아 대별왕, 소별왕이라고 했는데 아들들이 장성해서 아버지를 찾자 아버지가 천지왕이라고 일러주었다. 아들들은 박씨를 심어 그 줄기를 타고 하늘로 올라갔다. 아들들은 천지왕을 만나고 가지고 간 신표로 아들임을 확인했다. 천지왕은 대별왕이 이승왕을, 소별왕이 저승왕을 하도록 했다.
>
> 그러나 이승을 차지하고픈 소별왕은 이승왕 자리를 놓고 수수께끼 내기를 제안하여 승리했다. 소별왕은 다시 꽃을 심어 잘 기르기 내기를 제안하는데 대별왕이 심은 꽃은 무성하고 소별왕이 심은 꽃은 시들어갔다. 그러자 소별왕은 잠자다 일어나서 꽃을 서로 바꾸어놓았다.
>
> 대별왕은 그 사실을 알고는 소별왕이 욕심이 과하다고 한탄하며 자신이 저승을 차지하겠노라 선언했다. 이리하여 대별왕과 소별왕이 각각 저승과 이승을 차지하게 되었다.
>
> 이때 세상에는 해도 둘, 달도 둘이어서 낮에는 너무 덥고 밤에는 너무 추워서 살기 어려웠다. 게다가 나쁜 짓을 하는 사람들이 너무 많고 귀신 투성이여서 편안히 살 수가 없었다. 소별왕은 대별왕을 찾아가 이승과

저승을 맞바꾸자고 했지만 대별왕은 그럴 수 없다고 했다. 대신 대별왕은 활 잘 쏘는 이를 불러다 해와 달을 하나씩 없애주고, 떠도는 귀신들을 모두 잡아갔다.

그렇지만 애초에 천지왕의 명을 제대로 듣지 않아서 세상에는 온갖 어려운 일들이 많게 되었다.

'수명'이라는 악한惡漢은 통상 '수명장자'로 불린다. '장자'가 '백만장자'처럼 아주 부유한 사람을 일컫는 말이고 보면, 그가 엄청난 거부임이 분명하다. 그러나 그런 부자이면서 아버지를 겨우 죽으로 연명케하였으며, 아버지에게 나중에 제삿밥을 먹지 않겠다는 다짐을 받고서야 음식을 줄 정도였다. 그래서 아버지는 죽은 후에 아예 제삿밥을 먹으러 갈 생각을 안 했지만 천지왕의 권유에 의해 섣달그믐에 명절 제삿밥을 먹으러 수명을 찾았으나 박대를 당하고 되돌아온다. 이에 화가 난 천지왕이 직접 나서는데 이런 전개는 신화적 근원에 닿아있다. 가령, 《구약성서》의 〈노아의 방주〉에서 보듯이 의인 몇을 제외한 악인들을 쓸어버려 새로운 세상을 만들어내는 것, 그것이 바로 신화에서 세상을 재창조하는 서사인 것이다.

그런데 〈천지왕본풀이〉에서는 그런 사명을 띠고 지상에 내려온 천지왕이 제 역할을 다하지 못하고, 실패 끝에 하는 일이 엉뚱하게도 지상 여성과의 동침이었다. 일견 엄한 데 가서 기분을 푸는 행위로 보이겠지만, 거기에서 자식들이 태어날 것을 미리 예견한다는 점에서 그 자식의 역할을 미루어 짐작할 수 있다. 자신이 새롭게 정립하지 못한 세상의 질서를 자식들이 세워줄 수 있으리라는 기대이다. 천지왕은 하늘에서 대단한 힘을 행사한 존재이지만 땅에 내려와서는 악한 인간 하나를 징치하지 못하는 무력한 존재이다. 그래서 지상과의 교섭을 통해 아들 둘이 탄생할 것을 알았고, 그들에게 이승과 저승을 각각 맡아 처리하도록 하려는 계획이었다.

작품 속의 세계는 아버지 천지왕이 맡고있는 '하늘(천상)'과, 자식 둘에게 맡길 '이승(지상)'과 '저승(지하)'의 삼원구조로 이루어져있다. 그런데 그 높낮이가 확연히 보이는 데서 알 수 있듯이 각 세계의 상징값이 절대 같지않다. 아버지가 다스리는 하늘나라를 넘볼 수 없는 바에야 그나마 이승을 맡는 것이 나은 선택인데, 문제는 형제 중 한 사람만 그것을 택할 수 있다는 점이다. 아버지의 뜻은 큰아들 대별왕이 이승을 맡고 작은아들 소별왕이 저승을 맡는 것이었는데, 소별왕이 이승을 넘보면서 갈등에 빠진다. 소별왕의 제안에 의해 꽃피우기 경쟁을 하는데, 둘의 기량이 차이가 남에도 불구하고 소별왕이 대별왕의 대야를 자기 앞으로 당겨놓음으로써 마치 자기 것이 먼저 꽃핀 것인양 속였다.

그런데 대별왕의 반응이 의외다. 동생이 속임수를 쓴 것을 분명히 알았음에도 불구하고, 자신의 승리를 선언하지 않는다. 동생의 행실이 괘씸하다고 생각하면서도 자신이 저승을 차지하겠다고 공표하는 것이다. 이리하여 소별왕이 이승을 차지하지만, 제 능력만으로는 마음대로 다스릴 수가 없었다. 해와 달이 둘씩 나타나는가 하면 세상에 무도한 귀신들 천지였던 까닭이다. 급기야 소별왕은 대별왕에게 도움을 청하는데, 해와 달이 둘인 것 같은 큰 문제는 바로잡을 수 있었으나 그 밖의 소소한 문제들은 바로잡지 못한다. 물론 수명장자를 모기나 파리 등등의 미물이 되게하는 정도의 응징이 가능했지만, 그것은 결국 세상살이가 어렵게 된 징표이기도 했다.

이는 이 무가를 향유하는 계층에게 이승과 저승이 어떻게 수용되는가를 극명히 드러낸다. 이승이 좋은 곳이고 저승이 나쁜 곳이라는 표면적 대립의 이면에는, 이승은 속임수를 쓰는 악한 존재가 다스리는 곳이고 저승은 그런 속임수에 밀려난 착한 존재가 다스리는 곳이라는 또 다른 대립이 존재한다. 이들 형제가 벌인 수수께끼를 보면 그 점이 분명하다. 이본에 따라 문제 내는 사람이 다르기는 하지만, 소별왕이 낸 수수께끼는 '속이 여문 나무가 여름이며 겨울에 잎이 서는지, 속이 빈 나무가 그러한지?'와 '깊은 구렁의 풀이 길게 나는가, 높은 동산의 풀이 길게 나는가?'의 둘이다. 보편적인 상식에서 보자면 속이 여문 나무가 계절에 상관없이 무성할 것이며 깊은 구렁의 풀이 길게 날 것이고, 대별왕은 그렇게 대답했다. 그러나 소별왕은 대나무는 속이 비었는데 겨울에 잎이 서고, 사람은 발등에는 털이 적은데 머리꼭대기에는 털이 많다는 반증反證으로 대별왕에 타격을 가했다.

대별왕은 큰 기준에 입각하여 보편성을 추구하는 데 반해, 소별왕은 순간순간 변화하는 특수성에 최적화된 인상을 준다. 실제 '대별大別'과 '소별小別'의 이름에서 알 수 있듯이, 형은 '큰 것'은 다스릴 수 있지만 '작은 것'은 다스릴 수 없고, 동생은 작은 것은 잘하지만 큰 것에서는 역량을 발휘하지 못한다. 그래서 소별왕이 이승을 다스릴 도움을 구하자, 대별왕은 "그건 못하는 법이다. / 할으방 갈 딘데 손지손주가 대력대신 가도, / 손지 갈 딘 할으방 대력 못 간다. / 느가네가 차지한 대로 어서 가거라. / 내가 큰 법은 강가서 다시려 주마. / 그 대신 족은작은 법은 내가 못 다시린다."[3]며 자잘한 일에는 못 나선다며 포기하기에 이른다. 〈천지왕본풀이〉는 이렇게 천지왕/소별왕/대별왕이 천상/이승/저승의 삼계三界를 맡아 다스리는 것으로 귀결되어 세계가 새로운 질서를 찾아가는 이야기이다. 이렇게 이승이 불공정하고 저승이 공정하다는 믿음 위에서라면, 적어도 죽음의 순간이나 죽음 이후에 벌어질 엄정함을 믿고 현실을 감내하는 삶을 추구하게 될 것으로 짐작된다.

그러나 고전문학에서 〈천지왕본풀이〉처럼 저승이 만들어지는 과정을 그린 작품은 아주 희귀한 경우이고, 대개는 이미 설정된 저승을 다녀오는 이야기이다. 〈바리데기〉로 알려진 무가巫歌가 대표적이다. '진오귀굿'이라고 하는 씻김굿에서 불리는 무가인데, "씻기다"는 동사에서 알 수 있듯이, 이는 부정한 영혼을 씻어서 정화하는 기능을 한다.

옛날 어떤 왕국에서 왕비가 딸만 내리 여섯을 낳았다. 그리고 나서 일곱 번째도 딸을 낳자 왕은 화가 나서 내다 버리라고 명령했다. 그러나 이 막내딸은 비리공덕할아비와 비리공덕할멈의 구조에 의해 기적적으로 목숨을 잃지 않고 장성한다.

그러다가 왕은 중병이 들었는데 이 세상에서는 구할 수 없는 신이한 약물이 있어야만 목숨을 이을 처지가 된다. 그러나 신하들과 여섯 딸 모두 약을 구하러 가는 일을 거부한다. 약이 바로 저승에 있기 때문이었다.

왕실에서는 내다버린 공주를 수소문하여 사정을 하고, 막내딸은 부모와 재회한 후 저승으로 떠난다. 그는 그곳에서 약을 관리하는 무장승의 청대로 그의 아들을 낳아준 후에야 약을 구할 수 있었다.

바리데기는 무장승과 아이들과 함께 약을 가지고 돌아오지만 왕은 이미 죽은 뒤였다. 바리데기는 저승에서 구해온 약물로 죽은 아버지를 살려내고, 그 공을 인정받아 저승을 담당하는 신이 된다.

바리데기가 죽은 영혼을 천도薦度하게 된 결정적인 이유는 그가 저승을 '여행'하였기 때문이다. 일직선으로 뻗은 시간관에서는 한 번 지나간 삶이 되돌아올 수 없다. 삶이라는 게 죽음 직전이라고 보면, 삶에서 죽음으로 옮겨가는 순간 삶은 끝나고만다. 그러나 신화의 시간관은 원환적圓環的이다. 삶에서 죽음으로, 죽음에서 삶으로 계속 돌아가는 것이다. 바리데기의 행보를 보면 저승 가기 이전부터 그런 조짐을 보인다. 부왕父王의 명으로 죽을 운명에 처하지만 누군가의 보살핌으로 삶을 이어나간다. 1차적인 죽음의 고비를 넘어 제2의 생을 살게 되었다 해도 과언이 아니다. 다음으로 다른 사람들은 저승이 두려워서 회피하지만 바리데기만은 죽음의 세상인 저승에 발을 들이기를 거리끼지 않는다. 이것이 두 번째 죽음이다.

저승에 가서는 더 놀라운 일이 일어난다. 저승은 살아있는 사람이 가면 죽는 곳이다. 곧 삶이 죽음으로 전환되는 곳인데, 바리데기는 도리어 무장승의 아이를 낳는다. 죽음의 땅에 가서 죽기는커녕 삶을 잉태하고 거기에서 낳은 자식을 이끌고 다시 이승으로 빠져나온다. 물론 목표했던 약까지 구해서 나오는데, 여기에는 삶과 죽음이 단선적으로 절연되는 것이 아니라 계기적으로 연결된다는 의식이 깔려있다. 버려졌으나 구해졌고 죽으러 갔으나 살았으며, 죽음의 땅에서 생명을 탄생시켰고 새 생명과 약을 가지고 다시 이승으로 돌아오는 반전에 반전이 거듭되었다. 바리데기는 그렇게 삶과 죽음을 넘나드는 능력을 보였으며 그 결과 삶과 죽음 사이를 방황하는 망령亡靈들을 제자리로 이끌 수 있게 되었다.

진오귀굿을 보면 그 중요한 절차 가운데 '시왕 다리를 가른다'는 게 있다. 흰 무명천을 길게 늘여놓은 상태에서 무당이 그 복판을 가르면서 앞으로 나아가는 상징적 행위이다. 저승과 이승이 뒤섞인 혼돈에 종지부를 찍고 죽은 자는 저승으로 편히 가고, 그 덕에 산 자는 이승에서 편히 지내려는 제의祭儀 절차이다. 아직 덜 보내진, 혹은 아직 덜 죽은 영혼을 완전히 보내고 완전히 죽이는 일이다. 바리데기에게 그런 어려운 일이 가능했던 근거는 그가 저승을 다녀온 특별한 존재이기 때문이다. 보통 사람들은 삶만을 경험하고 생을 마치는 데 비해 그는 삶과 죽음을 다 경험함으로써 '온전한' 삶을, 그야말로 생사生死를 구유具有한 완전체를 얻은 까닭이다.

무가가 아닌 설화에서도 저승을 다녀온 사람은 무언가 특별한 능력을 획득한다. 낯선 나라만 여행을 하고 와도 사람이 바뀌는 게 예사이고 보면, 죽음의 문턱을 넘었다가 되돌아온 사람이라면 전과 똑같은 것이 도리어 더 이상하다. '저승 갔다 살아온 사람 이야기'로 통칭될 만한 일련의 설화들은 죽지않을 때에 죽어서 저승에 갔다가 되돌아오는 이야기이다. 그러나 그냥 갔다 오는 것이 아니라 저승에 가서 불쌍한 사람의 사정을 들은 후 이승으로 귀환함으로써 선행을 쌓고 그 결과 복을 받는 내용이다.

대체로 이런 이야기에서는 죽을 운명을 받아들임으로써 도리어 지금껏 살아왔던 삶이 변화한다. 가령, 〈저승 창고에서 재물 빌려온 사람〉[4]은 구두쇠로 소문난 사람이 저승에 갔다가, 이승에서 부자로 살던 사람의 곳간은 텅 비고 가난하게 살던 사람의 곳간이 가득 찬 것을 목격한다. 그리하여 다시 이승으로 돌아온 뒤로는 남들에게 후하게 베풀면서 행복하게 지냈다는 내용이다. 이 밖에도 저승을 다녀온 많은 이야기들에서는 한결같이 저승은 빨리 도망 나와야 하는 곳이라는 생각과 함께 저승에서 나올 때는 무엇이라도 한 가지 더 가지고 오든가 더 나아져서 온다는 공통점을 갖는다.

저승에서 가져오는 것은 재물만이 아니다. 특히 어떤 이야기에서는 배필을 구해오기도 한다. 15살에 장가들어 16살에 죽어나갈 기이한 운명을 가진 집안에 태어난 아들이 혼인을 거부하고 저승길을 자처하여 저승에 갔다가, 잘못 죽은 정승집 딸이 다시 이승으로 돌아갈 수 있도록 도와주고는 다시 이승에 돌아와 정승집 딸과 결혼하는 서사가 진행된다. 자원하여 저승행을 택한다는 게 특이하다. 어차피 죽을 운명으로 점지된 바에야 운명을 피하려 애쓰지않고 대적하는 것인데, 결과는 주인공의 승리이다. 저승의 심판관인 최판관을 만나 자신의 운명이 실제 그러한가 따져 묻고는 최판관으로부터 잘못된 판결임을 실토하게한다. 이렇게 저승의 잘못이 드러나면 다시 이승으로 돌아가 못 다한 수명을 누리라는 판결을 받기 마련인데, 주인공은 거기에 만족하지않고 특별한 행위를 한다. 막상 저승에 가보니 자기처럼 잘못된 판단으로 죽은 사람이 또 있었던 것이다. 특히 불쌍한 여자애가 눈에 띄자 주인공은 대담한 요구를 한다.

자기의 운명만이 아니라 자기 조상 대대로 그러했으므로 자기 조상 몫의 수명을 여자애에게 주라든지, 자신의 수명을 여자애 몫으로 달라고 한다. 어이없는 주장이었지만 주인공의 갸륵한 마음씨에 탄복한 최판관은 주인공과 여자애의 수명을 모두 늘려준다. 이리하여 다시 이승으로 돌아온 남녀는 부부가 되어 잘산다는 줄거리로, 〈삼천갑자 동방삭〉이 그랬던 것처럼 정해진 목숨을 늘리는 '연명담延命譚'이다. 연명의 원인은 분명하다. 자신의 처지와 같은 불쌍한 사람을 그냥 보아 넘기지 못하는 동정심으로 모두의 행운과 행복을 이끌어내는 것이다. 즉, 죽음의 문턱을 넘어 간신히 살아남는 구사일생의 기적이 아니라, 저 하나만의 불행을 뛰어넘어 모두의 행운을 획득해내는 이야기이다.

이처럼 죽음을 받아들임으로써 도리어 죽음을 넘어선다는 역설은 아주 흔하다. 성거산聖居山에 얽힌 설화에 보면,[5] 부여의 성골장군聖骨將軍(고려 태조인 왕건의 증조부)이 아홉 사람과 함께 사냥을 나갔다가 날이 저물어서 바위 동굴에서 잠이 들었다. 그런데 한밤중에 호랑이가 나타나 모두 죽을 지경이 되자 성골장군은 밖으로 나가 호랑이와 싸웠는데, 바위 동굴이 무너져 아홉 사람이 모두 죽었다. 그래서 그 아홉을 묻은 산이라는 뜻에서 '구룡산'이라고 이름을 바꾸었으며, 성골장군이 있던 곳이라는 뜻에서 '성거산'이라고도 한다. 이 이야기에서 주인공은 다른 사람을 구하기 위해 죽음을 맞았으나 거꾸로 다른 사람들은 모두 죽고 주인공만 살아남는다. 제 몸 하나 살고자하면 죽지만, 남들을 살리려 죽으려하면 도리어 산다는 역설이 드러난다.

죽음의 거부, 혹은 죽음 이후

우리 설화에서 귀신 이야기는 매우 흔하다. 그런데 귀신의 존재는 도깨비나 좀비 같은 그저 으스스한 괴물이 아니라, 죽은 사람의 혼령이 이승을 떠도는 한 형태이다. 즉, 한때 인간이었고 이미 죽었으나, 특별한 이유에 의해 임시로 인간들 곁에 머무는 존재이다. 그러므로 귀신은 산 인간과 죽은 인간의 경계에 있는 특별한 존재라고 보아도 무방하다. 삶의 부당한 연장이자, 죽음의 미완형이 바로 귀신인 셈인데, 왜 죽어도 죽지 못하는가에 따라 다양한 서사가 산출된다. 단적으로 《삼국유사》에 있는 몇몇 귀신 이야기만 보아도 귀신의 대체적인 면모를 충분히 살필만하다. '귀신'이라면 으레 원귀冤鬼 같은 부정적인 존재로 인식하기 쉽지만 《삼국유사》에 드러나는 편폭은 그보다 훨씬 더 크다.

먼저, 인간을 돕는 고마운 신령으로서의 귀신을 살펴보자. 〈기이 1〉에 있는 〈미추왕죽엽군未鄒王竹葉軍〉[6]에 보면, 신라 14대 유례왕儒禮王 때, 신라군이 이서국伊西國 사람들의 침입으로 고통을 당할 때 난데없이 튀어나온 병사들의 도움을 받아 쳐부술 수 있었다. 병사들은 모두 귀에 댓잎을 붙이고 있었는데 전투가 끝나자 종적을 감추었다. 나중에 미추왕未鄒王의 무덤에 댓잎이 쌓여있는 것을 보고는 그것이 바로 미추왕의 음덕陰德임을 알았고, 그래서 미추왕의 능을 '죽현릉竹現陵'이라고 했다고 한다. 이미 죽은 왕이 되살아나서 댓잎으로 군사를 만드는 이적異蹟을 일으켰다는 뜻이고, 죽은 귀신이 산 사람을 도운 사례이다.

〈미추왕죽엽군〉조는 여기에서 끝나지 않고 곧바로 김유신 이야기로 옮겨간다. 그 이야기가 있고나서 한참 뒤인 36대 혜공왕 때, 김유신의 무덤에서 갑자기 회오리바람이 일더니 김유신 장군 같은 사람이 40명의 부하 병사들을 이끌고 말을 타고 나타나 죽현릉으로 들어갔다. 잠시 후, 능에서 울며 호소하는 듯한 소리가 들렸는데, 김유신 장군이 미추왕에게 자신이 살아서 국난을 이겨내고 통일의 위업을 이루었으나 그 자손은 무고한 데도 가혹한 형벌을 받았다고 호소하며, 자신은 이제 신라를 돌보지않고 멀리 떠나겠노라는 뜻까지 덧붙였다. 김유신이 그렇게 세 번을 청했으나 미추왕은 끝내 허락하지 않았고, 김유신은 회오리바람과 함께 사라졌다. 혜공왕이 이 말을 듣고 두려워하여 신하를 김유신릉으로 보내 사과하고

《삼국유사》의 〈미추왕죽엽군〉조를 포함해 여러 차례 등장하는 경주 김유신묘

절에 재물을 내려 명복을 빌도록 했다. 김유신이나 미추왕이나 귀신으로 나타났지만, 미추왕의 나라 사랑하는 마음이 빛을 발휘하여 더 큰 재난을 막았다는 내용이다.

이 이야기에서 주목할 점은 두 가지이다. 하나는 사람이 죽어서도 여전히 살아있는 사람에게 영향을 미친다는 점이다. 흔히 '명조冥助'로 알려진 사령死靈의 도움을 받는 것인데, 특히 선조의 사령은 후손에게 좋은 영향을 끼친다고 믿어졌다. 물론, 조상신이라도 후손들이 잘못하면 분노하여 그 반대의 결과를 초래할 수도 있다. 죽은 사람과 산 사람이 명백한 경계를 이루고있는 듯하지만 이런 예에서 보듯이 그 경계가 그리 대단하게 여겨지지 않는 구석이 있다. 또 하나 주목할 점은 죽은 사람이 살아가는 공간이다. 지금은 사람이 죽으면 '하늘나라'로 간다는 식으로 천상계를 떠올리지만 이 이야기에서는 미추왕이나 김유신 모두 자신의 무덤에서 살다가 나오고 들어가고 있다. 무덤을 '음택陰宅'이라고 부르는 의식이 분명히 드러난다.[7]

김유신에 관련되는 죽음 이야기는 《삼국유사》에 하나 더 있다. 〈김유신〉조에는 전신轉身의 형태로 죽음이 표현된다. 김유신의 화랑 무리 가운데 백석白石이라는 자가 있었는데 유신이 백제와 고구려를 치려하

자 그 일을 돕겠다고 나섰다. 유신이 흔쾌히 받아들여 함께 가다 고개에서 쉬는데 호국신인 세 여자가 나타나서 백석이 적국 사람임을 일러주었다. 김유신이 그 말에 따라 백석을 포박하여 심문하였더니 그 사정이 뜻밖이었다. 그는 김유신이 전생에 고구려의 소문난 점술가 추남楸南이었다고 했다. 추남은 고구려가 어지러운 이유가 왕비의 행실에 있음을 진실되게 말하였다. 그러나 나라를 구하기 위한 바른 말은 배척당하고, 쥐의 배 속에 든 새끼의 마릿수까지 알아맞히는 올바른 점괘를 냈지만 처형당했다. 추남은 매우 충성스러울 뿐만 아니라 보이지않는 이면까지 꿰뚫어보는 지혜가 있는 사람임이 분명하다. 그러나 죽음에 이르게 된 추남은 훗날 적국의 장군으로 다시 태어나 반드시 고구려를 멸망시킬 것이라고 했고, 실제로 그랬다는 것이다. 여기에 따르면, 고구려의 추남과 신라의 김유신은 같은 인물이다. 한 인물이 시대와 나라를 바꾸어서 새로운 몸으로 다시 태어났을 뿐이다. 여기에는 김유신을 돕는 호국신의 존재가 강조되는 면도 있지만, 유신은 본디 보통 인간을 넘어서는 탁월함을 가졌다는 사실도 알려준다.

이런 민간신앙 측면을 떠나 불교설화에서의 전신轉身은 비일비재하다. 불교에서는 모든 중생이 윤회하는 것으로 믿어지는 만큼, 현재의 사람도 전생에서는 또 다른 존재였으며, 다음 생에 어떻게 태어날지 알 수 없다. 《삼국유사》 〈의해義解〉편 〈사복이 말하지 않다蛇福不言〉조를 보면, 과부의 자식으로 열두 살이 되도록 말도 못하는 사복이 등장한다. 그의 어머니가 죽자 원효가 그에게 예를 갖추었는데 사복은 답례도 없이 엉뚱한 말을 전한다. 원효와 자기가 옛날에 경전을 싣고 다니던 암소가 이제 죽었으니 함께 장례를 치르자는 것이다. 원효로서는 기가 막힐 노릇이다. 자신을 보고 전혀 예를 표하지않은 것도 그렇고, 말도 못하던 아이가 제 어머니의 전생을 훤히 꿰뚫고있다는 것도 그렇다.

사복은 원효에게 보살수계菩薩授戒를 부탁했고, 원효는 "태어나지 말 것을, 죽음이 괴롭구나 / 죽지 말 것을, 태어남이 괴롭구나."라고 축원하였다. 그러자 사복은 말이 번거롭다고 통박하였고 결국 "죽고 남이 괴롭구나."로 간단하게 축약하였다. 여기에서 보면, 짐승과 사람이 윤회의 형태로 몸을 바꾸며 거듭나고 그런 부질없는 거듭남을 벗어날 것을 촉구한다. 그렇다고 모든 이야기에서 윤회가 그렇게 괴롭기만한 것은 아니다. 불교 교리로야 최고로 치는 것이 열반으로 윤회의 사슬을 벗어나는 것이지만, 어떻게 보면 윤회를 통해 또 다른 삶을 살아볼 수 있다면 판타지가 될 수도 있다.

《삼국유사》〈효선孝善〉편의 〈대성이 두 세상의 부모에게 효도하다大城孝二世父母〉는 제목 그대로 김대성金大城이 전세前世와 현세現世 부모에게 효도하는 이야기다. 김대성이 처음에는 가난한 집에 태어났는데, 복을 받지 못한 것이 쌓아놓은 선행이 없는 탓이라고 여겨 그나마 있던 밭을 시주하였다. 시주하지 않으면 다음 생에서도 계속 고생할 것이라는 이유에서였는데, 과연 김대성은 죽어서 재상인 김문량의 아들로 다시 태어났다. 죽었지만 다시 태어났고, 전생의 어머니까지 모셔다 놓고 양쪽 부모에게 효도할 수 있었던 것이다. 나중에는 현생의 부모를 위해서는 불국사를, 전생의 부모를 위해서는 석불사(석굴암)을 지어 효도의 정점을 찍었다.

김유신은 호국신앙과 관련하여, 김대성은 불교와 관련하여 죽음과 삶이 연결되며 두 세상을 조화롭게 해놓은 것인데, 실제의 죽은 사람이

故 한석흥 선생이 기증한 석굴암 본존불의 대표 사진

다시 나타나는 이야기가 아름답기보다는 섬뜩한 편이다. 《삼국유사》 〈기이 1〉편의 〈도화녀비형랑桃花女鼻荊郎〉을 보면 사람과 귀신이 교접하는 이야기가 나온다. 25대 사륜왕진지대왕이 아리따운 도화녀를 사랑했으나 남편이 있어서 안 된다고 거부하였는데, 나중에 폐위되어 죽은 후에 귀신으로 다시 나타났다. 임금이 살아있을 때, 도화녀에게 남편이 없으면 되겠느냐고 희롱조로 물은 일이 있는데 도화녀가 그렇다고 대답했기 때문이다. 결국 그 약조를 빌미로 둘이 교접하여 임신을 하여 아이를 낳았는데 그 아이가 바로 비형鼻荊이었다.

이렇게 인간과 귀신 사이에 태어난 존재는 상서롭지 못하기만한 것이 아니라 두 세계와 모두 잘 소통하는 능력을 갖기 마련이다. 비형이 특별하다는 말을 듣고 진평왕이 궁중으로 불러들여 길렀는데, 아니나 다를까 그는 늘 귀신과 놀다가 돌아오곤했다. 임금은 비형을 시험하기 위하여 귀신을 부려 다리를 놓도록 했고, 비형은 명받은 대로 다리를 놓아 그 이름이 '귀교鬼橋'라고 했다. 아울러, 귀신 무리 가운데 국정에 쓸 만한 인재를 추천하라는 말에 길달吉達을 추천하기도 했는데 나중에 길달이 여우로 변하여 숨어 달아나자 비형랑이 귀신을 시켜 잡아와 죽였다. 이후로 사람들이 비형과 관련되는 노래를 지어 불렀고 그 노래를 불러 귀신을 쫓는 풍습이 생겨났다는 것으로 이야기는 끝맺는다.

애초에 도화녀에게 흑심을 품었던 사륜왕이 귀신이 되어 다시 도화녀 앞에 나타난 것은 그가 원귀冤鬼임을 일러준다. 비록 폐위된 원통함 또한 적지 않겠지만, 임금으로 있으면서도 마음에 드는 여자를 취하지 못한 한이 죽어서도 완전히 죽지 못하게 만들었다. 그리고 귀신이 되어 인간과 관계를 맺어 반인반귀半人半鬼의 자식을 낳아 결국은 사람과 귀신 사이의 질서를 바르게 정해놓게 된다. 비록 죽어서도 놓지 못할 욕정이 작동한 결과였다 하더라도 긍정적인 영향으로 귀결되면서, 처음의 섬뜩함이 온화한 기운으로 변화된 셈이다.

죽음 이야기가 그저 기괴奇怪한 호러물이 되지 않으려면 죽음에 그럴 법한 서사를 담아내야만 한다. 원귀가 되어 사람들을 괴롭히고 다녔다는 식의 서술만으로는 서양의 드라큘라나 좀비 이야기와 크게 다를 것이 없다. 고소설 〈장화홍련전〉에서 보듯이 장화홍련은 원통하게 죽었기 때문에 그 한을 풀어내기 위한 서사가 필요했다. 장화와 홍련은 자신을 사랑하는 어머니를 여의고 계모와 함께 살게 된다. 물론 아버지 역시 딸들을 사랑했지만 잘 챙겨주질 못한다. 마침내 계모의 계략에 의해 억울한 누명을 쓰고 죽는데, 이 경우 원망의 대상은 분명하다. 자신을 원사冤死로 몰아넣은 계모와, 계모의 명대로 직접 죽음으로 내몬 의붓오라버니 장쇠이다. 작품을 따라가보면, 장쇠는 어디선가 나타난 호랑이에게 변을 당하고, 나중에 음모가 발각된 계모 역시 응징되어 원을 갚는 문제는 어지간히 풀린듯하고, 그것으로 작품이 끝나기도한다. 그러나 어떤 이본에서는 장화홍련이 다시 태어나는 재생담을 첨가했다. 장화와 홍련은 다시 아버지의 쌍둥이 딸로 태어나서 부잣집 쌍둥이 형제와 결혼한다.

현대 서사의 관점에서 보자면 재생담 자체가 군더더기 같기도 하고, 다시 똑같은 집의 쌍둥이 딸로 태어난다거나 쌍둥이 형제와 결혼한다는 설정이 억지스럽게 느껴진다. 그러나 장화홍련 자매가 갖는 가장 큰 한이 자신들을 사랑해주는 부모 아래서 행복하게 살아보는 것이었기에, 그런 재생담이 덧붙음으로써 문제를 깔끔하게 해결해줄 수 있었다. 〈아랑각전설〉에서는 원님이 나타나 자신을 해코지한 인물을 응징하는 복수의 서사에 그쳤다면 〈장화홍련전〉에서는 복수뿐만 아니라, 미진했던 삶을 다시금 영위해보는 것이다. 원통한 죽음으로 생을 마감할 수 없다는 생각이 그렇게 죽음 이후의 이야기를 두 방향으로 틀었다.

멈추지 않는 눈물

죽음에 대한 관념은 매우 다양하고, 특히 시기를 거슬러 올라갈수록 관념화된 것이 일반적이었다. 사람들의 관심이 생물학적 죽음을 넘어서는 지점에 있는 한 죽음은 언제나 또 다른 삶을 기약하기 때문이다. 그러나 그런 관념조차도 그것은 죽은 사람의 몫일 뿐이었다. 죽은 이가 내세에서 어떻게 살아가는지 살아있는 이들은 알기 어렵고, 설령 다음 생에 다시 만나자거나, 저 세상에 가서 뵙겠다고 하더라도 이 세상에서는 더 이상 볼 수 없다는 점은 돌이킬 수 없다. 그래서 적어도 죽음에서만큼은 당사자보다 타인의 정서가 더 크게 작동하는데, 이는 떠나보내는 슬픔으로 집약된다.

향가 〈제망매가祭亡妹歌〉는 누이를 여읜 슬픔을 곡진하게 담아냈다. 해독 자체가 어려워서 정확한 뜻을 파악하기 쉽지 않지만 한 남매의 삶과 죽음의 길이 갈리는 가운데 슬픔을 잘 드러내고있다. 특히 "한 가지에 나고 / 가는 곳 모르는구나"라는 구절은 똑같은 부모의 기운을 받고 태어난 '동기同氣'의 이별을 절절하게한다. 물론 승려가 쓴 시답게 미타찰彌陀刹: 아미타불이 있는 극락에서 만날 날을 생각하며 도道를 닦으며 기다리겠다는 뜻을 덧붙여두어 마음을 다독이지만 그런다고 슬픔이 아주 가시는 것은 아니다. 아무리 서방정토로 가서 다시 만날 기약이 있다해도 그 전까지는 다시 볼 수 없고 이는 분명 슬픈 일이기 때문이다.

이 작품에서 죽은 누이를 회상하며 나무를 들고 나온 것은 죽음에 대한 분명한 통찰을 보여준다. 꼭 동기간이 아니더라도, 어쩌면 모든 인간은 한 뿌리에서 났지만 다른 잎으로 살아가는 존재일 것이다. 불교에서는 세상을 이루는 네 가지 근원 요소를 '사대四大'라 하는데, 이 수水·풍風·지地·화火의 네 가지 구성인자가 뒤섞이면서 만물을 생성해내는 것으로 본다. 그것이 바로 한 뿌리에서 나와 다르게 살아가는 모습인데, 때가 되면 다시 흩어지기 마련이다. 누이가 죽어 이별하는 것 역시 그 범주 안에 있는 것이니 크게 애달파할 일이 아니라는 데 생각이 미치고, 다시 봄이 되면 잎이 나듯이 또 다른 곳에 가서 새로운 삶으로 마주할 희망을 담아내고있다.

그러나 이 일연이 기록한 향가 작품을 승려가 쓴 특별한 작품으로 이해해서는 곤란하다. 우리 전통의 중요 예법을 '관혼상제冠婚喪祭'의 넷으로 꼽는 데서 알 수 있듯이 상례와 제례는 매우 중요한 의례였다. 그런데 이 의례에서 빠지지않고 등장하는 것이 바로 죽은 이를 애도하는 글이다. 글을 새겨 장례 시에 함께 묻는 묘지명墓誌銘, 무덤 옆에 묘비에 새겨두는 묘비명墓碑銘, 제례에서 행해지는 제문祭文 등은 필연적으로 죽은 이를 기리며 그리워하게 되어있다. 부모형제 같은 혈속과의 이별은 그 그리움이 절절할 수밖에 없는데, 특히 자식을 잃은 경우 애통함은 더욱 크다.

> 지난해에 네가 자식을 잃더니 올해는 내가 너를 잃으니 부자간의 정이야 네가 먼저 알 것이다. 너는 내가 묻어주었지만 내가 죽으면 누가 나를 묻어줄 것이며, 너의 죽음을 내가 슬퍼했지만 내가 죽으면 누가 곡해줄 것이냐! 늙은이가 통곡하니 청산도 찢어지려 하는구나![8]

상진尙震이 지은 〈제망자문祭亡子文〉이다. 상진은 조선전기 문신으로, 황희와 더불어 명재상名宰相으로 이름이 높다. 야사나 설화에 등장하는 그의 사람됨은 청렴함이나 관후寬厚함이어서 평탄한 인생행로를 겪었을 것으로 짐작되지만 실상은 달랐다. 보통의 인생에서 자식을 앞세우는 것만큼 큰 비극이 없는데, 자식이 손주를 앞세운 비극을 겪는 것을 목도하는 것도 모자라 이제 그 자식마저 저승길로 먼저 떠나고말았다. 오는 순서의 정반대로 삶을 마감하는 기막힌 현실 앞에 "청산이 찢어지려 한다."는 절규가 문장의 과장으로만 여겨지지 않는다. 청산이 찢어질 리 없겠지만, 이미 갈갈이 찢겨진 마음으로야 백 번이고 천 번이고 찢어지고도 남았을 것이다.

혈육의 죽음이 슬픈 것은 당연한 일이지만, 옛 문인들의 경우 벗의 죽음 또한 그에 못지않았다. 이는 유학에서 오륜五倫이라는 인간이 지켜야할 다섯 가지 도리 가운데 '붕우유신朋友有信'을 꼽은 것과 무관하지 않다. 벗과 벗 사이의 관계가 인륜의 근간이 되는 부자/부부의 관계를 넘어설 여지야 많지않겠지만, 전통사회에서는 가정의 근원이 되는 부부관계조차 당사자들의 자발적인 의사와 무관하게 이루어진 점을 감안한다면 벗이야말로 제 스스로 택해 맺어진 소중한 인연이어서 영원한 이별에서 오는 애틋함이 증폭된다. 송한필宋翰弼이 벗 최경창崔慶昌을 떠나보내고 쓴 제문을 보면 그 절절함이 여느 혈육 간의 그것보다 더하면 더했지 결코 덜하지 않다.

> 아아, 가운(嘉運: 최경창의 자(字))이 갑자기 나를 버리고 영원히 가버리니 내게 남은 세월이 있은들 누구와 함께 날을 보낼 것인가? 집에 있어도 기다릴 일이 없고, 문을 나서도 갈 곳이 없네. 놀아도 함께 할 이가 없고, 앉아도 마주할 사람이 없고, 말을 해도 들어줄 사람이 없으며, 시를 읊어도 화답할 사람이 없으며, 화복(禍福)과 영욕(榮辱)이 있어도 더불어 위로하거나 같이 즐거워할 사람이 없네. 그렇다면 살아남은 자가 이를 알아 길이 슬퍼하는 것은 죽은 자가 아무것도 모르면서 영원히 적막한 것만 못하네.[9]

한마디로 살아남았어도 살아있는 게 아닌 삶이다. 집에 있어도 기다릴 사람이 없다는 것은, 죽은 벗이 대체불가의 '한 사람'임을 뜻한다. 이 경우, 벗은 세상에 하나뿐인 지음知音이다. 이제 말을 할 수는 있어도 내 뜻을 제대로 알 사람이 없고, 시를 쓸 수는 있어도 제대로 감상할 사람이 없다. 그래서 살아남아 이런 처절함에 놓인 자신이, 죽어서 아무것도 모를 그 벗보다 못하다고 하소연하고 있다. 여기에서 눈여겨볼 대목은 죽음을 "아무것도 모르면서 영원히 적막한 것"으로 보고있다는 점이다. 빈말이라도 죽어서 다시 만나겠다거나, 잘 살다 간 벗이니 좋은 세상에 갔을 것이라는 위안이 없다. 죽음은 그저 삶의 끝이고, 그 때문에 영결永訣의 아픔은 오롯이 산 자의 몫이다.

사람이 죽으면 대체로 슬프다. 여느 죽음도 그렇겠지만 혈육이라는 부모형제나 자손이라면 더욱 그럴 것이며, 마음을 둔 친구도 그에 못지않을 것이다. 그러나 그보다 더 절절한 죽음이 있으니 바로 아내의 죽음이다. 예전에는 남녀 간의 내외가 분명해서 부부 사이라고 해도 여간해서는 속정을 내비치는 법이 없었다. 특히 양반가에서라면 남편은 사랑채에서 아내는 안채에서 각자의 영역을 지켜가며 서로 다르게 살아가는 것이 일반적이었다. 그래서 부부간의 애정을 드러낸 시는 고사하고 편지 한 통 남기기도 어려웠는데, 꼭 하나 예외가 있다면 바로 '도망시悼亡詩'이다. 글자 그대로야 '죽음을 애도하는 시'가 되겠지만 흔히 아내의 죽음을 애달프게 읊은 시가 바로 도망시이다. 중국 진晉나라의 반악潘岳이 아내의 죽음을 슬퍼하여 〈도망시〉를 쓴 이후, '도망시'는 아내의 죽음을 애도하는 시를 통칭하는 문학관습이 되었다.

물론, 제문祭文이나 만사輓詞, 행장行狀에서도 죽음을 절절히 읊어낼 수 있다. 그러나 그런 글들은 특별한 의례에서 행해지는 공식적인 글이거나 규식이 정해져있어서 개별적인 감정을 솔직히 드러낼 여지가 적다. 이에 비해 도망시는 여느 한시처럼 자신의 감정을 솔직히 드러낼 수 있을 뿐만 아니라, 유교윤리의 엄혹함 속에서 살아서는 미처 내지 못한 마음의 소리를 담아내는 데 적절했다. 고전문학에서 최고의 서정시인으로 평가받아 마땅한 이달李達의 〈도망悼亡〉을 보자.

화장 경대 거울에는 먼지 일고,	粧奩蟲網鏡生塵
문 앞 가린 복사꽃은 적막 속에 봄 맞는데	門掩桃花寂寞春
옛날처럼 작은 누각 밝은 달만 떠 있을 뿐	依舊小樓明月在
모르겠네 그 누구가 주렴 걷을 사람인지.	不知誰是捲簾人[10]

여인의 전유물인 화장대가 등장했다. 매일 그 앞에서 치장하느라 깨끗했을 거울에는 먼지가 일 정도이며, 문을 내다보며 복사꽃을 보며 서 있었을 꽃보다 고운 아내가 불귀의 객이 되고말았다. 그러니 화장대도 더 이상 그 옛날의 아내가 앉아있던 그 화장대가 아니고 꽃도 더 이상 아내가 보며 즐기던 그 꽃이 아니다. 아내의 죽음으로 모든 것이 변한 가운데 그저 변함없이 있는 거라고는 달 하나뿐이다. 그러나 그 달 구경을 하느라 주렴을 걷어올렸을 아내가 없으니 그 달 또한 옛 달이 아니다.

특히 "달만 떠 있을 뿐"에 있는 달의 상징은 전통 문학 관습에서 예사롭지 않다. 지금처럼 통신이 발달해있지 않을 때는 멀리 있는 사람을 그리워할 때 달을 보며 저 달을 그 사람도 보고 있을 것이라고 생각하곤 했다. '달 타령'이 곧 '사랑 타령'인 것은 그런 까닭이다. 더구나 서얼庶孼 신분으로 유난히 유랑을 많이 해야 했던 시인으로서는 자신이 멀리 있을 때 으레 밖에 나와 자신을 그리워했을 아내를 생각하면서 따로 살던 시절이 회한悔恨으로 남았을법하다.

그러나 회한이 비감함이나 애잔함만으로 남지 않는 것은 이 시에 담긴 독특한 상황 덕이다. 시인은 서얼이라는 이유로 변변한 생업도 없이 떠돌이 신세를 감내해야만 했으니, 시인의 아내에게 변변한 집이나 가

구가 있었을 리 만무하다. 그럼에도 불구하고 아내의 거처는 화장대와 거울이 잘 갖추어져 있고, 문만 열면 복사꽃이 운치 있게 피어있는 조경이 되어있고, 달구경할 자그마한 누각이 있고, 아내는 발을 드리운 채 우아하게 앉아있었던 것으로 그려진다. 어쩌면 자신이 아내에게 못다 해준 것을 입으로나마 풀어내는 말의 성찬盛饌이겠지만, 그로써 아내의 신산했던 삶을 조금이나마 위무해주는 기능을 한다. 죽음이 삶의 질곡을 완전히 쓸어없앨 수는 없지만 화려한 수식에 힘입어 떠나간 삶을 곱게 되새겨주는 것이다.[11]

아내의 임종을 지키고 손수 장례라도 치러줄 형편이라면 그나마 다행이었다. 어떤 경우는 아예 소식만 듣고 꼼짝 못할 수도 있었다. 교통이나 통신이 발달하지 못한 사정도 있었지만, 불가피한 사정으로 발이 묶일 때 그 비통함은 극에 이른다.

겨우겨우 월하노인 통해 명부(冥府)에 호소하여	聊將月老訴冥府
내세에는 부부의 자리를 바꿔달래야지.	來世夫妻易地爲
내가 죽고 그대가 살아남는 천리 밖에	我死君生千里外
그대에게 나의 이 비통함을 알게 하리.	使君知有此心悲[12]

김정희金正喜의 〈귀양지에서 아내를 애도하며配所輓妻喪〉이다. 김정희는 제주도에 귀양 가있다가 한양에 있는 아내의 부음을 들었는데, 죽은 지 한 달이 지난 후였다. 그때의 사정으로서는 당연한 일이었지만 유배인 신분으로 알고도 갈 수 없는 처지라 더욱 애통했을 것이다. 월하노인은 중매를 해주는 신령스러운 존재이니, 부부의 인연을 맺어주었던 그를

추사 김정희의 〈세한도〉. 귀양지 제주도의 혹독함을 견뎌낸 소나무가 잘 드러나 있다.
ⓒ 국립중앙박물관

통해 다음 생에도 역시 부부로 태어나되 남편과 아내의 자리를 바꾸어 달라고 하소연하고 있다. 천리 밖에서 슬퍼하는 본인의 마음을 도저히 표현할 길이 없는데, 오직 자기 자리에 서봐야 그걸 알 수 있다는 심정을 그렇게 드러낸 것이다. 자신의 이 기막힌 국면을 떠나서 보편적으로 풀어내거나 형용할 수 없다는 뜻이다.

이렇게 보면 도망시는 죽음을 애도하는 시이면서 살아서는 못다 표현한 사랑을 곡진하게 펼쳐보이는 시이기도 하다. 죽은 뒤의 사랑 표현이 무슨 소용이겠느냐고 볼 수도 있겠지만, 엄격한 법도 아래 표면적으로 제대로 드러낼 수 없었던 사랑을 죽음을 애도하면서나마 절절하게 표현할 수 있었다. 죽음과 사랑은 전혀 다른 별개의 문제이지만, 죽음을 기회로 심연에 가두어두었던 사랑이 표면에 부상하는 기이한 현상이다. 사랑한다는 말을 한 번도 못 해보고 죽은 아내에게 속마음은 그게 아니었다며 전하는 뒤늦은 회한인지도 모른다.

그러나 죽음이란 게 꼭 특정 관계에 있는 이의 경우만 슬픔을 불러오는 것은 아니다. "핑계 없는 무덤이 없다."는 말이 있듯이 모든 죽음에는 다 사연이 있을 것이며 보편적인 죽음 그 자체가 슬플 수도 있다. 사람이 죽어 무덤을 쓸 때 땅을 다지며 노래를 부른다면 그 노랫가락은 처연할 수밖에 없고 노랫말 또한 애상哀傷을 띠게 마련이다. 흔히 〈달구소리〉라는 게 그런 민요인데, "노자는 청춘인데 (오호 덜구야) / 한번 야야 실수하여 (오호 덜구야) / 북망산 돌아가면 (오호 덜구야) / 어느 가객 고인들의 (오호 덜구야) / 날 불쌍타 하겠어요 (오호 덜구야)" 같은 식의 비탄이 이어지다가 결국에는 망자가 아니라 망자를 보내는 살아있는 사람들이 느끼는 "우리 청춘 흘러간다 (오호 덜구야) / 아깝다 우리 청춘 (오호 덜구야)"[13]의 정서로 옮아간다.

이처럼 다른 이의 죽음을 보며 자신의 삶을 되돌아보는 것은 인지상정인데, 이와는 달리 바로 자기 자신(혹은 같은 처지의 사람)의 죽음을 타자화하는 작품도 있다. 도저히 불가능할 것 같지만 시집살이 민요에서 아주 흔하게 존재한다. 현대의 가요 가락에 얹혀서도 널리 알려진 〈진주난봉가〉 계열이 그렇다. 진주의 새댁이 시집식구의 박대와 남편의 무관심 속에서 목을 맨다는 내용인데, 이 노래를 주로 부르던 계층이 부녀자이고 보면 자신의 억울하고 답답한 심경을 대리로 풀어낸다.

울도 담도 없는 집에 시집삼년 살고나니
시어머니 하신 말씀 아가아가 메늘아가
느그남편 볼라거든 진주남강의 빨래를 가라.
진주남강으로 빨래를 가니 터덕터덕 말을 타고

구름 같은 갓을 쓰고 모른 듯이 지나가네.
물도좋고 돌도좋아 흰빨래는 희게 하고
검정빨래는 검게 하고 집이라고 찾아오니
시어머니 하신말씀 아가아가 메늘아가
느그남편 볼라거든 사랑문을 열어봐라.
사랑문을 열고보니 자판진판을 하고 있네.
하도하도 기가막혀 큰방문을 열고가서
명주한필을 꺼내다가 목을 매어죽었다네.[14]

내용은 간단하다. 시집가서 온갖 고생을 다했건만 알아주기는커녕 남편마저 외면하고 외도하니 목을 맸다는 것이다. 자살은 자신의 가장 소중한 목숨을 내놓는 행위라는 점에서 어쩌면 가장 적극적인 의사표현일 수도 있지만, 한편으로는 상대방이나 세상과는 어떠한 타협의 여지도 없다고 판단하며 그저 자신만을 일방적으로 소멸시켜버린다는 점에서 가장 소극적인 의사표현일 수도 있다. 이 작품에서는 죽음으로 끝났지만 많은 작품에서 "기생첩은 삼년이고 본댁 정은 백년"이라며 남편이 비통해하며 후회한다. 실제 현실이 그렇다기보다는 가정假定에 의한 정신적 위안이라 하겠지만, 죽지 않고서는 배겨날 수 없는 심각한 괴로움을 속 시원히 털어냈다. 이 노래를 부르는 많은 부녀자들, 특히 시집살이와 남편의 냉대에 고통받고 있는 부녀자들은 이야기 속 죽음을 통해 비감해하기보다는, 어렵게 살아가는 자신들을 위로해주는 카타르시스를 느꼈을 것이다.

이제 다 이루었다

죽음을 그저 삶의 끝이 아니라 삶의 완결로 보기 위해서는 일단 죽음을 있는 그대로 받아들여야만 한다. 죽음에 한을 남기거나 삶에 미련을 보인다면, 죽음은 삶이 미완이라는 징표이기 때문이다. 우리 문학에서 죽음을 초극하려는 의지를 보이는 첫 작품으로 〈공무도하가公無渡河歌〉를 꼽지않을 수 없다. 물론 여러 신화에서 그 마무리가 영결을 뜻하는 죽음이 아닌 신神으로의 좌정이 보인다거나, 박혁거세의 시신이 다섯 군데로 땅으로 흩어져서 국토 자체로 영속하는 등의 결말이 있기도 했지만 죽음에 대한 직접적인 언급은 아니었다. 이에 비해 〈공무도하가〉는 작품 자체에 '죽음死'을 노출하면서 본격적으로 의미를 탐색해나간다.

님이시여, 물을 건너지 마오.	公無渡河
님께서는 기어이 물을 건너셨네.	公竟渡河
물에 떨어져 돌아가셨으니	墮河而死
장차 님을 어찌할거나.	當奈公何

노래의 주인공은 '백수광부白首狂夫'로 알려져 있다. 머리가 하얗게 센 미친 사람이라는 뜻인데, 정말 미친 사람이 아니라 미칠 듯이 무언가를 하는 사람이라는 의미일 것이다. 노래가 실린 《해동역사海東繹史》에 따르면, 백수광부가 머리를 풀어헤친 채 호리병을 들고 물을 건넜고 그 아내가 소리를 질렀으나 이미 때가 늦었다. 사내가 죽자 아내는 공후箜篌를 타며 슬피 이 노래를 부르고 따라 죽었다고 한다.

이 사연에는 석연치않은 구석이 있다. 일단, 백수광부가 물에 빠지는 것이 실족사도 아니고 자살도 아니라는 점이다. 묘사한 남편을 액면 그대로 믿는다면 머리를 풀어헤친 미치광이에 불과하겠지만, 그가 호리병을 들고 물에 뛰어들었다는 점은 죽음을 향해 담대하게 나아가는 모습이다. 흰머리를 풀어헤친 외양 또한 단순한 미치광이가 아니라 신기神氣가 가득한 깨친 자에 근접한다. 아마도 황홀경에 빠진 주신酒神의 모습일 것이다.

또, 아내가 나서서 말리는 것 역시 어쩐지 적극적이지 않다. 마땅히 물속으로 뛰어들어야하는 사람을 의례적으로 막아서는 시늉일 뿐이다. 기어이 가야하는 사람을 막아보기는 하지만 끝내 막을 수 없음을 안다 하겠다. 그래야 그 뒤로 이어지는 노래가 이해된다. 현실에서 남편이 물에 빠져 죽은 마당에 악기를 가져다 노래를 할 사람은 아마도 없을 것이다. 정신을 잃고 목 놓아 울 뿐일 텐데, 아내는 악기까지 갖추어 노래한다. 남편이 주신의 모습으로 나타났듯이, 아내 또한 악신樂神으로서의 면모를 비춘다. 여느 사람처럼 죽음을 당하는 게 아니라 결연히 받아들이고, 그 죽음을 음악적으로 승화시키는 제의요, 퍼포먼스다.

죽음 앞의 이러한 결연한 태도는 죽음을 삶의 '끝'이 아니라 '완성'으로 대할 때 나오기 쉽다. 이는 단순한 체념과는 다른 경지인데, 해탈을 꿈꾸는 불자佛者나 성인의 삶을 추종하는 유자儒者나 대동소이하다. 이황李滉이 죽을 때 보여준 모습은 여느 성자聖者의 그것과 다르지 않다. 그는 생명을 다하는 마지막 순간, 화분의 매화盆梅에 물을 주라고 당부하고는 누운 자리를 정돈하게하여 부축받고 일어나 편안하게 생을 마쳤다.[15] 매화를 끔찍하게 위했으니 그럴 수 있다고 생각은 해도 사실은 쉽지 않은 일이다. 이는 마지막 순간까지 평상심과 평정심을 잃지 않았다는 뜻이기 때문이다. 《예기禮記》에 군자의 죽음을 '종終'이라 하고 소인의 죽음을 '사死'라고 하는 구분이 나오는데,[16] 퇴계의 이런 장면은 '종終'의 모범적인 사례라 할만하다.

이런 맥락에서, 생사를 초탈하여 윤회를 벗는 것을 과업으로 삼는 승려들에게 죽음의 의미는 더욱 심각하게 다가온다. 조선중기의 승려 희언熙彦이 임종하면서 남긴 게偈를 보자.

공연히 이 세상에 와서	空來世上
지옥 쓰레기 하나 만들고 가네.	特作地獄滓矣
내 유골을 숲속 산기슭에다 뿌려	命布骸林麓
산짐승이나 잘 먹이게!	以飼鳥獸[17]

자신의 삶을 그저 지옥 쓰레기(찌꺼기)로 보는 품이 겸손을 넘어 자학처럼 느껴진다. 여느 사람의 시선으로 보면 극심한 우울증의 결과로 보일 정도이다. 그러나 그가 남긴 행적은 그리 만만치 않다. 광해군이 선조를 위해 천도재薦度齋를 올릴 때 그를 불렀으며 포상으로 금란가사金襴袈裟를 하사했다고 전한다. 그러나 그는 천도재를 마친 뒤에 그것을 벗어놓고 끝내 종적을 감추었다 할 만큼 청정하게 살았다. 쓰레기와는 거리가 먼 인물인데, 그런 그조차 죽을 때는 자신의 삶이 아무것도 아니었음을 고백하고있다. 깨친 것처럼 거드름을 피웠다 한들 실제 깨친 것이 아닐 것이며, 선업을 쌓은 것 역시 돌아보면 별일이 아니었다고 느낄법하다.

그래서 희언은 죽기 전에 제자들을 불러두고 자신이 죽거든 여느 스님처럼 다비식을 하지 말고 숲속 나무에 걸쳐두어 짐승들에게나 보시하도록 일렀다. 티베트 같은 데서나 볼 수 있는 풍장風葬을 하라는 이야기인데, 제자들은 차마 그렇게 할 수 없어서 다비식을 치렀다. 그러나 다비식 다음 날 불이 꺼진 후 광풍이 불어와 희언의 머리뼈를 나뭇가지 위에 올려다놓았고, 다비식 잿더미 속에 사리가 나왔다고 한다. 다분히 신화화한 전언이겠으나, 평소 큰스님 자리에 나서기를 꺼렸고 누더기 옷에 겨울에도 맨발로 다녔다는 그의 행적에는 잘 맞아떨어지는 장엄함이 엿보인다.

그야말로 생사를 넘어서는 수준에 도달해야만 이를 수 있는 지경을 보인 셈인데, 이런 의미에서 흔히 나옹화상懶翁和尙으로 불리는 혜근惠勤의 시는 삶과 죽음을 총체적으로 정리하고 있다.

태어남이란 한 줄기 맑은 바람 일어나는 것이고	生也一陣淸風起
죽음이란 달그림자가 맑은 못에 잠기는 것이다.	滅去澄潭月影沈
나고 죽고 오고 감에 걸림이 없으니	生滅去來無罣碍
중생들에게 몸 보인 건 오직 참사람이다.	示衆生體唯眞人[18]

만약 이 시가 본인의 삶을 마감하면서 쓴 것이라면 상당히 갸우뚱할 만한 대목이다. 도무지 겸손함이 없고, 잘 태어나서 곱게 살다가 걸림 없이 생사를 관통하여 모든 중생들의 모범이 되었음을 만천하에 알리는 글이기 때문이다. 이 시는 나옹의 스승인 지공指空이 입적했다는 말을 듣고 지은 시이다. 지공은 특이하게도 오늘날의 인도 출신으로 고려

에 들어와 제자를 기른 인물로, 나옹화상은 그를 스승으로 각별하게 여겼고, 이 시에서도 그런 면이 잘 드러난다. 태어남은 바람이요 죽음은 못이라는 상징에서 태어남이 동動이라면 죽음이 정靜이라는 보편적 사유를 펼쳐내지만 내막을 뜯어보면 그 이상이다. 한 줄기 바람이란 몰아치는 폭풍과 달리 잠깐 일어났다가 금세 사라지는, 어찌 보면 실체가 없는 허망한 존재이다. 이에 비해 맑은 못에 잠기는 달그림자란 달이 가지고있는 불교적 상징은 차치하고라도 달이 떠서 못에 비추다가 달이 져서 사라져 보이지않게 된 뒤에도 달 안에 잠겨 영속할 것이라는 믿음을 준다.

결국, 작가가 그려내는 선사禪師는 그렇게 슬쩍 왔다가듯이 세상을 스치고 지나지만 영원한 무언가를 드리우고 가는 경지에 이른 큰 인물임을 일러준다. 이는 그가 생사에 구애받지 않고 그를 넘어선 초월의 세계에 이르렀음을 말하는데, 그것이 죽음으로 완성됨은 두말할 여지가 없다. 불교에서 죽음을 '입적入寂'이라고 표현하는 것은 모든 것을 끝내고 비로소 고요함 속으로 들어갔음을 뜻하는데, 이 시의 "달그림자가 맑은 못에 잠기는" 그 장면이 바로 입적의 본의에 가장 잘 들어맞는다.

제 8 장

하늘

푸른 하늘에서
천도 사이

*하늘에 죄를 지으면 빌 곳이 없다.

_ 공자

창천에서 천도까지

'하늘'은 우리 머리 위에 있는 물리적 공간을 가리킨다. 흔히 '푸른 하늘'이라고 할 때의 그 하늘이 바로 이런 뜻이다. 그러나 사전에서 정의한 대로 "지평선이나 수평선 위로 보이는 무한대의 넓은 공간"이라고 할 때, 그 핵심은 우리들이 살아가는 세상 '위'에 있기보다는 '무한대'에 있다. 유한의 공간이며, 상대적 세계인 지상과는 다른 하늘이 인간세상의 위에 드넓게 펼쳐지는 것이다. 이처럼 물리적으로 푸르고 넓게 펼쳐져있는 공간으로서의 하늘 이외에 인간의 유한성을 넘어서는 초월적인 의미에서의 하늘도 있는데, 영어에서도 전자가 'sky'라면 후자는 'heaven'으로 분명히 구분된다.

그러나 heaven에서 조금 더 나아가면 '하늘 ≒ 하느님'이라는 인격신의 영역으로까지 옮겨간다. 이럴 때의 하늘은 서양에서는 흔히 '신god'

이라고 하는 개념에 근접하는 것인데, 흔히 "하늘도 무심하시지…"라며 탄식할 때의 그 하늘은 사실상 하느님과 동격이라고 보아도 무방하다. 하늘이 내리는 복은 천복天福, 하늘이 내리는 벌은 천벌天罰인데, 이때의 하늘은 복을 내릴만한 사람에게 복을, 벌을 내릴만한 사람에게 벌을 주는 공평무사公平無私한 절대자이다. 물론 이 하늘이 서양의 유일신과 같을 수는 없으나, 하늘의 명을 부여받아 세상을 다스린다는 관념 아래 '천자天子'라는 단어가 생겨난 문화전통에서 하늘이 하늘로 상징되는 절대권자로 표상되는 것은 매우 자연스러워 보인다.

이처럼 아래/위, 상대적/절대적, 유한/무한의 대립에서 하늘이 차지하는 위치는 다양다기한 관념들을 양산했는데 급기야 철학적인 사유로까지 이어지면서 하늘은 곧 '도道, Dào'의 관념으로까지 올라선다. 하늘의 도인 천도天道는 하늘이 낸 도리로서 천지만물이 제대로 굴러가기 위한 이치가 된다. 하늘을 어기지 않는다는 것은 곧 올바른 이치대로 산다는 뜻이며, 하늘을 어기며 살면 곧 망할 수밖에 없다는 의미이다. 하늘을 따르는 순천자順天者는 존存하고 하늘을 거스르는 역천자逆天者는 망亡한다는 관념은, 하늘의 정해진 도리에 따라 존망存亡이 갈린다는 생각이다. 성리학자들은 하늘과 운명을 연결 지어 천명론天命論을 펼치기도 했으니, 하늘이 곧 도道이고 또 운명이었던 것이다. 《논어》에 나오는 "불원천불우인不怨天不尤人(하늘을 원망하지 않고 사람을 허물하지 않는다)" 같은 말에서 하늘은 당연히 사람에 대립하는 말이지만 그 뜻을 가만 살펴보면 하늘이 정한 명命에 가깝다.

그러다 보니 '하늘'을 뜻하는 한자 '天'이 영어로 번역될 때는 위에서 든 sky, heaven, Dào 외에도 spontaneity본연, nature자연, man's inborn nature천성, fate운명 등등이 사용되며[1] 그만큼 다의적이다. 그러나 그렇게 개념화하여 하늘을 몇 개로 나누어 살펴보는 일은 쉬운 편이지만, 문학으로 표현하는 일은 여간 어려운 것이 아니다. "창천蒼天"이라고 할 때처럼 좋은 경치로 삼아 그려내는 것 이외에 특별하며 구체적인 내용을 드러내기 쉽지 않다. 인격신처럼 작동하는 하느님의 경우에도 여간한 상상력이 작동하지 않고서는 여느 인물들의 서사처럼 그려내기 어렵다. 그래서 하늘-땅의 대립을 아버지-어머니의 유추형태로 바꾸어 천지창조의 서사를 여느 영웅담처럼 풀어낸다든지, 아예 천天이나 도道, 명命을 내세운 논설문류의 글이 등장한다.

물론 시가에서 하늘을 높고 높은 어떤 곳으로 표상하면서 간단한 비유나 수사의 차원으로 그려놓는 일은 아주 흔하다. 그래서 어떤 경우는 "하늘처럼 높은 은혜"같이 죽은 비유로 떨어지기도 한다. 그러나 하늘을 단순히 가장 높은 어떤 곳이 아니라, 기발하며 참신한 어구로 그려낸다거나 대체 불가능한 무엇으로 표현할 때 문학성이 살아난다. 나아가 높은 수준의 수양을 하고 학문을 닦은 문인의 경우, 표면적으로는 물리적이며 가시적인 하늘을 그려내면서도 그 안에 심도 있는 추상적 이치까지 그려낸다.

하늘, 높고 크고 넓은 공간

'높음/낮음'이 '고상함/비천함'으로 대응되는 것은 어찌 보면 당연한 일이다. 이는 단순히 물리적인 위치의 차이일 뿐이라 해도, 인간이 가진 신체적 능력의 한계로 인해 도달할 수 없는 높은 곳은 우리가 함부로 할 수 없는 특별한 공간으로 인식하는 데 큰 무리가 없다. ‘하느님’과 달리 ‘하늘’은 일상에서 널리 쓰이는 일반명사여서 문학작품에서든 일상에서든 매우 흔하게 쓰이는데, 우리 시가에서 하늘이 중요한 대상으로 등장하는 첫 작품은 아마도 다음이 아닐까 한다.

누가 자루 빠진 도끼를 주리오.	誰許沒柯斧
내가 하늘 괴는 기둥을 깎으려네.	我斫支天柱[2]

원효元曉가 요석공주瑤石公主와 인연을 맺을 때 불리던 노래로 전해지는데, 가사 가운데 “자루 빠진 도끼”라는 뜻의 ‘몰가부’가 있어서 〈몰가부가沒柯斧歌〉라고 한다. 짐작하는 대로, 자루 빠진 도끼는 성적인 상징을 함의한다. 자루가 ‘없는’이 아니라 자루가 ‘빠진’에 유의해 보면, 본래 자루가 있던 짝이 맞던 도끼였으나 뜻하지 않게 상실한 경우임을 빗대고 있다. 요석궁에 살던 공주가 과부로 지냈다고 하는데 그녀에게 마음이 있었음을 내비친 것이다. 그러나 예나 지금이나 결혼이라는 게 마음먹는다고 되는 것이 아니다. 더욱이 노래의 주인공은 보통사람이 아닌 승려였으니 결혼

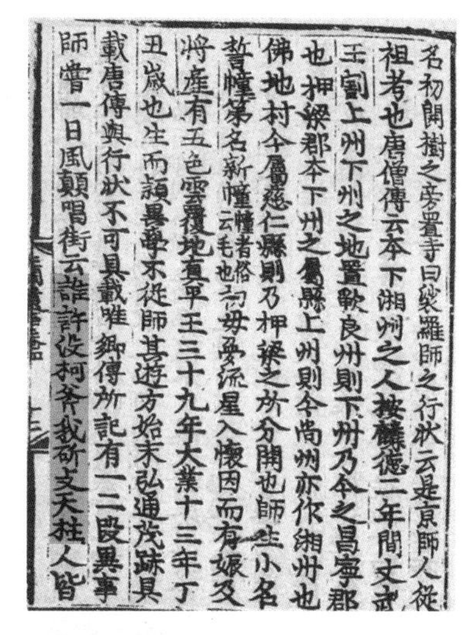
名初開樹之旁置寺曰娑羅師之行狀云是京師人從
祖考也唐僧傳云本下湘州之人按麟德二年間文武
王割上州下州之地置歃良州則下州乃今之昌寧郡
也押梁郡本下州之屬縣上州則今尚州亦作湘州也
佛地村今屬慈仁縣則乃押梁之所分開也師生小名
誓幢第名新幢幢者俗云毛也初母夢流星入懷因而有娠及
將產有五色雲覆地眞平王三十九年大業十三年丁
丑歲也生而穎異學不從師其遊方始末弘通茂跡具
載唐傳與行狀不可具載唯鄕傳所記有一二段異事
師嘗一日風顚唱街云誰許沒柯斧我斫支天柱人皆

《삼국유사》〈의해〉편에 실린 〈몰가부가〉.
(음영 표시 부분)

이 가당치 않은 일이었다.

공주의 아버지인 태종무열왕은 이 노래를 듣고 원효가 귀부인을 얻어서 귀한 아들을 낳고 싶어한다고 판단했다. 그도 그럴 것이 원효는 당시 40세 정도로 추정되는데 이미 그 명성이 자자했을 때이고, 그가 깎으려는 것이 다름 아닌 '하늘 괴는 기둥天柱'이었기 때문이다. 집을 세울 때 기둥으로 천정을 떠받치듯 하늘을 떠받치는 기둥을 만들겠다는 뜻이다. 이 대목은 흡사 중국신화 속 인물 반고盤古를 떠올린다. 반고는 혼돈 속에 태어나서 하늘과 땅을 분리시킨 거인인데, 어떤 그림에 보면 그가 한쪽 팔로 하늘을 떠받치고 다른 한 손에는 도끼를 들고있다. 도끼로 천지개벽을 이루어냈다는 표시이다. 반고 신화를 떠올리며 이 노래의 내용을 살피면, 원효 역시 세상의 혼란을 잠재울 대단한 인물을 하나 만들어내겠다는 의지를 드러냈다.

우리가 살아가는 세상은 땅 위에 있고 그래서 '지상'이라고 부르는데, 이 지상을 위에서 감싸고있는 더 큰 세상이 하늘이고 '천상'이다. 〈몰가부가〉는 땅과 하늘로 표상되는 온 세상의 질서를 온전히 할 인물을 희구하는 노래이며, 노래 속 하늘은 그 높고 크고 넓은 공간이다. 이보다 그 의미가 조금 더 약화되면, 양사언楊士彦의 시조로 알려진 "태산이 높다 하되 하늘 아래 뫼이로다~" 같은 식의 단순한 훈계에 이르기도 한다. 여전히 '하늘/땅'을 대비하고 있는데 땅 가운데 높은 산, 산 가운데 가장 높다는 태산이라고 해야 하늘 아래이니 못 오를 게 없다고 했다. 그러나 이 말을 뒤집어보면 인간이 갈 수 있는 곳은 인간이 닿을 수 있는 곳까지라는 제한을 인정하는 셈이기도 하다. 상대적으로 높고 낮음을 잴 만한 공간인 땅과 절대적인 높이에 있는 공간인 하늘은, 애초에 비교할 대상도 아니고 물리적으로 도달할 수 있는 곳도 아니다.

이보다 더 약해지면 하늘이 정말 물리적인 공간, 어떤 물체가 있는 배경으로서의 기능만 하기도 한다.

> 내 마음 베어내어 저 달을 맹글고져
> 구만리 장천(長天)에 반드시 걸려있어
> 고운 님 계신 곳에 가 비취어나 보리라[3]

정철鄭澈의 작품인데, '장천'은 말 그대로 긴 하늘일 뿐이다. 여기에서 중시되는 것은 달이지 하늘이 아니다. 달은 지금 내 눈앞에 있지만, 내 임도 어디선가 그걸 보고있을 테니 내가 차라리 달이 될 수 있다면 임 계신 곳 어디에서든 그를 비추어주고 또 그러면서 실컷 볼 수 있을 것이라는 말이다. 그러나 아무리 그래도 내가 달인 것을 모를 테니 그저 묵묵히 비춰보는 것밖에는 딴 도리가 없다는 푸념인데, 하늘은 그런 마음을 달 하나로 그려내는 흰 도화지만 같다.

> 산촌에 밤이 드니 먼 데 개 짖어 온다
> 시비(柴扉: 사립문)를 열고 보니 하늘이 차고 달이로다
> 져 개야 공산(空山: 빈 산) 잠든 달을 짖어 무엇하리오[4]

천금千錦이라는 기녀가 지었다고 하는데, 그리운 마음을 잘 담아내었다. 산촌에 밤이 들었고 인기척 하나 없이 그저 먼 데서 개 짖는 소리뿐이다. 그러나 개는 언제나 낯선 기척에 잘 짖는 법이어서 혹시나 하

는 마음에 사립문을 열고 나와보니 추운 하늘에 달 하나만 떠있다. 임과 함께 있더라면 제법 낭만적인 풍경이 연출될 터이지만, 추운 마음도 더하고 덩그러니 떠있는 달도 쓸쓸함만 더해준다. 그래서 공연히 개 짖는 소리에 무어라고 볼멘소리를 하는 심사인데, '차가운 하늘'은 '빈 산'과 어우러져 고독감을 고조시키는 장치이다.

그러나 어딘가에 닿는 것이 물리적인 도달이 아니라 정신적이거나 심리적인 지향일 경우는 이와 달라진다. 〈도이장가悼二將歌〉는 고려의 예종이 직접 지었다고 전한다. 팔관회에서 춤을 보다가, 태조를 위해 목숨을 희생한 두 신하 신숭겸과 김락을 애도하는 노래를 지었다. 기본적으로는 향가여서 그 풀이가 쉽지 않지만 처음 두 행은 대략 "님을 온전케 하온 / 마음은 하늘 끝까지 미치니"김완진 해독이다. 비록 두 신하가 죽어 세상을 떠났지만 충성스러운 마음은 하늘 끝까지 닿았다고 했다. 하늘이 인간이 갈 수 있는 한계를 넘어선 어떤 곳으로 상정되었음이 분명하다.

또 조선초 악장樂章문학인 〈감군은感君恩〉은 제목 그대로 임금의 은혜에 감사하는 마음을 담고있어서 "泰山태산이 높다컨마라난 하늘 해 못 밋거니와 / 님의 높으신 恩은과 德덕과는 하늘같이 높으샷다" 같은, 상투적인 내용을 담고있다. "태산이 높다 해도 하늘에 못 미치고, 임금님의 높은 은덕은 하늘같이 높다." 해서, 태산보다 높은 게 하늘인데, 그 하늘 같은 은혜를 내린다고 한껏 강조하고 있다.

이처럼 사람이 생각할 수 있는 최고의 위치로서 하늘이 갖는 속성 탓에 사실상 "가장 높은 곳"이라는 비유에 그치게 된다. 누군가의 사랑을 "하늘 같은 사랑"으로 표현하는 것이 곧 "하늘처럼 지극히 높은 사랑"이라는 상투어구로 변하고마는 것이다. 주세붕周世鵬의 〈오륜가五倫歌〉 가운데 부자유친父子有親에 해당하는 둘째 수는 다음과 같다.

> 아버님 날 낳으시고 어머님 날 기르시니
> 부모 곧 아니시면 내 몸이 없을낫다
> 이 덕을 갚으려 하니 하늘 가이 없으샷다[5]

아버님이 날 낳으시고 어머님이 날 기르셨으니, 부모님이 아니셨다면 내 존재가 없었을 뻔했다. 그렇다면 이 큰 덕은 어찌 해도 다 갚을 수 없는, 하늘처럼 끝이 없는 것이라는 말이다. 하늘은 그렇게 쉽게 범접할 수 없는 높은 곳, 다다를 수 없는 무언가를 표현하는 데 비유적으로 동원되고 있다. 이렇게 '하늘'을 끌어들임으로써 아무리 효도를 하려 애를 쓴다 해도 부모님이 낳아 길러준 그 은혜에는 미치지 못한다는 교훈성이 강화된다. 상상도 할 수 없을 만큼 크다는 사실만 강조할 뿐, 여기에 상상력을 가미할 여지가 없다.

이처럼 하늘에 무한성을 강조하면서도 그 아래 놓인 유한한 인간만 드러낼 경우, 아쉽게도 결과적으로 시로서의 풍미를 잃고만다. 인간은 좁고 작은 세상을 벗어날 수밖에 없는 유한의 존재라는 점만 부각시키고 말기 때문이다. 이런 유교사상에 비교하면 도교道教사상에 나타나는 하늘은 완전히 다른 개념이다. 도교에서는 인간이 선도仙道를 익히면 신선이 되고 신선이 되면 하늘로 나는 우화등선羽化登仙이 가능하다고 믿는다. 신선이 학을 타고 하늘로 오르는 이야기는 말할 것도 없고, 그런 세상을 그리는 것만으로도 하늘은 그저 높은 곳이라는 비유에 그치지 않고 상상 속의 무한한 공간으로 확장된다.

> 삼각산처럼 높은 살쩍 위 비단으로 묶고 三角峨峨鬢上綃
> 남은 머리 풀어 늘여 가는 허리 아래 내려가고 散垂餘髮過纖腰
> 잠깐 서왕모께 가 잔치소식 전하니 須臾宴赴西王母
> 퉁소 한 곡조에 난새는 푸른 하늘 향하네. 一曲鸞簫向碧霄[6]

이달李達의 〈보허사步虛詞〉 중 한 수이다. '보허'는 말 그대로 "허공을 걷는" 노래이다. 사람이라면 땅을 밟고 살아야하니 당연히 허공을 디딜 수 없다. 허공을 밟으며 간다는 뜻은 허공을 날아다닌다는 말이다. 중력으로부터 자유로운 초월적인 존재가 되었다는 뜻이니, 이런 제목이 붙은 시는 으레 신선을 동경하여 읊는 내용이다. 내용상 유교를 좇는 사람이 쉬 쓸 수는 없겠지만, 몸이 땅에 매이더라도 하늘을 동경하는 마음이 있는 한 써봄직하다. 여기에는 어떤 아리따운 선녀가 등장한다. 서왕모의 잔치를 기별하러 심부름을 다니는 것으로 묘사되어 있는데 역시 상상 속의 길조인 난새가 '푸른 하늘碧霄'로 향하는 것으로 끝맺는다.

이달의 시는 자타 공인 당대 최고였다. 그러나 그는 서얼庶孼이라는 신분 한계 때문에 평생 괴로이 살며 떠돌이 신세였다. 한곳에 있어도 괴로웠을 것이고 떠돌아도 괴로웠을 것이다. 보통 양반들이 한곳에서 편안히 있다가 세상을 돌며 자유를 느끼는 것과는 또 다른 의미였을 텐데 그런 그가 남긴 〈보허사〉는 그래서 남다르다. 허난설헌許蘭雪軒 같은 여류시인이 남긴 〈보허사〉 또한 마찬가지이다. 여성의 몸으로 자유롭지 못한 그녀에게 신선세계는 달콤한 유혹으로 다가왔음이 분명하다. 높고, 넓고, 큰 공간인 하늘은 그렇게 추상화되고, 또 다른 한 세상이 되는 것이다.

여기에서 더 나아가면 신선으로 오가는 한 공간이 아니라 아예 신선들이 사는 세상, 곧 하늘나라 사람들이 사는 세상이 상상 속에 만들어진다. 땅에 황제가 있는 것처럼 옥황상제가 있고, 땅에 신하들이 있는 것처럼 선관仙官들이 좌정한다. 고소설에 등장하는 많은 인물들은 그렇게 하늘나라에서 살다가 자그마한 실수로 땅에 떨어진 유배객들이다. 이렇게 되면 땅의 반대편에 땅과 같은 한 세상이 만들어지는 셈인데, 이 경우 하늘은 별세계가 된다.

하늘이 옥황상제가 다스리는 또 다른 공간으로 등장하는 예는 고소설에 훨씬 더 빈번하다. 흔히 적강謫降소설로 분류되는 고소설에서 하늘의 인물이 땅에 내려와 인간으로 태어난다는 설정이 흔한 가운데 두 세계의 관계가 자연스럽게 노출된다. 심지어는 현실 비판이 강한 작품인 〈홍길동전〉에서도 왕위에 오른 홍길동이 30년을 보낸 후 70이 되었을 때 문득 허망함을 깨닫고 "아마도 안기생安期生과 적송자赤松子를 좇아 이별함이 가하다도다."[7]고 하여 신선세계를 지향할 정도이다. 문제는 단순히 하늘에서 귀양 내려왔다거나, 신선세계를 가고싶다고 꿈꾸는 정도가 아니라 아예 옥황상제가 통치자로 있는 천상세계를 구체적으로 그려놓는 경우이다. 〈옥루몽〉의 서두를 보자.

> 옥황상제께서 계시는 백옥경(白玉京)에는 열두 개의 누관(樓觀: 누각)이 있는데, 그중에서 백옥루(白玉樓)가 으뜸이다. 규모가 크고 화려하며 주

변 경관이 탁 트였는데, 서쪽으로는 도솔궁(兜率宮)에 이어져 있고 동쪽으로는 광한전(廣寒殿)을 바라본다. 아로새긴 기와와 단청으로 장식한 기둥은 푸른 하늘에 우뚝 솟아 있고 옥 같은 창문과 수놓은 듯한 문은 상서로운 빛이 맺혀 있어서, 하늘 위 누관 중에서 첫 손가락에 꼽힌다.[8]

하늘의 궁궐을 서술하는데 고유명사만을 대체해놓고 본다면 지상의 어떤 궁궐을 묘사해놓은 것이라고 해도 믿을 만큼 구체적이다. 추상적으로 생각하는 막연한 하늘이 아니라 지상에서 인간들이 살아가는 세상처럼 천상세계 인간들이 꾸려가는 한 세상인 것이다. 이는 민담 〈나무꾼과 선녀〉 같은 설화에도 그대로 드러난다. 선녀가 다시 하늘로 올라간 뒤, 나무꾼이 선녀가 내려준 두레박을 타고 하늘로 올라가면서 하늘의 생활이 소상하게 펼쳐지며 거기에서도 옥황상제가 등장한다. 그런데 이야기 속의 하늘이 단순히 땅과는 다른 공간이 아니라 땅의 비속卑俗함과 대비되는 고귀高貴함의 표상이라는 점이 도드라진다. 그래서 혼인이 이루어지는 중간과정이야 문제가 있다손치더라도 나무꾼을 대하는 태도가 여느 사위를 대하는 태도와 다르다.

장인이 "너 이년! 말 들으니께 인간 사위놈 왔대매. 네 남편 왔대매."[9]라고 욕설을 퍼붓는 것은 예사이고, 심지어는 아내조차 "여기 올러 오면 말여, 올러 오야 당신 귀염두 몹 박구 까딱하면 죽어. 그런디 뭣허러 올러 오느냐구 말여."[10]라고 말할 정도이다. 박대가 심해도 이만저만이 아니다. 날개옷을 훔쳐서 귀한 딸의 발목을 잡은 전력 탓이 어느 정도 있겠으나, '인간' 사위, 뭣하러 '올라'오느냐고 묻는 데서 하늘이 갖는 존귀한 이미지는 분명하다. 인간세상에 사는 천한 존재가 넘볼 곳이 못 되는 것이다. 땅에서는 자신의 힘으로 밥 벌어 먹고사는 데는 문제가 없었으나, 하늘에서는 목숨 유지를 장담 못하는 가련한 신세이다.

〈나무꾼과 선녀〉의 여러 이야기 가운데 특히 하늘 세상 부분이 자세히 서술되는 부분에서 옥황상제가 나무꾼을 순순히 사위로 인정하지 않고 시험하는 대목이 나온다. 말 타고 달리기나 씨름, 윷놀이, 숨기, 천도天桃 따기, 옥새 찾아오기, 화살촉 찾기 등등이 그 종목인데 땅의 존재인 나무꾼으로서는 어떻게 하든 시합에 이길 수가 없었다. 하늘/땅의 대결은 애초에 불평등한, 그래서 불공정한 경기였기 때문이다. 그러나 그때마다 선녀가 나서서 도와주거나 자신의 선행에 대한 보답으로 이길 방안을 마련하여 위기를 벗어난다. 나무꾼에게 하늘은 오르기도 어렵지만, 올라갔다고 해서 다 제 마음대로 되는 천국은 아니었다.

하늘-아버지, 땅-어머니

우리가 생각하는 세상은 하늘과 땅을 합한 것이라고 여기겠지만, 가만 보면 세상만물이 거의 다 하늘과 땅 사이에 있다. 이는 곧 하늘과 땅이 만물을 생성했다고 보는 의식을 형성할법하며, 하늘과 땅의 결합에 의해 인간이 만들어진다고 상정함으로써 '하늘-땅-사람'이 세상의 가장 중요한 3요소인 천지인天地人 삼재三才가 된다고 보았다. 굳이 그런 동양 철학적인 근거를 끄집어내지 않더라도 하늘과 땅이 만나는 것을 마치 남녀가 만나는 것처럼 여겨 그 사이에 태어난 자식이 있는 상황과 연결

할 때 하늘-아버지는 천부신天父神, God Father, 땅-어머니는 지모신地母神, Great Mother으로 좌정하게 된다.

이런 양상은 《삼국유사》만 살펴보아도 매우 흥미롭게 펼쳐진다. 〈기이紀異〉편의 〈서敍〉에 보자면 "제왕이 일어나려 할 때에 부명符命에 맞거나 도록圖錄을 받거나, 꼭 남과 다른 무언가가 나타난 다음 큰 변화를 타고 큰 틀을 잡아 나라를 일으킨다."[11]는 점을 강조했다. 즉 모든 위대한 업적의 시작은 하늘이며, 하늘이 부명이나 도록 같은 표지를 내림으로써 제왕들이 무언가 큰일을 벌일 엄두를 낼 수 있었던 것이다. 물론 거기에는 땅에서 일어나는 큰 변화大變가 전제되지만, 하늘과 땅과 사람이 원만한 융합을 이룰 때 위대한 일이 일어남을 뜻한다.

이는 〈고조선〉조에서도 그대로 드러나서, 천상의 환웅이 인간세상을 탐하여 땅으로 내려왔으며, 반대로 땅속 굴에 있는 동물인 곰은 지상의 인간세상을 동경하여 사람이 되고자했다. 하늘에서 한 단계를 내려온 신과, 땅 밑에서 한 단계를 올라온 동물이 사람으로 변하여 결혼하는 형국이다. 여기에서 하늘은 인간이 동경해 마지않은 이상적 세계이며, 그 이상적 세계의 세례를 받은 존재가 신성함을 발휘한다. 그것도 신과 인간의 결합이 아닌, 인간으로 변한 신과 인간으로 변한 동물이라는 극적인 화합을 통해 대단한 힘을 확보하는 것이다.

이런 사례는 북부여, 동부여, 고구려, 백제 등의 건국신화에 줄기차게 등장한다. 주몽의 등장을 준비하는 〈동부여〉조도 크게 다르지 않다. 그 모든 일의 주재자가 '천제天帝'임을 밝히고 있는데, 천제는 곧 하느님이라고 보아도 무방하다. 그런데 이 하느님은 단순히 하늘을 높인 말이 아니라 하늘에 세상이 있는 것을 전제로 한다. 땅보다 상급인 어떤 세상으로 하늘을 상정하고 있어서, 하늘은 땅이 그 명에 무조건 복종해야만 하는 권위 있는 세상이다. 그런데 여기에서 천제가 해부루를 다른 곳으로 옮기게 한 까닭은 천제의 자손인 주몽을 들어앉히기 위함이며, 주몽은 해모수와 유화 사이에서 태어난 인물이다. 이는 환웅과 웅녀 사이에서 단군이 태어난 것과 다르지 않다.

이런 이야기 전개와 다른 것이 가야와 신라의 신화이다. 〈박혁거세 신화〉를 보자. 《삼국유사》에서는 그 제목부터 '신라시조혁거세왕'으로 적어 신라 시조의 신성한 일임을 분명히하고 있다. 특이한 점은 6부의 조상들이 모여서 자신들의 문제는 군주가 없는 것이라며, "높은 곳에 올라, 남쪽을 바라보니, 양산 밑 나정 곁에 이상한 기운이 전광처럼 땅에 비치"[12]는 사실을 적어두었다. 알천 '언덕'에 모인 것을 강조하여 높은 곳에서 높은 곳의 무언가를 기다리는 상황을 짐작하게 한다. 더구나 임금이 없는 상황을 서술하면서 '높은 곳'에 올라 보니 '산' 밑의 어떤 우물 곁에 이상한 기운이 '번갯불'처럼 땅에 비친다고 했다. 번개는 하늘에서 땅으로 내려치는 특이한 불이다. 제우스가 내리는 번갯불처럼 근원은 하늘에 있지만 하늘과 땅을 잇는 매개이다. 이런 이야기에서 하늘이 하늘로서의 의미를 갖는 것은 하늘로 남아있어서가 아니라, 하늘에서 땅으로 내려서기 때문이다.

이는 김알지 이야기에서도 거의 비슷하게 반복된다. "호공이 밤에 월성 서쪽 마을을 지나다가 시림始林 복판에 큰 밝은 빛을 보았다. 자주색 구름이 하늘에서부터 땅으로 드리웠으며, 구름 속에 황금 궤짝이 나뭇가지에 걸려 있었으며 빛이 궤에서부터 뿜어 나왔다."[13]는 서술이 그렇다. 큰 밝은 빛, 자주색 구름이 하늘에서 땅으로 드리우는 것이 결국 김알지 역시 하늘에서 내려온 존재임을 뜻한다. 그런데 이상의 인물들이 비록 역사서에 등장한다고 해도 신화적 존재임이 분명한 데 비하여, 역사적 실존인물임이 분명한 김유신조차 하늘과의 연관을 강조하는 것은 특이한 일이다. 《삼국유사》〈기이 1〉〈김유신〉조에는 그런 양상이 극명히 드러난다. 맨 먼저 드러나는 것은 김유신이 칠요七曜의 정기를 받고 태어났고 그 증거로 등에 일곱 별의 무늬가 있다는 내용이다. 그런데 바로 다음 단락으로 가면 김유신이 백석이란 첩자에게 속을 위험에 빠졌을 때 호국신이 나타나서 도와주었다는 내용이 나온다. 여성으로 몸을 바꿔 나타난 이 호국신들이 지모신임은 두말할 나위가 없다. 김유신 또한 하늘-아버지와 땅-어머니의 결합으로 태어난 위대한 인물이다.

고대의 건국신화에서 보이는 이러한 양상은 그 뒤로도 계속 이어졌는데, 조선의 건국서사시인 〈용비어천가龍飛御天歌〉에서 도드라진다. 그 중 한 장을 보자.

> 적인(狄人)ㅅ 서리(사이)예 가샤 적인이 갈외어늘(침범하거늘)
> 기산(岐山) 옮기심도 하늘 뜻이시니
> 야인(野人)ㅅ 서리예 가샤 야인이 갈외어늘
> 덕원(德源) 옮기심도 하늘 뜻이시니 (제4장)

앞의 두 행과 뒤의 두 행이 병렬하는 가운데, 중국과 조선으로 맞대응한다. 중국 주周나라 태왕이 북쪽 오랑캐인 흉노족의 침범으로 어쩔 수 없이 기산으로 옮겨간 일이 있었는데, 그것이 인간이 사사롭게한 것이 아니라 하늘이 내린 뜻을 행했을 뿐이라는 것이다. 뒤의 두 행은 그런 중국의 고사를 그대로 가져다가 조선을 건국한 태조 이성계의 조상 일을 설명하는데, 이성계의 4대조인 목조穆祖에 이어 익조翼祖가 경흥에서 계속 살았는데, 여진족이 그를 시기하여 죽이려하자 익조가 이를 피해 덕원으로 옮겨감에, 백성들도 함께 따라갔다는 것이다. 이 모든 일이 중국에서도 그랬던 것처럼 역시 하늘의 뜻임을 강조한 것이다. 이는 앞서 살핀 부여 신화에서 하늘의 뜻에 따라 옮겨가는 것과 다르지 않으며, 그 모든 것을 하늘에 귀결시킴으로써 하늘과 땅이 원만한 조화 상태임을 강조한다.

물론 고대 신화와 달라진 점은 분명하다. '하늘/땅'의 관계에서 하늘의 섭리가 땅에 내린 것을 강조하던 데서 '하늘/중국', '하늘/우리나라'를 병치함으로써 결과적으로 '하늘/중국/우리나라'가 나란히 늘어서 대등한 양상을 보이게 한 점이 다르다. 그러나 이는 일연一然이 《삼국유사》〈기이 1〉〈서〉에서 보여준 기술방식과 흡사하기도 하다. 거기에서도 중국의 제왕들이 생겨날 때는 하늘의 계시나 지시가 있었고, 우리나라 역시 그렇다고 기술하고있기 때문이다.

이러한 사례에서 하늘이 인간세계의 상층에서 독자적으로 작동하는 것 같지만, 거꾸로 보면 작품에서 중시하는 영웅을 산출하는 근원으로서의 의미를 지닌다. 위대한 하늘이 땅과 만나 세상을 잘 다스릴 영웅을 탄생시키는 구조이기 때문이다. 영웅은 세상과는 유리된 특별한 인물이 아니라, 하늘의 뜻을 받아 땅에 실현시키고 땅의 뜻을 하늘에 전해주는 중간자적 존재이며, 치우친 균형을 바로잡는 균형자balancer의 역할을 한다. 시간순으로 보면 환인이 있고 나서 환웅이 있고 환웅이 있고 나서 단군이 있는데, 이때 환웅은 하늘에서 땅 사이에 걸쳐진 존재로 사실상 하늘과 땅을 비끄러매주는 역할을 한다.

이와는 달리 하늘과 땅을 관통함으로써 그것이 하나의 세계임을 드러내는 방식도 있다. 하늘과 땅이 관통하면 필연적으로 그 흔적을 남기게 마련이며 그 흔적을 증거물로 삼아 전설 형식의 이야기가 남는 것이다. 《삼국유사》〈감통〉편에 있는 〈욱면이 염불하여 서방세계에 오르다郁面念佛西昇〉에는 불교 공부를 하러갔던 주인 귀진을 따라나섰던 여종 욱면이 각고 끝에 하늘의 부름을 받는 이야기가 나온다. 몸이 솟구쳐 올라서 대들보를 뚫고 나가 서쪽 교외에 이르렀고, 그 법당에는 지금도 구멍 뚫린 자리가 있다고 전한다. 작품에는 '하늘天'과 '허공空'이 명확하게 구분되고있다. 우리가 머리를 들어 볼 수 있는 물리적 공간인 '하늘'은 그 둘을 아우르는 말일 것으로 보인다. 쉽게 확인할 수 있는 공중을 넘어선 저편의 아득한 다른 세계를 상정하고있는 것이며, 이 작품이 실린 《삼국유사》의 편명篇名인 '감통感通'이 말해주듯이 감응하여 통한, '지성이면 감천'이 이루어졌다 하겠다.

하늘, 도의 세계

흔히 쓰는 말 가운데 "하늘도 무심하시지!"라는 한탄이 있다. 이는 하늘이 공변된 도리대로 작동할 것이라는 기대에 근거한다. 이때의 하늘은 곧 하늘의 도道인 바, '천도天道'와 동의어가 된다. 이 때문에 하늘에 몸을 맡기고 살면 불편함이 없을 것이라는 인식도 팽배한데, 조선중기

권호문權好文이 지은 경기체가 〈독락팔곡獨樂八曲〉 같은 경우가 그렇다.

태평성대 전야일민(太平聖代 田野逸民) (再唱)

경운록 조연강(耕雲麓 釣烟江)이 이밖의 일이 없다

궁통(窮通)이 재천(在天)하니 빈천(貧賤)을 시름하랴

옥당금마(玉堂金馬)는 나의 원(願)이 아니로다

천석(泉石)이 수역(壽域)이요 초옥(草屋)이 춘대(春臺)라

어사와 어사면 부앙우주 유관품물(於斯臥 於斯眠 俯仰宇宙 流觀品物) 하야

거거연 호호연 개금독작 안책장소(居居然 浩浩然 開襟獨酌 岸幘長嘯) 景(경) 긔 어떠하니이꼬[14]

한자어가 많지만 쉽게 풀어보자면, 태평성대에 시골에 숨어 지내는 백성이 "구름 덮인 산기슭을 밭 갈고耕雲麓 안개 낀 강가에 낚싯대를 드리우는釣烟江" 것 이외에는 달리 할 일이 없이 편안하다는 것으로 시작한다. 그런데 바로 그다음 내용이 "궁하고 통하는 게 하늘에 달렸으니 빈천을 시름하랴."임에 유의할 필요가 있다. 궁하게 살든 통하게 살든 인간이 마음대로 할 수 있는 게 아니라 오직 하늘의 뜻일 터, 가난하고 미천하게 산다고 걱정할 일이 없다는 뜻이다. 자신이 비록 벼슬을 못하고 자연 속에 파묻혀 지내지만 어차피 그것도 하늘의 뜻이라면 거역하지 않고 편하게 지내겠다는 안빈낙도安貧樂道의 이상을 그려내고있다.

조선조의 대표적 선비인 이황李滉이 쓴 〈도산십이곡陶山十二曲〉에는 이보다 훨씬 더한 천도天道의 모습이 드러난다. 6곡을 보자.

춘풍(春風)에 화만산(花滿山)허고 추야(秋夜)에 월만대(月滿臺)라
사시가흥(四時佳興)이 사람과 한가지라
하물며 어약연비(魚躍鳶飛) 운영천광(雲影天光)이야 어느 끝이 있으리[15]

봄바람에 꽃은 산에 가득하고 가을밤에 달은 대臺에 가득하다고 노래했다. 철 따라 자연이 좋은 풍광을 선사하는 광경인데, 이것을 두고 "사철의 아름다운 흥이 사람과 한가지라."로 서술한 점을 눈여겨둘 필요가 있다. 하늘에서 알아서 변화시켜주는 흥취가 사람이 느끼는 흥취와 한가지라는 것이다. 천도와 인도人道가 한 치의 오차가 없이 꼭 들어맞는다는 뜻인데, 뒤이어 어약연비魚躍鳶飛(물고기가 뛰놀고 솔개가 비상함)와 운영천광雲影天光(맑은 물에 비친 구름과 하늘)에 어찌 끝이 있겠는가 반문하여 그 무궁함을 찬미한다.

그런데 하늘이 과연 공정한가를 두고는 철학적으로 매우 민감하게 대립된다. 《도덕경道德經》에 나오는 "천도무친天道無親"이 의미하는 대로, 하늘이 어느 특별한 대상을 친하게 여기지 않는다면 일견 공평한 일 같지만, 선한 쪽이든 악한 쪽이든 똑같이 대우한다는 말이 되어 인도人道의 바람과는 배치되기 때문이다. 선악善惡과 화복禍福, 혹은 선악과 요수夭壽가 상식적인 소망과 어긋나는 일이 실제적으로도 많은 것을 보면 '하늘'의 위치를 어떻게 잡아야 할지 난감하다. 대단한 철인의 사색적인 고구考究를 거치지 않더라도 평범한 대중의 소박한 생각에서도 어느 정도 고민해볼법한 일이다. 설화에서도 이런 문제가 심심찮게 드러난다.

해와 달의 기원을 설명하는 〈해와 달이 된 오누이〉를 보자. 이야기는 호랑이가 늙은 어머니를 잡아먹는 데서부터 시작한다. 그런데 이 어

머니는 악한 인물도 아니며, 집에는 거두어야할 자식이 둘이나 있는 처지였다. 그저 이웃 부잣집에 가서 품팔이를 하다 돌아오던 길에 호랑이를 만났을 뿐인데, 호랑이는 아무 이유 없이 어머니를 잡아먹는다. 그리고는 어머니의 옷과 수건으로 변장하고는 집으로 남은 남매를 잡아먹으려고 들어간다. 어린 남매는 호랑이를 보고 뒷문으로 달아나지만 호랑이가 쫓아오고, 남매는 다시 호랑이를 피해 나무 위로 올라간다.

이 지점에서 하늘이 작동한다. 남매가 하늘을 향해 간절히 빌었던 것이다. 이야기에 따라 넘나듦이 있지만 남매가 튼튼한 줄을 타고 하늘로 오르는 데 비해, 호랑이는 썩은 동아줄을 타고 오르다 땅으로 떨어진다는 점은 대체로 일치한다. 이야기의 재미를 살리기 위해서는 남매가 "저희를 살려주시려면 튼튼한 동아줄을, 죽이시려면 썩은 동아줄을 내려주세요."라고 빌기도 하는데, 이는 그들의 생사가 전적으로 하늘에 달려있다는 뜻이다. 어쨌거나 하늘로 올라간 남매는 해와 달이 되고, 땅으로 떨어진 호랑이는 수수밭에 떨어지면서 그 핏자국을 남겨서 지금도 수수가 붉다고 설명된다.

이 이야기는 흔히 민담화되어 동화처럼 읽히지만 사실은 해와 달의 기원을 설명하는 천체신화의 하나이다. 하늘에 짝으로 있는 해와 달이 어떻게 있게 되었는지를 풀어주는 것이다. 처음에는 오빠가 해, 여동생이 달이었는데 여동생이 밤이 무섭다고 하여 서로 맞바꾸었다는 식으로 전개되는 게 보편적이다. 오누이의 승천과 호랑이의 추락은 여러 가지를 생각하게 해준다. 어머니를 잃고 불쌍하게 된 인간을 보살피려는 하늘의 관대함과, 못된 호랑이를 징치하려는 하늘의 냉철함이 그대로 드러난다는 점에서 공정함이 보장되는 측면이 있다.

그러나 여기서 한 걸음 더 나아가 보면, 선한 남매를 보살피고 악한 호랑이를 물리쳤다는 단순한 권선징악으로만 보기에는 미심쩍은 대목이 발견된다. 정말 남매를 살려두려 했다면 진작에 호랑이를 물리쳐야 했을 것이고, 비록 어머니를 잃기는 했지만 남매가 의지하며 잘 살 수 있는 방법 또한 없지는 않았을 것이다. 또한, 호랑이를 응징하여 죽게 한 것은 사실이지만 수숫대라는 방식으로 그의 흔적을 영속화한다는 점에서 단순한 죽음과는 결이 다르다. 남매가 함께 살아갈 수 없는 불행이 결국 하늘에 꼭 필요한 천체 둘을 만들고, 그 때문에 남매는 영원히 한 하늘에 있지만 낮과 밤으로 갈려 만날 수 없는 비극에 처한다.

평범한 죽음을 모면하고 영속화할 수 있는 생명체를 얻은 것은 신화적 스케일의 행운이지만, 이 세상에서의 평화로운 삶을 빼앗겨 영원히 함께할 수 없는 처지가 된 것은 인간적 눈높이에서 불운임이 분명하다. 이것이 바로 이 이야기가 선한 인물을 살리고, 악한 인물을 죽이는 식의 세속적 전개를 넘어서는 대목이다. 이런 맥락에서 남녀 간의 이루어질 수 없는 사랑을 다룬 많은 설화들도 하늘의 존재를 드러낸다. 사람과 사람이 만나는 일이 인력으로는 되지 않는다는 점을 분명히하면서, 역시 비극과 희극 사이의 어디쯤에 있는 천도天道를 여실히 보여준다.

〈관음바위(버선바위)〉로 명명되는 설화를 보면, 기가 막힌 미인이 등장한다. 주변의 뭇남성들이 탐내는 미인인데, 어쩐지 수심이 가득한 얼굴이었다. 그래서 무슨 걱정이 있는가 물었더니, 절을 하나 지어야겠는데 지을 방법이 없어서 그런다고 했다. 돈 많은 남성이 그 이야기를 듣고는 자기가 절을 짓게 해줄 테니 그 절이 완공되면 자신과 함께 살자고 한다. 여인이 선뜻 승낙하여 마침내 절이 완공되던 날, 남자는 그녀를 찾아 절로 간다. 절의 대청에 올라있던 그녀는 남자가 올라서자 이내 뒷문으로 달아났고, 남자는 급한 마음에 발을 잡았는데, 여인은 버선 한 짝만 남겨두고 절 뒤의 바위 속으로 숨어버렸다. 그래서 그때 그 여인이 들어간 바위가 '관음바위'라 하고, 그 주위에 핀 버선모양의 꽃을 '버선꽃'이라고 한다. 그런데 이야기 속 여인은 사실은 관음보살이었는데, 남성을 깨쳐주기 위해 나타난 것이라는 뒷말이 덧붙는다.

이 이야기에서 여인과 남자를 선악의 대립으로 볼 여지는 크지 않다. 절을 짓고자 하는 선한 마음을 지닌 여자와, 그저 여자를 탐하는 속물 근성의 남자로 갈라볼 필요가 없다는 것이다. 결과적으로 남성은 절을 짓는 선업善業을 이루었고, 여성은 그런 남성을 선도善導하여 올바른 길로 가게 했기 때문이다. 물론, 사람이 돌 속으로 들어가 돌이 되었다는 것은 비극적인 일로 비칠 수 있으나, 돌은 영속하는 존재인 데다 관음보살이 숨어든 영속물이라는 점에서 천체가 된 오누이의 입장과 크게 다르지 않다. 여기에 작동하는 초월적 존재의 영험함은 등장인물 모두를 올바른 길로 끌어올리는 데 있다. 물론 인간적인 시선으로야 사랑을 못 이룬 비극이겠지만, 공평무사한 하늘의 도로 본다면 훨씬 더 성스러운 국면이 있다.

이렇듯 인간적으로 느껴질법한 비극이, 좀 더 높은 차원에서는 천도天道가 실현되는 양상으로 드러나는 고전문학 작품은 제법 많다. 적강소설謫降小說이 그런 예인데, '적강'은 말 그대로 '귀양 내려오는' 이야기이다. 귀양살이라 하면 모름지기 죄인이 변방의 오지로 쫓겨가 사는 걸 말하는데, 여기에서는 '하늘'세상에서 '땅'세상으로 귀양 내려오는 것을 말한다. 신선이 살고있다는 하늘세계에서 사소한 잘못으로 인간세계로 잠깐 내려와 살다가 다시 하늘로 돌아가는 구조이다. 이때 인간세계의 삶은 속죄贖罪 형식이므로 당연히 고통스러울 수밖에 없는데, 하늘의 뜻대로 땅에서의 삶이 이루어지는 게 기본 속성이다.

적강소설의 대표작 가운데 하나인 〈숙향전淑香傳〉을 보자. 작품 서두에는 주인공인 숙향이 등장하기 전에 그 아버지 김전이 기술된다. 그는 학문이 출중한 학자였으나 고매한 성품으로 벼슬에 나가지 않고 산중에 은거하였다. 임금이 이부상서吏部尙書 벼슬을 내려도 나가지 않을 정도였는데, 문장에 능하고 글씨를 잘 써서 벗이 많았다. 마침 한 벗이 벼슬에 나갈 때 그를 환송하러 물가에 나갔다가 어부들이 큰 거북이를 잡아 구워먹으려는 것을 보았다.

딱지본 〈숙향전〉 표지 © 한국학중앙연구원·유남해

김생이 거북을 다시 보니 이마에 '天(천)'자가 있고, 배에 '王(왕)'자가 분명하였다. 그 거북이 눈물을 머금고 김생을 우러러 보며 죽기를 아끼는 듯하거늘, 생(生)이 불쌍히 여겨 비싼 값을 주고 거북을 사서 물에 넣어 주니, 거북이 거듭 김생을 돌아보며 물속으로 들어갔다.[16]

이 거북이가 바로 이야기의 발단이 되는데, 이마에 '天하늘 천' 자가 새겨진 데 유념할 필요가 있다. 겉으로는 김전이 거북이를 불쌍히 여겨서 구해주는 꼴을 취하고 있지만, 이 거북이는 하늘에서 보낸 것으로 사실상 이후 김전과 그의 자식에게 닥치는 문제를 풀어주는 열쇠 역할을 한다. 다음에 김전이 물에 빠졌을 때 나타나 구해주는가 하면, '壽수'와 '福복'이 새겨진 구슬을 내어주어, 그것을 예물 삼아 결혼할 수 있었고, 나중에는 딸 숙향과 헤어질 때 재회의 신표가 될 수 있게 해준다.

김전이 한미한 서생으로서 공경대부를 지낸 명문가의 사위가 될 수 있었던 것은 뛰어난 재주 덕이기도 했지만, 그가 내민 구슬이 "이 빙물聘物은 만금으로도 바꾸지 못하는 것"이라는 평가에 의한 것이기도 했다. 즉, 그가 장차 재상이 될 훌륭한 재목임은 물론 인간세계에서 볼 수 없는 귀한 물건을 가짐으로써 사람과 하늘이 하나로 어우러진 모습을 나타냈다 하겠다. 또한, 김전이 결혼하여 꾼 태몽에 의하면, "이 아기는 월궁 소아로서 상제께 죄를 짓고, 태을선군과 인간세계에 적강謫降하였으니 귀히 길러 하늘이 정하심을 어기지 마십시오, 이 아이의 배필은 낙양 이李 상서尙書집 아들이니 이는 태을입니다. 저희는 이제 그리로 가오니 이 아기의 이름은 숙향이라 하고, 자字는 소아라 하십시오."[17]라 하여, 그야말로 하늘에서부터 정해져서 땅으로 내려온 천정天定 배필이다.

그렇게 태어난 딸 숙향은 다섯 살부터 고난에 빠진다. 그러나 고난이 닥치는 매 순간, 늙은 도적, 황새, 까치, 원숭이 등의 조력자가 연달아 출현해 숙향을 도와주는 초월적 존재를 의심할 여지가 없겠는데, 그 초월적 존재란 다음 아닌 옥황상제이다. 이는 도교에서 등장하는 노고할미, 후토后土부인 등이 숙향을 돕고 장래의 일을 예언해주는 데서 쉽게 확인된다. 후토부인은 숙향이 천상에서 죄를 짓고 내려왔으며, 그때 그녀를 도와준 인물에게 은혜를 갚으려면 15년의 시간이 걸리고, 앞으로 다섯 차례나 액厄을 당해야 문제가 해결될 것임을 일러준다.

이처럼 모든 것은 미리 정해진 것이어서 알 수 없는 누명을 쓴 숙향이 의문을 품자 돌아온 대답은 "이는 다 천정天定이니 임의로 못할 것"이라는 정도이다. 하늘에서 땅으로 귀양 와서 정해진 과정을 무사히 겪고난 후 다시 하늘로 올라가는 일정을 한 치의 오차도 없이 수행해내는 것이 바로 소설 전체의 줄거리라 보아도 무방하다. 《천자문千字文》의 맨 앞을 장식하는 "천지현황天地玄黃"이 웅변하는 대로, 하늘은 인간이 측량할 수 없는 현묘玄妙함을 가진 것이기에 그 도리대로 세상사가 펼쳐진다는 세계관이다.

사람과 하늘의 상호작용

하늘이 물리적으로만 존재한다고 생각한다면, 물리적인 하늘 아래 세상 모든 것들이 놓이는 객관적인 실체에 불과하다. 그러나 여느 자연체와 달리 하늘이 특별함을 갖는 까닭은 인간이 하늘을 대하는 태도 때문이다. 인간사가 이루어지는 지상과는 다른 어떤 세상, 인간계와는 다른 초월계가 바로 하늘이라고 생각하기에 하늘에 대한 여러 가지 관념이 생겨난 것이다. 하늘이 인간이 잘 지낼 수 있게 이끌고 돕는다고 생각하는가 하면, 인간의 뜻과는 무관하게 하늘은 하늘의 방식으로 제 뜻을 관철한다고도 여긴다. 그런데 하늘이 아무리 추상화한다 해도 실제 인간이 접하는 하늘에 기반하는 게 분명한 이상 인간이 접하는 하늘과 동떨어지기는 어렵다. 하늘과 인간이 같은 방향을 보며 조화를 이루는지, 상반되는 길을 따로 가는지에 대한 판단도 그렇다.

하늘에 대한 관념을 비교문화론적으로 고찰한 페타조니R. Pettazoi에 따르면, 천신天神에 대한 생각은 대략 두 갈래라고 했다. 하나는 "하늘을 지상과 우주적으로 짝을 이룬다고 생각"하는 것이요, 또 하나는 "만물을 내려다보는 하늘의 눈으로부터 도피하거나 피난할 데도 없는 가운데 산재하고 내재한 채 인간에게 언제 어디서나 밀고 들어오는 존재"[18]로 여기는 것이다. 다니엘은 몽골과 비교할 때 천신의 개념이 한국에서는 특히 전자의 성향이 농후하다고 보았는데, 몽골이나 아메리카 원주민들은 대초원에서 '늘 푸른 하늘'신神을 경험하는 데 반해 한국은 그렇지 못해 결과적으로 거역할 수 없는 막강한 힘을 발휘하는 천신 이미지는 약한 편이라 파악한다.[19] 이는 철학적인 분석의 산물이라기보다는 일반인의 삶에서 유추된 결과이며, 설화처럼 대중들이 향유하는 문학에서는 인간에게 관대한 하늘, 인간을 위해 조화로운 질서를 찾아주는 하늘로 그려지곤 했다.

그러나 실제 하늘과 인간이 그렇게 대립 혹은 조화를 이루는지에 대해서는 통일된 의견을 내기 쉽지않다. 이는 그 둘 사이에 대립/조화의 단순한 이분법이 성립하는지에 대한 의문에서부터 시작된다. 처음에는 대립하더라도 특별한 작동에 의해서 조화를 이룰 수 있는지, 혹은 조화를 이루다가 어떤 계기에 의해 대립할 수 있는지 모르기 때문이다. 이에 대해 이규보는 〈천인상승설天人相勝說〉을 통해 복잡한 문제를 간명하게 풀어냈다.

유자(劉子: 중국 원(元)나라 사람)는 말했다.

"사람이 많으면 하늘을 이겨내고, 하늘이 정하면 또한 사람을 이길 수 있다."

나는 일찍이 이 말에 승복한 지 오래 되었는데 지금은 더욱 믿게 되었다. 왜 그런가? 나는 일찍이 완산(完山)에서 서기(書記) 일을 맡았었는데 동료의 참소(讒訴)를 받아 파면당했다. 서울에 와서 보니 그 사람이 또한 항상 중요한 직위에 있으면서 혀를 놀려댔기 때문에 무릇 9년 동안이나 관직에 뽑히지 못했다. 이것이 바로 사람이 하늘을 이긴 것이다. 어찌 하늘이 그렇게 한 것이겠는가? 그 사람이 죽자 그 해에 한림원(翰林院)에 보직을 받았고 이어 여러 군데 요직을 두루 거쳐 빨리 높은 자리에 올랐다. 그러니 이것은 곧 하늘이 사람을 이긴 것이다. 사람이 어찌 그렇게 한 것이겠는가?

어떤 이가 이 말을 듣고 힐난했다.

"태공(太公: 주(周) 문왕(文王)의 스승)은 80세에 문왕을 만났고, 주매신(朱買臣: 한(漢) 무제(武帝) 때의 문신)은 50세에 귀한 사람이 되었는데, 이것이 어찌 참소하는 사람이 있어서 늦게 만난 것이라고 하겠는가? 실은 운명이 그렇게 한 것이다."

나는 대답했다.

"이 두 어른이 늦게 만난 것은 그대 말마따나 운명이었다. 하지만 내 운명으로 본다면 비록 그때에도 그리 크게 나쁘지는 않았었는데, 다만 흉악한 사람이 나쁜 틈을 타서 큰 변고를 꾸민 것이다."

어떤 이가 또 물었다.

"운명이 그리 크게 나쁘지 않은데도 흉악한 사람이 그 틈을 타서 일이 그리 되도록 도왔다면 그 역시 운명이니 어찌 그렇게 말하시요?"

나는 말했다.

"내가 그때에 만일 조금만 참아서 그 사람하고 그렇게 사이가 나쁘지만 않았더라면 반드시 이런 일은 없었을 터이니, 실은 내가 자초한 셈이지요. 어찌 운명과 관계있겠소이까?"

어떤 이가 내 말에 승복하며 말했다.

"그대가 허물을 뉘우치는 것이 이와 같으니 마땅히 높은 데까지 이를 것이오."[20]

제목을 글자 그대로 풀자면 '하늘과 사람이 서로 이긴다'에 초점이 두어진다. 그런데 이 '이긴다勝'는 술어는, 주어와 목적어가 상반되는 입장에 처할 수밖에 없는 의미를 지닌다. 이편이 저편을 이기면, 저편은 이편에 지기 때문이다. 이편이 저편을 좋아하듯, 저편이 이편을 좋아할 수 있는 것과는 다른 부류인 것이다. 그런데 이규보는 '서로 이긴다相勝'는 말로 상식에 도전한다. 물론 세상의 승패에는 '공동 승리'라는 것도 있고, 싸우지않고 이기는 '부전승'이라는 것도 있으며, 이기지도 지지도 않는 '비기기'라는 것도 있으니 서로 이긴다는 게 영 이상한 말은 아니지만, 위에 보이는 대로 이규보가 펼치는 논리는 그런 상식선을 넘어선다.

이규보가 말한 "내가 그때에 만일 조금만 참아서 그 사람하고 그렇게 사이가 나쁘지만 않았더라면 반드시 이런 일은 없었을 터이니, 실은 내가 자초한 셈이지요."라는 서술에 주목해보자. 처음에 사태가 악화되기 전에 사람이 손을 썼더라면 도저히 어쩌지 못할 어려운 지경까지는 이르지않았을 것이라는 말이다. 이는 하늘이 정한 것이 따로 있지는 않지만, 인간이 인간의 할 도리를 다하지 못하면 속수무책으로 하늘이 이끄는 대로 가야만 한다는 뜻이다. 이런 논리가 설득력을 갖는 이유는, 사람들이 '하늘/인간' 사이를 배타적으로 가르는 그 가운데 무수한 변수가 있기 때문이다.

이렇게 생각하면, 하늘이 모든 일을 알아서 할 테니 사람이 할 일은 없다거나 사람이 하려고만 들면 못할 게 없으니 하늘이 하는 일이 없다는 극단을 벗어날 수 있다. 세상이 조화롭다고 여기든 그렇지 않다고 여기든, 그 가운데 삶의 올바른 방향 찾기는 언제나 가능하며 그런 방향 찾기를 위한 노력은 언제고 놓아서는 안 되는 일이다. 이는 사람이 하늘 아래 살지만 하늘을 지향하는 까닭이며, 하늘에 닿을 수는 없어도 부단히 닿고자 노력하는 까닭이다.

그러나 이규보의 그러한 생각이 굳건한 사상적 깊이까지 가지고 있었는지는 의문이다. 그의 또 다른 〈괴토실설壞土室說〉을 보면, 하늘이 하는 일에 인간이 작동할 가능성을 거의 닫아두기 때문이다. 이 작품에서는, 이규보가 어느 날 귀가하니 종들이 흙을 파서 집모양의 구조물을 만들었는데 이규보와 종들의 문답이 뜻밖이다. 종들은 겨울에 화초나 과일 등을 저장하기에 좋고 길쌈하는 부녀자들에게도 편리하고 추운 때에도 봄 날씨 같아 일하는 데 손이 시려 터지는 일이 없다는 등 좋은 점을 쭉 열거한다. 방한 대책이나 땔감이 부족했을 시절이고 보면 겨울에 좀 더 따뜻하게 보낼 수 있는 방안을 마련하는 것은 지당한 삶의 지혜이다.

그럼에도 불구하고 이규보는 종들의 노고를 치하하기는커녕 야단치기에 여념이 없다. 여름에 덥고 겨울에 추운 것이 정상적인 이치인데 그걸 어기는 것은 하늘의 명을 거역한다는 이유에서였다. 그러나 토실

土室이라는 것이 기껏해야 땅을 좀 파낸 후 흙담을 쌓고 겨우 지붕 같은 덮개를 얹어놓은 형태일 것이 뻔한 일이고 보면, 거기에 대고 천명天命을 운위하는 것은 억지스러워 보인다. 다만 자연을 어기기보다는 순리대로 살아가라는 뜻으로 새길 여지가 없지는 않으나, 추위에 고생을 덜어보겠다는 노력까지 무참하게 만들 필요까지 있을까 싶다.

더욱이 본인은 그런 고생을 전혀 안 해도 되는 처지였을 테니 기껏 힘들여 일한 사람 입장에서는 속이 상할법하다. 이런 견지에서 본다면 〈천인상승설〉에서 논파한 하늘과 사람의 상호작용은 전혀 힘을 못 쓰고, 사람은 하늘이 정해준 질서에 순응하며 감내할 것을 강요하는 형국이다. 또한, 좀 높은 자리에서 벼슬할 때는 상호작용을 강조하다가, 아랫사람들이 일하는 데는 인간은 그저 수동적으로 받아들일 것만 강요하는듯해서 불편함을 주기도한다. 그럼에도 불구하고 이규보의 생각에 귀를 기울여야 할 대목이 있다면, 혹여 편리함에 대한 욕구가 자연스러움을 압도하여 자연의 건강한 순환을 훼손하지는 않는가 하는 점이다.

박지원도 명문 〈상기象記〉를 통해 하늘의 작용을 설명하는데 이규보의 글과는 결이 다르다. 박지원은 하늘이 세상을 만들 때 특별한 구상을 갖고 일일이 만들어내지 않았다고 하면서 《주역周易》에서 "하늘이 초매草昧(천지개벽할 때의 혼돈)를 만들었다."라고 한 말을 인용하며 논리를 펼쳐나간다. 이는 날이 샐 무렵 사람과 동물이 분간되지않을 때 같다고 비유하며, 흡사 국숫집에서 보리를 갈 때 가늘고 크고 정밀하고 거친 가루들이 두루 섞여 땅에 흩어지는 것 같다고 했다. 하늘이 만물을 낼 때의 이치를 생각한다면, 하늘의 역할을 맷돌을 돌리는 것일 뿐 그 돌리는 데 따라나오는 입자 하나하나가 어떻게 될 것을 계산하지 않는다는 논리이다.

그러나 사람들은 여전히 자신들이 생각할 수 있는 범위 내에서 논리를 펴나간다.

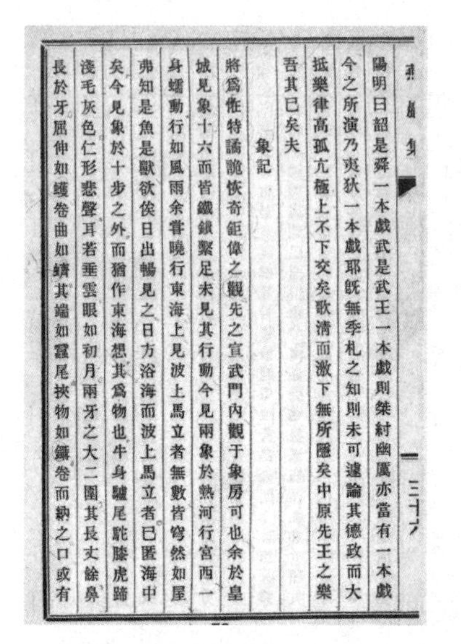
燕巖集 三十六

陽明曰韶是舜一本戲武是武王一本戲則桀紂幽厲亦當有一本戲
今之所演乃夷狄一本戲耶旣無季札之知則未可遽論其德政而大
抵樂律高孤亢極上不下交矣歌淸而激下無所隱矣中原先王之樂
吾其已矣夫

象記

將爲恠特譎詭恢奇鉅偉之觀先之宣武門內觀于象房可也余於皇
城見象十六而皆鐵鎖繫足未見其行動今見兩象於熱河行宮西一
身蠕動行如風雨余嘗曉行東海上見波上馬立者無數皆穹然如屋
弗知是魚是獸欲俟日出暢見之日方浴海而波上馬立者已匿海中
矣今見象於十步之外而猶作東海想其爲物也牛身驢尾駝膝虎蹄
淺毛灰色仁形悲聲耳若垂雲眼如初月兩牙之大二圍其長丈餘鼻
長於牙屈伸如蠖卷曲如蠐其端如蠶尾挾物如鑷卷而納之口或有

박지원 〈상기〉의 시작 부분

그런데 이야기하는 사람은 "뿔이 있는 것에게는 이빨을 주지 않았다."고 하여 세상 만물을 만드는 데 무슨 결함이나 있는 듯이 생각하지만 이는 망령된 것이다. "누가 이빨을 주었는가?"라고 감히 물으면, 사람들은 "하늘이 주었다."고 말할 것이다. 그래서 "장차 무엇 하려 주었는가?"라고 물으면, 사람들은 "하늘이 그것으로 물건을 씹게 하려 했다."고 말할 것이다. 그렇다면 다시 "그것으로 물건을 씹게 한다는 것은 왜인가?"라 물으면, 사람들은 이렇게 말할 것이다. "이것이 바로 그 이치이다. 짐승이 손이 없으므로 꼭 주둥이와 부리를 구부려 땅에 닿아서 음식을 구하는 것이다. 그래서 학의 다리가 이미 높고 보니 목이 길지 않을 수 없다. 그러고도 오히려 혹시라도 땅에 닿지 않을까 염려하여 또 그 부리를 길게 한 것이다. 만약 닭의 다리가 학의 다리를 본받는다면 뜰에서 굶어 죽을 것이다."[21]

속인들의 논리는 '각자무치角者無齒'라는 말로 집약될 수 있다. 뿔이 있는 짐승에게는 이빨이 없다는 뜻으로, 소나 사슴처럼 뿔이 난 초식동물에게는 날카로운 이빨이 없다는 뜻이다. 거꾸로 호랑이나 사자는 날카로운 이빨이 있는 대신 뿔이 없는데, 이는 대체로 하늘이 공평하기 때문에 한 존재에게 여러 가지를 다 주지않음을 강조할 때 사용된다. 그러나 멀리 갈 것도 없이 주변만 훑어보아도 운동도 잘하는데 공부도 잘하는 사람도 차고 넘치며, 노래를 잘하면서 그림도 잘 그리는 사람이 없는 것이 아니다. 심지어는 싸움을 잘하는데 정이 많은 사람까지 있고 보면, 각자무치 같은 논리가 허망하게 느껴질 때가 많다.

그러나 박지원은 그런 논리는 소나 말, 닭, 개처럼 흔한 동물들에나 통용될법한 것으로, 코끼리처럼 특이한 동물들을 설명할 때는 무용지물임을 설파해낸다. 세상의 모든 존재를 하늘이 만들었다는 전제하에, 하늘이 코끼리는 만들 때 상아를 길게했기 때문에 코 또한 길게 만들어냈다는 식의 억지 논리에 반박한다. 쓸모없는 상아를 만들어놓고는 상아가 거추장스럽기 때문에 코를 필요 이상으로 늘리느니보다는 처음부터 상아를 만들지않았으면 간단했을 테니 그런 걸 하늘의 조화로 설명하는 것이 애초에 부당하다는 논지이다.

이상한 일이지만, 사람이 이해하기 힘든 상황이 벌어질 때마다 하늘을 들먹이기는 하는데, 가만 보면 사람의 논리를 하늘로 유추할 때가 대부분이다. "하늘도 무심하시지."를 뇌면서 다른 사람이 피해를 보든 말든 고작 제 잇속만 챙기려드는 사람이 많은 한, 하늘의 공평무사함을 지상에 실현시키기는 요원한 일이다. 이렇게 보면 이규보나 박지원의 글을 읽으면서 드는 생각은 의외로 단순명료하다. 사람이 닿지 않는 영역에서의 하늘이 갖는 무게감을 인지하면서도 그를 핑계로 사람의 역할을 게을리하지 않을 접점을 찾는 일, 그 일 하나가 중요할 뿐이다.

제 9 장

복

제 복을 찾아,

혹은 운명을 넘어

*복이 화가 되고 화가 복이 되는 것은,
변화는 끝이 없고 그 깊이는 예측할 수가 없다.

_《회남자》

복과 운명 사이

'복福'이라는 말을 외국어로 쉽게 옮길 수 있을까? 옮길 수는 있겠지만 쉽지 않을 것 같다. 어떤 때는 그저 편안히 잘 지내는 걸 복이라고 하지만, 또 어떤 때는 누구나 넘볼 수 없는 대단한 호강을 복이라고 한다. 또, 그저 가만 있어도 저절로 굴러드는 게 복인가 하면, 손에 쥐려고 목숨을 걸어도 내 앞으로 한 치도 움직이지 않는 게 복이다. 그뿐만 아니라, 누구에게나 공통적으로 느껴질법한 행복 같은 것을 복이라고 하기도 하고, 그 사람만 가질 수 있는 특별한 무언가도 복이라 한다. 나아가 복의 세부 항목으로 들어가면 더욱 복잡해진다. 오래 사는 게 복이라고 하지만, '수즉다욕壽則多辱'이란 말은 공연히 있는 게 아니다. 어떤 때는 가능한 한 많이 갖는 걸 가리키지만, 또 어떤 때는 적당히 갖는 걸 가리키는 것이다.

영한사전에서 '복'을 찾아보면 나오는 단어인 fortune운, 재산, good luck행운, blessing축복, bliss지복(至福), happiness행복 등등이 어쩌면 복을 포괄적으로 설명하는 많은 것들이다. 똑같은 단어가 그때그때 다르게 쓰이기 때문에 벌어지는 일인데, 실제로는 한자 문화권에서 똑같이 쓰는 '福'이라는 글자라도 어느 것을 필수적인 복으로 치는지는 조금씩 달랐다.

흔히 말하는 '오복五福'만 해도, 《서경書經》에서는 수壽(장수), 부富(부유함), 강녕康寧(건강하고 편안함), 유호덕攸好德(덕을 쌓음), 고종명考終命(천명을 다하고 마침)을 꼽지만, 《통속편通俗編》에서는 수壽, 부富, 귀貴(귀하여짐), 강녕康寧, 자손중다子孫衆多(자손이 많음)를 꼽는다. 앞의 것이 대체로 인간 보편적인 행복의 조건들인 수, 부, 강녕을 갖춘 후 덕을 쌓아 자신의 과업을 무사히 마치는 것을 중시하는 유가적인 복이라면, 뒤의 것은 세속적인 내용이 강화되었다. 부富에다 귀貴를 보태고, 그것을 전할 자손까지 많아지는 걸 원하기 때문이다. 또 우리나라의 속설에는 치아까지 포함시키기도 하는데, 이는 치아가 부실하면 건강부터 상하는 현실을 반영한 것으로 보인다.

어쨌거나 복福을 그렇게 따져보는 전통 덕에 복을 다룬 문학 또한 수명이나 재물, 높은 벼슬, 자손 등등에 집중되는 경향이 있다. 제목부터 '복福'을 달고 나오는 〈내 복에 산다〉는 복의 기준이 재물이다. 어떤 부잣집 영감이 딸 셋을 두었는데 딸들에게 너희는 누구 덕에 사느냐고 묻는 데서 이야기가 시작된다. 다른 자매들은 아버지 덕에 산다고 하는데 주인공만 제 덕에 산다고 하자, 아버지가 쫓아내서 한번 살아보라고 했다. 아버지가 빼앗은 것은 집 안에서 제공할 수 있는 경제적 윤택함이고 그것이 곧 복이라는 뜻이다. 그러나 주인공은 집을 나가서도 여전히 잘 살아가는 기적을 보이는데, 여기에서 보자면 그런 재물 또한 누구에게나 정해진 것이 있다는 운명론적인 사고가 엿보인다. 우리나라 속담에 "남의 복은 끌로도 못 판다."는 말은 이런 정황을 반영한 것이다.

그러나 복이 운명적으로 정해진다는 믿음이 강할수록 복을 바꾸어 보고 싶은 욕망 또한 강해질 수밖에 없다. 그래서 옛이야기 속에는 주어진 복은 별 게 아닌 사람도 특별한 기회를 통해 큰 복을 얻기도 하고, 아예 제게 주어진 재액災厄을 뒤집어서 행운으로 바꾸기도 한다. 복이 없게 태어났으나 복을 만들어가는 이야기는 민담에 아주 흔하다. 복을 얻어나가는 방식은 아주 다양해서 속임수를 쓰기도 하고, 착한 심성을 높이 사서 누군가가 도와주기도 하며, 성실하게 살아서 쌓아나가기도 한다. 그렇게 이유를 설명할 수 없는 복도 있어서 그저 우연이라고밖에는 설명할 수 없는 희한한 일들이 일어나기도 하는데, 복을 받는 사람이 정말 복 받을 자격이 있을까 하는 근본적인 질문에 도달할 수도 있다. 고려가요 〈동동〉의 서두를 보면 이에 대한 시사점이 엿보인다.

> 덕(德)으란 곰배예 받잡고(바치옵고)
> 복(福)으란 림배예 받잡고
> 덕이여 복이라 하날(하는 것을)
> 나사라(드리러) 오소이다
> 아으 동동(動動)다리[1]

덕德과 복福이 나란히 나온다. 덕은 곰배(신령)에 바치고 복은 림배(임금)에게 바친다는 전형적인 송축의 노래이다. 신과 임금이 거의 동격인 상황에서 덕과 복 또한 그렇게 올라가 있다고 보면 된다. 여기에는 덕을 쌓은 대상에게 복이 있고, 복을 받는 대상에게는 덕이 있다는 생각이 내재해있다. 그러나 세상이 꼭 그렇게 이치대로만 가는 법은 아니어서 덕은 덕대로 쌓고 박복하게 사는 사람도 있고, 쌓은 덕 없이도 어디선가 뚝 떨어진 복을 받는 사람도 있다. 문학이 삶과 유리된 게 아니라면 그런 점을 잘 짚어내는 게 당연하다.

아울러 복을 받기 위해 쌓아야 하는 덕이 무엇인가에 따라 거꾸로 복의 성격 또한 달라진다. 유교에서라면 효孝와 충忠, 우애 같은 덕목을 잘 실천하면서 살아나가면 자연히 지극한 복을 받는다고 생각하겠지만, 불교에서라면 윤회사상과 맞물려서 매우 복잡해진다. 어떤 선업을 쌓아 이루어진 결과로서의 복도 생각해볼 수 있지만, 윤회를 벗어날 기회를 제공해주는 원인으로서의 복도 따져볼 수 있기 때문이다.[2] 이런 맥락에서라면 《삼국유사》 〈효선孝善〉편에 나오는 복이 유교에서 말하는 부富나 귀貴와는 차원이 다른 것임을 충분히 짐작할 수 있다. 부모를 모시지 않고 출가한 것이 유교에서라면 대단한 불효이겠지만, 본인이 출가함으로써 자신은 물론 그 어머니까지 좋은 세상으로 갈 수 있게 하는 〈진정 스님의 효孝와 선善이 쌍으로 아름답다眞定師孝善雙美〉 같은 이야기가 그 좋은 사례이다.

복을 찾아 떠나는 여행

한자 '福'의 부수는 示인데, 이 글자는 신에게 제사를 올리는 제단祭壇을 뜻한다. 이렇게 보면 전통적인 사고에서 복을 좌지우지하는 주체는 인간이라기보다는 신神이다. 《구약성서》에서도 우리말의 '복'에 해당하는 '축복berekhah'의 어원이 '무릎을 꿇다'라는 동사에서 파생된 것이라고 하는데,[3] 이는 신의 섭리에 순응하는 대가가 바로 축복임을 일러준다. 이런 식으로 생각하다 보면 자신의 불행을 그저 본래 복이 없는 사람이기 때문이라고 체념할 수도 있지만, 대체 왜 그런 일이 생기는지만큼은 누군가에게 캐묻고싶을 것이다.

〈구복求福여행〉으로 이름 붙여진 이야기는 바로 이 문제를 다룬다. 이야기의 근원을 파고들면 《불경》의 하나인 《본생경本生經》까지로 올라갈 만큼 연원이 깊다. 실제로 이 유형에 속하는 많은 이야기에서 자신에게 닥친 불행의 근원을 알아보기 위해 부처님을 찾아가는 식으로 설정된 것은 이런 데서 기인한다. 기본적인 줄거리는 이렇다.

> 옛날에 한 총각이 나무를 한 짐 쌓아 두면 없어지는 일이 반복되어 가난을 벗어나지 못하자 복을 타기 위해 서천서역국으로 떠났다. 가다가 어느 집에 묵게 되었는데 과부인 예쁜 집주인이 총각의 사연을 알고 자신에게 좋은 신랑감을 하나 구해 달라고 부탁하자 승낙하고 또 길을 나섰다. 가다가 길가에서 동자 셋을 만났는데 서역국에 간다는 말에 왜 황금꽃이 피지 않는지 부처님께 물어봐 달라고 하여 알겠다고 했다. 이번에는 배도, 다리도 없는 큰 강에 이르러 고민하고 있는데 이무기 한 마리

가 나타나더니 총각의 사연을 듣고는 데려다줄 테니 자신이 왜 승천하지 못하는지 알아봐 달라고 했다.

마침내 부처님에게 도착한 총각이 복을 타러 왔다고 하자, 부처는 태어난 시에 복이 없어 못 탄 것이기에 자신도 방법이 없다고 하였다. 할 수 없이 총각은 부탁받은 것들을 물어 그 답을 갖고 돌아왔다. 오는 길에 이무기를 만나서 여의주가 두 개라 무거워 못 올라간다고 하니 이무기가 여의주 한 개를 총각에게 주고 하늘로 올라갔다. 동자 셋을 만난 총각은 금 한 관이면 꽃을 만들 수 있는데 세 관으로 만들려 해서 안 된다고 하자 동자들은 남은 두 관을 총각에게 주었다. 여자를 만난 총각은 혼자된 후 처음 만난 남자가 신랑감이라고 했다. 그런데 그 총각이 바로 처음 만난 남자여서 둘이 결혼하여 행복하게 살았다.[4]

입에 여의주를 물고 있는 강원도 속초 신흥사 극락전의 용두 ⓒ 한국학중앙연구원

아무 일도 안 하고 지낸다거나 게으른 사람이라면 스스로가 박복하다고 생각할 여지가 적다. 무언가를 해보면 변화할 가능성이 큰 법인데 반해, 애초에 그 가능성을 원천적으로 봉해두고있는 셈이기 때문이다. 그러나 이 주인공처럼 제 딴에는 최선의 노력을 함에도 불구하고 형편이 조금도 나아지지 않을 때, 무슨 운명적인 문제가 있는 것인지 궁금해하기 마련이다. 매일 나무를 해다 팔아 생계를 유지하는 사람으

로서 나뭇단이 남아돌 리가 없지만, 어떻게 해서든 한 짐씩 더 해서 여유를 가지려는 그 마음이 주인공의 적극성을 보여준다. 그러나 그렇게 여분으로 마련해둔 나뭇짐은 귀신같이 사라지고 만다. 마치 너의 복은 이 정도밖에 안 된다고 경고하는 것만 같다.

주인공은 길을 떠난다. 〈구복여행〉은 제목이 시사하듯, 자신이 사는 세상과 다른 세상을 찾아나가는 여행이다. 복이 없는 세상을 사는 사람이 복이 있는 다른 세상을 탐색해보는 일이다. 의문은 간단하다. "아무리 생각해도 내게 복이 없는 것으로 여겨지는데 과연 복이 없는 걸까?" 그는 그런 의문을 가슴에 품고 길을 떠난다. 길을 떠나는 서사가 대개 그렇듯이 주인공은 평소에 보지 못하던 특별한 사람을 만나 특별한 사건을 경험하면서 성장하게 된다. 주인공이 만나는 인물은 불행하기는 하나 자신과는 판이한 상황이다. 상식적으로는 도저히 불행할 이유가 없는, 도리어 남보다 훨씬 더 행복해야만 할 것 같은 인물들이다.

첫째 인물은 과부인데 그냥 과부가 아니라 예쁘다는 점을 강조하고 있다. 남편을 잃은 여인이니 불행하다고 할 수도 있겠으나 예쁘기 때문에 얼마든지 좋은 배우자를 다시 구할 수 있는 형편이다. 둘째 인물은 황금꽃을 피우려는 동자 셋인데, 황금꽃을 피우려는 자체가 황금을 가지고있다는 말이 된다. 먹고살기도 어려워서 길을 떠난 주인공으로서는 부럽기 그지없는 인물이다. 셋째 인물은 이무기인데, 이무기라면 당연히 용이 되려 노력하겠지만 이 이무기의 경우 입에 물고 오를 여의주가 부족하기는커녕 두 개나 되어 남아돌 정도로 특별하다. 복이 차고 넘친다는 말이 딱 이들의 경우이겠다.

주인공과 주인공이 만난 인물을 대비해보면, 한쪽은 아무리 애를 써도 쌓이지 않아 문제이고, 한쪽은 차고 넘치는데도 이루어지지 않아서 문제이다. 그런데 문제의 해법이 부처님 같은 신령스러운 존재에게 있는 게 아니라, 모두 인간에게 있다는 게 이 이야기의 골자이다. 부처님의 말을 표면적으로 따라가보면 원래 복이 없는 인물이어서 어쩔 수 없다는 것이지만, 사실은 그가 길을 나서기만 하면 금세 풀릴 문제였다. 과잉으로 있는 것을 부족한 이에게 넘겨주고 나면, 자신의 문제가 풀림은 물론 그로 인해 다른 인물의 문제까지 쉽게 해결되는 기적이 일어난다. 너무 많이 움켜쥐고 주체 못하는 인물이나 가까운 데 짝을 두고도 살기에 바빠 못 만나는 인물이나 문제가 심각하기는 매한가지인데, 그 둘의 결합에 의해서 절묘한 상생의 길이 열린다는 게 이야기의 핵심이다.

이 이야기를 앞의 오복五福과 연관지어보면 재미난 결과에 도달한다. 나는 왜 이렇게 복이 없는가 한탄만 하던 주인공이 길을 떠나면서 다른 인물들의 문제를 해결해주는 덕을 쌓음으로써 비로소 복을 얻기 때문이다. 《서경》과 《통속편》의 오복을 가르는 기준이 유호덕(덕을 쌓음) 유무라 한다면, 이 이야기의 복은 철저히 《서경》 쪽이다. 이는 불교적 복에 근접한다고 보아도 무방하다. 불교에서는 선인善因이 선과善果를 불러온다고 보아, 선인을 쌓는 행위가 드러나지 않더라도 선과를 얻었다면 그 이전, 더 거슬러올라가서 전생에 무언가를 쌓았다고 본다. 시야를 넓혀서 내세까지로 이어본다면 이 세상에서 비록 불행하더라도 선인을 쌓음으로써 다음 생에서나마 선과福를 받을 수 있다는 믿음으로 애써 선하게 살아가는 삶을 고생하는 삶이 아니라 미래의 복을 짓는 삶으로 이해함직하다.

《삼국유사》의 김대성金大城 이야기가 바로 그런 예이다.[5] 전생의 김대성이 시주승의 말을 듣고 집에 뛰어들어오며 한 이야기는 "저를 생각해 보면, 쌓아놓은 선행이 없어 지금 이렇게 고생하는 것 같습니다. 지금 또 시주하지 않으면 다음 생에 더욱 힘들어지겠지요?"이다. 현재의 선업이 미래의 선과를 불러온다는 지극히 당연한 인과론적 발상인데, 문제는 현재와 과거가 한 인간이 경험할 수 있는 현실 밖에 있다는 점이다. 이야기 속에서야 과붓집의 가난한 김대성이 재상집의 귀족 김대성으로 다시 태어난다지만, 그 김대성과 이 김대성이 같은 김대성이라는 점부터 납득하기가 쉽지 않다.

그렇다면 두 김대성이 같은 인물임을 입증할 근거는 무엇인가? 이야기상으로는 태어날 때 손에 쥔 금패로 그것을 입증할 수 있었지만, 두 인물이 현실에서 엄연히 다른 인물임은 분명하다. 복을 근거로는 '박복한 김대성'과 '유복한 김대성'이 확연히 갈리며, 신분 기준으로는 '미천한 김대성'과 '존귀한 김대성'으로 나뉜다. 그러나 박복함을 넘기 위해 그나마 있는 복을 내려놓고, 미천한 신분이지만 부처님의 귀한 말씀에 귀 기울이는 역설逆說을 통해 '박복'을 벗고 '유복'으로, '미천'에서 '존귀'로 거듭난다.

그러나 구복여행이 본래 《불경》에서 비롯된 것인 데서 보듯이 현세적 복을 찾는 것만으로는 김대성의 복을 온전히 설명해낼 수 없다. 그렇게 할 경우 가난한 김대성은 아무런 복을 받지 못한 채 죽고, 그렇지 않아도 주체할 수 없는 복을 갖고 있는 재상집 김대성이 모든 복을 독차지하기 때문이다. 있는 복마저도 없애야 하는 설상가상雪上加霜과, 있는 복에 복을 더하는 금상첨화錦上添花의 불편한 대립마저 감지된다. 이 이야기를 앞서 살핀 구복여행과 연결 지으면 가난한 김대성이 바로 가난한 나무꾼에 대응될법하다. 어쩌면 이렇게 가난한지 그 원인을 알기 위해 부처님을 찾아가 해결책을 찾는 나무꾼의 행보나, 가난한 삶에 지쳐 지내다가 고승의 설법을 듣고 전 재산을 시주하기로 하는 가난한 김대성의 행보는 동일선상에 놓인다.

나아가 재상집 김대성은 본인의 깨침으로 연결될만한 불교적 의미의 복을 얻기에 이른다. 그 하나는 자신이 재미삼아 사냥하여 죽인 곰을 위해 절을 짓는 불사佛事를 통해 살생의 죄를 참회하고, 불쌍한 중생을 제도할 수 있는 발판을 마련하였다. 또 하나는 전생과 현생의 부모를 위한 절을 지음으로써 효도를 함은 물론 그 선업善業이 한 가정에 그치지 않고 온 세상으로 확대되도록 하였다. 이런 서사 전개는, 한편으로는 아무런 희망 없이 생계에 찌든 사람들을 위무하지만, 또 한편으로는 현실적 문제를 개인의 선행이 부족한 탓으로 돌릴 위험도 있다. 예나 지금이나 보통사람들이라면 자신이 가지고 있는 구슬이나 황금을 아무 대가 없이 남들에게 베푸는 사람도 적고, 제 앞가림도 어려운 마당에 절을 짓는 큰 불사 같은 데 힘을 쏟을 여력도 없기 때문이다.

내 복에 산다, 어디 가도 내 복

"어떤 놈은 팔자가 좋아 고대광실 높은 집에 살고…"라는 푸념은 불평등이 있는 곳에서라면 어디에서나 터져나올법한 소리다. 그러나 이 말을 뒤집어보면 남들과는 달리 자신은 그런 복을 타고나지 않았다는 말이 되며, 복이 있는 사람은 복되게 살고 복이 없는 사람은 고생스럽게 산다는 믿음이 드러난다. 고전문학에서 자신의 복을 강하게 믿고 그대로 되는 경우가 적잖이 있는데, 대표적인 사례가 바로 설화 〈내 복에 산다〉이다. 너무도 유명한 이야기여서 따로 줄거리 설명이 필요 없을 정도인데, 최소한의 골격만 정리하면 다음과 같다.

> 어느 부잣집에 딸이 셋이 있었다. 부자인 아버지는 자신이 딸들을 호강시키며 살아가는 게 대견하여 딸들에게 이렇게 물었다. "너희들은 누구 덕에 이렇게 잘사느냐?" 큰딸과 작은딸은 모두 "아버지 덕에 잘삽니다." 라고 대답했는데, 막내딸은 달랐다. "내 복에 삽니다."라고 했던 것이다. 아버지는 자신의 공을 몰라주는 막내딸에게 화가 치솟았다. "네 복에 산다고 했으니 그럼 집을 나가 살아봐라!"
>
> 그렇게 집에서 쫓겨난 셋째 딸은 마땅히 갈 곳이 없었다. 그래서 어느 산속으로 들어가 웬 숯 굽는 총각을 만나 결혼하여 살았다. 그런데 어느 날 셋째 딸이 남편이 숯을 굽는 데 가보니 그곳이 바로 금밭이었다. 셋째 딸은 금을 팔아 부자가 되었는데, 친정은 망조가 들어 가난해졌다. 셋째 딸은 부모를 모시고 잘살았다.

이와 유사한 이야기가 국내외에 여럿 있다. 우리가 잘 아는 〈온달과 평강공주〉나 백제 무왕의 이야기로 알려진 〈서동요〉 설화 등이 그 예이고, 무가 〈삼공본풀이〉도 여기에서 멀지않다. 또 인도, 일본, 몽골에도 비슷한 이야기가 많은데, 대체로 귀한 여자가 쫓겨나서 천한 남자와 결혼하지만, 그 때문에 천하게 되는 것이 아니라 자력으로 존귀함을 회복한다는 것이 일관된 줄거리다. 주인공 여성이 '부잣집 막내딸', '막내

공주'처럼 신분적 존귀함을 드러내는 표지를 하고있는 데 반해, 짝이 되는 남성은 '숯구이 총각', '마를 파는 사람'처럼 직업적 미천함을 드러낸다. 그런데 여기에서 천한 신분의 표시였던 '숯'이나 '마'를 통해 '황금'으로 이어지고, 황금을 매개로 존귀함을 회복하는 역설이 일어난다.

'쫓겨나는' 막내딸에 눈여겨볼 대목이 있다. 이야기에서는 분명히 쫓겨나는 것이지만, 이유를 찾아보면 제 발로 나가는 형국이기 때문이다. 자기 복으로 잘 살아간다고 생각한다면, 구태여 남의 복에 얹혀서 살 이유가 없다. 이는 《삼국사기》〈열전〉〈온달〉에 나오는 평강공주 역시 마찬가지다. 그녀가 나가게 된 이유는 표면상으로는 부왕이 내친 데서 찾아볼 수 있지만, 그 이전에 부왕이 내린 최초의 명을 따르는 게 옳다고 고집을 피웠기 때문에 빚어진 일이기도 하다. 아버지 뜻을 따르지 않고 제 뜻대로 살 수 있다는 확신이 섰다면, 떠나서 그것을 확인해보는 일만 남는다. 〈내 복에 산다〉와 〈온달과 평강공주〉 설화가 같은 궤에서 설명되는 것은 당연한 일이다.

이처럼 배필을 구하는 데 있어서 천정배필이 강조되면 터무니없는

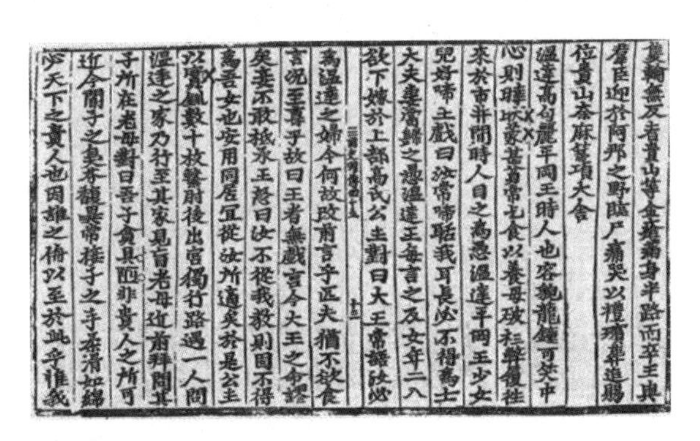
長驅無反者貴山等金瘡滿身半路而卒王與
羣臣迎於阿那之野臨尸痛哭以禮殯葬追賜
位貴山奈麻箒項大舍
溫達高句麗平岡王時人也容貌龍鍾可笑中
心則睟然家甚貧常乞食以養母破衫弊履往
來於市井間時人目之爲愚溫達平岡王少女
兒好啼王戲曰汝常啼聒我耳長必不得爲士
大夫妻當歸之愚溫達王每言之及女年二八
欲下嫁於上部高氏公主對曰大王常語汝必
爲溫達之婦今何故改前言乎匹夫猶不欲食
言況至尊乎故曰王者無戲言今大王之命謬
矣妾不敢祗承王怒曰汝不從我敎則固不得
爲吾女也安用同居宜從汝所適矣於是公主
以寶釧數十枚繫肘後出宮獨行路遇一人問
溫達之家乃行至其家見盲老母近前拜問其
子所在老母對曰吾子貧且陋非貴人之所可
近今聞子之臭芬馥異常接子之手柔滑如綿
必天下之貴人也因誰之侜以至於此乎惟我

《삼국사기》 권45, 〈열전〉 5, 〈온달〉

혼처를 구하는 데 있어서도 거리낌이 없다. 〈구렁덩덩 신선비〉가 그러한데, 첫째 딸과 둘째 딸이 구렁이로 태어난 사람의 외형만 보고 징그럽다고 피한 데 비해, 셋째 딸은 "구렁덩덩 신선비!"라고 경탄했다. '신선같다'는 말이 멋진 풍채를 지닌 귀공자상을 일컫던 관례에 따르면, 징그럽게 생긴 외모이지만 곧 바뀔 것을 알았다고 볼 수 있다. 더 정확하게 말하면 겉모습이 '구렁덩덩'이지만 그 안은 '신선비'임을 갈파했다 하겠는데, 이야기에 따라서 '새선비'라고도 하는 것을 보면 "새롭게 선비"가 되는 특별한 존재라는 뜻으로 풀어봄직하다. 이렇게 괴물흉측한 존재을 배우자로 맞아 멋진 남성으로 변하는 예는 그리스신화의 〈프시케〉를 필두로 〈개구리왕자〉, 〈미녀와 야수〉류의 이야기에서 보듯이 세계 곳곳에 널리 퍼져있다.

이 이야기를 푸는 첫 번째 열쇠는 바로 '구렁이'이다. 구렁이가 우리 전통문화에서 여느 뱀과 달리 집을 지키는 영물로 여겨지기도 했지만, 뱀이 갖고있는 탈피脫皮의 속성이 여지없이 드러나는 사례이다. 뱀은 낡은 허물을 벗음으로써 새로운 허물을 갖게 되는 특별한 동물이다. 태어난 그대로의 피부로 점차 늙어만 가는 인간으로서는 부러울법한 특성인데, 이는 곧 재생, 거듭남의 뜻으로 보아도 무방하다. 다만 그런 재생을 하려면 그 이전의 끔찍한 모습까지 감당해내야함을 일러준다. 첫날밤의 야수를 견디지 못하면 신사 남편을 영원히 얻을 수 없는 것과 같은 이치이다.

〈구렁덩덩 신선비〉가 〈내 복에 산다〉와 갈라지는 좀 더 결정적 지점은 언니들의 방해로 헤어진 후에도 자신의 노력으로 남편을 되찾는 과정에 있다. 그녀는 길을 가면서 만나는 동물이나 사람의 문제를 하나하나 들어주고 그것들을 깔끔하게 해결한다. 자신의 문제가 급박하여 길을 떠났지만 다른 존재들에게 있는 문제를 외면하지 않고 자신의 문제보다 먼저 해결했던 것이고, 그 덕에 남편이 있는 곳을 알아낸다. 또, 알아내는 데 그치지 않고 남편이 새로 얻은 부인과 정면 대결을 펼쳐 승리함으로써 자신의 자격을 입증했다. 〈내 복에 산다〉가 자신의 복을 믿고 그냥 가다가 우연히 얻어지는 행운에 의지했다면, 이 이야기는 맨 처음부터 끔찍한 장면을 받아들이고, 언니들의 박해를 이겨내며, 남들의 문제를 풀어주고, 제 능력으로 상대를 꺾는 부단한 노력을 통해 제 복을 찾았다는 점이 다르다.

이렇게 단순히 복을 받는 게 아니라, 그 복을 받을 자격이 문제되면 복은 운명적인 것이 아니라 삶의 양태에 따라 귀결되는 특별한 무언가로 인식된다. 고소설집 《삼설기三說記》 가운데 〈황주목사계자기黃州牧使戒子記〉[6]가 있는데, 여기에 나오는 아들들이 그렇다. 이야기는 제목대로 황해도 황주의 목사로 부임해 가는 아버지가 자식들을 경계하는 데에서 시작된다. "그저 행실 조심하고 한눈팔지 말고 공부 열심히하고…"라는 식이다. 만일 딴 생각을 품고 기생이라도 데리고 놀았다가는 아버지 체면 깎이고 좀스런 양반 집안이란 말을 들을 것이라는, 참으로 지당한 당부였다. 무엇이든 위반하는 데에서 일이 시작되고 이야기가 만들어진다. 아들 셋은 아버지의 당부를 저버리고 아전들을 족쳐서 기생 셋을 확보한다. "이렇게 큰 색향色鄕에 와서 그냥 돌아간다면 친구들이라도 못난이 아들로 알 것이라."라며, 그것도 "남몰래 하는 것이 사나이 할 일이 아니라"면서 호기롭게 각각 방 셋을 구해서 기생들을 방지기로 삼는 지경까지 간다.

신윤복 〈풍속도 화첩〉에 실린 기생과 노는 모습 ⓒ 간송미술관

급기야 기생 셋이 나란히 목사 부부 앞에 나아가서 문안인사까지 올리게 되었는데, 자식들은 반성은커녕 도리어 일이 그르친 걸 어쩌겠냐며 큰소리를 쳤다. 이 이후로 아들 셋이 하나같이 책 한 장을 넘기지않고 기생의 품에서 헤어나질 못했는데, 아버지가 다시 한양으로 돌아가게 되었다고 하자 자식 셋의 반응은 각각 달랐다.

첫째 아들 용필이는 울고불고 난리를 치는 기생을 앞에 놓고 대뜸 "이년 바삐 내려서라."는 호통으로 시작하더니 연신 욕지거리로 일관한다. 기생이란 송구영신하는 게 당연하고, 그동안 나 때문에 호강한 게 얼마인데 이런 행악이냐는 것이었다. 둘째 아들 봉필이는 정반대로 기생을 어르면서 과거에 급제하면 꼭 데리러 오겠다고 사탕발림을 치고는 "너 잊을 개아들 없다."며 꼭 부둥켜안고 잠을 잤다. 셋째 아들 귀필이는 아주 달랐는데, 기생을 붙잡고 울고불고 난리를 치며 곧 죽을

듯 요란법석을 떨더니만 "너는 장에 가서 전병 장사하고 나는 아전 노릇이나 하면 두 식구는 굶지 않을 테니 함께 도망가자."고 했다.

세 아들의 각기 다른 반응을 보고, 황주목사는 자식의 앞날을 정확하게 예측해내는데 각각 이랬다. 큰아들은 억지로 과거에 급제하여 벼슬을 하기는 하겠지만 여기저기서 인심을 잃고 귀양 가서 죽을 인물이다. 둘째 아들은 뇌물 받는 재상들과 잘 사귀어서 남들 등이나 치다가 미관말직이나 꿰어 찰 인물이다. 하지만 막내아들은 천성이 어질어서 무난하게 과거에 급제하여 요직을 두루 옮겨서 정승 벼슬을 할 인물이다. 과연 세 아들의 앞날이 아버지의 예측대로 되었다는 것이 이 소설의 결말이다.

물론, 목사의 그런 판단에 부인이 나서서 "부모와 형제를 버리고 도망하여 기생에게 미친 놈을 그토록 높이 봄은 어인 일이니까?"라며 따져 물었지만, 목사의 대답은 간단했다. "만상萬相이 심상心相만 못하다 하였나니 제 본심이 어질고 진정으로 하매 그 정승됨을 지적하노라."[7] 하나를 보면 열을 안다고 했다. 한창 공부할 때 기생과의 놀음에 빠져 있다손치더라도 기생도 사람인데 사람을 사람으로 대하는 진정성이 그 사람의 미래를 결정하고있다. 요즘 세태와 많이 달라 보여서 현실적이지 않은 부분이 많게 느껴지겠지만, 진정한 복이란 진정한 덕을 갖춘 곳이라면 어디에서나 나온다는 사실을 다시 한번 일러주는 이야기라 하겠다. 비록 한순간의 풋정이었더라도 기생과의 사랑이 진짜였던 사람만이 다른 사람과의 관계를 진짜로 맺을 수 있는 법이며, 이 작품이 말해주는 복은 어느 순간 하늘에서 뚝 떨어지는 것이 아니라 그렇게 가까이에서부터 차곡차곡 쌓여나가 영그는 것이다.

운명대로 혹은 운명을 거슬러

복은 타고난 것이라는 생각이 그렇게 운명론적인 발복發福으로 귀결되는 이야기를 만들어낸다. 될 사람은 어떻게 해도 된다는 생각이 만연한 것인데 〈복 타고난 백정의 딸〉[8]이 좋은 예이다. 내 복이 없거나 적다면, 복을 많이 갖고 태어난 타인의 것이라도 함께 누려볼 수 있다는 생각이 가능하다. 이야기는 어느 대감집에서 시작된다. 대개의 민담이 그렇듯이 잘사는 집으로 시작되면 무언가 뜻밖의 다른 문제가 발생하는데, 대감이 외동아들의 관상을 보았더니 영 나쁘게 나왔다. 관상으로는 자신이 있던지라, 외동아들이 평생 빌어먹을 관상이라는데 어찌 가만히 있을 수 있겠는가. 대감은 산지사방으로 며느릿감을 물색하러 다녔다. 그러다가 하나 발견한 사람이 백정의 딸이었다. 대감의 지체로 볼 때 천민 중에서도 가장 낮은 백정 딸이라니 가당치 않았지만, 대감은 지체 없이 그녀를 며느리로 점찍었다. 복 있는 관상이었기 때문이다.

여기까지의 이야기 전개만으로 보아도, 복이 없는 인물과 복이 있는 인물의 대립이 선명하다. 그것도 더욱 극적인 효과를 내기 위해서 복이 없는 인물은 대감집 자식, 복이 있는 인물은 백정집 자식으로 해놓았다. 예전 법도로는 자식의 혼사는 부모가 맡는 법이어서 대감집 자식은 백정의 딸을 배필로 맞을 수밖에 없었다. 문제는 아버지가 돌아가신 후였는데 아들은 아내를 내쫓았다. 쫓겨난 백정의 딸은 숯구이 총각을 만났고 숯 굽는 터에서 금을 발견한다. 이 부분이 바로 앞의 〈내 복에 산다〉와 겹치는 대목인데, 달라지는 점은 나중에 부자가 된 후 거지를 위한 잔치를 베풀어 본남편을 만나고 본래의 시가로 돌아가 본남편과 잘산다는 것이다.

이 이야기에는 각기 다른 두 운명이 한데 얽혀있다. 하나는 지금은 부귀하게 살고있지만 앞으로 빈천하게 될 운명이고, 하나는 지금은 빈천한 신세이지만 앞으로 부귀해질 운명이다. 그런데 부부로 산다는 것은 그 상반된 두 운명이 함께해나가는 것이어서 한 사람은 복을 받고 한 사람은 받지 못하는 일이 불가능하다. 이 점 때문에 이야기 속의 아버지는 모자란 아들의 복을 채워주기 위해 복이 넘치는 백정의 딸을 며느리로 삼았다. 따라서 백정의 딸 입장에서 보면 이 이야기는 타고난 운명대로 된다는 서사이지만, 대감의 아들 입장에서 보면 타고난 운명을 거슬러 없는 복도 받아내는 서사가 된다.

같은 맥락에서 〈다 내주고도 얻은 복〉[9]이란 제목이 딸린 이야기를 한 편 보자. 내로라하는 부자가 있었는데 하인을 시켜서 돈을 받아오게 했더니 산을 넘어오다가 강도를 만나서 다 빼앗겼다고 했다. 주인은 몸 다친 데 없냐고 물으면서 돈은 괜찮다고 했다. 그러나 사실은 하인이 돈을 빼돌리기 위해 거짓말한 것이고, 그런 일이 쌓이다보니 주인은 어느새 재산이 많이 축났다. 주인은 이렇게 자꾸 없어질 바에야 아예 미리 나누어주는 게 좋겠다고 생각했다. 그는 하인들을 불러 모아서 재산을 나누어주고 노비문서도 없애서 속량贖良시켰다. 그렇게 하고 나서도 주인의 걱정은 하인들이 어디에 가서 마음 편히 못 지낼까 하는 것이어서 아들을 시켜 속량하기 전에 먼저 도망친 하인들을 찾아가 노비문서를 없애주라고 시켰다.

아들은 하인이 사는 곳을 수소문하여 찾아갔는데, 예전 하인은 번듯한 집을 짓고 잘살고 있었다. 하인은 옛 주인을 알아보고 잘 모셨는데,

이상하게도 잠자리를 펴고는 서로 자리를 바꾸자고 했다. 다음 날 아침 일어나보니 하인이 죽어있었는데, 하인의 아들들이 자신의 신분이 탄로날까 두려워 옛 주인을 죽이려한 것이다. 아들이 하인의 아들들에게 자초지종을 이야기했더니, 잘못을 뉘우치고 감사하며 돈을 모아주었다. 그렇게 아들이 돈을 받아 집으로 돌아가던 중 흉년을 만난 마을을 지나는데 사람들이 다 죽을상이었다.

아들은 그곳에 자신이 받아온 돈을 다 내어주고는 빈손으로 귀가했다. 아버지는 아들의 말을 듣고 잘했다고 칭찬했는데, 그 뒤 가세가 점차 기울어 아버지가 죽게 되었을 때는 장사도 못 지낼 만큼 형편이 어려웠다. 간신히 용하다는 지관을 하나 만나서 묫자리를 알아보았더니 이상한 데로 데리고 다니다가 네거리에 있는 큰 집을 가리키며 저기가 바로 명당터라고 했다. 거기에 가보니 자신이 오래전에 돈을 다 털어주고 온 마을 사람들이 자신을 찾아 은혜를 갚으려고 그렇게 번화한 곳에 집을 지어놓고 오가는 사람들을 훑어보는 중이라고 했다. 아들은 그 집 자리에 아버지 묘를 쓰고 그 집으로 아버지 사당을 삼았으며, 다시 부자가 되어 잘살았다.

도망간 노비를 찾아나서는 '추노담推奴談'은 옛이야기에 제법 많이 있다. 주인은 도망친 노비를 찾아내고 돈을 받아온다거나 응징하는 내용이 일반적인데, 위의 이야기는 좀 예외적이다. 주인은 속는 줄 뻔히 알면서도 속아주었고, 그렇게 하느니 차라리 미리 재산을 나누어주어야겠다는 당시로서는 파격적인 사고를 가진 인물이다. 하인은 그런 옛 주인의 심성을 잘 아는 터라 해칠 생각을 못했는데, 그 아들들이 나서서 해치려고했다. 그로 인해 마침내 하인의 아들들을 감동시키고, 그래서 얻은 돈을 또 불쌍한 사람들을 구휼하는 데 털어놓고 역시 빈손으로 돌아갔다.

본래는 부자였으나 오로지 남을 위해 쓰고 또 쓰다가 마침내는 장사치를 돈마저도 없는 딱한 지경이 되었지만, 결과는 다시 부자가 되었다. 그뿐 아니라 사람들의 추앙을 받을 정도의 명예를 얻었으며, 천하의 명당자리를 얻었으니 그로써 대대손손 큰 복을 누리게 되었다. 이야기를 따라가보면 가난하게 살 운명을 타고난 사람이 아닌데 재물을 다 털어내는, 운명을 거스르는 행위를 함으로써 도리어 더 큰 복을 얻는다. 이야기의 시작과 끝만 붙여보면 복 있는 사람은 늘 복 있는 사람으로 산다는 설정 같지만, 전체를 모아보면 정반대이다. 부자이기 때문에 가난한 사람에게 나누어주고, 그래서 가난해지기도 하지만 그 덕에 다른 가난한 사람들을 먹고살 수 있게 해주었다면 자신의 작은 복을 여러 사람에 퍼뜨려 훨씬 큰 복으로 키운 셈이다.

착한 일을 했으니 좋은 결과가 나오는 것은 당연하며, 선한 사람에게 복을 주고 못된 사람에게 화禍를 준다는 '복선화음福善禍淫'은 우리 전통에서 줄기차게 믿어온 것이다. 그런데 실제의 삶은 꼭 그렇지만도 않다. 언젠가는 복을 받을지 모르겠지만 당장은 화를 입을 수도 있다. 다행히 위의 이야기처럼 다소 어려운 지경에 빠진다면 모르겠지만 목숨이 걸리는 정도라면 심각하다.

이런 부류의 이야기 가운데 〈낭떠러지에서 구한 산삼〉을 보자.[10] 옛날 세 친구가 살았는데 모두 먹고살기 어려웠다. 셋은 어느 산에 가면 산삼이 많다는 말을 듣고 함께 그곳으로 갔다. 운 좋게도 산삼을 몇 뿌리씩 캘 수 있었는데, 두 친구가 짜고 한 친구를 낭떠러지로 밀어냈다.

친구의 몫을 나누어 가로챌 심산이었다. 그런데 낭떠러지로 굴러떨어진 친구가 위를 보니 어디선가 호랑이가 나타나 두 친구를 잡아먹었다. 이 사람이 아무리 찾아보아도 위로 올라가는 길은 없고 사방이 산삼밭이어서 거기에서 산삼을 캐먹거나 작은 짐승들을 잡아먹으며 5년을 지냈다. 산삼을 먹어서인지 힘에 세지게 되자 칡넝쿨을 부여잡고 위로 올라갈 수 있었고, 등에 지고 온 산삼으로 부자가 되었다. 그리고 두 친구의 소식을 전하며 그들 집에도 산삼을 나누어주었다.

이 이야기야말로 전화위복轉禍爲福의 적절한 예이다. 느닷없이 나타난 호랑이가 악인을 응징했다는 점이 우연성의 남발로 읽힐 소지가 있지만, 천도天道의 공정함을 드러내는 한 표식으로 보아도 무방하다. 문제는 그렇게 도와주는 하늘의 위력 말고도 인간의 힘에 의해 복을 지어낼 수 있다고 보는 점이다. 이야기에서는 산삼을 먹어 힘이 세졌을 것이라 짐작하고는 있지만, 낭떠러지를 벗어날 힘을 기르는 5년의 과정이 분명히 드러난다. 포기하지 않고 스스로를 다독이며 더 굳센 인간으로 거듭나게 하고, 사람의 손길이 닿지 않는 곳에서 오랜 시간 자란 산삼들을 얻어내는 지극히 인간적인 과정이 강조된다. 복의 근원이 하늘에서 시작했다 하더라도 그것을 키우고 최종적으로 거두어들이는 힘은 오롯이 인간의 노력에서 나온다는 설정이다.

이런 서사는 "지성이면 감천"이라는 말을 연상시키는데, 아예 그런 말을 그대로 옮겨놓은 민담도 있다. 대개 〈지성이와 감천이〉로 명명되는 이야기가 그러하다.[11] 이 이야기의 두 주인공은 장님 '지성'이와 앉은뱅이 '감천'이다. 장애가 있다보니 정상적인 생계를 꾸리기 어려워 구걸로 살아갔는데, 언제나 지성이가 감천이를 업고 다녀서 지성이는 감천이의 다리가 되어주고, 감천이는 지성이의 눈이 되어주었다. 하루는 둘이 길을 가다가 금덩이를 하나 발견했는데 서로 양보하다가 결판을 못 내고 그냥 던져두기로 했다. 그렇게 가던 중 불쌍한 사람을 하나 만났는데, 아무래도 자기들보다 더 어려워 보였다. 지성이와 감천이는 어디에 가면 금덩이가 있을 거라고 일러주었다. 그러나 그 사람이 그곳에 가보았을 때 금덩이는 없고 뱀이 한 마리 있을 뿐이었다. 그 사람은 몹시 화가 나서 뱀을 두 동강 내버렸다. 그리고는 다시 길을 되짚어와서 지성이와 감천이더러 욕을 했다. 금덩이는커녕 뱀 한 마리밖에 없다고 소리를 질렀다. 지성이와 감천이가 다시 그곳에 가보니 금덩이가 둘로 갈라져있었고, 둘은 각각 한 덩이씩 나누어 가졌다.

거지인 데다가 몸까지 성치않으니 세상에 그보다 어려운 사람이 없을성싶다. 그러나 금덩이를 발견하고도 서로에게 양보하기 바빴다. 거기까지 갔다해도 눈이 없으면 모를 테니 눈으로 본 사람이 임자라거나, 눈이 있어도 거기까지 갈 수 없으면 아무 소용이 없으니 데려간 사람이 임자라는 논리이다. 그러나 어느 쪽이 임자인지 결정을 못 내리자 이런 일로 공연히 의만 상해서는 안 된다는 생각에 욕심을 버리기로 한다. 대신 자기보다 더 어려워 보이는 사람을 만나 그 사실을 일러준다. 이야기에 따라 다르기는 하지만 장돌뱅이 같은 사람으로 설정되는데, 장을 돌아다니며 물건을 파는 사람이라면 아무래도 장애인 걸인보다 나은 사람이 분명하다. 그러나 지성이와 감천이는 기꺼이 그에게 재물을 양보하고, 끝끝내는 본인들의 재물을 되찾는다.

지성이면 감천이라는 진리를 제대로 현실화한 예인데, 어떤 이야기에서는 그 뒷이야기까지 기술된다. 아닌 게 아니라 그렇게 재물을 탐내지 않던 사람이라면 금덩이가 두 쪽이 났다고 선뜻 가질 리가 만무하다. 그래서 그들은 그 재물을 그대로 절에 바치고 치성을 드린다. 어차피 자기 것이 아니라면 부처님께 바쳐서 불쌍한 중생들을 구제하는 데 쓰는 것이 맞다고 생각한 까닭일 것이다. 그리고 그 결과, 장님 지성이는 눈을 뜨고 앉은뱅이 감천이는 다리를 펴고 일어났다. 자신의 복을 믿든 안 믿든, 오게 되어있는 복은 오고야만다는 믿음이 만들어낸 이야기로, '오게 되어있는 복'은 실제로 미리 만들어진 것이 아니라 살면서 만들어 나가는 것이라는 믿음이 크게 작동한다.

그러나 문학이 그렇게 인과가 분명한 논리만으로 될 수는 없다. 운수가 좋아서 생긴 일로 치부될법한 복 받는 이야기 또한 없을 수 없다. 주인공이 아무런 노력을 하지 않았는데도 우연히 들어온 업業에 의해 부유하게 되었더라는 이야기는 퍽이나 흔한데, 이 업은 대체로 뱀이나 구렁이 같은 동물이다. 이는 가택신家宅神 신앙과 연관되는데, 흔히 용마루 밑 같은 데 숨어사는 구렁이가 가복家福을 관장하는 신으로 여겨진 데서 비롯된다. 이런 부류의 이야기들에서는 바깥에 나갔다가 어떤 물건을 들여오는데 거기에 뱀이나 구렁이가 딸려오면서 그 뒤로는 이유 없이 부자가 되었다는 식으로 서사가 펼쳐진다.

쌀을 사왔는데 그 안에 뱀이 들었다는 식의 이야기가 흔하고, 경우에 따라서는 친정집에서 이바지떡을 해왔는데 그 안에 뱀이 들었다고도 한다. 어느 경우든 바깥에 있던 복이 안으로 들어오는 표지이며, 친정집에서 뱀이 들어왔다면 친정집은 이내 가난해지고 시집이 부자가 되는 식으로 서사가 진행된다. 이 경우, 업의 이동에 특별한 이유를 제시하지 않는데, 지금도 '복덩이'라는 말은 사실상 업의 전통을 이은 것이다. 어떤 집이나 집단에 새로 사람이 들어온 이후로 잘 풀리면 그 사람이 곧 복덩이인 셈인데, 거꾸로 그 사람이 오기 전에 있었던 곳은 결국 그 사람이 가져올 복을 그만큼 빼앗긴 셈이 된다.

그런데 신기한 것은 뱀이든 구렁이든 집에 살기는 해도 좀처럼 눈에 띄지 않아야한다고 믿었다는 점이다. 지붕 아래 용마루 위에 뱀이 똬리를 틀고있는 광경은 상상만으로도 오싹하고 실제로 그랬을 리도 별로 없다. 그럼에도 불구하고 눈에 안 보이는 집 어딘가에 있으면서 우리를 보호하고있다는 생각이 바로 업業 신앙의 핵심이다. 그래서 업이 갑자기 눈에 띄면 그 집이 망하게 되는 속신俗信이 있고, 그런 내용을 담은 이야기가 제법 흔하다. 이는 산을 지키는 산신山神이나 바다를 지키는 용왕이 사람들의 눈에 나타날 때, 세상에 중대한 변고가 있음을 일러주는 이치와 같다. 신은 사람의 눈에 보이지 않는 곳에서 사람을 도와주는 존재이며, 그렇게 신이 제 역할을 잘할 수 있도록 섬기는 것이 인간의 도리라 여겼다. 이렇게 보면 실제 집을 지키는 뱀이 있든 없든, 그것이 가신家神으로 작동하여 어느 집이든 그 집의 값에 맞는 복이 있다는 믿음이 사람들의 안정감을 키워주었을 것이다.

소박한, 그래서 가장 얻기 힘든 복

대단한 것들을 복이라고 여기는 게 일반적이라 해도, 때로는 가장 평범한 게 이루기 어렵기도 하다. '깜냥'이라는 말은 평범한 이들을 괴롭힌다. 〈팔자에 없는 벼슬〉[12]을 보자. 옛날 어떤 서생이 글공부를 하는

데 몹시 가난했다. 자기야 그렇다 쳐도 아내로서는 견디기 어려운 나날이었다. "여보, 이제 당신도 벼슬을 좀 하지 그래요. 나도 대갓댁 마님처럼 호강하고 싶어요." 그러나 남편의 답은 단호했다. "벼슬을 하려면 관운官運이 있어야 하는데 나는 그런 게 없단 말이오." 그렇지만 아내의 투정은 끝나지않았고 견디다 못한 그 서생은 과거에 응했다. 그랬더니 걱정과는 달리 용케도 단번에 장원급제했다.

첫 벼슬은 제주목사였다. 부부는 의기양양하게 배에 올라 제주도를 향했다. 그런데 바다 한가운데 이르렀을 때 풍랑이 심해지더니 곧 배가 뒤집힐 듯했다. 사공이 급박하게 소리쳤다. "갑자기 이런 걸 보니 여기 물에 빠져죽을 팔자인 사람이 있는 모양입니다. 모두 저고리를 벗어서 바다에 던져보십시오. 그러면 누가 그 사람인지 알 수 있습니다." 사람들이 그 말대로 하자, 공교롭게도 부인의 옷이 소용돌이를 일으키며 바닷속으로 쏙 가라앉는 것이 아닌가. 목사는 짚이는 게 있었다. "관운이 없는 사람이 벼슬을 해서 그렇군. 내가 벼슬할 팔자가 아니고 당신이 물에 빠질 팔자라니, 여러 사람 살리려면 당신이 죽을 수밖에 없겠소." 부인이 물에 빠지자 풍랑이 금세 가라앉았다. 남편은 제주목사를 지내고 돌아와서는 다시 새 부인을 얻어서 잘살았다고 한다.

예전에 공부하는 일은 대개가 과거공부이며, 과거에 응시하지 않는 한 공부의 효용은 심하게 떨어진다. 아내가 나서서 시험을 보라고 독려하는 것은 당연한 일이다. 그러나 남편은 자신의 운을 잘 알고있어서 자꾸 멈칫댔다. 지금 이 상태로 사는 것이 곤궁한 줄은 알지만, 벼슬에 욕심을 냈다가는 그보다 더한 낭패가 닥칠 것을 분명히 알았던 것이다. 그러나 아내는 여전히 세속적 욕망을 버리지 못하고 벼슬에 나갈 것을 종용한다. 이른바 관운을 '벼슬할 팔자' 정도로 고쳐본다면, 이는 팔자를 고치라는 것에 다름 아니다. 남편은 어쩔 수 없이 팔자를 고치기에 나섰고, 그 횡액은 고스란히 아내가 맞고있다. 이 이야기는 아무래도 남성 중심의 시각에서 전개되는 불편함이 있지만, 자신의 복을 넘어서는 복을 구할 때 생기는 파탄에 대해 잘 설명하고있다.

《삼국유사》〈기이 2〉〈원성대왕〉조에 나오는 묘정妙正 이야기도 그렇다.[13] 이야기는 원성왕이 승려 지해智海를 궁으로 초청하여 《화엄경》을 강의하게 한 데서부터 출발한다. 왕이 불러서 《불경》을 강의하게할 정도면 고승이 틀림없겠는데, 이때 지해를 모시던 사미승이 바로 묘정이었다. 지해를 편하게 모시는 일이 주 임무였을 터, 설거지 같은 허드렛일이 묘정의 몫이었다. 하루는 묘정이 바루를 씻을 때 금광정金光井에 자라가 한 마리 떠올랐다 가라앉았다. 묘정은 매번 먹다 남은 밥을 자라에게 주곤했는데, 지해가 강의를 마치는 날이 되자 자라에게 자기가 은덕을 베푼 지 오래되었는데 무엇으로 갚을 것인가 물었다. 그러자 자라가 구슬 한 개를 입에서 토해냈다.

묘정은 이때부터 그 구슬을 허리에 차고 다녔다. 원성왕이 어느 날 우연히 그녀를 보았는데 그 이후로 그를 소중히 여겨 내전內殿으로 맞아들여 곁에 있도록 했다. 그 뒤로 당나라에 사신을 따라갔는데 황제와 신하들이 모두 묘정을 흠모하였다. 그러자 어떤 관상쟁이가 그를 본 후, 관상이 별로 좋지 않은데 저렇게 관심을 받는다면 틀림없이 몸에 특별한 물건을 지니고 있을 것이라고 했다. 황제가 그의 몸을 검사하여 허리에 찬 구슬을 찾아냈는데, 이 구슬은 본래 황제가 가지고있던 여의주 4개 가운데 하나였다. 지난해 잃어버린 것 중 하나임을 알고 그것을 묘정에게서 빼앗았더니 다시는 사람들의 총애를 받지 못했다.

묘정이 한 일이 결코 작다고 할 수 없다. 모든 중생에게 생명은 하나이며 생명이 사라지면 한 세상이 끝이므로, 생명을 지켜주는 일보다 더 큰일이 별로 없다. 우물 속에 갇혀 먹을 것이 없는 자라로서는 묘정이 던져주는 밥덩이가 생명의 양식이나 다름 없었겠고, 묘정이 생명의 은인이라는 말도 틀린 것은 아니다. 그러나 그가 던진 밥덩이가 자신이 애써 구하거나, 자기 몫을 덜어내서 준 것이 아니라 그저 설거지하다 나온 밥찌꺼기라는 점에서 보자면 그 공이 그리 크다고 할 수도 없다. 더욱이 자신의 은공을 스스로 내세워서 상대에게 그 대가를 바라는 행위는 청정清淨을 우선시해야할 불교 승려로서는 매우 부족한 대목이다. 그럼에도 불구하고 그가 행한 작은 선행으로 복을 얻었고, 그 복으로 임금과 황제의 총애까지 받게 되었으니 과분함이 분명하다.

이처럼 분복分福을 다루는 이야기는 아주 흔한데 〈쌀 나오는 바위〉[14] 이야기가 대표적이다. 여느 산에 가면 흔히 볼 수 있는 바위구멍에 얹혀 전하는데, 어느 산이나 절의 구멍에서 쌀이 나오는 신기한 내용이다. 그러나 그 구멍은 대개 아주 작고, 거기에서 나왔다는 쌀 역시 겨우 한 끼 먹을 정도인 것이 일반적이다. 그래서 거기에서 나오는 쌀로 근근이 먹고 살아가거나, 승려가 시주를 나가지 않고도 수도에 전념하는 데 지장이 없는 수준이었다. 그런데 그 구멍에서 나오는 쌀을 가져다 유용하게 살아가는 사람 이외의 인물이 등장하면서 문제가 야기된다. 가령 상좌승 하나가 쌀을 더 많이 뽑으면 어떻게 될까 생각하다가 구멍을 쑤시거나 넓히는 방식으로 쌀을 더 얻으려 한 후로는 다시는 그 구멍에서 쌀이 나오지 않는 식이다.

공부를 하든 장사를 하든, 최소한의 식량이 없으면 죽기 마련이다. 그러므로 생존을 위한 식량을 원하는 것은 어떠한 경우든 죄가 될 수 없다. 살아있기 때문에 먹어야하고, 먹고자하는 욕망을 탓할 수는 없기 때문이다. 그러나 그렇게 생존해나가는 조건 이상을 원할 경우 탐욕으로 전락하기 쉬우며, 이 이야기는 바로 그러한 탐욕을 경계한다. 대체로 이야기 속에 등장하는 인물이 승려나 가난한 선비 정도로 설정되는 것도 그 본성을 지켜야하는 사람임을 강조한 것이다. 그러나 공부하겠다고 나선 사람이, 필요 이상을 탐하여 밥이 아닌 떡을 해먹기 위해 더 많은 쌀을 얻어야한다는 생각을 표면에 드러낼 때, 더 이상의 복은 내릴 수 없다는 선언이 있게 된다.

쌀을 하루 한 됫박 정도씩 더 얻어 조금 편히 지내보겠다는 생각은 매우 소박한 것임에 틀림없다. 그래 봤자 큰 부자가 못 되는 것이기 때문인데, 남들 보기에 공부도 열심히하면서 쪼들리지 않고 편안히 지내보겠다는 게 어쩌면 대단한 꿈이었음이 분명하다. 어떤 면에서는 일을 열심히 해서 돈을 많이 벌겠다는 생각보다 훨씬 더 비현실적인데, 이 점에서 《삼설기三說記》의 〈삼사횡입황천기三士橫入黃泉記〉는 매우 흥미로운 작품이다. 조선조 유생들이 생각하는 이상적인 복이 무엇인지, 또 그렇게 산다는 게 얼마나 어려운지 적나라하게 보여준다. 이 작품은 제목 그대로 '세 선비가 졸지에 황천으로 간 이야기'이다. 이미 언급했듯이 저승여행은 옛 문학의 단골소재였고 이 작품 또한 그렇다. 저승에서 이승으로 돌아와 새로운 삶을 사는 것도 크게 신통한 일이 아니다.

그런데 이 졸지에 들어간다는 '횡입橫入'의 무게는 남다르다. 한마디로 죽을 때가 아닌데 갑작스레 들어간 것이며, 그것을 어떻게 바로잡을까 하는 데서 이 문제가 출발하기 때문이다. 대개의 설화에서는 그럴 경우, 다시 온전히 원래 있던 곳으로 돌아가게해서 본래의 수명을 마치도록 하는 게 일반적이다. 그렇게 하는 것이 사리에도 맞고 저승을 관장하는 정도正道일 것이기 때문이다. 그러나 문제는 다시 돌아갈 수 없는 황당한 상황에 봉착하면서 벌어진다. 먼저, 이 작품의 줄거리를 따라가보자.

> 옛날, 한양 동촌에 살면서 함께 과거 공부를 하던 세 선비가 있었다. 하루는 봄날을 맞아 그저 보내고 말 수 없어 술과 안주를 준비하여 백악산에 올랐다. 그런데 봄 풍경에 취하고 술에 취한 끝에 모두 인사불성이 되고 말았다. 그때 마침 저승에서 사람을 잡으러 온 저승사자가 데려갈 사람을 물색 중이었다. 염라대왕은 하루에 천 명씩을 할당하여 사람들을 잡아들이라고 했는데, 때가 마침 태평성대인데다 감기 한 번 걸린 사람이 없어서 잡아갈 사람이 마땅치 않았다.
>
> 저승사자들이 헛걸음을 하나 하고 걱정할 때, 마침 세 선비가 반생반사 상태로 널부러져있었다. 저승사자들은 잡아갈 숫자를 채우기는커녕 돌아가서 보고할 거리도 없던 차에 잘 됐다 싶어 세 선비를 저승으로 데려갔다. 그러나 저승에서 염라대왕의 명에 따라 각각의 호적을 살펴보니 10년은 더 있다 와야할 사람들이었다. 염라대왕은 잘못 데려왔으니 당장 돌려보내라고 했지만, 선비들은 그렇게 할 수 없다고 하소연했다. 저승에 오는 데만 14일이 걸렸으니 되돌아가면 28일이 될 텐데, 7일장을 했더라도 이미 시신이 땅속에 묻힌 상태라 본래의 육신으로 돌아갈 길이 없다는 것이다.[15]

이 정도 줄거리면 그다음은 뻔하다. 잘못은 저승에 있고, 이승에는 제 자리가 없다면 다른 자리를 찾는 게 순리다. 물론 저승사자도 무서운 법인데 염라대왕이 겁낼 존재가 어디 있을까싶다. 그러나 염라대왕도 겁을 내는 존재가 있었으니 바로 옥황상제였다. 저승은 통상 땅 밑 지옥으로 상정하는 바, 지상도 아닌 천상의 지존인 옥황상제를 두려워하는 것이 당연하다. 염라대왕은 세 선비를 빨리 돌려보내라고 하면서 재상가의 같은 가문으로 가서 살게 해주겠다고 제안한다.

그러나 염라대왕의 약점을 잡은 세 선비는 거꾸로 염라대왕을 거의 협박하기에 이른다. 막무가내로 자신들이 원하는 대로 해주지 않으면 옥황상제께 그 부당함을 고발하겠다는 식으로 압박한다. 이리하여 염라대왕은 각자 원하는 것을 말하라고 하는데, 여기에 대한 대답이 바로 세 선비가 생각하는 행복한 삶이다.

첫째 선비는 충량忠良의 자손이 되어 풍채 좋은 미남 영웅으로 임금께 충성하고 부모님께 효도하다가, 선비의 덕목을 구비하고 공부하여 요순堯舜 같은 임금을 만나 무과武科에 급제하여 무관의 높은 벼슬을 두루 하여 위엄이 사해에 진동하기를 원했다. 한마디로 무과 지망생으로서의 최고치를 읊어놓은 것이다.

둘째 선비는 명가名家 자제가 되어 선풍도골仙風道骨 선비로 온갖 경전과 역사서 등을 섭렵하고 문명文名을 떨치다가 문과文科에 장원급제하여 중앙과 지방의 요직들을 두루 섭렵하고, 나이가 들면 벼슬을 물리고 편안히 노후를 보내기를 원했다. 늘어놓은 벼슬들은 주워섬기기에도 숨이 찰 정도로 많아서 1년에 한 자리씩만 옮겨다녀도 늙어죽을 판일 정도였으니, 꿈에서나 있을 법한 문과 출세길을 택한 것이다.

그러나 이런 소원을 적어 낸 선비들로 말하자면 벼슬을 하기는커녕 과거시험이나 준비 중이던 수험생이었던 점에 유념할 필요가 있다. 겨우 시험에나 합격한 정도로 해달라는 것도 아니고 아예 처음부터 끝까지 최상의 상태로만 지내고싶다는 과욕임이 분명하다. 그런데도 염라대왕은 군말 없이 그대로 시행하라고 이른다. 제 편에 과실이 있으므로 그 정도는 들어줄 수 있다는 뜻이다. 그런데 맨 마지막 선비의 소원에 이르러서는 완전히 다른 상황이 펼쳐진다.

그는 일단 법도 있는 가문의 자제가 되어 어른 공경, 벗과의 우정 등 온갖 좋은 행실을 실천하고, 입신양명을 한 후에 역사 속 효자들을 본받아 최고의 효행을 다한 후, 마지막으로는 속세를 떠나 강호의 즐거움을 만끽하며 2남 1녀를 두어 자손 번창하고 친척끼리 화목하며, 무병장수하다 고종명考終命하기를 원한다고 했다.

분명 시작부터 예사롭지 않다. 명문귀족을 원하는 게 아니라 법가法家를 분명히 했다. 세도 높은 명망가문이 아니라 그저 법도를 아는 집안이면 된다는 것이다. 그리하여 거기에서 배우는 것도 앞의 두 선비처럼 병서兵書나 경서經書 같은 글, 그것도 과거급제용 글이 아니라 실천적인 덕행이었다. 어른 공경할 줄 알고 친구와 신의 있는 정도의 소박함을 택했는데, 사실은 그것이 얼마나 어려운 일인지는 해본 사람만이 안다. 가령 높은 벼슬이 목표라면 어떻게 해서든 그 벼슬에 오르기만 하면 성공이다. 그러나 덕행에 있어서는 제 아무리 의도가 좋아도 상대방이 그렇게 느낄 수 없다거나, 그 결과 도리어 주변에 나쁜 영향을 준다면 제대로 된 실천이랄 수 없다.

그리고는 부모님께 효도하는 선에서 입신양명을 가볍게 언급하고는 곧바로 온갖 효자들의 행실을 언급한다. 입신양명 역시 치국평천하의 거창한 대의를 내세우는 게 아니라 자신이 해야할 행실 가운데 하나일 뿐이라는 점을 강조한 것으로 보인다. 그렇게 행실을 다 닦은 뒤에는 미련 없이 속세를 떠나 자연과 벗하면서 유유자적한 생활을 즐긴다. 자식도 잘 건사하고 주위와 화목하게 지내며 천수天壽를 누리는 것, 그것이 바로 세 번째 선비의 행복관이다. 어떤 것에서도 큰 욕심 내지않는 게 이 선비의 특징인 바, 자식마저도 그저 2남 1녀 정도의 당시로는 적은 편이라고 할 만큼만 원하고 있다. 앞의 두 선비에 비하면 평범하기 그지없는 소망인데 염라대왕의 반응이 뜻밖이다.

> 이 욕심 많고 무거불측(無據不測)한 놈아, 네 들어라. 내가 천지개벽 이후로 만물보응(萬物報應) 윤회지과(輪迴之窠)와 생사화복(生死禍福) 길흉지권(吉凶之權)을 모두 다 가지고 억만창생(億萬蒼生)의 수요장단(壽夭長短)과 선악시비(善惡是非)를 평균히 조석으로 살피는 터에 성현군자(聖賢君子)도 하지 못할 일을 모두 다 달라 하니 그 노릇을 임의로 할 양이면 내 염라대왕을 떼어 놓고 내 스스로 하리라.[16]

'무거불측'은 근거가 없어 헤아리기 어렵다는 말이니, 종잡을 수 없이 막돼먹었다는 뜻이다. 한마디로 일축한 것이다.

그런데 셋째 선비가 말한 내용을 헤아려보면 세상에 전혀 욕심이 없는 사람 같다. 그저 착하게, 얌전하게, 나대지 않고, 소박하게 살아가고픈 내용으로만 점철되어 있다. 그런데 염라대왕은 왜 이렇게 화를 내는가? 이는 이 세 번째 선비가 앞의 두 선비보다 훨씬 더 이상적理想的인 삶이라는 뜻으로 한마디로 비현실적인 몽상이라는 말이다. 그의 소망은 지금껏 세상의 누구도 이룬 일이 없는, 공자가 다시 태어나도 이루기 어려운 난제이다. 대체로 유가적인 삶을 잠깐 누리다가 신선이 된다면 이와 얼추 비슷하겠는데, 세상에 부대끼며 살아가는 순간 신선세계는 저 멀리 달아난다. 거꾸로 처음부터 신선세계를 동경한다면, 유자儒者의 삶으로 가는 통로는 막힌다.

이런 맥락에서 다시 앞의 두 선비의 삶을 보자. 그들이 욕심이 많은 듯하지만, 그들은 '양반兩班' 가운데서 한쪽, 즉 문반文班이나 무반武班만을 원했다. 칼을 잘 쓰면서 글도 잘하는 것 같은 비현실적인 세계를 꿈꾸지 않았다. 또한 벼슬은 벼슬대로 하면서 심산유곡에 숨어서 학이나 타고 놀겠다는 식의 모순적인 희망도 드러내지 않았다. 현실이 과거에 급제하는 것만이 숨통을 열어주는 것이라면 그저 그것만을 염원할 뿐이다. 그러나 세 번째 선비는 이것도 하고 저것도 할 뿐만 아니라, 이 세상을 제대로 살아가면서도 이 세상에 매이지 않는 자유로운 삶을 추구했다. 죽은 사람까지 다시 이승으로 돌려보내며, 그것도 원하는 곳으로 다 보낼 수 있다는 염라대왕조차도 그것만은 이룰 수 없는 꿈이었다. 그렇게만 할 수 있다면 당장에라도 염라대왕을 그만두고 그렇게 하고싶다는 데서, 그런 소박한 복이 얼마나 이루기 어려운 것인가를 극명히 드러낸다.

청복淸福은 그렇게 어렵다. 어디 조용한 데 가서 편히 살아가겠다는 사람은 많았지만 정작 그렇게 한 사람이 적은 이유는, 어쩌면 그렇게 해야겠다고 생각하는 사람들이 한결같이 그렇게 할 수 없는 딱한 처지에 있기 때문인지 모른다.

제 10 장

호랑이

신령스럽고, 욕심 많고, 어리숙한

*호랑이는 예지(叡智)롭고 성스럽고,
문(文)도 갖추고 무(武)도 갖추었으며,
자애롭고 효성스럽고, 슬기롭고 어질며,
웅장하고 용맹스럽고, 기운 세고 사나워서
천하무적(天下無敵)이다.

_ 박지원

천의 얼굴, 호랑이

현대를 사는 한국인에게 '호랑이'에 관한 가장 보편적인 관념은 아마도 '무서움'이다. "그 선생님이 호랑이야."라고 할 때, 두말없이 무서운 선생님으로 각인되곤 한다. 그러나 이는 어찌 보면 호랑이를 접할 일이 없어지면서 박제화된 결과일듯하다. 호랑이가 일상생활에서 자취를 감추면서 여러 상징값 가운데 가장 강력한 것 하나만 남은 것이다. "호랑이처럼 인자해."나 "호랑이만큼 어리석어."라는 말은 유머가 아닌 한 성립하기 어렵게 되어버렸다.

그러나 호랑이가 서울 한복판 인왕산에 출몰하던 시절만 해도 호랑이를 보았다는 사람도 많았고, 호랑이를 보고도 살아남았다면 무용담 또한 많을 수밖에 없었다. 멀리서만 보아도 오금이 저린다고 하면서 신격화하기도 하고, 호랑이 잡은 이야기를 허풍으로 날리면서 우스꽝스럽게 그려내기도 한다. 호랑이를 '산군山君'으로 칭하는 근저에는 호랑이가 온 산을 호령하는 영험한 신격임을 드러내지만, 고양이보다 친근하게 그려진 민화 속 호랑이는 위엄은커녕 어딘가 어리숙한 모습이다. 이는 우리나라 호랑이만 그런 것이 아니다. 세계에서 보편적으로 통용되는 호랑이의 상징값은 "호랑이는 태양과 달의 양쪽에 속하며, 창조자이며 동시에 파괴자라는 양면성"[1]이다.

민화 속의 까치와 호랑이

호랑이가 문학 속에 등장할 때도 그런 다면성이 십분 발휘된다. 호랑이도 짐승인 까닭에 사람의 아래에 있는 미물로 인식됨직하지만, 적어도 호랑이만큼은 영물靈物임을 인정하게하는 이야기에서부터 영물은커녕 토끼에게도 속아 넘어가는 바보스러운 동물로 등장하는 이야기까지 다양한 스펙트럼을 이룬다. 물론 그 가운데 영물이면서 미련한 복합성을 보이는 이야기가 빠질 수 없다. 먹을 것을 구하러 인가에 내려온 호랑이에게 그 호랑이가 기실은 사람의 자식이라고 둘러댔더니 그때부터 자식의 도리를 하더라는 이야기는 말도 안 되는 소리에 속아 넘어가는 우매함을 보이지만 인간만이 취할 수 있는 의리를 아는 동물이라는 뜻이기도 하다.

아울러 "사람은 죽어서 이름을 남기고 호랑이는 죽어서 가죽을 남긴다."는 속담이 증명하듯이, 호랑이가 그 가죽 때문에라도 진귀한 동물인 까닭에 호랑이 사냥을 둘러싼 이야기도 아주 많다. 사투 끝에 호랑이를 잡았다는 무용담에서부터, 기지로 호랑이를 잡았다는 이야기는 물론, 말도 안 되는 꾀를 내어 호랑이를 잡았다는 허풍에 이르기까지 호랑이가 어이없이 사람의 손에 죽게 되는 이야기들이 많다. 나아가 토끼처럼 호랑이에게는 상대도 되지 않게 열등한 동물에게 속는 이야기도 있다. 이는 토끼가 트릭스터trickster로 작동하여 상대를 이겨내는 전형적인 민담의 플롯이다.

이렇게 볼 때, 고전문학에 등장하는 호랑이는 대략 세 가지로 나뉜다. 첫째는 백수의 제왕으로 군림하는 신령스러운 동물이다. 이 경우 호랑이는 산에 산신령이 있듯이 큰 산 하나에 백수의 제왕으로 군림하는 존재로서 인간의 능력을 뛰어넘는 초월적인 존재이다. 호랑이에 으레 따라붙는 '산군山君'이란 칭호는 이러한 호랑이에 가장 걸맞다.

둘째는 호랑이가 비록 동물이기는해도 다른 동물과는 달리 특별한 인간스러움을 보이는 경우이다. 흔히 '인의예지신仁義禮智信'으로 표상되는 유교윤리는 인간만의 미덕으로 생각되어 그것을 고양시키는 것이 곧 인간성을 고양하는 일로 파악되곤했다. 그런 미덕을 갖추지 못한 인간은 인간의 탈을 쓴 짐승쯤으로 비난하곤했는데, 이 경우 호랑이는 여느 인간도 행하지 못할 믿음이나 효성스러움 등을 보여준다.

셋째는 백수의 제왕이라는 호랑이가 거꾸로 사람에게 잡히거나 하찮은 동물에게 농락당하는 이야기다. 이는 민담 특유의 전복성顚覆性을 보여주는 경우로, 약자가 강자를 이김으로써 약자 편에서는 카타르시스를 불러일으킨다. 이때의 호랑이는 욕심이 많아서 잡히거나 어리석기 때문에 쉽게 농락당하며, 그 상대편에는 기가 막힌 속임수로 강한 상대를 제압해내는 약자로서의 트릭스터가 자리하곤 한다.

고전문학에서 호랑이를 다룬 작품은 설화만이 아니다. 호랑이가 사람과 가까이에 있었던 만큼 민중들에게 전해져오는 것이 당연하지만, 한문학 전통에서도 호랑이 이야기가 빠질 수 없었다. 물론 그중 상당수가 중국 쪽 문헌에 기대어있는 것이 사실이지만 박지원의 〈호질虎叱〉을 위시하여 독자적인 개성을 찾아낸 예도 적지 않다. 개화기 어름 어느 서양인이 조선을 여행하며 남겼다는 우스개가 하나 있는데, 조선 사람은 1년의 반은 호랑이를 사냥하고 나머지 반은 호랑이 때문에 죽은 사람을 조문한다는 것이다. 호랑이에 살고 호랑이에 죽는 민족인 만큼 호랑이 이야기의 편폭은 상상외로 넓다.

산군, 신령스러운 호랑이

호랑이는 단독으로 생활하는 동물로 알려져있는 바, 한 산에 호랑이가 한 마리 있다면 사실상 그 호랑이 한 마리가 온 산을 호령하고있는 것으로 여겨질법하다. 그것이 바로 호랑이가 '산군山君', 곧 산의 임금으로 불리는 까닭이다. 그런데 산이란 본디 땅에서 가장 높은 지형지물이어서 하늘에서 보면 지상에 있는 지형지물 중 가장 가까운 위치에 있다. 지상에서 가장 높은, 천상에서는 가장 낮은 그 경계가 바로 산이다. 그래서 산은 신화에서 천상과 지상을 잇는 옴팔로스omphalos(세상의 배꼽)의 역할을 하는데, 우리 이야기문학에서 산군으로 자리를 잡아 신령스러움을 발휘하는 것은 매우 자연스러운 일이다.

이러한 인식체계에서는 산이 하늘과 땅을 연결하는 지점이듯이 호랑이 또한 산과 인간을 연결하는 매개물이 될 수 있다. 그래서 때로는 산신에게 빌듯이 호랑이에게 빌기도 하고, 산을 대신하는 산의 사자使者로 작동하기도 한다. 이 경우, 호랑이의 위치는 매우 복잡하다. 일반적인 신화의 수직체계에 의하면 천상/지상/지하의 3층 세계가 있고, 각각의 세계를 관장하는 존재는 신/인간/동물이다. 문제는 호랑이의 경우 속성상 맨 아래의 동물에 속해야하지만 매우 높고 큰 산에 살면서 신과 가깝다는 점이고, 그래서 호랑이는 곧잘 인간도 갖지 못한 신성神性을 보유한다.

〈의義를 아는 호랑이〉 설화를 보면 호랑이가 인간보다 훨씬 높은 곳에서 인간의 삶을 내려다본다.[2] 어떤 귀한 집 자식이 호환을 당한 것을 알게 된 나무꾼이 자신의 위험을 무릅쓰고 그 사실을 알려서 변을 피하게한다. 그러나 그 변을 고스란히 자신이 당할 것을 알면서도 행한 의로움을 알게 된 호랑이는 나무꾼을 용서한다. 한 사람만 더 잡아먹으면 변신할 기회를 가질 수 있었지만, 사람의 사람다움에 대한 감동을 보인 것이다. 호랑이가 남긴 용서의 변辯은 이렇다.

> 당신은 참으로 훌륭한 인간이로다. 세상에는 많은 인간들이 살고 있지만 개돼지만도 못한 껍데기 인간들이 많으니라. 당신처럼 깨끗한 양심을 갖지 못하면서도 항상 양심을 운운하면서 다른 사람들을 보고 짐승 같은 것들이라고 비웃는다. 너는 비록 내 원수이나 드물게 보는 참인간인지라, 내 비록 동물이나, 일컬어 영물이라 하니 어찌 너를 해할 수 있겠느냐? 부디 어머니께 효도하고 깨끗이 살기 바란다.[3]

인간이라 하지만 짐승만도 못한 인간들이 많은 가운데, 의로움을 아는 사람이라면 기꺼이 용서해야 한다는 논리이다. 동물인 호랑이가 도리어 만물의 영장이라는 인간이 갖는 인간다움을 북돋는 장면에서 호랑이는 확실히 신격에 육박하는 존재임을 알 수 있다. 이는 인간이 저버린 도리를 짐승도 안다는 설정을 통해 인간을 교화해보려는 의도를 드러낸 것인데, 특히 효孝와 관련된 이야기에 집중된다. 인간의 효성이 아무리 지극해도 주어진 여건 때문에 제대로 해낼 수 없는 난제를 호랑이 덕분에 수월하게 풀어내는 것이다.

효행담 가운데 부모가 구하기 어려운 음식을 원하는 경우는 아주 많다. 특히 한겨울에 딸기를 원한다거나, 강물이 얼어붙었는데 잉어를 먹고싶어하는 식으로 계절적인 어려움이 도드라진다. 이 경우, 효자는 대개 하늘에 빌어서 그것을 구하곤 하는데, 하늘의 자리에 호랑이가 들어서도 역시 같은 이야기가 된다. 이야기 속의 노모가 병이 들어 마지막으로 먹고싶어하는 것이 딸기인데, 때마침 엄동설한이다. 요즘 같으면 겨울철 딸기 구하기가 여름철보다 더 쉽겠지만, 예전에는 언감생심 꿈도 못 꿀 일이다. 이럴 때 보통 사람 같으면 쉽게 포기하지만 소문난 효자라면 일단 길을 나서고본다. 혹시나 하는 마음에 가만히 있지 못한 것이고, 하늘이 도울 것이라는 믿음을 저버리지 않은 것이다.

그때 어디선가 호랑이가 한 마리 나타난다. 그러나 사람을 해치려들기는커녕 등에 타라는 시늉을 한다. 효자는 망설임 없이 등에 올라타고 호랑이는 힘차게 달려 낯선 곳에 데려다 놓는다. 눈보라를 뚫고 들어선 곳은 새가 울고 꽃이 피는 별천지였다. 거기에 있던 신비로운 인물은 당신의 효심에 감동해서 이런 일이 일어났다면서 저기 딸기밭에 있는 딸기를 어머니께 가져다드리라고 한다. 그러자 호랑이는 다시 그 효자를 등에 태우고 순식간에 어머니가 계신 곳으로 데려다주었다.[4] 여기에서 호랑이는 사람들이 사는 속세와 신비로운 별세계를 이어주는 가교 역할을 한다. 신화에서 천마가 하늘과 땅을 이어주듯이 호랑이는 인간의 속마음을 훤히 꿰어보고, 신기한 일이 일어나도록 매개한다.

그런 이야기들에서는 호랑이가 마치 세상사를 다 꿰뚫어보는듯한 인상을 준다. 《청구야담青邱野談》에 전하는 〈노파가 소실 들이는 것을 걱정하다老媼慮患納少室〉[5]를 보자. 어떤 재상이 어린 계집종을 탐하자 계집종이 주인마님에게 그 어려움을 하소연했다. 주인의 명을 따르지 않는다면 형장刑杖을 맞아 죽을 것이고, 명을 따른다면 마님이 아껴주신 은혜를 저버리는 꼴이니 차라리 죽겠노라는 결의를 내보인다. 이를 딱하게 여긴 마님은 귀금속과 패물을 챙겨주며 멀리 떠나 살 수 있도록 조처해 주었다. 계집종은 집을 나가 어떤 사내를 만나 잘살게 된 반면, 그 주인집은 재상 내외가 죽은 뒤 아들까지 죽어서 손자 대에서는 쫄딱 망해버린 형편이 되고말았다. 그러자 손자는 자기 집에 있다가 도망간 노비들을 찾아 돈을 뜯어낼 요량으로 추노推奴길에 나섰다.

그러나 노비들은 이미 그 사실을 알고 옛 주인을 죽일 궁리를 하고 있던 터였다. 영문도 모르고 예전 노비들의 후손이 있는 집에서 잠을 자던 손자는 목숨이 위태로운 낌새를 알아채고 도망쳤다. 사람들이 쫓아오는 가운데 울타리를 뛰어넘었는데, 이때 홀연히 호랑이가 한 마리 나타나서는 손자가 입고있는 옷의 뒷깃을 물어 쏜살같이 달렸다. 그렇게 오랫동안 달려서 어떤 마을에 도착해서 내려놓았는데 사람들이 신기한 일이라 여겨 모여들었다. 그중 한 노파가 손자를 살펴보니 예전 주인의 손자와 용모가 비슷했다. 노파가 그 신원을 물어 확인한 후, 예전 마님이 베풀어준 은혜를 갚았다. 이 이야기 속의 호랑이는 은혜를 직접 갚거나 하는 것이 아니라, 은혜를 갚을 사람에게로 인도해준다. 세상의 바른 도리가 행해지도록 중재하는 기능 이상을 하지 않는데, "홀연히" 등장함으로써 그 신령스러움을 더한다.

〈장화홍련전〉에 등장하는 호랑이도 이런 맥락에서 이해됨직하다. 작품에 등장하는 악인은 계모이지만, 계모가 시키는 대로 하여 실제로 장화를 물에 빠뜨리는 인물은 계모의 아들 장쇠이다. 그러나 장쇠가 그 악행을 실행하는 순간, 호랑이가 나타나는 신기한 일이 일어난다. 작품의 문면에 따르자면 어디선가 "난데없이" 나타난 것으로, 호랑이는 장쇠의 두 귀와 한 팔, 한 다리를 물어뜯어 불구자로 만들어버렸다. 우리가 아는 대개의 호환虎患은 호랑이에게 잡아먹히는 이른바 '호식虎食'임을 생각할 때, 호랑이의 이런 공격은 매우 특이하다. 그러나 최종적인 응징대상이 계모인 점을 감안한다면, 자식이 당한 끔찍한 형상을 보여줌으로써 도리어 고통을 더 심화시키고 경고를 보내는 장치로서는 더욱 그럴듯하다. 그리고 이 모든 것은 난데없이 나타난 우연으로 보이겠지만, 인간의 힘으로 막아낼 수 없는 하늘의 공평무사한 징벌임을 짐작케 한다.

호랑이가 표지에 그려진 딱지본 〈장화홍련전〉. 호랑이는 하늘을 대신해 공평무사한 징벌을 내린다. ⓒ 오영식·유춘동

이처럼 호랑이가 사람도 보지 못하

는 이면을 꿰뚫어보는 힘이 있다고 생각하는 까닭에 호랑이가 아니라 호랑이의 일부분만으로도 그 신통력을 얻는 경우까지 생겨난다. 어떤 사람이 아내와 다투고 산에 갔다가 늙은 중으로 변신한 호랑이를 만났는데 그 호랑이가 제 눈썹을 하나 떼주면서 그것으로 아내의 본모습을 살핀 후 어느 곳으로 가서 새 아내감을 구하라고 일러준다. 그래서 그가 집에 가서 시키는 대로 했더니 아내는 파리한 암퇘지로 먹지 못해 꿀꿀대는 것이었다. 호랑이가 한 말 가운데 "사람이 사람의 모양을 해가지고 있다고 해서 다 사람인 것이 아니고 그중에는 개도 있고 돼지도 있고 그 외에 다른 짐승도 있으며 참 사람은 얼마 되지 않는다."[6]는 지적은 호랑이를 통해 인간의 위선을 벗겨내려는 의지로 읽힌다.

호환을 인간이 피하기 어려운 재난으로 인식하던 시절, 민간신앙에서 호랑이를 숭배하는 일은 지극히 당연해 보인다. 호랑이는 절대 복종과 숭배의 대상인 셈인데, 그 대가는 당연히 큰 보답으로 돌아오기 마련이다.

같은 논리로, 영웅의 등장에 호랑이가 개입되는 것 또한 전혀 낯설지 않다. 단적인 예로, 《삼국유사》에 등장하는 견훤甄萱 이야기[7]를 보면, 〈고기古記〉에 전한다는 내용 가운데 호랑이가 등장하는데 영웅적 인물을 수호하는 역할을 한다. 견훤이 아직 강보에 싸여있을 때, 아버지가 들에서 밭을 갈고있어서 어머니가 들밥을 나르러 가느라 견훤을 수풀 밑에 두었더니 호랑이가 와서 젖을 먹였다는 것이다. 이때부터 사람들은 그를 범상하게 여기지 않았다고 했는데, 기실은 실제로 범상하지 않은 사람이라는 표현을 그렇게 썼다. 이때의 호랑이는 영웅의 수호자로, 영웅의 미래를 인도하는 역할을 한다. 영웅담에 흔히 있듯이, 그런 수

호자의 위력에 눌려 범인들이 차마 그를 함부로 할 수 없는 것이다.

고려를 세운 태조 왕건王建과 연결된 이야기 가운데도 엇비슷한 것이 있다. 7장 〈죽음〉에서 다룬 바 있는, 성거산聖居山의 전설로 전해지는 이야기에서는 호랑이가 호경虎景이라는 사람을 구해낸다. 이 이야기가 비록 실제 있었던 일처럼 전해지지만 믿기 어렵다. 하필이면 그 사람 이름이 '虎범 호' 자가 들어가는 '호경'인 것도 미심쩍고, 거꾸로 이름에 호랑이가 들어가는 바람에 그런 설화에 입혀졌는지도 모를 일이다. 그러나 그보다 더 중요한 것은 이 설화의 주인공 호경이 고려를 건국한 왕건의 5대조라는 사실이다.[8] 이 역시 설화상의 내용일 뿐이어서 신빙하기 어렵겠지만, 그가 스스로 '성골장군聖骨將軍'이라 칭했다는 것을 보면, 왕건 가문을 신성시하기 위해 만들어진 이야기일 공산이 크다.

그러나 호랑이가 이렇게 큰 힘을 발휘해서 인간에게 신령스러움을 보태주기만 하는 것이 아니라, 영웅이 등장하여 호랑이의 커다란 힘을 압도할만하다고 할 때 호랑이는 영웅의 비범함을 돋보이게 하는 장치가 된다. 조선을 건국한 이성계가 호랑이를 잡은 이야기가 《조선왕조실록》에 등재되었을 정도이고 보면 호랑이 한 마리쯤은 쉽게 제압할 수 있어야 영웅이라는 인식이 강했던 것만큼은 분명해 보인다.

태조가 소시(少時)에 산기슭에서 사냥을 하다가 멧돼지 한 마리를 쫓아 화살을 시위에 대어 쏘려고 했으나, 갑자기 백 길[仞]의 낭떠러지에 다다르니, 그 사이가 능히 한 자[尺]도 되지 않았다. 태조는 말 뒤로 몸을 빼어 섰고, 멧돼지와 말은 모두 낭떠러지 밑으로 떨어졌다. 어느 사람이 고(告)하기를, "큰 범[虎]이 아무 숲속에 있습니다." 하니, 태조는 활과 화살을 쥐고, 또 화살 한 개는 허리 사이에 꽂고 가서 숲 뒤의 고개에 오르고, 사람을 시켜 아래에서 몰이하게 하였다. 태조가 갑자기 보니, 범이 자기 곁에 있는데 매우 가까운지라, 즉시 말을 달려서 피하였다. 범이 태조를 쫓아와서 말 궁둥이에 올라 움켜 채려고 하므로, 태조가 오른손으로 휘둘러 이를 치니, 범은 고개를 쳐들고 거꾸러져 일어나지 못하는지라, 태조가 말을 돌이켜서 이를 쏘아 죽였다.[9]

설화로 들어가면 이야기의 강도가 훨씬 더한데, 〈강감찬과 호랑이〉 설화는 강감찬이 그저 호랑이 한 마리를 물리치는 괴력을 보이는 데 그치지않고 나라 안의 호환을 없애기 위해 모든 호랑이를 압록강 북쪽으로 몰아내는 내용이다. 강감찬이 호랑이 우두머리와 담판을 지어 수천 마리의 호랑이를 나라 밖으로 내몰았으며, 다만 임신한 암호랑이 한 마리가 압록강을 넘을 수 없다고 호소하여 딱 한 마리를 남겨두어, 우리나라의 호랑이는 모두 그 자손이라는 설명으로 이야기를 마무리한다.[10]

낙성대 유허비. 강감찬 장군이 태어날 때, 하늘에서 큰 별이 떨어졌다 해서 생가터를 낙성대(落星垈)라 하였다.

이렇게 호랑이와 역사적 인물이 결합할 때, 강감찬 장군처럼 용력勇力이 큰 인물이 등장하여 호랑이의 용맹함을 넘어서는 대담함이 강조된다. 곽재우郭再祐나 김응서金應瑞가 등장하는 것이 그런 예이다. 〈곽재우와 호랑이〉[11]를 보자. 임진왜란이 나자 곽재우는 의병을 일으키기 위해 무술을 닦으며 사냥을 했다. 어느 날 밤 호랑이 한 마리를 만나 잡으려 했으나 실패했고, 그 호랑이를 따라가다가 웬 처녀를 만난다. 처녀는 호랑이가 자기 부모를 잡아가서 부모를 구해줄 사람을 기다리는 중이라고 했다. 곽재우는 처녀의 안내로 호랑이굴로 갔는데 호랑이는 곽재우를 보더니 도망쳤고, 굴속에는 처녀의 부모가 무사히 살아있었다. 사실은 호랑이가 그 노인들을 보호했던 것이다. 곽재우는 전란에 큰 공을 세웠고 그 처녀와 혼인하여 잘 살았다고 한다. 호랑이가 영험했던 까닭에 나라에 쓸 큰 인물을 키웠던 셈이고, 곽재우는 호랑이에게도 겁먹지 않는 용맹함으로 큰일을 해낼 수 있었다는 이야기이다.

시 가운데도 호랑이의 위용을 한껏 그려내면서도, 그보다 더 용맹한 사람에 대자면 어림없다는 식으로 그려낸 작품이 있다. 호랑이가 천하의 영물靈物로 백수百獸의 제왕임이 분명하지만, 어디까지나 동물들 사이에 국한된 일이라는 것이다. 김시습金時習의 〈호랑이虎〉를 보자.

산군(山君)이 벼랑 끝에서 포효하니	山君哮吼傍巖隈
백수들은 자취를 감추느라 목석(木石)이 부러지네.	百獸潛蹤木石摧
꼬리 흔들며 희번덕이는 눈동자는 번갯불 같고	掉尾回眸如掣電
어금니 갈아 입가 부딪치는 소리는 우레 같네.	磨牙鼓吻似奔雷
바람결에 긴 휘파람 높은 산봉우리 내리더니	風前長嘯危峯下
비 갠 뒤 남긴 자취 좁은 길에 내려오네.	雨後留蹤狹逕來
아, 드높은 위엄이 두렵다 하겠지만	嗟爾威稜雖可畏
이광의 신들린 화살 앞에는 배회하지마라.	李廣神箭莫徘徊[12]

호랑이를 아예 '산군'으로 칭하면서 시작하는 것이 호랑이에 대한 기본적인 생각이 어떠한지를 잘 알려준다. 멀리 벼랑 끝에 앉아 포효하는 호랑이를 보고도 죽을까 겁을 내어 달아나는 짐승들 때문에 돌과 나무가 깨지고 부서진다고 했다. 호랑이에 잡힐까 죽어라 달아나는 모양인데, 그 모습을 보며 내닫는 호랑이의 모습을 마치 그림처럼 생동감 있게 표현하고있다. 밤에 이글대는 눈동자를 번갯불에 비유하고, 이가 부딪치는 소리를 우레에 비유하면서 그 위용이 얼마나 대단한지 야단스럽게 그렸다. 뒤이어 바람을 맞으며 산봉우리에 올라 소리 내어 기운을 뽐내고 좁고 험한 길에도 제 족적을 마음껏 드러낼 수 있는 능력을 칭송한다. 그러나 호랑이가 제 아무리 그렇더라도 이광李廣이라는 명장名將보다는 한 수 아래라고 했다. 이광은 한漢나라의 장수로, 돌이 호랑이인 줄 알고 활을 쏘았더니 화살촉이 돌에 꽂혔더라는 전설의 명장이다. 돌이 아니라 호랑이였다면 그 결말은 너무도 뻔하며, 제아무리 잘났다 해도 공연히 나서지 않는 게 상책이라는 권계勸戒가 숨어있다.

이와는 결이 다른 이야기가 〈김응서와 호랑이〉이다. 호랑이 한 마리가 어떤 여자를 잡아먹으면 사람이 될 수 있다는 산신령의 말을 듣고 중으로 변신하여 처녀가 있는 곳으로 갔다. 가던 길에 나그네를 만나 자초지종을 이야기하니 나그네는 도망갔고, 중으로 변신한 호랑이가 산신령이 말한 곳에 가보니 과연 웬 여인이 밭을 매고있었다. 그런데 어찌 된 영문인지 호랑이가 그 주위를 맴돌더니 곧 죽고말았다. 매우 황당한 결말이지만, 마침 그 여인은 임신중이었는데, 그 태중의 아이가 보통 인물이 아니어서 겹겹이 군대가 지키고있었다는 사연이다. 그래서 그 호랑이가 아무리 애를 써도 물리칠 수 없는 까닭에 어차피 사람이 못 될 바에야 죽는 편이 낫다고 생각하여 자살했다. 도망쳤던 나그네는 그 근처에 볼일을 보러 왔다가 죽은 호랑이를 팔아 부자가 되었고, 여인의 뱃속에 있던 아이는 나중에 김응서가 되었다. 이 이야기 속의 김응서는 호랑이의 힘으로도 넘볼 수 없는 특별함을 지녔다는 뜻인데, 근원을 살피자면 호랑이는 아직 태어나지도 않은 아이의 미래까지 훤히 볼 줄 아는 신통력을 지녔다는 뜻이기도 하다.

이렇게 사람을 잡아먹으려는 호랑이를 물리치는 이야기는 흔한 편이다. 〈오성대감과 호랑이〉를 보면,[13] 이항복李恒福, 오성이 어렸을 때 아버지와 길을 가다가 늙은 중을 만났는데 이항복을 보고는 절을 했지만 그 아버지를 보고는 그냥 지나쳤다. 아버지는 어른과 아이도 구별 못하는 작자라며 흥분했지만, 이항복은 그 중은 사람이 아니라 호랑이인데 오늘 혼인하는 신랑을 잡아먹으러 가는 길이라고 했다. 아버지가 그 신랑을 살릴 방도를 찾으라고 하자 이항복은 혼인이 있는 집에 가서 개를 한 마리 달라고 해서는 호랑이를 기다렸다. 밤이 되어 호랑이가 나타나자 이항복은 호랑이를 꾸짖으며 개나 먹고 돌아가라고 일렀다. 그 덕에 호환을 면할 수 있었다는 이야기로, 이 역시 사람으로 변신하여 사람을 잡아먹으려는 신통력을 지닌 호랑이 이야기이지만 주인공의 신통력이 더 대단하다는 쪽으로 전개된다.

이런 이야기들은 공통적으로 호랑이도 신통하지만 그보다 더 신통한 사람이 있었다는 스토리를 갖는다. 그래서 곽재우나 김응서 같은 장수가 등장할 때는 용력으로 호랑이를 물리치는 과정이 중시되고, 이항복처럼 지혜가 강조될 때는 신비로운 변신술을 쓰는 호랑이를 제압하는 부면이 강조된다. 이런 이유로 서경덕 같은 성리학자는 《중용中庸》

같은 책을 주문처럼 외움으로써 호환에서 벗어나는 방식을 쓰기도 했다는 이야기가 전한다. 서경덕은 중으로 변신한 호랑이가 신부를 잡아먹으러 가는 걸 알고는 제자들 중 《중용》의 〈서문序文〉에 자신 있는 사람이 나서라고 하여 자원한 제자에게 이렇게 이른다.

> 오, 네가 갈 테냐? 너는 오늘 저녁 그 잔칫집에 가서 그 집 사람들을 잘 타일러 색시를 신방에 넣지 말고, 모두 한 방에 앉아 색시를 둘러싸고 있으라고 해라. 그리고 넌 그 방문 앞에 앉아 불문곡직하고 《중용》 〈서문〉을 새벽 첫 닭 울 때까지만 쉬지 말고 계속해서 자꾸 외고 오너라. 첫 닭이 울거든 이리로 돌아오너라.[14]

여기에서 《중용》 서문은 부적이 되며, 호랑이의 신통함이 아무리 커도 그것을 넘어설 수 있는 능력이 해당 인물에 있다는 설정이다. 이 경우 호랑이의 신통함은 인간을 해치려는 사악함에 불과하고 그 사악함을 깨뜨리고 나가는 데 주인공의 비범함이 있다. 이 점에서 호랑이의 능력은 인간의 능력을 돋보이게하는 장치 정도로 전락한 셈이다. 물론, 그런 위인들이 나서서야 겨우 막아낼만한 정도의 강력한 능력을 갖고 있다는 점은 여전히 유효하다.

포악함, 혹은 탐욕의 상징

호랑이가 백수의 제왕으로 불린다는 것은 어떤 동물도 범접할 수 없는 힘을 지녔다는 뜻이다. 그 신령함이 강조되면 위에서 보듯이 인간을 위에서 굽어보거나 인간의 의지에 호응함으로써 인간의 일을 돕는 서사가 전개된다. 그러나 호랑이가 어떤 동물도 거스를 수 없는 위력을 지닌 존재가 분명하다면 인간에게도 그럴 공산이 크다. 〈우추리 호랑이〉로 이름 붙여진 다음 이야기를 보자.

> 아전이 있었는데, 그때 그이거(그이가) 글을 잘 했대. 했는데, 고을 원이 글을 잘하니 저냑(저녁)에 글을 좀 짓더가라고, 그래 글을 짓는데 거 이씨거 그를 짓는데 글을 질 제 글을 한 짝을 제노니(지어 놓으니) 글이 기상이 나쁘잖아. 그래서 밤은 이슥한데 집으로 간다구 하는데 오더거 호랭이(호랑이) 물려갔다는 기야. 그레데 글이 뭔고하문 개구리를 두고 짓는데
>
> "초로봉사 한불비(草路逢蛇 恨不飛)라"
>
> 풀질에 뱀을 만나니 나지 못하는 기 한이 되거던. 그 글 짝이 인제 죽었잖나.
>
> 그기 개구리가 인제 죽을 개구리가 나아? 초로에 뱀을 만나 나지 못하니 한이 된다니 죽었다고 그 글 짝이 제노니 원이 보고서 아, 이 사람이 하며 가니 우떠 되잖었나 하고 사람을 보내보니 사람이 결국 죽었더래, 호랑이한테.[15]

"말이 씨가 된다."는 말은 이런 경우에 적절하다. 어느 고을 원님이 시를 잘 짓는 아전을 불러서 시를 짓게 했다. 원님은 양반이고 아전은 중인인데도 원님이 아전에게 시를 지어달라고 했다는 것은 그만큼 시에 능했다는 뜻이다. 그런데 그 시의 내용이 상당히 청승맞다. 풀길에

뱀을 만났는데 날지 못하는 게 한이라니, 개구리의 타는 속에 자신의 심사를 얹고있다. 이는 한마디로 꼼짝없이 죽을 운명을 직감하고 순순히 받아들일 수밖에 없는 비감한 처지를 읊은 것이다. 이런 시를 쓰고 그는 곧 호환을 당하고만다. 이런 이야기는 호랑이가 아니라 도깨비로 바뀌어도 마찬가지다. 흔히 청도깨비로 등장하는 낮도깨비는 그렇게 아무데서나 갑자기 나타나서는 사람의 머리 위로 재주를 넘는다. 한 세 바퀴 돌아서 반대편으로 서고 나면 그 사람은 영락없이 죽는다.

2장 〈선악〉에서 다룬 〈호랑이가 사람 물어간 이야기〉[16]에 등장하는 호랑이 또한 그저 무섭기만 한 존재일 뿐만 아니라 사람을 홀리는 요물이다. 여느 이야기들과는 달리 스토리의 반전 없이, 그저 호랑이가 나타나 넋이 나간 사람이 죽어나자빠질 뿐이기 때문이다. 전에 그런 위기에 처할만한 행위가 있었기에 그랬다거나, 위기에 빠진 후에 용케 달아났다거나 하는 플롯이 형성되어있지 않다. 죽어야할 어떤 이유도 없이, 오직 호랑이가 사람을 원했기 때문에 죽을 수밖에 없다. 호랑이의 식성이 육식이라고는 하나 이야기 속에서 오직 사람을 먹고자할 뿐이라는 설정은 그 포악성을 드러내는 장치이다. 세상에는 대적해낼 수 없는 절대악이 있다는 해석이 힘을 얻는다.

이보다 조금 복잡한 서사로 가면, 호랑이와 힘껏 싸웠으나 그 결말은 비참한 죽음으로 귀결된다. 주인공 앞에 호랑이가 나타나자 죽기 살기로 덤벼 싸웠고 마침내 호랑이를 부둥켜안고 엎치락뒤치락했는데 기운이 빠진 호랑이가 나자빠지는듯했다. 그래서 간신히 몸을 빼내서 달아났는데 호랑이가 쫓아왔고, 겨우 어느 상갓집 사람 많은 데로 찾아들어 위험에서 벗어나는듯했지만, 넋 나간 사람처럼 지내다 죽고만다. 화자는 "호랑이한테 그만 혼동이 돼서 기진맥진해서 그만 죽어버렸다는 거여."[17]라고 해서, 호랑이에 홀려서 죽을 수밖에 없었다고 풀이한다. 호랑이를 보고 호랑이와 싸울 생각을 하는 것만으로도 그 사람의 용기는 가상하고, 호랑이를 끌어안고 힘으로 버텨보는 데서 이미 그 특별한 역량은 충분히 발휘된 셈이다. 그러나 호랑이와 한 번 맞붙어보았다는 이력만으로 제 풀에 죽어야만 하는 비운이 생겼다. 호랑이는 힘으로 맞설 상대가 아니며, 호랑이에게 자비를 구할 수 없다는 경고이다.

《삼국유사》의 〈김현감호〉에 등장하는 오빠 호랑이들이 단적인 예이다. 이야기 속에 호랑이 처녀가 등장한다. 그녀는 비록 동물이지만 인간세계를 흠모하여 인간으로 변신하여 탑돌이를 하다, 마침 탑돌이를 하던 인간 김현과 사랑에 빠졌다. 둘은 통정을 하고 처녀를 따라 집으로 갔는데, 처녀의 노모는 김현에게 우호적이었지만 그녀의 오라버니들인 호랑이 세 마리는 사람 냄새가 난다며 김현을 잡아먹으려한다.

이러한 수성獸性이 인간이 통제하기 어려운 포악함을 지닌 것이기는 하나, 경우에 따라서는 그를 역이용하여 악한 인간을 응징하는 데 쓰기도 한다. 〈호랑이에게 먹히운 중〉[18]이라는 이야기를 보자. 어떤 가난한 농부가 무남독녀를 얻어 금지옥엽으로 길렀다. 아이는 예쁘게 자라나서 시집갈 때가 되자 사방에서 혼처가 밀려들었다. 부모는 어느 곳으로 시집보내야할지 결정을 못하고 있던 중에 마침 시주승이 찾아왔길래 그에 대해 상의했다. 그러나 그 중은 평소 처녀의 미모에 반했던 터라, 이웃 할멈의 원귀가 붙어 처녀귀신이 될 운명이라고 거짓말한다. 어떻게든 딸의 목숨을 구하고 싶은 부모는 액운을 면하는 법을 물었고, 중은 그 처녀에게 원귀가 씌워진 게 초파일이니 중에게 시집을 보내야할 팔자라고 말했다. 결국 처녀의 부모는 중의 말대로, 처녀를 그에게 맡긴다. 그런데 중의 신분으로 대낮에 처녀를 데리고 갈 수 없어서 처녀를 궤짝에 넣어서 지고 절로 향했다.

여기까지 보면 중이 처녀를 취하기 위한 사기담이라고 할 수 있다. 그러나 중이 사는 곳이 절인지라 산속으로 들어가다가 그만 사냥을 나온 고을 사또 일행을 만나게 된다. 중은 스스로 켕기는 데가 있어서 궤짝을 버려두고 잠깐 몸을 숨겼는데, 사또가 그 궤짝을 발견하여 열어보게하였다. 그러자 궤짝 속에서 처녀가 나왔고, 사또는 어떤 흉악범이 처녀를 납치해가려는 것임을 직감했다. 사또는 처녀를 구하고, 마침 사로잡은 호랑이가 있어서 그것을 궤짝 속에 대신 넣도록 했다. 사또가 처녀를 말에 태워 길을 떠난 후, 중은 다시 궤짝을 짊어지고 절로 와서 첫날밤을 치르려는데 호랑이가 궤짝에서 나와 중을 잡아먹었다. 이 이야기가 "굶주린 데다가 성까지 난 호랑이가 중놈을 먹어치웠다."[19]고 끝나는 데서 알 수 있듯이, 그렇지 않아도 사나운 호랑이인데 사람에게 사로잡힌 앙갚음을 제대로 했다 하겠다.

호랑이 이야기 가운데 가장 널리 알려진 편에 속하는 〈해와 달이 된 오누이〉에도 포학한 호랑이가 등장한다. 이 이야기에서 호랑이의 속성은 끝없는 욕심이다. 떡 하나 주면 안 잡아먹겠다고 말했지만, 떡을 하나 먹고는 또 하나 먹고싶고, 그렇게 다 먹은 후에는 자신에게 떡 준 사람까지 잡아먹으며, 나중에는 그 사람의 집에 가서 아이들까지 잡아먹으려든 것이다.

끝으로, 호랑이가 '산군'이라는 이름을 달고 있을 때는 마땅히 임금된 자의 덕을 갖추어야할 텐데, 짐승들 사이의 일을 인간사에 비유하면 호랑이가 인간세상 폭군의 역할을 하기도 한다. 가령 신재효본 〈토별가兎鼈歌〉에서는 호랑이가 산짐승들을 모두 모아서 모족毛族 회의를 열어 사냥꾼 대책을 세우고자했지만 실제 내린 결론은 애꿎은 짐승만 희생시키는 결론에 이른다. 여우가 간교하게 나서서 멧돼지를 호랑이 식량으로 쓰라고 부추기고, 그 덕에 호랑이 옆자리를 꿰차면서 호가호위狐假虎威한다. 함께 자리했던 곰이 정리한 대로, "시속에 비하면 산군은 수령 같고, 여우는 간물출패奸物出牌(어떤 지역의 불량배가 나쁜 짓을 계획할 때, 그 지역 밖으로 나가서 일을 꾸미는 사람), 사냥개는 세도아전, 너구리, 멧돼지며 쥐와 다람쥐는 굶지 않는 백성"[20]으로 정확히 대응된다. 백성을 보호해야 할 수령이 아전과 결탁하거나 아전의 농간에 놀아나서 양민을 괴롭히는 양상을 그렇게 그려냈던 것이다. 사납기만 한 게 아니라, 그 사나움을 고작 내부 구성원을 괴롭히는 데만 쓰는 한심함을 폭로한 셈이다.

어리숙한 호랑이와 호랑이 잡기

호랑이는 분명 사나운 짐승이고, 그 덕에 때로는 인간보다 더한 신령스러움을 갖기도 하고 짐승임에도 인간을 압도하는 힘을 보이기도 한다. 그러나 이야기의 속성상 현실의 뒤집기는 언제나 가능한 일이며 그래야 이야기의 맛이 살아나는 법이다. 실제로 호랑이와 토끼가 산에서 만났다면 토끼는 꼼짝없이 죽어야만하는 신세이지만, 이야기 속에서는 뒤집기가 가능하다. 꾀 많은 토끼가 도리어 호랑이를 골탕 먹인다거나,

여우가 호랑이를 앞세워 제 잇속을 챙기는 이야기 등은 널리 퍼져있다. 이 경우 토끼나 여우는 트릭스터로, 힘의 열세에 놓인 인물이 우위에 있는 인물을 적절한 계략으로 속여 이기는 역할을 한다. 이는 민담 특유의 전복성을 드러내는 것으로, 등장인물이 사람일 경우도 궁지에 몰린 상태에서 기지를 발휘하여 호랑이를 물리치거나 제압할 때 마찬가지 결과이다.

다음 〈호랑이와 토끼〉를 보자.

굶주린 호랑이가 먹을 것을 찾아다니다가 토끼를 만났다. 토끼는 줄행랑을 치다가 바위 뒤 소똥무더기를 보고는 멈춰 섰다. 호랑이가 말했다. "여기서 뭐하니?" 토끼가 대답했다. "보다시피 의자를 지키고 있어요.", "그렇다면 내가 좀 앉아보자.", "안 돼요. 아버지께 혼나요." 토끼가 그렇게 막아섰지만 호랑이는 토끼를 옆으로 밀쳐내고 그 자리에 철퍼덕 앉았다. 호랑이 엉덩이는 소똥 범벅이 되었고 앞발로 털어내니 발에도 소똥이 묻었다.

토끼는 잽싸게 도망치다가 깊섶에 벌통이 있는 걸 보고 멈춰 섰다. 호랑이는 화가 났다. "네가 바로 아까 도망간 토끼로구나." 토끼는 정색을 하고 대답했다. "도망이라뇨? 여기 샘물이 든 호리병을 지키고 있었는걸요." 호랑이는 목이 마르던 차여서 그걸 달라고 했으나, 토끼는 엄마에게 혼난다며 거절했다. 호랑이는 토끼를 밀치고 벌통을 나꿔챘는데 벌통 속의 벌들이 달려들어 호랑이를 쏘아댔다.

토끼는 다시 달아나서 갈대숲 앞에 섰다. 호랑이가 토끼를 발견하고는 화가 나서 물었다. "너 아까 달아난 토끼지?" 토끼는 다시 정색을 하고 대답했다. "달아나다니요. 여기 입을 옷을 지키고 있었는데요." 호랑이는 입을 옷이라는 말에 어서 자기에게 입히라고 명령했다. 토끼는 마지못해 응하는 척하며 갈대를 호랑이에게 덮어씌워놓고는 불을 붙였다. 호랑이는 뜨거워서 어쩔 줄 모르고 뛰다가 황소를 만나 물이 어디 있는지 물었다. 황소는 산으로 올라가라고 했고 호랑이는 산으로 오르느라 맞바람을 맞아 불이 더욱 세게 탔다. 호랑이가 다시 산으로 내려와 강물에 몸을 담갔는데, 이때부터 본래 금빛이던 호랑이 털가죽에 검은색 줄무늬가 생겼다고 한다.[21]

배고픈 호랑이는 토끼를 잡아먹으려 했으나 토끼의 꾀에 번번이 당하고만다. 대체로 어리석은 사람도 한 번 속으면 그다음에는 경계하는 법인데 이 호랑이는 계속 똑같은 토끼인 것을 확인하고도 토끼의 속임수에 농락당한다. 이렇게 번번이 당하는 이유는 바로 탐욕에 있다. 남이 앉은 자리도 제 자리로 삼을 수 있으며, 남의 물도 제 물처럼 마실 수 있고, 남의 옷이라도 제 마음대로 빼앗을 수 있다는 생각이 스스로를 구렁텅이로 몰아넣는다. 더욱이 토끼와 여우의 싸움에 아무 관련이 없을 것 같은 황소까지 나서서 호랑이를 곤경에 빠뜨리는 데서, 호랑이가 인심을 잃은 인물을 대변함을 알 수 있다.

또, 소똥, 벌집, 억새의 순서는 일견 비슷한 것들이 병렬로 늘어선 것 같지만 사실은 뒤로 갈수록 점점 더 심각한 상황을 야기하는 것으로 이른바 '눈덩이 굴리기' 법칙이 작동한다. 소똥은 밟고나면 조금 불쾌하고 찝찝한 정도이지만, 벌떼는 일단 피해 달아나야할 대상인 데다 쏘이면 매우 고통스러운 것이다. 급기야 억새풀에 붙은 불은 생명을 위협하는 지경에 이르며, 유래담으로 설명되었다시피 본래의 황금빛 털무늬를 검은 줄무늬로 바꾸어놓음으로써 자신의 실패를 만천하에 공지하는 결과를 빚는다.

최근 어느 밴드가 노래를 불러서 대중에게 친숙해진 〈수궁가〉의 '범 내려온다~' 대목 역시 가만 보면 어리석은 호랑이 이야기다. 바다에서 와서 산짐승을 잘 모르는 자라 별주부가 토끼를 부른다고 부른 것이 "저기 앉은 게 저게 퇴, 퇴, 퇴, 퇴, 퇴, 퇴, 호생원 아니요?"하고 말이 헛나오는 바람에 호랑이가 그 말을 듣고 신나서 내려오는 바로 그 대목이다. 호랑이가 신난 이유는 한 가지, 산중에서 자기를 산군山君으로 높여주기는 했으나 '생원'으로 불리기는 처음이었기 때문이다. 실제 사설에서는 "호랑이란 놈이 산중에서 생원 말 듣기는 첨이지. 한 번 반겨 듣고 내려오는디, 범 내려온다~"[22]로 적어놓고있다.

생원은 본시 과거의 생원시生員試에 합격한 사람을 일컫는 말이다. 물론 나중에는 나이든 선비를 높여 부르는 말로 쓰이기는 했지만, 호랑이가 실제 생원이 아니면서도 생원이라는 말에 신바람이 난 것은 허영심을 방증한다. 그 뒤로 이어지는 사설에서는 자라가 호랑이의 다리를 물어뜯는 바람에 죽어라 도망치게 된다. 실제로 호랑이를 상대하기에 자라의 힘이 턱없이 부족하겠지만, 곶감에 놀라 도망치는 호랑이처럼 여기에서도 아무것도 아닌 상대에게 떠밀려나는 모습을 연출한다.

이런 이야기는 호랑이와 사람의 대결에서도 엇비슷하게 드러난다. 호랑이의 바보스러움을 강조해서 제목부터 〈우호愚虎〉[23]라고 이름 붙여진 이야기를 보자. 어떤 영감이 파밭을 매고있었는데 호랑이가 와서 잡아먹겠다고 했다. 영감은 나를 잡아먹어봐야 별 게 없고 저쪽의 억새밭으로 가면 새가 많으니까 그걸 잡아먹으라고 했다. 호랑이가 그 말대로 영감을 따라 억새밭으로 가자, 영감이 새들을 그리로 들어가게할 테니 거기 가서 눈을 감고 입을 벌리고있으라고 했다. 호랑이가 그대로 하자 영감은 억새밭에 불을 놓았다. 억새가 타는 소리가 훨훨 나자 호랑이는 그것을 새들이 날아오는 소리로 알고 입을 벌리고 앉아있다가 타 죽고 말았다. 별것도 아닌 꾀에 속아 넘어가는 아둔함을 보인다.

이처럼 약자와 강자의 대결에서, 현실과는 달리 약자가 강자를 물리치는 이야기는 이야기 향유층에게 커다란 지지를 받아왔다. 대개의 이야기 향유층이 강자보다는 약자의 위치에 있었겠고, 약자가 강자를 물리친다는 설정은 현실의 억압을 벗어나고픈 욕망을 대리만족시켜줄 수 있기 때문이다. 그러나 그 과정이 위의 예에서 보듯이 정색을 하고 진지하게 펼쳐지기보다는 유머러스하게 펼쳐짐으로써, 어디까지나 우스개의 하나로 받아들여짐이 분명하다. 위 이야기는 비록 동물을 의인화하여 그 안에서 서사적 개연성을 찾아나가지만, 개중에는 어떻게 해도 우스개가 분명할법한 황당무계한 호랑이 잡는 이야기가 제법 많다.

〈기름 강아지로 호랑이 잡는 이야기〉[24] 이야기에는 기름통에 빠진 강아지를 호랑이가 삼켰다가 똥구멍으로 빠져나오는 식으로 그걸 다시 삼킨 호랑이까지 줄줄이 꿰어 잡는 식이다. 실제 이런 일이 가능하다고 믿는 사람은 없을 것이다. 강아지가 호랑이 입에 들어가서 뒤로 그대로 빠져나올 리가 만무하다. 그런 방법으로 호랑이떼를 굴비 두름 엮듯 엮어서 잡아낸다는 설정은 허풍일 뿐이다. 말로써만 가능한 말의 성찬이다. 우리가 아는 판타지 세계는 비록 비현실적임에도 그 안에서 일정한 논리와 법칙을 수반하기 마련이지만, 이런 이야기는 그저 한바탕 웃고 넘어가면 그만이다. 더구나 이야기의 주인공을 아주 어리석은 사람으로 설정함으로써, 그런 인물이 전혀 의도하지 않았는데도 호랑이가 스스로 걸려들더라는 점을 강조한다. 만일 이 이야기가 완전한 농담이라는 점을 배제하고 읽는다면, 이야기 속 호랑이는 어리석기 이를 데 없는 미욱한 짐승일 뿐이다.

이런 이야기를 우스개를 넘어선 시각에서 살필 때, 그 핵심은 역전逆轉이다. 〈호랑이와 곶감〉으로 알려진 이야기에서 보듯이, 가장 영험한 동물인 호랑이가 가장 어리석은 사람에게도 당하고마는 뒤집기가 펼쳐진다. 자기보다 더 무서운 존재가 있을까 지나치게 골똘히 생각했고 그래서 정체 모를 곶감이 두려웠다. 그때 마침 소를 훔치러 들어왔던 도둑은 호랑이를 소로 착각하고 그 등에 올라타서 볼기짝을 때렸다. 생전 자기 등 위에 누가 올라타기는커녕 아무도 가까이 다가서려하지 않던 호랑이로서는 자기 등 위에 올라탄 도둑이 바로 곶감이라고 여기고 내달렸다. 이 이야기에서 용맹스러운 호랑이가 겁에 질려 달아나게 된 이유는 바로 오해이다. 상대를 잘 모르는 상황에서 자기보다 뛰어난 존재가 있을 수도 있다는 불안감이 결국은 자기 힘을 전혀 써보지도 못하고 실패하게 만드는 것이다.

우리 민담 가운데는 이처럼 호랑이가 알아서 피하는 소극적인 이야기 말고, 적극적으로 호랑이를 때려잡는 이야기가 아주 많다. 갖가지 사냥 비법이 등장하는데 어떤 것은 단순히 허풍이기도 하고, 어떤 것은 제법 그럴듯한 전략이기도 하다. 실제로 호랑이 '사냥'은 목숨을 건 생계수단이자 극한의 스포츠이지만, 호랑이 '잡기'는 민담의 주요 레퍼토리였던 것이다. 호랑이를 '잡으러' 나선 것이 아니라, 우연하거나 황당한 방법으로 호랑이가 '잡히기' 때문이다.

〈미련한 자가 범 잡다〉[25]는 이야기를 보자. 지금도 북한 지역에서는 "미련한 놈이 범 잡는다."는 속담이 쓰이고있는 모양인데, 이 이야기는 그 속담의 유래담이다. 한 마을에 바보가 등장한다. 사람들마다 바보라고 무시하고, 집에서는 하는 일 없이 논다며 내쫓는다. 분한 나머지 집을 나와 산을 넘어가는데 웬 짐승이 자꾸 쫓아오는 것이었다. 화가 폭발했다. 그렇잖아도 사람들이 무시하는데 짐승마저도 무시하는 것 같았기 때문이다. 쥐고 있던 작대기로 그 짐승을 팼더니 이내 죽고말았다. 그 짐승을 가지고 마을로 돌아오자 사람들이 깜짝 놀랐다. 그가 잡아온 짐승이 바로 호랑이였기 때문이다.

이야기의 핵심은 호랑이가 비록 무서운 짐승이지만, 무서움을 모르고 달려들면 혹시라도 이길 승산이 있다는 것이다. 사람들은 호랑이가 무섭다며 미리 움츠러들기 때문에 아예 잡을 기회를 놓치는데, 이야기의 주인공은 이야기의 표제대로 '미련한' 까닭에 도리어 큰 기회를 얻었다. 그런데 이 이야기의 이면을 가만 들여다보면 주인공이 그저 미련하다는 것만으로는 설명할 수 없는 특별함이 있다. 여느 사람이라면 아무리 힘이 세다해도 호랑이를 작대기 한 번 치는 것으로 제압할 수 없다. 즉, 그는 바보로 놀림받는 처지이지만 이면에는 어느 장사 못지않은 힘이 있었고, 그 힘이 이 특별한 기회에 분출되었을 뿐이다.

더 유명한 이야기는 〈피리로 잡은 호랑이〉[26]다. 초등학교 교과서에 실림으로써 더욱 널리 알려졌는데, 이 이야기 역시 우연만으로 설명하고 넘어가기에는 아쉬운 측면이 있다. 내용은 퍽 간단하다. 어떤 나그네가 길을 가다가 호랑이와 마주쳤고, 호랑이는 나무를 타지 못한다는 속설을 떠올려 잽싸게 나무 위로 올라갔다. 그런데 어디선가 다른 호랑이들이 더 나타나더니 한 마리가 무동을 타고 올라섰고, 또 한 마리가 그 위로 무동을 타는 식으로 금세 나그네의 발치까지 다가왔다. 꼼짝없이 죽게 생긴 나그네는 봇짐 속에 있던 피리를 꺼내 불기 시작했다. 그러자 호랑이들이 피리 소리에 맞춰 몸짓을 했고 그러다가 떨어져서 다 죽었다. 나그네는 죽은 호랑이를 팔아 부자가 되었다.

이야기는 그렇게 '그럴법함'을 붙였지만 비현실적이기 그지없다. 호랑이가 사람처럼 무동을 타는 것도 기이하고, 사람이 오를 정도의 나무에서 떨어졌다고 죽는 것도 이해할 수 없다. 설령 맨 위의 호랑이가 죽었다고 해도 아래 있던 호랑이가 죽는 것은 말이 안 된다. 더 따지고 들면, 큰 산 하나에 한 마리가 산다는 호랑이가 어떻게 그렇게 떼로 나타날 수 있는지 의아하다. 그렇게 현실로만 풀어보자면 이 역시 농담에 불과하지만 내면에는 의외의 깊이가 있다. 이 나그네는 죽을 위기에 처해서 피리를 불었다. 나그네로 다니면서 봇짐 속에 피리를 챙길 정도의 음악 애호가였던 것이다. 절체절명의 순간, 마지막으로 피리나 한번 불어보자는 생각을 한 것은 모든 것을 포기한 마음이기도 하지만 음악만을 생각하는 순수한 마음이기도 하다.

노래나 춤을 어떤 목적도 갖지않은 순연한 마음으로 이해할 때, 이야기 속에서 그런 마음이 작동하는 사례는 아주 흔하다. 〈혹부리 영감〉의 영감은 한밤중 무서운 곳에 남게 되었을 때, 자기도 모르게 노래를 부르는데 그 소리를 부러워한 도깨비가 등장함으로써 전화위복이 된다. 이처럼 우리가 무언가를 이루기 위해 어떤 행위를 함으로써 그 결과가 빚어지는 일 못지않게 그저 순수한 마음으로 무언가에 몰입할 때 도리어 난관을 깨치고 나갈 힘이 생긴다는 사실을 일러준다하겠다.[27] 이 경우, 이야기에 등장하는 호랑이나 도깨비는 우리가 아는 동물 호랑이에 그치는 것이 아니라 인간이 넘어야 할 난관이나 장애물을 상징한다. 그리고 그것이 인간을 옥죄는 것이 사실이지만, 잘 넘기기만 한다면 인간에게 크나큰 힘이 될 수 있음을 웅변한다.

이 절에서 다룬 호랑이의 대부분은 민담에 속하는 것으로, 이른바 "호랑이 담배 피던 시절~"로 시작하는 비현실의 공간이다. 일종의 판타지 세계에서 특별함이 드러나는데, 우리가 통념적으로 알던 신비하고 용맹스러운 호랑이의 이면을 여과 없이 보여준다. 인간의 위에서 신의 영역에 근접한 호랑이에서, 하찮은 동물에게조차 쉬 속고 당하는가 하면, 말도 안 되는 사냥법으로 잡히는 조롱감이 되기도 하고, 제 꾀에 속아서 힘 한 번 못 써보고 물러서는가 하면, 순수한 마음으로 대적하면 뜻밖에도 허약한 존재이기도 한 것이다. 호랑이의 전형적인 모습에 배치되는 상像이지만 호랑이라는 빛이 만들어낸 그림자shadow라는 점에서 평소에는 보이지 않고 억눌러두었던 '또 다른 호랑이'인 셈이다.

호랑이 이야기의 총화, 〈호질〉

우리 고전문학에서 호랑이를 다룬 이야기가 매우 많지만 대개가 구비설화여서 작가의식을 엿볼만한 게 못 된다. 이에 비해 한문산문에서는 호랑이가 전면에 나서면서 논설조를 취하기도 하는데, 18세기에 활동한 이광정李光庭은 〈호랑이의 눈흘김虎睨〉이라는 작품을 써서 "가혹한 정치가 호랑이보다 사납다."는 가정맹어호苛政猛於虎의 고사를 그대로 옮겨놓았다. 가혹한 정치에 시달리던 어떤 백성이 견디다 못해 야반도주를 하다가 호랑이를 만났는데, 자기들의 딱한 사정을 호랑이에게 말하면서 불쌍히 여겨 달라고 애걸했더니 호랑이가 그저 눈을 흘기며 갔더라는 이야기다. 호랑이가 '호랑이 임금虎君'으로 불리는 데서부터 현실정치와 비교될 가능성이 큰데, 글쓴이가 논평을 통해 "저 관리라는 자들이 비록 잔악하더라도 같은 사람인데, 그렇지만 그들에게 빌지 못하고 다른 사나운 짐승에게 빌었으니 참으로 슬프지 아니한가."[28]라고 통탄한 대목은 이 글의 주제를 집약적으로 드러낸다. 그러나 이런 산문은 옛 고사를 거의 그대로 가져다 쓰면서 논평을 덧대놓은 짧은 우언인 데 반해, 박지원朴趾源의 〈호질虎叱〉은 그리 단순하지 않다.

일단 입에서 입으로 전해지는 공동 창작이 아니라 문자로 기록된 개인 창작인 데다, 박지원이라는 걸출한 문인의 작품이며 그것도 박지원 스스로가 《열하일기熱河日記》에서 기술한 대로 '절세의 기문奇文'[29]이기 때문이다. 대체로 〈호질〉을 소설 작품 하나로 떼어내 생각하지만 사실은 《열하일기》 안에 있는 〈관내정사關內程史〉라는 편編 속에 끼여있다. 이 편은 산해관山海關(산하이관: 중국 허베이성河北省 동쪽 보하이만渤海灣에 면해있는 촌락) 안에서의 여행 기록으로, 일기식으로 하루 일정을 기록하면서 중간중간에 독립된 작품을 따로 달아놓는 방식으로 구성되어있다.

〈관내정사〉의 내용은 매우 잡다한데, 서화書畫 이야기, 이제묘夷齊廟(백이·숙제의 사당)를 본 이야기, 옛날 시골 학당에서의 일, 여행 도중의 에피소드, 〈호질〉, 동악묘東嶽廟(동악의 산신을 모신 사당) 구경 등등이다. 그러니까 〈호질〉은 그런 잡다해 보이는 여러 기록 중의 일부이다. 그렇다면 그렇게 이질적인 것들을 하나로 묶는 내용은 무엇일지부터 몇

가지 사례를 들어 살펴보자.[30]

그는 맨 처음 어느 중국인의 집에 들어가서 그림과 글씨를 구경한다. 그리고 스스로 논평을 붙이기를 조선에서 뛰어난 서예가의 글씨가 청나라 황제의 아들이 쓴 것보다 훨씬 못하다고 했다. 청나라를 통상 오랑캐로 폄하며 그 문화적인 역량을 얕잡아 보던 처사에 반기反旗를 든 것이다. 그러면서도 한편으로는 원작자를 제대로 알 수 없다며 설명을 의뢰해 온 조선의 그림에 설명을 해주며 묘한 자부심을 느끼기도 한다. 무엇보다도 '중화/오랑캐', '명明/청淸', '중국/조선'의 우열을 떠나 객관적인 시각을 확보하는 데 주력한다.

〈관내정사〉에는 '명'과 '청'을 단순하게 중화와 오랑캐로 파악하여, 청나라 황제의 생일을 축하하러 갔으면서도 청나라를 멸시하는 이상한 광경이 묻어난다. 또 전란 끝에 중국에 잡혀와서 뿌리를 내린 동포들을 향해 거드름을 피우는 사신들의 모습까지 나온다. 그들이 어떤 사람들이라고 그 앞에서 자기들이 모국의 동포임을 내세우면서 허세를 떠는가? 이러한 몇 개의 삽화만으로도 조선 양반층의 모순이 적나라하게 드러나는데, 이 모든 사실들이 신기하게도 〈호질〉과 잘 맞아떨어진다.

이제 〈호질〉의 앞부분부터 보자.

> 호랑이는 예지(叡智)롭고 성스럽고, 문(文)도 갖추고 무(武)도 갖추었으며, 자애롭고 효성스럽고, 슬기롭고 어질며, 웅장하고 용맹스럽고, 기운세고 사나워서 천하무적(天下無敵)이다.
>
> 그러나 비위는 호랑이를 잡아먹고, 죽우도 호랑이를 잡아먹고, 박도 호랑이를 잡아먹고 (…) 호랑이가 맹용을 만나면 눈을 감은 채 감히 뜨질

못한다. 그런데도 사람은 맹용을 두려워하지 않으면서 범은 무서워하지 않을 수 없음을 보아서는 범의 위풍이 몹시 엄함을 알 수 있겠구나.

앞부분은 호랑이의 위대함에 대한 설명이고 뒷부분은 호랑이와 괴수, 인간의 관계에 대한 설명이다. 먼저 호랑이가 지닌 두 가지 성질을 한껏 치켜세우고 있다. 흔히 '문무겸전文武兼全'이라는 말을 많이 쓰지만 실제로 그렇기는 어려운데, 호랑이야말로 그 둘을 온전히 갖고있어 천하무적이라는 것이다. 문文과 무武를 적절히 구비하고, 사나울 때 사납고 인자할 때 인자하다면 누가 그에 맞설 것인가? 여기까지는 호랑이에 대한 칭찬 일변도이다. 그런데 그다음에 이어지는 내용은 전혀 뜻밖이다. 사람들은 그저 호랑이가 최고인 줄로 알지만 비위, 죽우, 박, 맹용 등이 나타나면 호랑이조차 벌벌 떤다는 것이다. 여기에 나오는 비위, 죽우, 박, 맹용 등은 모두 중국 전설상에 나오는 괴상한 동물들로, 요즘 말로 하면 판타지 속 괴수들인 셈이다.

바로 여기에서 논의의 실마리가 잡힌다. 동물 중 제일 똑똑하다는 사람이 호랑이만 무서워하고 호랑이가 무서워하는 동물을 무서워할 줄 모른다. 상대적인 힘의 강약만 파악할 줄 알아도 어떻게 처신해야하는지 훤히 알 텐데 그 쉬운 계산을 못하고 있다. 사실 세상 모든 것은 상대적이며 가변적이다. 절대적인 진리를 부정해서가 아니라, 호랑이처럼 눈에 드러나는 가까이 있는 존재만 무서운 줄 알고, 실제로는 그보다 더 무서워도 직접적으로 와 닿는 존재가 아닌 경우에는 무시하기 일쑤다.

따라서 지금까지의 이야기를 통해 보면, 〈호질〉에서 드러내는 첫째

외침은 이런 것이 아닐까 한다. "사람들아, 제발 정신 좀 차려라. 너희들이 모르는 더 큰 세상이 있고, 그 세상은 한없이 복잡하다. 쉽게 속단하지 말고 전체를 보아라!" 실제로 그 뒤 호랑이가 먹을 것을 구하자 창귀倀鬼(호랑이의 앞장을 서서 먹을 것을 찾아준다는 못된 귀신)들이 음양오행陰陽五行의 이치를 아는 선비儒를 권하지만 호랑이의 반응은 시큰둥했다. 음양이란 것은 같은 기氣가 변하여 나온 것인데 둘로 나눴으니 그 고기가 잡될 것이라며 거부한 것이다. 또, 오행은 자리가 정해져있어서 처음부터 상생相生하는 것이 없을 터인데 지금은 강제로 어미 자식을 만들고 짠맛이니 신맛이니 분배했으니 그 맛이 순수하지 않을 것이라고 하여 결국 선비 고기가 먹을만한 맛이 아니라며 퇴짜를 놓는다.

그 당시 선비들이 음양이나 오행이라는 개념을 통해 사물의 이치를 제대로 파악하기보다는, 세상 모든 것을 그 잣대에 맞춰 관념적으로 배분하는 데만 골몰하고있음을 말하였다. 무엇이 무엇을 낳고 무엇이 무엇을 낳고 하는 식으로 공허하게 따져대는 폐단을 비판한 것이다. 이런 생각들이야말로 앞서 살핀 〈관내정사〉에 두루 내비쳤던 것이어서 전혀 낯설지가 않다. '중화와 오랑캐, 조선'의 상대적 관계와, 정작 그 본뜻은 잊어버리고 고사리를 먹겠다며 설쳐대는 조선 사신 일행의 행위가 긴밀히 연결되기 때문이다. 즉 박지원은 관념적이고 절대적인 세계관에서 벗어나 세상을 객관적으로 볼 것을 촉구하고있다.

그러나 모두가 아는 대로 실제 〈호질〉에 등장하는 주요 인물은 대학자로 떠받들어지는 북곽선생과 정절 높은 과부로 추앙받는 동리자이다. 호랑이가 무엇을 먹어야 좋을지 한참 고민하던 차에 드디어 북곽선생이 등장한다. 벼슬을 좋아하지 않는 체하는 북곽선생은 수절하는 과부 동리자와 불륜의 관계를 맺는다. 그런데 사실 동리자에게는 성姓이 다른 아들이 다섯이나 있었다. 어느 날 밤 동리자의 다섯 아들들은 그 장면을 목격하고 북곽선생을 천년 묵은 여우가 변신한 것이라고 생각하여 방 안으로 들이닥친다. 다급해진 북곽선생은 달아나다가 그만 똥통에 빠지고, 호랑이는 냄새나는 북곽선생과 마주친다.

북곽선생은 처참한 몰골로 호랑이에게 갖은 아부를 다한다. 호랑이는 그 아부를 듣고 좋아하기는커녕 지독한 독설을 퍼부으며 북곽선생을 질타한다. 작품의 거의 절반이 호랑이가 꾸짖는 내용으로, 왜 제목이 '호질虎叱(호랑이의 꾸짖음)'인지를 금방 알 수 있게 한다. 그런데 그 내용은 사실상 인류에 대한, 유자儒者에 대한 비판이다. 겉으로는 윤리 도덕을 내세우지만 실제로는 가장 못된 말종이 바로 인간이라는 것이다. 마침내 "가까이 오지 말아라. 전에 내가 들으니, '유儒(선비)'라는 게 '유諛(아첨함)'라더니 과연 그렇다."며 질타한다.

그 이후 호랑이가 펼치는 논리를 따라가보면, 잘못된 것을 바로잡는다는 미명 아래 무고한 백성들을 전쟁터로 내모는 인간들의 역사에 대한 통렬한 비판이 담겨있다. 호랑이는 같은 겨레인 표범을 먹지 않는 정도의 미덕을 갖추고있는 데 비해, 인간은 저희들끼리 못 잡아먹어서 안달이고, 온갖 무기들을 개발해서 사람들을 쳐 죽일 궁리만 한다. 실리적이기는커녕 사사건건 대의명분을 내세우며 온갖 비리를 저지르면서도 제 잘못이 무엇인지 모르는 인간에 대한 비난이다. 이 대목을 흔히 '썩은 선비'에 대한 비판으로 여기지만, 좀 더 넓게 보면 인류문명에 대한 비판으로도 볼 수 있다. 윤리 도덕을 내세우며 인간과 인간 사이의 정욕조차 통제했지만 실제로는 가장 학식이 높은 선비와 가장 정절을 잘 지킨다는 여자가 남몰래 만나고있다.

북곽선생은 호랑이의 질책을 들으며 반성할 생각은 안 하고 어떻게 해서든 목숨만 구하려고 땅에 엎드려 머리만 조아린다. 호랑이가 간 줄도 모르고 그저 땅바닥에 코를 박고있던 학자는 마침내 이른 아침 밭 갈러 온 농부에게 발견되고야 마는데, 북곽선생은 전혀 당황하지 않고 이렇게 읊어댄다. "하늘이 높다 한들 / 머리 어찌 안 숙이며 / 땅이 두텁다 한들 / 얕게 딛지 않을소냐." 《시경詩經》의 한 대목으로 멋지게 위기를 모면한 듯하지만 바로 거기에서 문제의 핵심을 찾을 수 있다. 마치 하늘과 땅의 이치를 다 알아서 그렇게 하고있다고 둘러대면서 무식한 농부를 속여 넘기는 폭력성을 폭로하는 것이다. 이 이야기를 읽으며, 만리타국에서 불쌍하게 살아가는 동포들을 향해 거드름을 피우는 조선 사신들의 이야기가 자꾸만 겹쳐 보이는 것은 결코 우연이 아니다.

〈호질〉의 스케일은 매우 크다. 여기에는 썩은 선비에 대한 질타가 있고, 문명 내지는 문화에 잠재한 맹점을 파헤치며 강자에게는 비굴하면서 약자에게는 군림하려는 인간의 허세를 폭로하고있다. 이것이 바로 〈호질〉의 두 번째 목소리이다. 호랑이는 한편으로는 인자한 듯하며 한편으로는 용맹하고, 한편으로는 세상 무서울 게 없어 보이지만 하찮은 짐승에게 꼼짝 못하면서 또 다른 한편으로는 인간에게 세상을 바로 보라고 일러주며 한편으로는 인간의 허세를 폭로한다. 매우 복합적인 성격을 그대로 드러내는 것이다. 여기에 북곽선생을 꾸짖기는 하지만 그가 더럽다며 먹기를 포기하는 데서 어쩌면 인간의 잔꾀에 또 한 번 속아 넘어가는 모습을 연출하기도 한다. 이렇게 〈호질〉은 우리 문학에서 호랑이가 보여줄 수 있는 최대치를 한 작품에 녹여냈다.

자료 및 참고문헌

● 자료

〈가난이야 가난이야〉, 한국구비문학대계 음성자료, 한국학중앙연구원, 2010.(gubi.aks.ac.kr)

〈가난한 황정승〉, 《한국구비문학대계 6-3》, 한국정신문화연구원, 1984.

《계서야담(溪西野談)》.

《고려사(高麗史)》.

〈고만이〉, 《한국구비문학대계 1-4》, 한국정신문화연구원, 1981.

〈기름 강아지로 호랑이 잡는 이야기〉, 《한국구비문학대계 1-1》, 한국정신문화연구원, 1980.

《기문총화(記聞叢話)》.

〈꽃타령〉, 《조선향토대백과》, (사)평화문제연구소, 2008.(네이버지식백과)

〈나무꾼과 선녀〉, 《한국구비문학대계 4-3》, 한국정신문화연구원, 1983.

《논어(論語)》.

《대동기문(大東奇聞)》.

〈돌무더기 위의 생금덩이〉, 《한국구비문학대계 1-4》, 한국정신문화연구원, 1981.

〈뒷동산에 딱따구리〉, 한국구비문학대계음성자료, 한국학중앙연구원, 2011.(gubi.aks.ac.kr)

《무릉속집》.

〈미련한 자가 범 잡다〉, 임석재, 《한국구전설화 2》, 평민사, 1987.

《박씨부인전》.(덕흥서림)

《삼한시귀감(三韓詩龜監)》.

《설악신문》.(2009년 4월 27일자)

《삼설기(三說記)》.(김동욱 교주, 《단편소설선》, 민중서관, 1976)
〈상주 아리랑 — "임으로 해여서 골 속에 든 병"〉, 《한국민요대전(경상북도민요해설집)》, MBC, 1995.
〈修德寺 보신바위와 보신꽃〉, 임석재, 《한국구전설화 6》, 평민사, 1990.
〈슉향젼〉(경판본, 《영인고소설판각본전집》 소재), 《한국고전문학전집 5》, 고려대학교 민족문화연구소, 1993.
〈순창팔경가〉, 《풍아》.
《신증동국여지승람(新增東國輿地勝覽)》.
《악장가사 · 악학궤범 · 시용향악보》.(대제각 영인본, 1985)
《악학궤범(樂學軌範)》.
〈애절양(哀絶陽)〉, 《다산시문집(茶山詩文集)》 권4.
〈여읜 몸 부여잡고〉, 《옹헤야 어절씨구 옹헤야》, 보리, 2008.
《예기(禮記)》.
〈유충렬전〉 완판 86장본, 김동욱 편, 《景印 板刻本古小說全集 (2)》, 연세대학교 인문과학연구소, 1971.
《윤선도 작품집》, 형설출판사, 1982.
〈용비어천가(龍飛御天歌)〉.
〈유산가〉, 《증보신구잡가(增補新舊雜歌)》, 한성서관, 1915.(정재호 편, 《한국잡가전집》(영인본), 계명문화사, 1984)
《이순록(二旬錄)》.
〈저승 창고에서 재물 빌려온 사람〉, 《한국민속문학사전》, 국립민속박물관, 2012.
〈쥐좆도 모른다의 유래〉, 《한국구비문학대계 3-2》, 한국정신문화연구원, 1981.
《차산필담(此山筆談)》.
《청구야담(靑邱野談)》.(시귀선 · 이월영 옮김, 한국문화사, 1995)
《청구영언(靑丘永言)》.(육당본)
《추강냉화(秋江冷話)》.

《판소리 다섯 마당》, 한국브리태니커, 1982.
《한국구비문학대계 2-1》, 한국정신문화연구원, 1980.
《한국구비문학대계 6-9》, 한국정신문화연구원, 1987.
《한국민속문학사전 — 설화 1》, 국립민속박물관, 2012.
《한국민족문화백과대사전》, 한국학중앙연구원.(Daum백과)
〈호랑이가 사람 물어 간 이야기〉, 《한국구비문학대계 6-9》, 한국정신문화연구원, 1987.
〈호랑이로 변신한 효자〉, 《한국구비문학대계 4-4》, 한국정신문화연구원, 1983.
〈호랑이와 싸우고 죽은 사람〉, 《한국구비문학대계 3-2》, 한국정신문화연구원, 1981.
〈호예(虎睨)〉, 《눌은선생문집(訥隱先生文集)》 권21, 김영, 《망양록 연구》, 집문당, 2003.
〈홍길동젼〉(경판 24장본).
〈홍길동젼〉(경판 30장본).(이윤석, 《홍길동전 연구》, 계명대학교출판부, 1997, 부록자료)
〈홍생아사(洪生餓死)〉, 《어수신화(禦睡新話)》.
〈화전가〉, 《디지털울진문화대전》.
〈황희정승 이야기〉, 《한국구비문학대계 2-1》, 한국정신문화연구원, 1981.
《회남자(淮南子)》.
〈흥보가〉(박봉술 창), 《판소리다섯마당》, 뿌리깊은나무, 1982.

강한영 교주, 《신재효 판소리사설집((全)》, 보성문화사, 1978.
강희안, 《양화소록》, 이병훈 옮김(개정판), 을유문화사, 2000.
고경명, 《제봉집(霽峯集)》.
곽기수, 《한벽당선생문집(寒碧堂先生文集)》.
김동욱 교주(校注), 《단편소설선》, 민중서관, 1976.
김립(金笠), 《김립시선(金笠詩選)》, 허경진 옮김, 평민사, 1997.

김부식, 〈제송도감로사차혜원운(題松都甘露寺次惠遠韻)〉.
______, 《삼국사기(三國史記)》.
김사엽·최상수·방종현 편, 《조선민요집성》, 정음사, 1947.
김성일, 《학봉선생문집(鶴峯先生文集)》.
김소운, 《조선민요집》, 신조사, 1941.
김시습, 《매월당시집(梅月堂詩集)》.
김정희, 《완당집(阮堂集)》.
김태갑·조성일 편저, 《민요집성》, 연변인민출판사, 1981.
김택규 외, 《한국민요대전(경상북도민요해설집》, (주)문화방송, 1995.
김현양 외, 《역주 수이전 일문》, 박이정, 1996.
남영로, 《옥루몽 1》, 김풍기 옮김, 그린비, 2006.
노명흠 편저, 《동패낙송(東稗洛誦)》.
리용준, 《금강산전설》, 한국문화사, 1991.
박을수 편저, 《한국시조대사전》, 아세아문화사, 1992.
박지원, 《국역 열하일기》, 이가원 역, 민족문화추진회, 1976.
______, 《열하일기(熱河日記)》.
백광훈, 《옥봉집(玉峯集)》.
서거정 편저, 《동문선(東文選)》.
성간, 《진일유고(眞逸遺藁)》.
송준호 편저, 《손곡 이달 시 역해(蓀谷 李達 詩 譯解)》, 학자원, 2017.
안축, 《죽계집(竹溪集)》.
유몽인, 〈도망(悼亡)〉, 《어우집(於于集)》 권1.(장유승 옮김)
윤선도, 《고산유고(孤山遺稿)》.
이가원 교주, 《이조한문소설선》, 교문사, 1984.
______, 《한국호랑이 이야기》, 민조사, 1977.
이규보, 《동국이상국집(東國李相國集)》.
이규보, 〈동명왕편(東明王篇)〉, 《동국이상국전집》 권3.(이식 옮김, 고전DB)
이긍익, 《연려실기술(燃藜室記述)》.

이달(李達), 《손곡시집(蓀谷詩集)》.
이대준 편저, 《낭송가사집》, 안동문화원, 1986.
이대형 편역, 《수이전》, 박이정, 2013.
이덕무, 《영처시고(嬰處詩稿)》, 《청장관전서(靑莊館全書)》.
이덕홍(李德弘), 《간재집(艮齋集)》.
이상구 역주, 《17세기 애정전기소설》, 월인, 2003.
이수광, 《지봉유설(芝峯類說)》.
이승수 편역, 《옥같은 너를 어이 묻으랴》, 태학사, 2001.
이우성·임형택, 《이조한문단편집(상)》, 일조각, 1990.
이윤석·김유경 교주, 《현수문전·소대성전·장경전》, 이회, 2005,
이이, 《율곡전서(栗谷全書)》.
이인로, 《파한집(破閑集)》.
일연, 《삼국유사(三國遺事)》.(《譯註 三國遺事 I》, 강인구 외, 이회문화사, 2002; 고운기 역, 홍익출판사, 2001.)
임기중, 《한국역대가사문학집성》.
임동권 편, 《한국민요집 IV》, 1980, 집문당.
_____, 《한국의 민요》, 일지사, 1980.
임석재 채록, 〈봉산탈춤〉, 전경욱 역주, 《민속극 — 한국고전문학전집 8》, 고려대학교 민족문화연구소, 1993.
_____, 《한국구전설화 1》, 평민사, 1987.
_____, 《한국구전설화 7》, 평민사, 1990.
임형택 편역, 《李朝時代 敍事詩(상)》, 창작과비평사, 1992.
정규복·진경환 역주, 《구운몽 — 한국고전문학전집 27》, 고려대학교 민족문화연구소, 1996.
정도전, 《삼봉집(三峯集)》.
정약용, 《다산시문집(茶山詩文集)》.
허균, 《국조시산(國朝詩刪)》.
홍세태, 《유하집(柳下集)》.

고연희, 〈충(忠)을 상징한 영모화초(翎毛花草) — 규화(葵花)를 중심으로〉, 《한국문학과 예술》, 21집, 숭실대학교 한국문학과예술연구소, 2017.
국립국악원, 《향토민요 이렇게 가르쳐보세요》, 민속원, 2000.
권순긍, 《고전소설의 풍자와 미학》, 박이정, 2005.
김미란, 《한국소설의 변신 논리》, 태학사, 1998.
김보경, 〈한국 '화도시(和陶詩) 연구 서설〉, 《중국문학》 66, 한국중국어문학회, 2011.
김상규, 《민요와 경제학의 만남》, 이모션북스, 2017.
김석회, 〈농사하는 집 아낙과 글하는 집 아낙 — 〈田家婦〉와 〈詩家婦〉〉, 《한국고전여성문학연구》 11집, 한국고전여성문학연구회, 2005.
김선자, 《중국변형신화의 세계》, 범우사, 2001.
김수봉, 《서사문학의 반동인물 연구》, 국학자료원, 2002.
김승우, 〈이세보(李世輔)의 〈순창팔경가(淳昌八景歌)〉 연구〉, 《한국시가연구》 제44집, 한국시가학회, 2018.
김시습, 《매월당문집》(영인본), 계명문화사, 1987.
김열규 외, 《한국인의 죽음과 삶》, 철학과현실사, 2001.
김열규 편, 《한국문학의 두 문제 — 家系와 怨恨과》, 학연사, 1985.
김재권 수집정리, 《황구연전집》, 연변인민출판사, 2008.
김준오, 〈국문학 연구에 있어서의 골계론〉, 《한국현대장르비평론》, 문학과지성사, 1990.
김태갑 · 조성일 편저, 《민요집성》, 연변인민출판사, 1981.
김헌선, 《한국의 창세신화》, 길벗, 1994.
김현룡, 《한국문헌설화 제1책》, 건국대학교출판부, 1998.
나정순, 〈조선전기 강호 시조의 전개 국면 — '조월경운'과 '치군택민'의 개념을 중심으로〉, 《시조학논총》 29집, 한국시조학회, 2008.
류혜영, 〈陶淵明 〈詠貧士〉 七首의 창작취지와 '貧士'의 특성〉, 《중국어문학논집》 46, 중국어문학연구회, 2007.
박노자·에를링 키텔센 풀어엮음, 《모든 것을 사랑하며 간다》, 책과함께, 2013.
박봉술, 〈흥보가〉, 《판소리다섯마당》, 뿌리깊은나무, 1982.
박수밀, 〈조선후기 산문에 나타난 꽃에 대한 인식과 심미의식 — 이옥의 산문과 신문체 작가들의 꽃에 대한 비유를 중심으로〉, 《동방한문학》 제56집, 동방한문학회, 2013.
박영주, 〈孝行說話의 고난 해결방식과 그 의미 — 가난의 문제를 중심으로〉, 《陶南學報》 제16집, 도남학회, 1997.
박을수, 《時調詩話》(3판), 성문각, 1984.
서신혜, 《한국전통의 돈의 문학사, 나눔의 문화사》, 집문당, 2015.
송갑준, 〈복이란 무엇인가?〉, 《인문논총》 19집, 경남대학교 인문학연구소, 2005.
신연우, 《조선조 사대부 시조문학 연구》, 박이정, 1997.
안대회, 《조선의 프로페셔널》, 휴머니스트. 2007.
안장리, 〈소상팔경(瀟湘八景)의 수용과 한국팔경시의 유행 양상〉, 《한국문학과 예술》 제13집, 숭실대학교 한국문학과예술연구소, 2014.
_____, 《우리 경관 우리 문학》, 평민사, 2000.
양충열, 〈고대 '貧士' 제재 시가의 전개 양상〉, 《중국인문과학》 41집, 중국인문학회, 2009.
원주용, 《고려시대 한시 읽기》, 이담북스, 2009.
이강엽, 《강물을 건너려거든 물결과 같이 흘러라》, 랜덤하우스, 2010.
_____, 《강의실 밖 고전여행 1》, 평민사, 1998.
_____, 《너의 앉은 그 자리가 바로 꽃자리니라》, 랜덤하우스, 2010.
_____, 〈바보 양반담의 풍자양상과 그 의미〉, 《연민학지》 제7집, 연민학회, 1999.
_____, 〈〈李生窺墻傳〉의 만남과 이별, 그 重層性의 의미〉, 《한민족문화연구》 제49집, 한민족문화학회, 2014.

이동재, 〈한국 한시에 나타난 '호랑이'의 형상화 연구〉, 《동방한문학》 제61집, 동방한문학회, 2014.
이부영, 《한국민담의 심층분석》, 집문당, 1995.
이상일, 《변신 이야기》, 밀알, 1994,
이어령, 〈춘향전과 츄우신구라(忠臣藏)를 통해서 본 한일 문화의 비교〉, 최정호 외, 《일본문화의 뿌리와 한국》, 문학과지성사, 1992.
이영춘 외, 《조선의 청백리》, 가람기획, 2003.
이인경, 〈"운명, 복, 행복, 공생(共生)에 관한 담론 — 〈차복설화〉에 대한 성찰적 읽기〉, 《문학치료연구》 제37집, 한국문학치료학회, 2015.
이종묵, 〈조선 선비의 꽃구경과 운치 있는 시회〉, 《韓國漢詩研究》 20, 한국한시학회, 2012.
이해진, 〈〈박타령〉과 〈치산가〉에 나타나는 신재효의 현실인식〉, 《판소리연구》 38집, 판소리학회, 2014.
이혜순·정하영 역편, 《한국 고전 여성 문학의 세계》, 이화여자대학교출판부, 1998.
정기선, 〈〈우활가〉의 작품세계와 그 의미〉, 《국문학연구》 36호, 국문학회, 2017.
정병설, 《완월회맹연연구》, 태학사, 1998.
정양, 〈가난타령考〉, 《판소리연구》 9집, 판소리학회, 1998.
정하영, 〈고전문학사 기술의 성과와 과제〉, 토지문화재단 엮음, 《한국문학사 어떻게 쓸 것인가?》, 한길사, 2001.
정호선, 〈꽃유래담 연구〉, 한국교원대학교 석사학위논문, 2004.
조남현, 〈한국문학의 주제사(主題史) 문제〉, 김열규 외, 《한국 문학사의 현실과 위상》, 새문사, 1996.
조동일 외, 《한국구비문학대계 별책부록(I) 한국설화유형분류집》, 한국정신문화연구원, 1989.
조윤호, 〈복의 불교철학적 이해〉, 《용봉논총》 28집, 전남대학교 인문학연구소, 1999.

조춘호, 《우애소설연구》, 경산대학교출판부, 2001.
진성기, 《제주도 무가본풀이 사전》, 민속원, 1991.
최상은, 〈鄭勳 歌辭에 나타난 가문의식과 문학적 형상〉, 《한민족어문학》 45집, 한민족어문학회, 2004.
최옥채, 〈조선 중종대 빈곤과 구제〉, 《한국사회복지학》 63권 3호, 한국사회복지학회, 2011.
최용성, 〈도덕적 상상력과 창의성의 발달을 위한 이야기교육 접근〉, 이왕주 외, 《서사와 도덕교육》, 부산대학교출판부, 2003.
최진원, 《국문학과 자연》(3판), 성균관대학교출판부, 1986.
한국문학평론가협회, 《문학비평용어사전》, 국학자료원, 2006.
한국문화상징사전편찬위원회 편, 《한국문화상징사전 2》, 두산동아, 1995.
한국정신문화연구원 철학·종교연구실 편, 《惡이란 무엇인가》, 창, 1992.
한태동, 《성서로 본 신학》, 연세대학교출판부, 2003.
허병식, 〈한국문학사 서술의 정치적 무의식〉, 《한국근대문학연구》 제21호, 한국근대문학회, 2010.
허춘, 〈고소설의 인물연구 — 중재자를 중심으로〉, 연세대학교 박사학위논문, 1986.
현용준, 《제주도무속자료사전》, 신구문화사, 1980.
홍기문, 《조선신화연구》, 지양사, 1989.

J. C. 쿠퍼, 《세계문화상징사전》, 이윤기 옮김, 까치, 1994.
J. F. 비얼레인, 《살아있는 신화》, 배경화 옮김, 세종서적, 2000.
J. 프레이저, 《황금가지》, 장병길 역, 삼성출판사, 1977.
나카지마 요시미치, 《악이란 무엇인가?》, 박미정 역, AK커뮤니케이션즈, 2016.
다니엘 A. 키스터, 《삶의 드라마》, 서강대학교출판부, 1997.
미르치아 엘리아데, 《종교사개론》, 이재실 옮김, 까치, 1993.
미치 앨봄, 《모리와 함께 한 화요일》, 공경희 역, 세종서적, 2017.

버트런드 러셀, 《결혼과 도덕》, 이순희 옮김, 사회평론, 2016.
브루노 베텔하임, 《옛이야기의 매력 2》, 김옥순 옮김, 시공사, 1998.
셸리 케이건, 《죽음이란 무엇인가》, 박세연 옮김, 엘도라도, 2012.
앙드레 지드, 《몽테뉴 수상록 선집》, 임희근 옮김, 유유, 2020.
에른스트 슈마허 외, 《자발적 가난》, 이덕임 옮김, 그물코, 2003.
오비디우스, 《변신이야기》(제2판), 천병희 옮김, 숲, 2017.
요한 크리스토프 아놀드, 《잃어버린 기술 용서》, 전병욱 옮김, 쉼터, 1999.
제프리 D. 삭스, 《빈곤의 종말》, 김현구 옮김, 21세기북스, 2006.
조지프 캠벨·빌 모이어스, 《신화의 힘》, 이윤기 옮김, 이끌리오, 2002.
주네트 외, 《현대 서술 이론의 흐름》, 석경징 외 옮김, 솔, 1997,
진 쿠퍼, 《그림으로 보는 세계 문화상징 사전》, 이윤기 옮김, 까치, 1994.
칼 야스퍼스, 〈칸트의 근본악〉, 칸트, 《실천이성비판》, 최재희 역, 박영사, 1959.
풍우, 《동양의 자연과 인간 이해》, 김갑수 옮김, 논형, 2008.

미주

여는 글. 책을 열며 고전을 읽는 키워드

1) 한국문학평론가협회, 《문학비평용어사전》, 국학자료원, 2006.
2) 이에 대해서는 조남현, 〈한국문학의 주제사(主題史) 문제〉, 김열규 외, 《한국 문학사의 현실과 위상》, 새문사, 1996, 185~186쪽 참조.
3) 정하영, 〈고전문학사 기술의 성과와 과제〉, 토지문화재단 엮음, 《한국문학사 어떻게 쓸 것인가?》, 한길사, 2001, 86쪽.
4) 허병식, 〈한국문학사 서술의 정치적 무의식〉, 《한국근대문학연구》 제21호, 한국근대문학회, 2010, 27쪽.
5) 고연희, 〈충(忠)을 상징한 영모화초(翎毛花草)—규화(葵花)를 중심으로〉, 《한국문학과 예술》 21집, 숭실대학교 한국문학과예술연구소, 2017.
6) 박수밀, 〈조선후기 산문에 나타난 꽃에 대한 인식과 심미의식—이옥의 산문과 신문체 작가들의 꽃에 대한 비유를 중심으로〉, 《동방한문학》 제56집, 동방한문학회, 2013.

제1장. 꽃 빛깔과 향기, 그리고 그 너머

* 강희안, 〈화암기(花菴記)〉, 《양화소록》(개정판), 이병훈 옮김, 을유문화사, 2000, 197쪽.
1) 《악장가사(樂章歌詞)》, 《악장가사·악학궤범·시용향악보》(대제각 영인본), 1985, 59쪽.
2) 안축, 《죽계집(竹溪集)》 권2.
3) 〈꽃타령〉, 《조선향토대백과》, (사)평화문제연구소, 2008.(네이버지식백과)
4) 이 사계절의 시회(詩會)에 대해서는 이종묵, 〈조선 선비의 꽃구경과 운치 있는 시회〉, 《韓國漢詩硏究》 20, 한국한시학회, 2012 참조.
5) 정약용, 〈죽란시사첩(竹欄詩社帖) 서(序)〉, 《다산시문집(茶山詩文集)》 권13.
6) 정약용, 《다산시문집》 권5.
7) 〈꽃노래〉, 《한국민속대백과사전》.

8) 김택규 외, 《한국민요대전(경상북도민요해설집)》, (주)문화방송, 1995, 146쪽.
9) 〈화전가〉, 《디지털울진문화대전》.
10) 《한국민족문화백과대사전》, 한국학중앙연구원.(Daum백과)
11) 백광훈, 〈옥봉시집(玉峯詩集)〉上, 《옥봉집(玉峯集)》.
12) 박을수 편저, 《한국시조대사전》, 아세아문화사, 1992, 478쪽. 이하 작품 인용에서 고어는 의미 변화를 해치지 않는 선에서 최대한 현대어법에 맞게 고쳐서 제시하기로 한다.
13) 이하 이 절의 한시 해석 및 작품 설명은 송준호 교수의 풀이에 전적으로 의지한다.
14) 정도전, 《삼봉집(三峯集)》 권1.
15) 고경명, 《제봉집(霽峯集)》 권2.
16) 허균, 《국조시산(國朝詩刪)》.
17) 서거정 편저, 《동문선(東文選)》, 권9.
18) 강희안, 앞의 책, 96~97쪽.
19) 안대회, 《조선의 프로페셔널》, 휴머니스트, 2007, 267~268쪽.
20) 이옥, 〈화설(話說)〉; 박수밀, 〈조선후기 산문에 나타난 꽃에 대한 인식과 심미의식—이옥의 산문과 신문체 작가들의 꽃에 대한 비유를 중심으로〉, 《동방한문학》 제56집, 2013, 동방한문학회, 110~111쪽.
21) 홍세태, 《유하집(柳下集)》 권12.
22) 이덕무, 《청장관전서》 권2.
23) 이가원 교주, 《이조한문소설선》, 교문사, 1975, 309쪽.
24) 이에 대해서는 정호선, 〈꽃유래담 연구〉, 한국교원대학교 석사학위논문, 2004, 23쪽 참조.
25) 이수광, 《지봉유설》 권40, 〈문장부〉 7.
26) 강한영 교주, 《신재효 판소리사설집(全)》, 보성문화사, 1978, 687쪽.
27) 일연, 《삼국유사》, 고운기 역, 홍익출판사, 2001, 370쪽.

제2장. 가난 나랏님도 구제 못한 가난이지만

* 슈마허 외, 《자발적 가난》, 이덕임 옮김, 그물코, 2003, 130쪽.
1) 이런 논의는 류혜영, 〈陶淵明 〈詠貧士〉 七首의 창작취지와 '貧士'의 특성〉(《중국어문학논집》 46, 중국어문학연구회, 2007)에 의해 이루어졌는데, "도연명은 '貧而樂'의 정신적 경지를 즐긴 '貧士'를 '賢者'로 부른 반면, 좌사는 불우했던 과거에서 벗어

나 남다른 재능을 발휘한 역사 영웅들을 '賢者'라 칭하고" "도연명은 스스로 빈사의 삶을 선택한 것"이라면 좌사는 "불가항력적인 객관 환경 속에서 어쩔 수 없이 받아들일 수밖에 없는 운명"(489쪽)이라는 차이가 있다.

2) 이런 해석은 한태동, 《성서로 본 신학》, 연세대학교출판부, 2003, 97~99쪽 참조.

3) 〈홍생아사(洪生餓死)〉, 《어수신화(禦睡新話)》.

4) 우리가 '근로빈곤층'으로 번역하는 영어 'working poor'의 중국어 번역은 빈망족(貧忙族) 혹은 궁망족(窮忙族)인 데 착안하여, 이 유형을 바삐 일하지만 가난한 상태라는 의미에서 이렇게 칭하기로 한다. '忙'의 여러 뜻 가운데 '바쁘다'는 물론 '조급하다', '여유가 없다'는 앞의 안빈과 구분되는 특징이 된다.

5) 이긍익, 《연려실기술》 권30.

6) "국법에 있는 것은 아니어도 사람들이 소를 부려 그 힘을 실컷 빼 쓰고는 그 고기마저 씹는다면 결코 어질다 할 수 없다." 이이, 〈율곡별집〉, 《율곡전서》 권3.

7) 〈가난한 황정승〉, 《한국구비문학대계 6-3》, 한국정신문화연구원, 1984, 448쪽.

8) 김현룡, 《한국문헌설화 제1책》, 건국대학교출판부, 1998, 56~70쪽.

9) 각각의 출전은 최석(崔碩), 〈순천(順天)〉, 《신증동국여지승람(新增東國輿地勝覽)》 권40; 유응규(庾應圭), 〈한성부(漢城府)〉, 《신증동국여지승람(新增東國輿地勝覽)》 권3; 김상헌(金尙憲), 〈청탁(請託)〉, 《동패낙송(東稗洛誦)》 권14; 이병태(李秉泰), 《계서야담(溪西野談)》 권5.

10) 박지원, 《국역 열하일기》, 이가원 역, 민족문화추진회, 1976, 315쪽.

11) 《이순록(二旬錄)》의 이영대(李永擡) 처 이야기가 그런 부류로 약재를 매점매석하여 수십 배의 이익을 얻은 것으로 이야기가 끝난다.

12) 《기문총화(記聞叢話)》의 훈장 김씨의 후처 이야기.

13) 어떤 설화에서는 곯은 계란을 받은 황희가 제 입으로 "할북헌(박복한) 정승은 계란에두 유골(有骨)이로구나."(〈황희정승 이야기〉, 《한국구비문학대계 2-1》, 한국정신문화연구원, 1981, 567쪽)라며 자탄한다.

14) 박을수 편저, 《한국시조대사전》, 아세아문화사, 1992, 541쪽. 이 장에서의 시조 인용은 이 책에 의하며, 이하 국문시가의 고어 표기는 해치지 않는 범위 내에서 가장 가까운 현대어법에 맞게 바뀌었다.

15) 박을수 편저, 위의 책, 104쪽.

16) 박을수 편저, 위의 책, 693쪽.

17) 박을수 편저, 위의 책, 107쪽.

18) 나정순, 〈조선전기 강호 시조의 전개 국면—'조월경운'과 '치군택민'의 개념을 중심

으로〉(《시조학논총》 29집, 한국시조학회, 2008)에서 조월경운과 치군택민 사이를 오가는 강호가도 시가의 문제가 논의되었다. 특히 이현보와 권호문의 경우, "이현보는 치군택민에서 벗어남을 노래했고 권호문과 같은 이는 치군택민을 하지 못하는 자신의 번민을 노래"(99쪽)했다고 보았다.

19) 유승단(兪承坦)이 조정의 부정에 관해 상소하고 웃음거리가 되었으며, 자신의 정자에는 '청풍(淸風)'이라 이름하고 그의 친구 박씨는 '명월(明月)'이라 편액하여 '유청풍 박명월'로 비웃었다고 한다. 《추강냉화(秋江冷話)》.

20) 이덕무, 《영처시고(嬰處詩稿)》 1, 《청장관전서(靑莊館全書)》 권1.

21) "적을수록 낫다(Less is More)"는 《자발적 가난》이라는 제목으로 널리 알려진 책의 원제(原題) 에서 본격적으로 사용되었고 '자발적 가난'은 책의 부제(副題)이다. 에른스트 슈마허, 《자발적 가난》, 이덕임 역, 그물코, 2003.

22) 강한영 교주, 《신재효 판소리사설집(全)》, 보성문화사, 1978, 350쪽.

23) 강한영 교주, 위의 책, 352쪽,

24) 박봉술, 〈흥보가〉, 《판소리다섯마당》, 뿌리깊은나무, 1982, 138쪽.

25) 이규보, 《동국이상국집(東國李相國集)》 권1.

26) 〈여읜 몸 부여잡고〉, 《옹헤야 어절씨구 옹헤야》, 보리, 2008, 61쪽.

27) 〈애절양(哀絶陽)〉, 《다산시문집(茶山詩文集)》 권4.

28) 강한영 교주, 앞의 책, 673~674쪽. 표기법은 현대어법에 맞게 변환함.

29) 임동권, 《한국의 민요》, 일지사, 1980, 284쪽.

30) 일연, 《삼국유사(三國遺事)》, 〈효선(孝善)〉, 〈빈녀양모(貧女養母)〉.

31) 박영주, 〈孝行說話의 고난 해결방식과 그 의미—가난의 문제를 중심으로〉, 《陶南學報》 제16집, 도남학회, 1997, 157쪽.

32) 이달(李達), 《손곡시집(蓀谷詩集)》 권6.

33) 밥상에는 고기가 없어 채소만 판을 치고 / 부엌에는 땔나무가 없어 울타리가 화를 당하네. / 시어미와 며느리가 한 그릇으로 밥을 먹고 / 부자지간에 나갈 때에는 바꿔가며 옷을 입네.(盤中無肉權歸菜 / 廚中乏薪禍及籬 / 婦姑食時同器食 / 出文父子易交行) 김립(金笠), 《김립시선(金笠詩選)》, 허경진 옮김, 평민사, 1997, 34쪽.

34) 임형택 편역, 《李朝時代 敍事詩(상)》, 창작과비평사, 1992.

35) 성간(成侃), 〈아부행(餓婦行)〉, 임형택, 위의 책, 41쪽.

36) 강한영 교주, 앞의 책, 243~245쪽.

37) 강한영 교주, 위의 책, 212쪽.

38) 조동일 외, 《한국구비문학대계 별책부록(I) 한국설화유형분류집》, 한국정신문화연

구원, 1989, 622~641쪽.

39) 같은 맥락에서, 이인경은 〈차복설화〉에서 남의 복을 빌려 잘살게 된 주인공이 기한이 되어 되돌려주는 이야기를 통해 '공생'의 가능성을 타진한 바 있다. 이인경, 〈"운명, 복, 행복, 공생(共生)에 관한 담론 — 〈차복설화〉에 대한 성찰적 읽기〉, 《문학치료연구》 제37집, 한국문학치료학회, 2015.

40) 《한국구비문학대계 1-4》, 한국정신문화연구원, 1981, 199쪽.

41) 〈돌무더기 위의 생금덩이〉, 《한국구비문학대계 1-4》, 한국정신문화연구원, 1981, 791~793쪽.

42) 국립국악원, 《향토민요 이렇게 가르쳐보세요》, 민속원, 2000, 230쪽.

43) 강한영 교주, 앞의 책, 333쪽.

44) 〈가난이야 가난이야〉, 《한국구비문학대계》 음성자료, 한국학중앙연구원, 2010. (gubi.aks.ac.kr)

제3장. 선악 선과 악, 혹은 선악의 변주

* 나카지마 요시미치, 《악이란 무엇인가?》, 박미정 역, AK커뮤니케이션즈, 2016, 머리말 6쪽.

1) 동중서의 견해로, 곽신환, 〈악에 대한 유가철학적 이해〉, 한국정신문화연구원 철학·종교연구실 편, 《惡이란 무엇인가》, 도서출판 창, 1992, 165쪽 참조.

2) 조지프 캠벨·빌 모이어스, 《신화의 힘》, 이윤기 옮김, 이끌리오, 2002, 133쪽.

3) 이하 까마귀 시조 관련 논의는 신연우, 〈'까마귀' 소재 시조에 나타난 세계인식의 틀과 문학적 기능〉, 《고전문학연구》 11호, 한국고전문학회, 1996 참조.

4) 박을수 편저, 《한국시조대사전》, 아세아문화사, 1992, 13쪽.

5) 박을수 편저, 위의 책, 15쪽.

6) 박을수 편저, 위의 책, 11쪽.

7) 박을수 편저, 위의 책, 11쪽.

8) 박을수 편저, 위의 책, 12쪽.

9) H. Fingarette, *The Secular As Sacred*의 제4장 〈갈림길 없는 외길〉 참조. 한국정신문화연구원 철학·종교연구실 편, 앞의 책, 183쪽에서 재인용.

10) 허춘은 고소설의 중재자 인물을 연구하면서, 이런 인물군을 '懲治者型'으로 명명한 바 있다. 허춘, 〈고소설의 인물연구 — 중재자를 중심으로〉, 연세대학교 박사학위논문, 1986, 57~71쪽 참조.

11) 조동일 외, 《한국구비문학대계 별책부록(I) 한국설화유형분류집》(한국정신문화연구원, 1989)의 분류체계상 '415-3. 처녀 구한 두꺼비'형이다. 380~381쪽 참조.
12) 이부영, 《한국민담의 심층분석》, 집문당, 1995, 169쪽.
13) 김시습, 〈금오신화(金鰲新話)〉, 《매월당문집(梅月堂文集) 上》(영인본), 계명문화사, 1987, 441쪽.
14) 〈호랑이가 사람 물어 간 이야기〉, 《한국구비문학대계 6-9》, 한국정신문화연구원, 1987, 69~70쪽 .
15) 김준오, 〈국문학 연구에 있어서의 골계론〉, 《한국현대장르비평론》, 문학과지성사, 1990, 255~256쪽 참조.
16) 이병옥 채록, 〈송파산대놀이〉, 전경욱 역주, 《민속극 — 한국고전문학전집 8》, 고려대학교 민족문화연구소, 1993, 77~78쪽.
17) 임석재 채록, 〈봉산탈춤〉, 전경욱 역주, 위의 책, 156쪽.
18) 춘풍의 아내가 풍자의 주체로 나서면서 일어나는 핵심적인 문제는 일차적으로 "경박한 유흥세태를 좇는 그릇된 삶의 태도"에 있지만 "더욱 문제인 것은 이런 행위를 정당화하고 있다는 점"이며, "아내가 누차 개선을 요구했음에도 불구하고 춘풍은 요지부동"인 점이다. (권순긍, 《고전소설의 풍자와 미학》, 박이정, 2005, 129~130쪽.)
19) 김부식, 《삼국사기》, 〈열전〉, 〈설총(薛聰)〉.
20) 《한국구비문학대계 7-9》, 한국정신문화연구원, 1983, 91쪽.
21) 조동일 외, 앞의 책, 270~271쪽.
22) 조동일 외, 위의 책, 394쪽.
23) 바보양반담과 관련하여서는 이강엽, 〈바보 양반담의 풍자양상과 그 의미〉, 《연민학지》 제7집, 연민학회, 1999. 참조.
24) 강한영 교주, 《신재효 판소리사설집(全)》, 보성문화사, 1978, 443쪽.
25) 강한영 교주, 위의 책, 331쪽.
26) 조춘호는 형제간의 갈등이 드러나는 소설의 결미구조(結尾構造)를 화해형(和解型), 응징형(膺懲型), 지속형(持續型)의 셋으로 나누었는데, 화해형에는 〈선우태자전 I〉, 〈창선감의록〉, 〈흥부전 I〉, 〈육미당기〉를, 응징형에는 〈적성의전〉을, 지속형에는 〈선우태자전〉과 〈흥부전 II〉를 분속(分屬)시킨 바 있다. 조춘호, 《우애소설연구》, 경산대학교출판부, 2001, 168~173쪽 참조.
27) 〈악형과 선제〉, 《한국구비문학대계 6-9》, 한국정신문화연구원, 1987, 576~580쪽.
28) "행실을 닦는 방법에는 세 가지가 있으니 몸과 말과 뜻이다. 네가 용궁에 가서 술 마시고 취하여 석교에 이르러 여자들과 만나 말을 주고받았고, 꽃가지를 꺾어 주며 희

롱을 하였으며, 돌아와서까지도 연연하여 처음에는 미색을 탐하다가 드디어는 세속의 부귀와 영화에 마음을 빼앗겨 불가의 적막함을 싫어하니, 이는 세 가지 행실이 일시에 무너진 것이다. 죄가 진실로 크다 하지 않을 수 없으니, 이 땅에는 머물 수가 없다." 정규복·진경환 역주, 《구운몽—한국고전문학전집 27》, 고려대학교 민족문화연구소, 1996, 26쪽.

29) 이에 대해서는 이강엽, 〈惡의 超脫, 寬容의 敍事〉, 《열상고전연구》 제30집, 열상고전연구회, 2009. 참조.

30) 이윤석·김유경 교주, 《현수문전·소대성전·장경전》, 이회, 2005, 324쪽.

31) 이상구, 《17세기 애정전기소설》, 월인, 2003, 162~163쪽.

32) "서이(셋)인데 말이여, 강감찬이가 두 개를 부러버렸대요. 〔청중: 웃음〕 그래 그럼 지금 마주(마저) 없애 버리면 아무것도 안 되거든. 그러기 하나 때문에 지금 벼락이 없대요." 《한국구비문학대계 2-8》, 한국정신문화연구원, 1986, 540쪽.

33) 이옥(李鈺), 〈성진사전(成進士傳)〉, 이가원 校注, 《李朝漢文小說選》, 敎文社, 1984, 405쪽.

34) 요한 크리스토프 아놀드, 《잃어버린 기술 용서》, 전병욱 옮김, 쉼터, 1999, 20쪽.

35) 조동일 외, 앞의 책, 397~411쪽.

36) 이부영, 《한국민담의 심층분석》, 집문당, 1995, 152쪽.

제4장. 변신 이쪽에서 저쪽으로, 욕망의 다른 이름

* 오비디우스, 《변신이야기》(제2판), 천병희 옮김, 숲, 2017, 656쪽.

1) 폴 리쾨르 저, 김동윤 옮김, 〈서술적 정체성〉, 주네트 외, 《현대 서술 이론의 흐름》, 석경징 외 옮김, 솔, 1997, 53~54쪽 참조.

2) 일연, 《삼국유사(三國遺事)》, 〈기이(紀異) 1〉, 〈고조선(古朝鮮)〉.

3) 홍기문, 《조선신화연구》, 지양사, 1989, 137쪽에서 재인용.

4) 일연, 《삼국유사》, 〈감통(感通)〉, 〈김현감호(金現感虎)〉.

5) 일연, 《삼국유사》, 〈감통〉, 〈김현감호〉.

6) 진 쿠퍼, 《그림으로 보는 세계 문화상징 사전》, 이윤기 옮김, 까치, 1994, 410쪽.

7) 일연, 《삼국유사》, 〈감통〉, 〈김현감호〉.

8) 이처럼 동물신랑이 등장하는 이야기를 '미성숙'에서 '성숙'으로의 변화라는 측면에서 해석한 사례는 브루노 베텔하임, 《옛이야기의 매력 2》, 김옥순 옮김, 시공사, 1998, 443~494쪽 참조.

9) 《홍길동젼》(경판 24장본), 6장.
10) 김미란, 《한국소설의 변신 논리》, 태학사, 1998, 150~187쪽 참조.
11) 이규보, 〈동명왕편(東明王篇)〉, 《동국이상국전집》 권3, 이식 옮김.(고전DB 자료)
12) 이대형 편역, 《수이전》, 박이정, 2013, 107쪽.
13) 일연, 《삼국유사》, 〈감통〉, 〈김현감호〉.
14) 〈쥐좆도 모른다의 유래〉, 《한국구비문학대계 3-2》, 한국정신문화연구원, 1981, 221쪽.
15) J. 프레이저, 《황금가지》, 장병길 역, 삼성출판사, 1977, 559~565쪽.
16) 《한국구비문학대계 3-2》, 한국정신문화연구원, 1981, 222쪽.
17) 이런 시각은 이부영, 《한국민담의 심층분석》, 집문당, 1995, 166쪽.
18) 강한영 교주, 《신재효 판소리사설집(全)》, 보성문화사, 1978, 247~248쪽.
19) 《박씨부인전》, 덕흥서림, 1925(《(활자본)고전소설전집》 제2권, 아세아문화사, 1976, 400쪽).
20) 《한국구비문학대계 4-2》, 한국정신문화연구원, 1980, 526쪽.
21) 임석재 채록, 《한국구전설화 7(전라북도편 I)》, 평민사, 1990, 175쪽.
22) 〈호랑이로 변신한 효자〉, 《한국구비문학대계 4-4》, 한국정신문화연구원, 1983, 449~450쪽.
23) 김동욱 교주, 《단편소설선》, 민중서관, 1976, 560쪽.
24) 《한국구비문학대계》의 분류체계상 '62. 올만한데 가기' 가운데 '621. 사람 모습 되찾는 데 파탄 생기기' 유형이 거의 여기에 속한다. 조동일 외, 《한국구비문학대계(별책부록(I) 한국설화유형분류집》, 한국정신문화연구원, 1989, 527~531쪽 참조.
25) 사랑을 이루지 못한 사람이 뱀이 되어 연모하던 인물을 괴롭힌다는 설화로 《한국민속문학사전—설화 1》, 국립민속박물관, 2012, 346~347쪽.
26) 《삼국유사》, 〈기이 1〉, 〈도화녀비형랑(桃花女鼻荊郎)〉.
27) 납서족신화 가운데, 태초에 세상 만물에 그에 적당한 수명을 나누어주는 이야기가 있는데, 돌이 10만 년, 닭이 5년, 말이 30년, 소가 20년, 개가 15년을 받는 것으로 되어있어서, 돌의 불멸성이 강조된다. 김선자, 《중국변형신화의 세계》, 범우사, 2001, 247~248쪽.
28) 미르치아 엘리아데, 《종교사개론》, 이재실 옮김, 까치, 1993, 225쪽.
29) 리용준, 《금강산전설》, 한국문화사, 1991, 66쪽.
30) 임석재 채록, 〈修德寺 보신바위와 보신꽃〉, 《韓國口傳說話 6》, 평민사, 1990, 242~243면.

제5장. 사랑 그리움에서 정욕까지

* 버트런드 러셀, 《결혼과 도덕》, 이순희 옮김, 사회평론, 2016, 252쪽.
1) 박을수 편저, 《한국시조대사전》, 아세아문화사, 1992, 917쪽
2) 이하 〈이상곡〉 부분은 이강엽, 〈제2강. 고려가요는 남녀상열지사인가?〉, 《강의실 밖 고전여행 1》, 평민사, 1998의 내용 중 일부를 간추리면서 재정리한 것이다.
3) 《악장가사·악학궤범·시용향악보》(대제각 영인본), 1985, 45쪽.
4) 박을수 편저, 앞의 책, 918쪽.
5) 성간, 《진일유고(眞逸遺藁)》 권2.
6) 박을수 편저, 앞의 책, 1027쪽.
7) 《한국구비문학대계 7-8》, 한국정신문화연구원, 1981.
8) 김사엽·최상수·방종현 편, 《조선민요집성》, 정음사, 1947, 71쪽.
9) 《악장가사·악학궤범·시용향악보》(대제각 영인본), 1985.
10) 조상현 창, 〈춘향가〉, 《판소리 다섯 마당》, 한국브리태니커, 1982, 42~43쪽.
11) 김현양 외, 《역주 수이전 일문》, 박이정, 1996, 74~75쪽.
12) 이하의 〈이생규장전〉 관련 논의는 이강엽, 〈〈李生窺墻傳〉의 만남과 이별, 그 重層性의 의미〉, 《한민족문화연구》 제49집, 한민족문화학회, 2014 참조.
13) 이상구 역주, 《17세기 애정전기소설》, 월인, 2003, 119~120쪽.
14) 박을수 편저, 앞의 책, 822쪽.
15) 박을수 편저, 위의 책, 1094쪽.
16) 이 둘의 관계에 대해서는 박을수, 《時調詩話》(3판), 성문각, 1984, 77~82쪽 참조.
17) 이우성·임형택, 《이조한문단편집(상)》, 일조각, 1990, 207쪽.
18) 《한국구비문학대계 8-7》, 한국정신문화연구원, 1983, 660쪽.
19) 〈뒷동산에 딱따구리〉, 《한국구비문학대계》 음성자료, 한국학중앙연구원, 2011. (gubi.aks.ac.kr)
20) 김소운, 《조선민요집》, 신조사, 1941, 515번.
21) 강한영 교주, 《신재효 판소리사설집(全)》, 보성문화사, 1978, 537쪽.

제6장. 자연 전원, 땅, 풍경, 그리고 이상세계

* 앙드레 지드, 《몽테뉴 수상록 선집》, 임희근 옮김, 유유, 2020, 240쪽.
1) 김시습, 《매월당시집(梅月堂詩集)》 권8. 번역은 김보경, 〈한국 '화도시(和陶詩) 연구

서설〉, 《중국문학》 66, 한국중국어문학회, 2011, 231쪽에서 인용.

2) 이하 《악장가사》의 원문을 운율을 깨지 않는 범위 내에서 현대어로 풀이했다.
3) 박을수 편저, 《한국시조대사선》, 아세아문화사, 1992, 268쪽.
4) 이수광, 《지봉유설》 下, 文章部 6.
5) 이인로, 《파한집(破閑集)》.
6) 김부식, 〈제송도감로사차혜원운(題松都甘露寺次惠遠韻)〉, 《삼한시귀감(三韓詩龜監)》 권上.
7) 김동욱 교주(校注), 《단편소설선》, 민중서관, 1976, 315쪽.
8) 〈유산가〉, 《증보신구잡가(增補新舊雜歌)》, 한성서관, 1915, 53~54쪽.(정재호 편, 《한국잡가전집》, 계명문화사, 1984, 235~236쪽)
9) 서거정 편저, 《동문선》 권4.
10) 박을수 편저, 앞의 책, 573쪽.
11) 박을수 편저, 위의 책, 334쪽.
12) 박을수 편저, 위의 책, 799쪽.
13) 박을수 편저, 위의 책, 1104쪽.
14) 박을수 편저, 위의 책, 962쪽.
15) 박을수 편저, 위의 책, 44쪽.
16) 박을수 편저, 위의 책, 1108쪽.
17) 윤선도, 《고산유고》.
18) 이 전기적 사실은 신연우, 《조선조 사대부 시조문학 연구》, 박이정, 1997, 33~34쪽 참조.
19) 곽기수, 《한벽당선생문집(寒碧堂先生文集)》.
20) 박을수 편저, 앞의 책, 47쪽.
21) 강한영 교주, 《신재효 판소리사설집(全)》, 보성문화사, 1978, 178쪽.
22) 이런 상황에 대해서는 안장리, 《10가지 주제로 풀어 본 우리 경관 우리 문학》, 평민사, 2000, 140~142쪽 참조.
23) 번역은 안장리, 〈소상팔경(瀟湘八景)의 수용과 한국팔경시의 유행 양상〉, 《한국문학과 예술》 제13집, 숭실대학교 한국문학과예술연구소, 2014, 54~55쪽.
24) 안장리, 앞의 책, 143쪽.
25) 박을수 편저, 앞의 책, 67쪽.
26) 박을수 편저, 위의 책, 1265쪽.
27) 김태갑·조성일 편저, 《민요집성》, 연변인민출판사, 1981, 146쪽

28) 《설악신문》, 2009. 4. 27.
29) 한국문화상징사전편찬위원회 편, 《한국문화상징사전 2》, 두산동아, 1995, 433쪽.
30) 박을수 편저, 앞의 책, 81쪽.

제7장. 죽음 삶의 끝인가, 완성인가?

* 미치 앨봄, 《모리와 함께 한 화요일》, 공경희 역, 세종서적, 2017, 8쪽.
1) 셸리 케이건, 《죽음이란 무엇인가》, 박세연 옮김, 엘도라도, 2012, 17쪽.
2) 진성기, 《제주도 무가본풀이 사전》(민속원, 1991)의 〈천지왕본〉(이무생 구술, 228~236쪽) 자료이다. 내용을 정리하면서 인물의 이름은 모음의 변화를 꾀하는 수준에서 표준어화하였다. 예) 쉬맹 → 수명, 총맹 → 총명, 대밸 → 대별, 소밸 → 소별. 이 줄거리는 이본에 따라 넘나듦이 있다. 가령, 정주병이 구송(口誦)한 〈천지왕본풀이〉에서는 수수께끼 내기에서 소별왕이 패한 후 대별왕에게 꽃 심기 내기를 제안하기도 한다.(현용준, 《제주도무속자료사전》, 신구문화사, 1980)
3) 진성기, 위의 책, 235~236쪽. 표기는 현대 표기법에 맞게 고침.
4) 이 유형의 이야기는 《한국민속문학사전 — 설화 1》, 국립민속박물관, 2012, 649~650쪽 참조.
5) 《고려사》, 〈고려세계(高麗世系)〉.
6) 일연, 《삼국유사》, 〈기이 1〉, 〈미추왕죽엽군(未鄒王竹葉軍)〉.
7) 이런 해석은 박선경, 〈제3장 한국인의 사후 세계관〉, 김열규 외, 《한국인의 죽음과 삶》, 철학과현실사, 2001, 166쪽 참조.
8) 이승수 편역, 《옥같은 너를 어이 묻으랴》, 태학사, 2001, 85쪽.
9) 송한필, 〈제최종성문(祭崔鍾城文)〉, 이승수 편역, 위의 책, 163~164쪽.
10) 송준호 편저, 《蓀谷 李達 詩 譯解》, 학자원, 2017, 198쪽.
11) 아내의 화장대 등이 실제라기보다는 "시적 상황의 설정과 미화를 위한 수사"였을 것이라는 해석은 송준호, 위의 책, 199쪽 참조.
12) 김정희, 《완당집(阮堂集)》 권10.
13) 김택규 외, 〈예천 달구소리〉, 《한국민요대전(경상북도해설집)》, (주)문화방송, 1995, 528~529쪽.
14) 임동권 편, 《한국민요집 IV》, 집문당, 1980, 239쪽.
15) 퇴계의 제자 이덕홍(李德弘)이 남긴 《간재집(艮齋集)》의 기록이다.
16) 《예기(禮記)》, 〈단궁(檀弓)〉.

17) 박노자·에를링 키텔센 풀어엮음, 《모든 것을 사랑하며 간다》, 책과함께, 2013, 62쪽.
18) 박노자·에를링 키텔센 풀어엮음, 위의 책, 126쪽.

제8장. 하늘 푸른 하늘에서 천도 사이

* 《논어》, 〈팔일(八佾)〉.

1) 이에 대해서는 풍우, 《동양의 자연과 인간 이해》, 김갑수 옮김, 논형, 2008, 33쪽 참조.
2) 일연, 《삼국유사(三國遺事)》, 〈의해(義解)〉, 〈원효가 매이지 않다(元曉不羈)〉.
3) 박을수 편저, 《한국시조대사전》, 아세아문화사, 1992, 232쪽.
4) 박을수 편저, 위의 책, 577쪽.
5) 박을수 편저, 위의 책, 717쪽.
6) 이달, 《손곡시집(蓀谷詩集)》 권6.
7) 〈홍길동전〉(경판 30장본), 이윤석, 《홍길동전 연구》, 계명대학교출판부, 1997, 부록 자료, 244쪽.
8) 남영로, 《옥루몽 1》, 김풍기 옮김, 그린비, 2006, 15쪽.
9) 〈나무꾼과 선녀〉, 《한국구비문학대계 4-3》, 한국정신문화연구원, 1983, 401쪽.
10) 위의 책, 403쪽.
11) 일연, 《삼국유사》, 〈기이 1〉, 〈서(敍)〉.
12) 일연, 《삼국유사》, 〈기이 1〉, 〈신라시조혁거세왕〉.
13) 일연, 《삼국유사》, 〈기이 1〉, 〈김알지탈해왕대〉.
14) 권호문, 〈독락팔곡〉 중 1장.
15) 박을수 편저, 앞의 책, 1158쪽.
16) 〈슉향젼〉(경판본, 《영인고소설판각본전집》 소재), 《한국고전문학전집 5》, 고려대학교 민족문화연구소, 1993, 17~19쪽.
17) 위의 책, 23쪽.
18) 다니엘 A. 키스터, 《삶의 드라마》, 서강대학교출판부, 1997, 47쪽에서 재인용.
19) 다니엘 A. 키스터, 위의 책, 46~49쪽 참조.
20) 이규보, 《동국이상국집》 권21.
21) 박지원, 《열하일기》 권24, 〈산장잡기(山莊雜記)〉

제9장. 복 제 복을 찾아, 혹은 운명을 넘어

* 《회남자》, 〈인생훈(人生訓)〉.

1) 《악학궤범(樂學軌範)》, 《악장가사 · 악학궤범 · 시용향악보》(대제각 영인본), 1985, 299쪽.
2) 조윤호, 〈복의 불교철학적 이해〉, 《용봉논총》 28집, 전남대학교 인문과학연구소, 1999, 29~33쪽에서 '인(因)으로서의 복'과 '과(果)로서의 복'이 설명된 바 있다.
3) 송갑준, 〈복이란 무엇인가?〉, 《인문논총》 19집, 경남대학교 인문학연구소, 2005, 85쪽.
4) 《한국민속문학사전 — 설화 1》, 국립민속박물관, 2012, 83쪽에 따른다.
5) 《삼국유사》, 〈효선〉, 〈대성이 두 세상의 부모에게 효도하다(大城孝二世父母) 신문왕(神文代)〉.
6) 〈황주목사계자기〉, 《삼설기》 권3, 김동욱 校注, 《短篇小說選》, 민중서관, 1976, 575~593쪽.
7) 김동욱 교주, 위의 책, 593쪽.
8) 《한국구비문학대계 7-8》, 한국정신문화연구원, 1983, 535~550쪽.
9) 이강엽, 《너의 앉은 그 자리가 바로 꽃자리니라》, 랜덤하우스, 2010, 133~141쪽 참조.
10) 이강엽, 《강물을 건너려거든 물결과 같이 흘러라》, 랜덤하우스, 2010, 25~30쪽 참조.
11) 이강엽, 《너의 앉은 그 자리가 바로 꽃자리니라》, 랜덤하우스, 2010, 158~165쪽 참조.
12) 《한국구비문학대계 1-7》, 한국정신문화연구원, 1982, 622~625쪽.
13) 《삼국유사》, 〈기이 2〉, 〈원성대왕〉.
14) 《한국구비문학대계》에서는 '513-7 쌀 나오는 구멍 망치기'로 유형화해놓을 정도로 널리 유포된 이야기다. 조동일 외, 《한국구비문학대계 별책부록(I) 한국설화유형분류집》, 한국정신문화연구원, 1989, 48~481쪽 참조.
15) 이 작품의 줄거리 및 인용은 《삼설기(三說記)》, 김동욱 교주, 앞의 책 참조.
16) 김동욱 교주, 위의 책, 519쪽.

제10장. 호랑이 신령스럽고, 욕심 많고, 어리숙한

* 박지원, 《열하일기》, 〈관내정사(關內程史)〉.

1) J. C. 쿠퍼, 《세계문화상징사전》, 이윤기 옮김, 까치, 1994, 410쪽.
2) 이가원, 《한국호랑이 이야기》, 민조사, 1977, 48쪽.
3) 이가원, 위의 책, 54쪽.

4) 〈딸기〉, 이가원, 위의 책, 86~87쪽.
5) 《청구야담》, 시귀선·이월영 옮김, 한국문화사, 1995, 588~594쪽.
6) 이가원, 앞의 책, 58쪽.
7) 일연, 《삼국유사》, 〈기이 2〉, 〈후백제 견훤〉.
8) 《고려사》, 〈고려세계〉.
9) 《조선왕조실록》, 《태조실록》.
10) 이가원, 앞의 책, 168~177쪽.
11) 이가원, 위의 책, 185~193쪽.
12) 김시습(金時習), 《매월당시집(梅月堂詩集)》 권5.
13) 김재권 수집정리, 《황구연전집》, 연변인민출판사, 2008, 309~313쪽.
14) 이가원, 앞의 책, 183쪽.
15) 《한국구비문학대계 2-1》, 한국정신문화연구원, 1980, 146~147쪽.
16) 《한국구비문학대계 6-9》, 한국정신문화연구원, 1987, 69~70쪽.
17) 〈호랑이와 싸우고 죽은 사람〉, 《한국구비문학대계 3-2》, 한국정신문화연구원, 1981, 169쪽.
18) 김재권, 앞의 책, 246~250쪽.
19) 김재권, 위의 책, 250쪽.
20) 강한영 교주, 《신재효 판소리사설집(全)》, 보성문화사, 1978, 285쪽.
21) 김재권, 앞의 책, 118~120쪽 내용 정리.
22) 박봉술 창, 〈수궁가〉, 《판소리 다섯 마당》, 한국브리태니커, 1982, 170쪽.
23) 임석재, 《한국구전설화 1》, 평민사, 1987, 103~104쪽.
24) 《한국구비문학대계 1-1》, 한국정신문화연구원, 1980, 272쪽.
25) 〈미련한 자가 범 잡다〉, 임석재, 《한국구전설화 2》, 평민사, 1987, 124쪽.
26) 《한국민속문학사전》에서 '춤추는 호랑이'로 명명된 유형으로 〈무등을 타고 나무 위를 오르는 이리〉 같은 식으로 세계적으로 널리 퍼진 유형이다. 《한국민속문학사전—설화 1》, 국립민속박물관, 2012, 732~733쪽 참조.
27) 이런 해석은 이부영, 《한국민담의 심층분석》, 집문당, 1995 참조.
28) 〈호랑이의 눈흘김〉, 《눌은선생문집(訥隱先生文集)》 권21, 김영, 《망양록 연구》, 집문당, 2003, 142쪽.
29) 박지원, 《열하일기》, 〈관내정사〉.
30) 이하 〈호질〉 관련 논의는 이강엽, 《강의실 밖 고전여행 4》, 평민사, 2007, 33~41쪽의 내용 중 일부 참조.

찾아보기

ㄴ

ㄷ

ㅇ

ㅈ